Michael Wallner

Die Zeit des Skorpions

Michael Wallner

Die Zeit des Skorpions

cbt

cbt ist ein Imprint von cbj, dem Kinder- und Jugendbuchverlag
in der Verlagsgruppe Random House

FSC
Mix
Produktgruppe aus vorbildlich
bewirtschafteten Wäldern und
anderen kontrollierten Herkünften

Zert.-Nr. SGS-COC-1940
www.fsc.org
© 1996 Forest Stewardship Council

Verlagsgruppe Random House FSC-DEU-0100
Das für dieses Buch verwendete FSC-zertifizierte Papier
Munken Premium liefert Arctic Paper Munkedals AB, Schweden.

Gesetzt nach den Regeln der Rechtschreibreform

1. Auflage 2008

Umschlaggestaltung: Hauptmann+Kompanie
Werbeagentur München – Zürich, Hanna Hörl unter Verwendung
eines Motivs von © Ilya Yakushev
st · Herstellung: WM
Satz: Uhl + Massopust, Aalen
Druck: GGP Media GmbH, Pößneck
ISBN: 978-3-570-16001-5
Printed in Germany

www.cbj-verlag.de

Die Macht der Wüste

1

Mit angehaltenem Atem lag Tonia unter dem Dach. Der Skorpion bäumte sich vor ihr auf und hatte den Stachel bedrohlich auf ihr Gesicht gerichtet. Tonia verfluchte sich, weil sie nicht auf ihren Vater gehört hatte und mit den anderen unten im Bett schlief. Nachts ertrug sie die Hitze so schlecht, darum hatte es sie zu der ovalen Öffnung im Dach hochgetrieben, wo die Luft kühl hereinstrich. Ein Loch im Dach war nichts Ungewöhnliches, viele Häuser hatten eines. Warum auch nicht? Es regnete nicht mehr, schon lange nicht, es hatte seit Ewigkeiten nicht mehr geregnet.

Der Skorpion war hellbraun und fast durchsichtig; seine Beine zitterten über den Grund, während er den Stachel hoch über dem Kopf balancierte. Der Sahara-Skorpion war der gefährlichste, Babys starben an seinem Stich. Tonia kannte einen Jungen im Ort, der nach zwei Skorpionbissen gelähmt war.

Sie konnte den Atem nicht länger anhalten; in ihren Schläfen pochte das Blut. Plötzlich flog eine Heuschrecke zur Öffnung herein und landete neben dem Skorpion. Mit einer blitzschnellen Drehung fuhr er herum, packte das Insekt mit seinen Scheren und riss ihm den Kopf ab. Ohne Umstände zerlegte er die Heuschrecke in kleine Portionen und schaufelte sie mittels seiner Scherenbeine in den Mund.

Vorsichtig ließ Tonia die Luft ausströmen, stützte sich auf den Ellbogen und schaute ihm neugierig bei seiner Mahlzeit zu.

»Morgen habe ich Geburtstag«, flüsterte sie. »Eigentlich schon heute.« Ein Blick zum Horizont, der helle Streifen dort wurde breiter.

Tonia lächelte. »Ich werde vierzehn. Und du – wie alt bist du?«

Mit einem Mal schien es dem Skorpion nicht mehr zu schmecken. Nervös wandte er sich hin und her. Jetzt spürte auch Tonia, was ihn unruhig machte: Das Haus zitterte.

Sie kannte die Nächte, in denen alles in Aufruhr geriet, weil der Sturm gegen die Mauern fuhr, an Türen und Fensterläden riss und der feine Sand durch jede Ritze drang. Dann wurden ihren kleinen Geschwistern Staubmasken aufgesetzt, um besser atmen zu können. Näherte sich solch ein Sandsturm, kletterte Simion, ihr Vater, unters Dach und schloss die Luke; trotzdem rieselte so viel Sand herein, dass zwischen den Betten ein Hügel entstand. Draußen hatte die Düne das Schlafzimmerfenster längst zugeweht, inzwischen den oberen Rand der Mauer erreicht und neigte sich mit Wucht über das Walmdach. Die Düne wuchs mit jedem Sturm weiter. Tonia hatte ihre Eltern belauscht, als sie davon sprachen, das Haus bald aufgeben zu müssen – in Wahrheit war es schon fast zu spät. Zweihundert Jahre hatte das alte Gemäuer überdauert; früher war es ein Winzerhaus gewesen, Tonias Vorfahren hatten darin Wein gemacht. Heute waren die meisten Häuser rundum verlassen, von einigen ragte nur noch der Schornstein aus dem gelbbraunen Sand. Heute Nacht sah es nicht nach Sturm aus, die Wetterstation hatte keine Warnung herausgegeben.

»Was ist los?« Sie näherte ihren Finger dem Skorpion. »Warum frisst du nicht weiter?«

Schneller als das Auge es wahrnahm, zuckte der Stachel vor,

die Spitze ritzte Tonias Haut. Sie spürte ein scharfes Brennen und riss den Finger zurück – ein Tröpfchen Blut quoll heraus, die Wunde schwoll an und schmerzte höllisch. Nach dem Stich saß der Skorpion einen Moment still, die Zangen schweiften über den Boden, dann kroch er los und verschwand in der Dunkelheit.

Tonia steckte den Finger in den Mund und wollte das Gift aussaugen. Der Schmerz ließ sie das Zittern des Hauses vergessen. In diesem Moment erfasste sie der erste Ruck. Eine Schwingung packte das Mauerwerk, ein dumpfes Ächzen, als hielte etwas mit letzter Kraft stand. Gerade noch hatte nächtliche Ruhe geherrscht, jetzt ein hartes Geräusch, das Knacken von hundert Brettern, die gleichzeitig nachgaben.

Unten schreckte die Familie aus dem Schlaf, der Vater sprang aus dem Bett, gebot den Kleinen, still zu sein, und lauschte. Das Ächzen hatte einem Rumoren Platz gemacht, als würde tief in der Erde gegraben. Fliesen platzten unter ihren Füßen auf, die Betten verrutschten, der Kleiderschrank kippte, dass die Türen aufgingen und sich der Inhalt auf den Boden entleerte.

»Hinaus mit euch!«, rief Simion. Er hob die schreienden Kleinen in den Arm seiner Frau und schob sie zur Tür. Sie wollte ihr Haus nicht ohne Habseligkeiten verlassen, raffte zusammen, was sie greifen konnte, bis Simion in tödlicher Sorge schrie: »Laura! Renn so weit weg vom Haus, wie du kannst!« Er selbst ergriff die Taschenlampe und ließ den Lichtstrahl die Wand entlangzucken. Gespenstisch, dass man nicht das Geringste von den Vorgängen sah! Solide erhob sich das Mauerwerk, dazwischen die verrammelten Fenster. Das Erwachen und Begreifen, die Angst und Flucht der Mutter – dies alles hatte bloß Sekunden gedauert; jetzt richtete Simion die Lampe ins Dachgestühl. Da saß seine Älteste, hielt einen Finger im Mund und starrte ins Gebälk, wo sich die Bretter der

Dachbeplankung mehr und mehr aufbogen, als versuche ein Riese ins Innere eines Puppenhauses zu sehen.

»Tonia!«, schrie der Vater. »Komm! Sofort!«

Sie schüttelte die Erstarrung ab, die sie seit dem Skorpionbiss umfangen hielt, und kroch zu dem Vorsprung, wo die Leiter lehnte.

»Worauf wartest du!« Simion schob das klapperige Ding näher, kletterte zwei Sprossen hoch und streckte Tonia die Hand entgegen. Sie wollte rücklings die Leiter hinunter – da gab der Dachbalken nach. Er brach ohne Warnung, das längere Ende fiel neben Tonia auf den gemauerten Absatz, sie wurde zur Seite gerissen, umklammerte eine Strebe und sah, wie der Balken weiterrutschte, die morsche Leiter zermalmte und hinabstürzte. Simion suchte ihm zu entgehen, doch der Balken traf den Vater an der Brust. Er taumelte, stützte sich gegen eins der Betten, gebückt versuchte er Luft zu holen, hob den Blick zur Tochter, die noch im Dachfirst saß, verkeiltes Gehölz um sich; unter ihr barst der Absatz an mehreren Stellen.

»Spring!«, wollte er schreien, es war bloß ein Stöhnen, das Atmen war bleiern, Sprechen unmöglich. »Spring, Tonia, spring!«, flüsterte Simion.

Der stürzende Balken hatte seine Aufmerksamkeit von der Wand abgelenkt. Dort ging etwas vor sich, das Ächzen wich einem Knirschen. Als Simion den Kopf wandte, war es für ihn zu spät. Die Wand gab nach. Nicht bröckelnd, kein Zerfall, dem man hätte entgehen können – die Wand ergab sich der zähen Gewalt des Sandes in einem Stück. Sie tauchte unter dem Dach hinweg, löste sich gleichsam von ihm, die Wand neigte sich langsam, dass man meinte, Simion hätte bequem davoneilen können. Er aber stand und blickte der fallenden Wand staunend entgegen, behielt gleichzeitig das Mädchen im Auge, das immer noch zwischen den Balken saß.

Tonia musste mitansehen, wie ihr Vater unter der riesigen

Fläche aus Stein verschwand. Kein lautes Geräusch der Vernichtung, dumpf rammte die Wand den Grund. Es blieb kein Moment, ihr Bersten mitzuerleben, da sich in derselben Sekunde der Sand darüber schob, dieser gelbbraune Körper, dem die Mauer des Hauses jahrelang widerstanden hatte. Der Sand legte sich leidenschaftslos und endgültig über alles, was eben noch Zimmer, Hausrat, Schlafstelle gewesen war. Während Tonia hinunterstarrte, begann sich das Dachgestühl mit dem Mädchen darin zu senken. Doch bevor das Dach einstürzte, schob sich die Sandmasse dazwischen. Es war, als ob die Düne auf ihrer unaufhaltsamen Wanderung Tonia vor dem Absturz bewahren wollte – knirschend gruben sich Sparren und Balken in den Sand.

Die Umwälzung war zu Ende. Nächtliche Stille, so friedlich, als habe das Vernichtungswerk nicht stattgefunden. Ein halber Mond beschien den Unglücksort; auf dem gegenüberliegenden Hügel saß Tonias Mutter, die Kleinen im Arm. Sie starrte auf die Reste ihres Heimes, wo ihre Tochter, das schmale schwarzhaarige Mädchen, hervorkletterte. Tonia schwankte auf die Mutter zu, sackte im Sand ein und brach zusammen.

2

Es dauerte die Hälfte des folgenden Tages, bis sie Simions Leiche geborgen hatten. Alle, die kräftig genug waren, halfen mit; mittags wurde die Arbeit unterbrochen, da die glühende Sonne jede Bewegung im Freien unmöglich machte. Eine Schneise wurde in die Düne gegraben. Zuerst stießen sie auf Reste der Mauer, Betten und Stühle waren darunter zermalmt; kuriose Dinge kamen zum Vorschein, ein Schmuckgürtel des Trachtenvereins, Simions Hut mit zerzauster Feder, das Porträt des Urgroßvaters. Das Bildnis des alten Mannes vor seinem grünen Weinberg ergab einen grotesken Kontrast zum lebenserstickenden Sand rundum. Als die Helfer das Bild betrachteten, fühlten sie sich an eine Zeit erinnert, die die Ältesten noch erlebt hatten, die aber nie wieder Wirklichkeit werden konnte.

Hundert Jahre zuvor hatte das Land um die Ortschaft den Beinamen »Gottes Weingarten« getragen. Die Hänge waren mit Rebstöcken bewachsen gewesen, deren Winzer miteinander wetteiferten, welcher Berg den besten Ertrag lieferte. Der Wein war leicht und samtig oder süß nach dem ersten Frost. In der fruchtbaren Gegend Südtirols, am Fuße der Dolomiten, gedieh alles, was man in den Boden setzte. Obst gab es in verschwenderischer Fülle, das Gemüse war schmackhaft, Kühe, Ziegen und Schafe wurden gehalten, die Butter war würzig, der Käse berühmt. Überall prangte die Natur in herrlichen Farben, die Menschen genossen all das Gute, das sie hervorbrachte, und fanden gleichzeitig in der kargen Bergwelt, die sich hinter den Hügeln erhob, die Aufforderung zur Bescheidenheit. Sie hatten das Paradies besessen und waren dabei einfach und erdverbunden geblieben.

Jene goldene Zeit hatte gedauert, bis die Katastrophe kam. Gegen Ende des 21. Jahrhunderts hatte sich das Erdklima so erschreckend verändert, dass es nicht länger in des Menschen Macht stand, die Folgen abzuwenden. Auf dem erhitzten Planeten schmolzen die Pole, die See stieg gewaltsam an, Dutzende Städte waren im Meer versunken. Als katastrophaler erwies sich aber eine andere Naturerscheinung: Die Wüste breitete sich unerbittlich aus. Überall auf der Welt wurde sie zu einem Geschwür, das über die Länder kroch und alles Lebendige unter sich begrub. Heute bedeckte die Wüste zwei Drittel des Festlands der Erde. In Europa hatte sie sich von Spanien, Griechenland und Süditalien nordwärts bewegt, sie hatte den Apennin überwunden und war erst am Südrand der Alpen zum Stehen gekommen. Dieses junge Gebirge, felsklüftig emporgeschoben durch das Aufeinanderdrängen der kontinentalen Platten, markierte die Grenze der Wüste; fast schien es, als ob es darüber hinaus kein Vordringen mehr für sie gab.

*

Sie fanden Simions Leiche verkrümmt neben dem Bettgestell. Was die Mauer von seinen Gliedern nicht zerquetscht hatte, war vollständig von Sand verkrustet, sodass Tonias Mutter und die helfenden Frauen stundenlang brauchten, um ihn so weit zu säubern, dass er aufgebahrt werden konnte. Das Ritual, bei dem Verwandtschaft und Freunde vom Verstorbenen Abschied nahmen, war wegen der Hitze per Gesetz auf eine Stunde begrenzt worden.

Pater Anselmo, der Priester des Ortes, suchte die junge Witwe auf.

»Wir müssen über die Heilige Rückgewinnung sprechen«, sagte er.

Laura saß unter einem Baldachin, den die Nachbarn gebaut hatten, um den Aufgebahrten und seine Familie vor der Sonne zu schützen.

»Aber es ist ja nichts von ihm übrig«, antwortete sie unter Tränen. »Schau, was mir die Wüste gelassen hat – das war mein Mann, mein Simion, und jetzt wollt ihr ihm auch noch das Wasser entziehen!« Schluchzend sank sie an die Brust des Priesters. Der streichelte ihren Rücken und sah verstohlen auf die Uhr. Die Aufbahrungsstunde war überschritten, der Termin an der Dehydrationsmaschine musste eingehalten werden.

»Er ist aus den Wassern gestiegen, und zu Wasser soll er nun wieder werden«, benützte Anselmo die Worte der Predigt, um Laura zu beruhigen.

»Warum heute schon!«, wimmerte sie. »Lasst ihn mir noch einen Tag, eine Stunde nur, ich will sein Gesicht ansehen und mich der schönen Zeiten erinnern!«

Tonia kam dem Pater zu Hilfe; es gelang ihr, die Mutter so weit zu beruhigen, dass sie den Abtransport gestattete. Simions Körper wurde auf einen Laster gehoben, schwarze Bänder und ein Holzkreuz sollten den Eindruck eines Leichenwagens erwecken. Am Arm des Priesters folgte Laura dem über die Sandpiste holpernden Fahrzeug. Tonia setzte ihre Geschwister in den Sandschlitten, legte sich den Strick um die Brust und zog.

Zum hundertsten Mal seit dem Erwachen quälten sie die gleichen Gedanken: Hätte ich nicht im Dachstuhl geschlafen und wäre ich mit den andern rechtzeitig ins Freie gelaufen, dann hätte Papa noch fliehen können! Wäre ich sofort in die Tiefe gesprungen, wir beide hätten es bis zur Tür geschafft, Papa und ich, und er wäre am Leben! Ich bin schuld, dass er das einstürzende Haus nicht mehr verlassen konnte – ich ganz allein! Mit gesenktem Blick und zusammengekniffenen Lippen zerrte sie den Schlitten durch den Sand. Sie fühlte sich so elend, dass sie keine Träne vergoss – am liebsten hätte sie statt des Leichnams dort auf dem Laster gelegen. Ihr Schmerz war so groß, dass sie das Pochen in ihrer verbundenen Hand kaum spürte. Der Skorpionbiss hatte den Finger violett anschwellen lassen; sie konnte ihn kaum bewegen.

In der Sonne begannen die Zwillinge zu quengeln, gottlob war es nicht mehr weit. Dort, hinter den alten Häusern, erhob sich der plumpe Betonbau. Während sich die kleine Prozession darauf zubewegte, fiel Tonia ein, dass sie heute Geburtstag hatte. Der Vater hatte mit seinem Geschenk sehr geheimnisvoll getan – was immer es auch gewesen war, es lag verschüttet unter den Trümmern. Ohne dass sie es merkte, kamen die Tränen. Weinend erreichte Tonia die Dehydrierstation.

Einer der Träger, die Simion vom Laster hoben, drehte sich zu Anselmo. »Soll er gleich in die Saftpresse«, fragte der Mann, »oder gibt's vorher noch das Brimborium?«

Der Priester warf ihm einen strengen Blick zu. »Wir vollziehen die Wandlung sofort.« Auf den Schultern der Männer verschwand die Leiche im Maschinenhaus.

Beim Eintritt verließen Laura die Kräfte. Anselmo stützte sie, Tonia sprang zu Hilfe; gemeinsam brachten sie die Verzweifelte in den Zeremonienraum. Tonia sah das Gebäude zum ersten Mal von innen. Als ihr Großvater vor Jahren dehydriert worden war, hatte sie noch nicht mitgehen dürfen.

In den frühen Jahren der Dürre war diese Form der Wassergewinnung als menschenverachtend abgelehnt worden. Bald hatte die Kirche aber erkannt, dass sie ihre ethischen Grundsätze den neuen Lebensbedingungen anpassen musste, und hatte den nüchtern technischen Vorgang daher in ihr religiöses Programm aufgenommen. Seit ein Priester den Flüssigkeitsentzug überwachte, fand niemand mehr etwas Anstößiges daran.

Man hatte sich Mühe gegeben, dem Inneren der Halle Feierlichkeit zu verleihen: Schwarzes Tuch und scharlachrote Bordüren drapierten die Betonwände, über der Dehydriergrube hing ein Kruzifix. Doch obwohl sogar Orgelmusik spielte, wurde aus einem Maschinenraum keine Kirche; die Nüchternheit der Prozedur blieb bestehen.

Neben ihrer Mutter lauschte Tonia dem Priester, der vom Wasser als Urquell des Lebens sprach, von dem Kreislauf, in den der Mensch eingebunden sei. *»Wasser zu Wasser«*, betete er die gängige Formel, Tonia und Laura wiederholten sie. Der Dehydrierer betrat die Schaltbrücke, auf ein Nicken Anselmos legte er den Hebel um, Simions Körper wurde langsam in die Grube gesenkt und verschwand in der chemischen Lösung. Alle weiteren Prozesse wurden nicht sichtbar für die Angehörigen durchgeführt.

Der Körper eines ausgewachsenen Mannes erbrachte fünfzehn Liter destilliertes Wasser, der einer Frau etwas weniger. Das Dehydrieren dauerte eine halbe Stunde, danach war dem Verstorbenen auch der letzte Rest Flüssigkeit entzogen. Was dann noch von ihm übrig war, wurde verbrannt.

Minuten nachdem der Dehydrierer die Maschine abgeschaltet hatte, brachte sein Assistent die Urne. Anders als zu früheren Zeiten hatte sie die Form eines Kanisters, worin der Familie das gewonnene Nass übergeben wurde. Anstelle der Mutter nahm Tonia den Kanister in Empfang, sie bedankte sich bei Anselmo und führte die Übrigen schweigend nach draußen.

Der Pater war erleichtert: Oft reagierten die Angehörigen sehr impulsiv. Er hatte Leichenfeste erlebt, bei denen Freunde und Verwandte den lieben Dahingegangenen gemeinsam getrunken hatten; alleinstehende Witwen wussten oft nicht, wohin mit der vielen Flüssigkeit, und spendeten das Wasser der Kommune. Nachdenklich schaute Anselmo in die Grube – das Begräbnis war abgeschlossen. Doch was nun für Laura und ihre Familie kam, würde noch schwieriger zu bewältigen sein.

3

Die Regeln für das Leben in der Wüste waren festgeschrieben: Eine alleinstehende Frau konnte unter den schweren Gegebenheiten überleben, auch eine Frau, deren Kinder bereits halbwüchsig waren. Eine Frau ohne Mann aber, mit zwei Kindern im Säuglingsalter – das war unter den Bedingungen der Wüste eine unerlaubte Lebensform. Sie durfte der Gemeinschaft nicht zur Last fallen und hatte daher die Pflicht, so rasch wie möglich eine neue Verbindung einzugehen.

Tonia wusste, was das bedeutete: Ihre Mutter würde Doktor Drexel heiraten.

Dr. Drexel trug einen Kaftan, groß wie ein Zelt, um seine Leibesfülle zu verhüllen. Er wechselte täglich die Sonnenbrille und trank Wasser nur aus einem durchsichtigen Reagenzglas, weil er fürchtete, vergiftet zu werden. Hielt sein Wagen irgendwo im Ort, benahm Drexel sich, als sei er der Beherrscher der Gegend. Vor einigen Jahren hatte er das »intelligente Plexiglas« erfunden – ein Segen für die Region, ihn selbst hatte es sagenhaft reich gemacht.

Nirgends in der Umgebung gab es noch Ackerflächen; ohne die Getreidelieferungen aus den fruchtbaren Anbaugebieten Sibiriens wäre ein Leben in Oberitalien nicht mehr möglich gewesen. Drexel, ein ehemaliger Biophysiker, hatte herausgefunden, dass gewisse Gemüsesorten mit sehr wenig Wasser auskamen, falls man sie vor der mörderischen Gewalt der Sonne schützte. Er erfand einen durchsichtigen Kunststoff, der sich bei starkem Lichteinfall automatisch verdunkelte und die zarten Keimlinge schützte. Nachts, wenn die Luft abkühlte, führte er ihnen Kondensflüssigkeit und gespeicherte Wärme zu. So gelang es Drexel, Bohnen, Zuckermais und sogar Tomaten zu züchten. Rund um die Ortschaft glitzerten seine Plexiplantagen in der Sonne und wurden von patrouillierenden Panzerfahrzeugen bewacht. Er erzielte für seine Ernten astronomische Preise – jeder Versuch, ihn zu bewegen, die Früchte für die Allgemeinheit erschwinglich zu machen, war gescheitert. Dr. Drexel hatte ein großes Haus, fuhr in seiner weißen Limousine durch den Ort – und ihm gefiel es, alleinstehenden Frauen zu »helfen«.

Tonia fand diesen Mann widerlich. Sie erinnerte sich an den Tag, als sie und ihre Mutter bei der Wasserausgabe gestanden hatten. Die Verteilung erfolgte um fünf Uhr morgens, weil Flüssigkeit um diese Zeit noch nicht verdampfte. Schlaftrunken hatten Tonia und Laura mit ihrem Kanister in der Schlange gestanden, als neben ihnen plötzlich der weiße Wagen hielt; Drexel ließ das Fenster herunter.

»Bei unserem Klima sind schöne Frauen eine Seltenheit geworden«, hatte er mit unangenehm singender Stimme gesagt. Er trank einen Schluck und bot Laura sein Reagenzröhrchen an.

»Ich bin verheiratet«, antwortete sie und rückte einen Schritt vor.

»Richte deinem Mann aus, einer schönen Frau schlage ich grundsätzlich nichts ab. Wenn ihr irgendetwas braucht …« Er hielt einen glänzenden Apfel aus dem Autofenster. Laura wandte sich wortlos ab. Sie hatte nicht mit der Frechheit ihrer Tochter gerechnet. Bevor Drexel den Apfel zurücknehmen konnte, schnappte Tonia zu und rief: »Danke, da wird Papa sich freuen!« Schon war sie zwischen den Leuten verschwunden. Drexel wollte die Diebin verfolgen, doch in diesem Moment fuhr der Feuerwehrwagen mit dem Wassertank auf den Platz und versperrte der Limousine den Weg. Seitdem behielt der Doktor Tonias Familie im Auge.

Zwei Tage nach Simions Tod bewahrheitete sich Tonias Befürchtung: Der weiße Wagen hielt neben dem Baldachin, Drexel stieg aus und stattete Laura einen Besuch ab.

»Die Hitze tut den Kleinen nicht gut«, begann er seine Werbung und deutete mit bekümmerter Miene auf die Säuglinge.

Laura kannte die Regeln der Wüste; sie war vernünftig genug, das leibliche Wohl ihrer Kinder über den eigenen Schmerz zu stellen. In dieser nur auf das Überleben ausgerichteten Welt war einer Frau wie Laura das Recht auf freie Entscheidung genommen.

Die Verhandlung dauerte nur ein paar Minuten. Nachdem Drexel wieder abgefahren war, rief Laura ihre Älteste zu sich.

»Er will für mich und die Kleinen sorgen«, flüsterte sie,

ohne Tonia anzusehen. »*Drei* Kinder sind ihm aber zu viel. Er sagt, du bist fast schon erwachsen und kannst für dich selbst sorgen.« Tränen der Scham rollten der Mutter über die Wangen, sie bedeckte ihr Gesicht mit dem Kopftuch.

»Er hat recht!« Tonia richtete sich trotzig auf. »Mach dir keine Sorgen um mich, ich suche mir eine Arbeit.«

Laura weinte lauter. »Es gibt keine Arbeit, es gibt kein Wasser und nichts zu essen! Wo willst du denn unterkommen?« Ihr Körper wurde so schmerzvoll durchrüttelt, dass die Zwillinge erwachten und ebenfalls zu weinen begannen. »Es ist so ungerecht«, schüttelte sie den Kopf und gab den Kleinen die Brust.

4

Tonia kletterte über die Düne. Unter ihren Füßen lag der alte Friedhof; auch vor ihm hatte die Wüste nicht haltgemacht. Kein Grabstein war mehr zu sehen, nur ein eisernes Kreuz ragte hervor, der Sand war bis zu den Hüften des Gekreuzigten gestiegen. Tonia freute sich auf die Kühle der Kirche und legte die letzte Strecke eilig zurück.

Das bunte Glas, das warme, dunkle Holz – wo kamen all die wunderbaren Farben her? Die Kirche erzählte von einer lange versunkenen Zeit. Heute hatte das Leben überall den Farbton der Wüste angenommen; alles bleichte aus, wurde grau und zerfiel schließlich zu Staub. Hier drinnen, geschützt durch dicke Mauern, beschirmt vom Kreuzgewölbe, schien die Zeit angehalten worden zu sein.

Pater Anselmo lag auf den Fliesen, die Arme unter dem Kopf, und schlief. Tonia setzte sich in eine der Reihen, spürte, wie der Schweiß zwischen ihren Schulterblättern erkaltete, und dachte an ihren Vater. Simion hatte sie immer als die Große behandelt, auch als Tonia noch ein kleines Mädchen gewesen war. Ihre liebste Erinnerung waren die gemeinsamen Nächte am Feuer; jedes Mal hatte er ihr etwas erzählt. Simion hatte die Jahre der Klimaumwälzung selbst nicht erlebt, das meiste wusste er von seinem Vater. Vieles konnte Tonia sich kaum vorstellen, vor allem nicht das *Grün,* von dem Simion so gerne sprach. Wie sollte man sich das ausmalen, dass ihr Tal und die Hügel im Umkreis vollständig bewachsen gewesen waren – mit Wiesen und Wäldern, Sträuchern und Obstbäumen? Und dass ganze Berge bedeckt waren von Wein? Simion hatte ihr erklärt, dass der Wein auf Rebstöcken in Trauben gewachsen war, er hatte ihr Bilder von rotwangigen Männern gezeigt, die eine rote Flüssigkeit im Glase schwenkten. Der Vater erzählte von monatelangen Regenfällen, die die Reben verfaulen ließen, ganze Ernten verdarben. Doch das war harmlos im Vergleich zu dem, was in anderen Gegenden geschah. Nach zwei Jahren ununterbrochenen Regens seien weite Teile Italiens überflutet gewesen; von der Po-Ebene war nichts als ein gigantischer See übrig geblieben, und Venedig, die sagenumwobene Stadt, sei binnen kurzem im Meer versunken. Danach kam die Trockenheit. Jedes Jahr stieg die Temperatur um einige Grade, der Süden verdorrte. Durch heftige Stürme sei in diesen Jahren die Wüste erstmals von Afrika auf Sizilien übergesprungen und von da an nicht mehr aufzuhalten gewesen. Dem Gesetz der Ernährung folgend, waren die Menschen in die nördlicheren Regionen geflohen; dort hatte man die Wüstenflüchtlinge nur wenige Jahre lang aufnehmen können. Als der Strom nicht abriss und die Lebensmittel knapp wurden, begann der Krieg.

Tonia fuhr hoch – war sie eingenickt? Sie hatte nasse Augen, ihr Herz war schwer. Rasch fuhr sie sich übers Gesicht und weckte den Pater.

»Ich kann nicht hierbleiben«, begann sie nach kurzer Begrüßung. »Dr. Drexel will Mama und die Zwillinge zu sich nehmen, ich aber muss fort.«

Anselmo stand auf und schüttelte den Schlaf aus den Gliedern. Er hatte diese Entwicklung befürchtet, die Kirche trug selbst die Schuld daran. Seit sie gestattet hatte, dass ein Mann sich um mehrere Frauen kümmern durfte, war die jahrtausendealte Ordnung durcheinandergeraten.

»Komm mit«, sagte er und führte Tonia in den überdachten Innenhof, wo seine betagte Haushälterin die Fliesen fegte. Sie kehrte so langsam, dass Tonia fürchtete, wenn die Alte fertig war, hatte der Wind den Boden längst wieder mit Sand bedeckt.

»Kann ich nicht bei Ihnen in der Kirche arbeiten?«, fragte sie.

»Und Emerentia?« Der Pater nahm eine halbvolle Wasserflasche und goss jedem einen Schluck ein. »Soll ich die vor die Tür setzen?«

»Sie ist schon alt«, antwortete Tonia leise. »Ich arbeite ohne Bezahlung, ich esse auch nicht viel.«

»Ich bin vielleicht alt, aber meine Ohren sind gut«, ließ sich die Haushälterin vernehmen. »Solange ich diesen Besen noch halten kann, kommt mir keine andere ins Pfarrhaus.«

»Natürlich nicht, Emerentia«, beruhigte sie der Pater. »Wisst ihr schon, was ihr mit Simions Wasser machen werdet?«, fragte er Tonia.

»Mama will einen Avocadobaum damit pflanzen.«

»Gut«, nickte Anselmo. »So lebt die Erinnerung an deinen Vater fort.« Er schwieg, sein Finger zeichnete einen Kreis in den Staub der Tischplatte. »Das Hauptproblem«, sagte er in verändertem Ton, »ist, dass du ein Mädchen bist.«

Noch nie hatte sie so etwas Unsinniges gehört. »Was ist schlecht daran, ein Mädchen zu sein?«

Er betrachtete ihre flinken schwarzen Augen mit den kräftigen Brauen, die vollen Lippen, das lange dunkle Haar. »Es ist nur so, dass man Jungen mehr zutraut.« Sie wollte widersprechen, er hob die Hand. »Wärest du ein Junge, hätte ich schon eine Idee, was man mit dir anfangen könnte.«

Tonia stand so heftig auf, dass der Hocker gegen die Wand rutschte. »Was ist denn so toll an Jungen – oder an Männern?«, fragte sie wütend. »Sie sitzen den ganzen Tag im Sand, spielen Karten oder lassen die Würfel rollen. Und dann bestimmen sie, dass die Frauen im Haus bleiben und auf die Kinder schauen sollen! Jungs und Männer dürfen alles, sogar mehrere Frauen haben! Aber warum muss das so sein?!«

»So lautet das Gesetz der Wüste. In dieser feindlichen Welt ist das Notwendige das Richtige.« Der Priester musterte das zornige Mädchen, halb Kind, schon fast eine Frau. »Als die Dürre kam, blieb uns keine andere Wahl: Wie zu uralten Zeiten müssen die Mütter zu Hause bleiben, um das Überleben der Sippe zu sichern. Die Stärkeren sind zum Schutz der Schwächeren da, und die Stärkeren sind nun einmal die Männer.« Er hob die Beine, damit Emerentia unter seinen Füßen durchkehren konnte. »Wir sind noch nicht lange Bewohner der Wüste, wir haben noch viel zu lernen. Und deshalb ...«, sein Gesicht nahm einen freudigen Ausdruck an, »deshalb ist ein besonderer Gast zu mir gekommen.«

Tonia sah sich um. Außer der Alten, die mit krummem Rücken weiterfegte, war niemand zu sehen.

»Es muss noch geheim bleiben.« Anselmo zeigte auf eine verschlossene Tür. »Mein Gast ruht sich nach der anstrengenden Reise aus. In ein paar Tagen muss er weiter nach Bozen. Aber davor werde ich ihn dem ganzen Ort vorstellen, dann sollst du ihn auch kennenlernen.«

Im Hintergrund hörte man Emerentia murmeln: »Wüstengesindel. Dass ich das noch erleben muss.«

»Halt den Mund. So was will ich nicht hören!«, sagte der Priester.

Bevor Tonia fragen konnte, was es mit dem Fremden auf sich hatte, brachte Anselmo sie zum Ausgang. »Du solltest jetzt gehen, ich muss in Ruhe mit meinem Gast sprechen. Grüß Laura von mir. Es fällt uns bestimmt eine Lösung ein.« Als Tonia ihm ins Gesicht sah, begriff sie, dass er selbst nicht daran glaubte.

Sie verließ die Kirche, ging aber nicht heim – es gab kein Zuhause mehr für sie. Neben dem verwehten Kreuz des Friedhofs sank sie in den Sand und wartete auf die Dunkelheit. Sie nahm ihr Tuch von den Schultern und band es um Kopf und Gesicht; der Wind wurde schärfer.

Bei sinkender Sonne hatte er die Stärke eines Sturmes erreicht; Tonia kroch unter das Kreuz und bemühte sich, einen Sehschlitz frei zu halten. Die Sonne war nur noch ein staubverhangener Kreis. Endlich tauchte sie unter, es wurde dunkel. Im Wohnhaus des Priesters gingen zwei Lichter an.

Tonia erhob sich auf die Knie, gegen den tosenden Sand ankämpfend, kroch sie auf das Gebäude zu. Neben dem Tor wand sich der verdorrte Stamm eines Rosenstockes empor, das alte Holz bildete Schlingen und Zöpfe; Tonia setzte den Fuß in die Krümmung und kletterte hoch. Mit raschen Bewegungen erreichte sie den Rand der Mauer, nahm ihr Tuch ab und umwickelte die Hände damit – man hatte Glasscherben in die Brüstung eingelassen, um sich vor diebischen Überfällen zu schützen. Der Innenhof war leer, in Anselmos Zimmer brannte kein Licht, doch aus dem Fenster des geheimnisvollen Besuchers drang ein Schimmer. Tonia schwang sich über die Mauer und sprang. Abwartend kauerte sie auf den sandbedeckten Fliesen – Emerentias Anstrengung war völlig umsonst gewesen. Neugierig näherte sich Tonia dem erleuchteten Fenster, das Fliegengitter behinderte die Sicht. Dort saß Anselmo, mit einer

Landkarte auf dem Schoß; er hörte zu, während jemand anders redete.

Tonia vernahm eine Stimme, sanft wie die einer Frau, gleichzeitig tief und männlich. Der Mann beherrschte die einheimische Sprache, doch er stammte nicht von hier. Seine Redeweise war langsam, er rollte die Konsonanten und verschluckte manchen Laut. Eben wollte Tonia ihr Gesicht um die Fensterkante schieben, als der Fremde in die Mitte des Zimmers trat. Nie zuvor hatte sie einen so großen Menschen gesehen; seine schmale Gestalt wurde von einem bodenlangen blauen Mantel bedeckt, auf dem Kopf trug er einen Turban. Sein Gesicht war schwarz. Alle Menschen hatten in der Wüste eine dunkle Hautfarbe angenommen, doch nie zuvor hatte Tonia einen wahrhaftig schwarzen Menschen gesehen. Dieses Gesicht war so sonderbar wie seine Stimme – energisch und zugleich mädchenhaft. Er hatte lange Wimpern, und als er den Kopf wandte, erkannte Tonia, dass unter der Kopfbedeckung zwei dicke Zöpfe hervorragten. Gelassen stand er vor Anselmo und unterstrich, was er sagte, mit ruhigen Gesten.

»Ich muss bei Tagesanbruch weiter«, verstand Tonia.

»Aber die Leute wollen dich sehen«, widersprach der Priester.

»Ich will morgen in Bozen sein«, schüttelte der Besucher den Kopf.

»Nach Bozen – in *einem* Tag?«, fragte Anselmo überrascht. »Selbst wenn kein Sturm tobt, kommst du kaum so weit.«

»Ich werde dort sein.« Der Fremde lächelte; Tonia erschrak, denn aus seinem Mund sprangen Blitze. Noch nie hatte sie solch ein Gebiss gesehen. Die Leute im Ort hatten gelbe, faulende Zähne, das lag an den mangelnden Vitaminen. Dieser Mann aber besaß ein blendend weißes Gebiss, nicht ein Zahn fehlte.

»Es hieß, dass ihr zu uns kommt, um uns etwas beizubringen.« Anselmo war die Enttäuschung anzumerken.

»Ich weiß«, nickte der Schwarze. »Das Rote Kreuz hat uns in den Norden geflogen, die Kirche beherbergt uns. Aber wir sind nicht genug, um in jedem Ort zu unterrichten. Darum bilden wir in den Städten junge Männer aus. Sie gehen anschließend in die Dörfer und geben unser Wissen weiter.«

»Ich hatte ...« Anselmo schüttelte missmutig den Kopf. »Ich hatte drei Jungs ausgesucht, starke, tapfere Kerle«, versuchte er den Fremden umzustimmen. »Sie haben ihre Eltern im Sturm verloren und würden gerne mit dir ziehen.«

Der Besucher legte dem Priester die Hand auf die Schulter. »Danke«, sagte er, »aber wir Tuareg suchen uns unsere Schüler selbst aus.«

Tuareg – das Wort durchzuckte Tonia wie ein Zauber. Seit sie klein war, hatte sie den geheimnisvollen Namen immer wieder gehört. Die Tuareg lebten im Süden, in der afrikanischen Weite. Sie besaßen kein Heim und zogen ihr Leben lang weiter; sie waren die Einzigen, die die Wüste beherrschten. Flüsternd wiederholte Tonia das Wort – *Tuareg.* In diesem Moment begriff sie, was Anselmo gemeint hatte, als er sagte: »Wärest du ein Junge, hätte ich schon eine Idee, was man mit dir anfangen könnte.« Die Tuareg suchten Schüler, denen sie beibrachten, wie man die Wüste bezwang! Verzweifelt lehnte Tonia den Kopf an die Wand; dieser Weg war ihr verschlossen – weil sie ein Mädchen war!

5

Es war kalt, der Sturm hatte sich gelegt, am wolkenlosen Himmel stand der Mond. Tonia war zur Ruine ihres Hauses zurückgekehrt, wo man aus dem Baldachin notdürftig ein Zelt gebaut hatte; Laura und die Kleinen schliefen darin. Lautlos huschte Tonia hinein, suchte den Nähkorb und trug ihn ins Freie. In der Finsternis blitzte Mutters Schere auf – einen Moment zögerte sie noch, dann setzte sie den ersten Schnitt. Neben ihr schwebten dunkle Flocken zu Boden. Sie arbeitete gründlich und verbissen; als sie fertig war, verschwand der Mond hinter der Gebirgskette. Tonia kroch ins Zelt, packte den Nähkorb weg und legte sich schlafen.

Als sie im Morgengrauen erwachte, war das Zelt leer. Laura musste zur Wasserausgabe gegangen sein; wieso hatte sie Tonia nicht geweckt? Benommen erinnerte sie sich ihres gestrigen Planes – im Licht des Tages erschien er ihr waghalsig und unüberlegt. Sie wischte den Schlaf aus den Augen und sprang ins Freie. Der Schrei ihrer Mutter ließ sie zusammenfahren.

»Was hast du – um Himmels willen gemacht!« Laura schob den Kinderwagen, darin waren die Wasserflaschen; auf dem Arm trug die Mutter die Säuglinge. Mit aufgerissenen Augen zeigte sie auf ihre Tochter.

Jetzt fiel es Tonia wieder ein. Sie hob die Hand und strich vorsichtig über den Kopf – wo gestern noch Locken in alle Richtungen abgestanden waren, fühlte es sich jetzt borstig und kahl an.

»Keiner braucht ein *Mädchen*«, sagte Tonia wie zu sich selbst. »Ab jetzt bin ich das, was gebraucht wird.«

»Verrückt«, wimmerte Laura und sank in den Sand. »Du bist verrückt geworden!«

»Mama.« Tonia hockte sich vor die Mutter. »Gib mir ein bisschen von dem Wasser, das wir aus Papa ...« Sie stockte, da sich Lauras Augen schon wieder mit Tränen füllten. »Ich brauche nicht viel, eine Flasche nur, und danach, das verspreche ich, musst du dir um mich keine Sorgen mehr machen.«

Laura versuchte gar nicht, ihre Tochter zu verstehen, beschwor sie stattdessen, nichts Unüberlegtes zu tun. Tonia sah ein, in diesem Zustand war von der Mutter keine Unterstützung zu erwarten.

»Beruhige dich, Mama, bleib hier, ich werde –« Weiter kam sie nicht.

Vom Ende der Sandpiste näherte sich ein weißer Wagen. Es war noch dämmerig, die Scheinwerfer brannten – gleich würde der Lichtkegel das Zelt erfassen. Nach dem ersten Schreck über Drexels Erscheinen durchfuhr Tonia eine Idee: War dies nicht die Möglichkeit, jene *andere* Person, die sie sein wollte, auf die Probe zu stellen?

»Verrate Drexel nichts!«, schärfte sie der Mutter ein und schlüpfte ins Zelt. Von den wenigen Habseligkeiten, die man aus den Trümmern des Hauses gerettet hatte, war die Wäschetruhe das Kostbarste. Tonia hob den Deckel und kramte zwischen den Kleidungsstücken ihres Vaters. Sie raffte zusammen, was sie brauchte, und benutzte einen Schlitz an der Hinterseite, um wieder ins Freie zu kommen. Vorne hielt die Limousine, der Motor wurde abgestellt. Gebückt rannte Tonia hinter die Düne und zog sich um. Alles war ihr zu groß. Sie schlang Simions Gürtel um die Taille, damit die Hose nicht rutschte, schlüpfte in seine Stiefel, zuletzt wand sie ein schwarzes Tuch um den Kopf. Sie machte einen Bogen um das Zelt und näherte sich von der Straße her, als komme sie aus der entgegengesetzten Richtung. Der behäbige Mensch im Kaftan war ausgestiegen und vor die Mutter getreten.

»Herr Drexel, Herr Drexel!«, rief Tonia. Sie senkte die Stimme, so tief sie konnte; in gespielter Eile kam sie über die Piste gerannt. Der Doktor hatte Laura unters Kinn gefasst und ihr einen guten Morgen gewünscht.

»Was gibt's?«, rief er der laufenden Gestalt entgegen.

»Ein Fels – aufs Glashaus!« Keuchend blieb sie stehen. »Sie haben gesagt ...!«

»Was?!«, schrie Drexel. »Ist etwas gebrochen?«

»Ein Sprung!« Tonia hielt sich die Hüften, als müsse sie erst zu Atem kommen.

»Das Glashaus hat einen Sprung?!«, brüllte der Dicke und wandte sich zu den Hügeln, wo seine Plexiplantage in der Sonne schimmerte.

»Da ist wieder ein Fels geplatzt«, nickte Tonia.

Es war ein Naturereignis, das die Bewohner des Ortes manchmal aus dem Schlaf riss. Tagsüber stieg das Thermometer auf 50 Grad, nachts kühlte die Luft fast bis zum Gefrierpunkt ab. Es kam vor, dass die Felsbrocken, die seit Jahrtausenden über dem Tal hockten, durch den extremen Temperaturunterschied zerbarsten. Am nächsten Tag fand man sie dann wie aufgesprungene Rosenblüten im Licht des Morgens. Manche stürzten ins Tal, richteten meist aber keinen Schaden an.

»Wo?« Drexel beschirmte die Augen. »Wo, Junge, sag schon!«

»Dort!« Tonia zeigte zu den Glashäusern, die am weitesten entfernt lagen.

»Seltsam«, murmelte der Doktor, »so weit ist bis jetzt noch keiner gekommen.« Forschend sah er den Jungen an. »Bist du sicher?«

Tonia nickte, gleichzeitig zog sie das Tuch in die Stirn.

Währenddessen hatte Laura zwischen ihrem neuen Beschützer und Tonia hin und her geschaut und sich gefragt, was das Schauspiel bedeutete. Erkannte Drexel ihre Tochter wirklich nicht wieder – bloß weil sie ihr Haar geschnitten hatte und diese lächerliche Verkleidung trug?

»Danke.« Drexel nickte dem vermeintlichen Jungen zu und machte dem Fahrer ein Zeichen. »Tut mir leid, meine Schöne, ich besuche dich ein andermal«, sagte er zu Laura und stieg ein.

Zufrieden sah Tonia der Limousine hinterher, die in einer Staubwolke verschwand. Sie ließ das schwarze Tuch auf ihre Schultern sinken, setzte sich zur Mutter und erklärte ihr, was sie vorhatte.

Der Tuareg

6

Als die Sonne die alte Burg auf dem Hügel in einen rosa Schimmer tauchte, befand Tonia sich schon auf dem Weg. Sie trug die Kleider ihres Vaters, hatte etwas gekochten Reis eingewickelt, über der Schulter hing die Wasserflasche. Der Abschied von den Geschwistern und Laura war schmerzvoll, aber knapp gewesen; Tonia wollte die Warnungen ihrer Mutter einfach nicht länger hören. Im Grunde wusste auch Laura, dass jeder Weg, den Tonia einschlug, voller Gefahren sein würde. Von nun an war sie ein Mädchen, das keine Familie mehr besaß.

Mit raschen Schritten ließ sie das Zelt und die Ruine des Elternhauses hinter sich, ging über die Sandpiste zum Ortskern, bog am Rathaus nach links und kam in das schäbige Viertel, wo eingestürzte Häuser elenden Hütten Platz gemacht hatten. Dort lag die Werkstatt des Klapperers.

Er stammte nicht aus dem Tal, sondern aus der betriebsamen Provinzhauptstadt Bozen. Er machte Geschäfte, indem er alte Metalle sammelte und zu etwas Neuem zusammenschweißte. Einmal die Woche packte er seine Erzeugnisse in den selbstgebauten Bus und machte sich damit auf die beschwerliche Fahrt nach Bozen. Niemand hatte ihn je anders genannt als »Der Klapperer«.

Tonia fürchtete, zu spät zu sein, begann zu laufen, schließlich zu rennen – aber dort stand noch sein Bus, schwarzer Rauch kam aus dem Auspuff; erleichtert lief sie näher.

»Was willst?« Wachsam sprang der Klapperer aus dem Wagen, die Hand in der Jackentasche – er trug stets eine Pistole bei sich. »Was gibt's, Bursche?«, rief er schärfer, als sie nicht stehen blieb.

»Erkennst du mich nicht?« Tonia nahm das Tuch ab.

Sein Mund klappte nach unten. »Mädel, du?!« Der Klapperer sprach den Akzent aus dem Süden, manchmal hatte Tonia Mühe, ihn zu verstehen. Sein graues Haar wuchs so tief in die Stirn, dass es die Augenbrauen berührte; er hatte eine flache Nase und breite Lippen. »Bist verrückt?«, brach es aus ihm hervor.

»Auf der Fahrt erkläre ich dir alles«, antwortete sie, warf ihre Tasche auf den Beifahrersitz und stieg ein.

»Wohin willst fahren?«

»Nach Bozen.« Sie schlug die Tür zu. »So schnell du kannst.«

Es dauerte zehn Minuten, bis der Klapperer Tonias Plan begriffen hatte, und weitere zehn, bis er sich einverstanden erklärte. Er wollte keine Schwierigkeiten mit ihrer Mutter bekommen, Tonia versicherte, dass er ihrer Familie im Gegenteil einen großen Gefallen tue. Die Sonne erhob sich bereits glühend über dem Ort, als das Vehikel endlich losfuhr; erleichtert sank Tonia zurück. Durch das kleine Fenster warf sie einen Blick auf die Ladefläche – ihr Freund hatte eine alte, fußbetriebene Nähmaschine dabei, die er zum Generator umgebaut hatte. Seit elektrischer Strom nur noch unregelmäßig aus der Steckdose kam, benutzten die Leute die verrücktesten Sachen, um selbst Strom zu erzeugen. Oft saß ein Familienmitglied abends am handgemachten Generator und drehte oder strampelte, damit es im Haus hell wurde.

»Damit machst du bestimmt ein gutes Geschäft«, wandte Tonia sich zum Klapperer.

»Wenn Gott will«, nickte er und steuerte aus dem Ort hinaus in die freie Wüste.

Eine Reihe von Palmen begrenzte die letzte Oase, in ihrer Mitte lag der bewachte Brunnen. Stacheldraht zog sich darum, bewaffnete Männer patrouillierten. Nicht weit davon waren Leute seit dem Morgengrauen damit beschäftigt, die Schösslinge ihrer Dattelpalmen gegen den vordringenden Sand zu verteidigen. Sie schaufelten ihn in Körbe und transportierten ihn auf den Rücken von Eseln dorthin, woher er gekommen war. Jeden Tag verrichteten sie die gleiche Arbeit, in dem Wissen, dass sich der Sand eines Tages endgültig über ihren Garten schieben würde.

Je weiter der Laster ins freie Land hinausfuhr, desto schweigsamer wurden Tonia und der Klapperer; die Wüste legte sich ihnen aufs Gemüt. Das Mädchen sah mit eigenen Augen, dass ihre Heimat eine endlose Ödnis geworden war. Das Land, dessen Fruchtbarkeit in alten Liedern gepriesen wurde, hatte sich in ein Meer ohne Wasser verwandelt.

In den kommenden Stunden nahm die Hitze zu, über der ausgeglühten Landschaft begann die Luft zu wallen. Als sie das Tal verließen, verschwamm vor ihnen der Horizont. Der letzte Dunst der Frühe bildete Luftseen, die jedes Mal verschwanden, wenn sich der Wagen ihren Ufern näherte. Ein dunkler Gebirgszug vor ihnen schien sich vom Untergrund zu lösen und in der Luft zu schweben; Gebilde, die Tonia für entfernte Berge hielt, schrumpften nach wenigen Metern zu mannshohen Brocken zusammen. Manchmal hatte das Mädchen das Gefühl, nicht sie bewegten sich durch die feindliche Landschaft, sondern die Wüste trieb an ihnen vorüber. Nur das Heulen des Motors bewies, sie waren unterwegs.

Stunden später waren sie erst an einer einzigen Oase vorbeigekommen. Die Anwohner hatten Zäune aus geflochtenen Palmblättern um ihre Pflanzungen gebaut; sie konnten den Sand damit nicht aufhalten, leiteten ihn aber so gut es ging an den kargen Hirsefeldern vorbei. Tonia wischte den Schweiß aus den Augenhöhlen; die Sonne war nur noch als mattweiße Scheibe zu sehen. Der Klapperer beobachtete die Sandmassen, mit denen die Luft sich füllte; dichter und dichter quollen sie gegen die Windschutzscheibe. Er verließ die Piste und steuerte auf eine Anhöhe zu. Obwohl er das Äußerste aus dem Motor holte, rutschten die Räder mehrmals zurück und drohten im Fließsand zu versinken. Schließlich erreichten sie aber den Gipfel der Kuppe. Der Klapperer wusste, warum: Während ein Staubsturm hoch in die Atmosphäre gewirbelt wurde, war Sand so schwer, dass ihn der Wind nur wenige Meter über den Boden erhob. Von ihrer hochgelegenen Insel aus erlebten die beiden ein faszinierendes Schauspiel: So weit sie blickten, bewegte sich unter ihnen das braun und gelb aufgepeitschte Wüstenmeer, darüber stand ein tiefblauer Himmel.

Als der Sturm sich legte, tauchte in der Ferne der Monte Virgolo auf; an seiner Flanke lag die Hauptstadt der Provinz – Bozen.

In der Schule hatte Tonia einiges über Bozen gelernt: Vor langer Zeit war es eine römische Kolonie gewesen, später hatten es die Bischöfe von Trento an die Grafen von Tirol verkauft. Mit dem Vater war Tonia einmal da gewesen, Simion hatte sie durch die Straßen geführt, die so eng waren, dass der Sand nur schwer hineinkam. Eine Stadt ohne Sand hatte Tonia zuvor nie gesehen. Bei jenem ersten Besuch war ihr Bozen wunderbar alt und gleichzeitig aufregend lebhaft erschienen; sie war gespannt, dies alles wiederzusehen.

Als sie an der Seite des Klapperers in die Vororte einfuhr, begriff sie: Die Wüste hatte auch hier gesiegt. Vor den Häusern sah Tonia Leute, die sich mühten, den Sand fortzuschaufeln, um wenigstens die Eingänge frei zu halten. Je weiter sie kamen, desto deutlicher wurde das Bild – die Stadt hatte verloren. Die schmalen Gassen waren von meterhohen Dünen verweht, in vielen Häusern hatte das Erdgeschoss aufgegeben werden müssen; die Menschen lebten in den oberen Stockwerken. Tonia sah einen Mann von seinem Balkon direkt auf den Platz hinausgehen. Die Straße war aus Sand, und der Sand war zur Straße geworden.

»Die haben hier noch weniger zu fressen als bei uns«, sagte der Klapperer, nachdem sie ein Stück schweigend gefahren waren.

Tatsächlich sah Tonia an einer Kreuzung den Getreidelaster der Regierung. Hunderte bildeten eine Schlange und warteten auf die Essensausgabe. Die Menschen waren hohlwangig, ihre Haut sah dunkel und ledrig aus, sie wirkten verdrossen, als habe die Sonne allen Lebenssaft aus ihnen herausgebrannt. Die meisten rückten stumm vor, bis sie an die Reihe kamen, nahmen das bisschen Mehl freudlos in Empfang und verschwanden in den angrenzenden Gassen.

Tonia hatte ihren Reis längst aufgegessen, sie war hungrig. Wollte sie die Suche nach dem Tuareg nicht mit leerem Magen beginnen, musste sie etwas zu sich nehmen.

»Lass mich hier raus«, sagte sie und hängte die Tasche um.

»Was willst jetzt machen?« Der Klapperer kratzte sich an der Stirn. Das Unbehagen, ein vierzehnjähriges Mädchen in der fremden Stadt allein zu lassen, war ihm anzusehen.

Jetzt erst, wo die Neugier des Aufbruchs, die Spannung, ob sie Bozen wirklich erreichen würde, bei Tonia nachließen, machte sie sich klar, in welcher Lage sie sich befand. Simion war tot; das Einzige, was von ihrem Vater geblieben war, befand sich in der Wasserflasche, die Tonia unter der Jacke versteckte. Hier stand sie auf einem unbekannten Platz in der verwüsteten Stadt, ein Mädchen, das sich als Junge verkleidete.

Wie lange würde ihr Mummenschanz verborgen bleiben, vor allem aber – was nützte er ihr? Auf die bloße Andeutung eines Fremden war sie nach Bozen gefahren, ohne die geringste Ahnung, wo sie ihn finden sollte, und selbst wenn – weshalb sollte der Tuareg sich ihrer annehmen? Er konnte weitergereist sein, vielleicht hatte sie ihn falsch verstanden – hundert Gründe fielen Tonia ein, warum die Idee, die sie so begeistert hatte, ihr nun verrückt, übereilt und lebensgefährlich erschien. Bald wurde es dunkel, es gab niemand, an den sie sich wenden, nirgends, wo sie übernachten konnte. Sie sprang vom Trittbrett des Lasters.

»Mach dir keine Sorgen«, rief sie dem Klapperer zu und bemühte sich um eine zuversichtliche Miene. »Ich kenne Leute, die mich hier aufnehmen.« Mit einem Wink bedeutete sie ihm loszufahren.

»Warte.« Er lehnte sich aus dem Auto und drückte ihr einen gefalteten Geldschein in die Hand. »Für alle Fälle.« Bevor Tonia widersprechen konnte, gab er Gas, in einer Wolke aus Dieselsprit verschwand der Wagen um die nächste Ecke.

Tonia zog das Tuch in die Stirn und stellte sich als Letzte in die Gruppe hinter dem Getreidelaster. Die Frauen vor ihr wandten den Blick.

»Er wird es nicht bis in den Norden schaffen«, sagte die eine, sie war noch jung und hatte doch graues Haar. »An den Passstraßen haben sie den Todesstreifen ausgebaut – Panzersperren und Stacheldraht –, da kommt keiner mehr durch.«

Die andere nickte; ihre Augen waren entzündet. »Am Timmelsjoch wurden zwei Burschen erschossen – die waren erst fünfzehn.«

»Mein Bruder wollte es auch über die Berge versuchen«, fuhr die Grauhaarige fort. »Am Gipfel haben ihn die Hubschrauber beinahe erwischt, auf der Flucht hat er sich das Bein gebrochen.«

An der Ausgabestelle ging es weiter, die Frauen machten zwei schleppende Schritte. »Wer weiß, ob es drüben wirklich besser ist als hier.« Sie rieb die geröteten Augen.

Die Sonne war hinter dem Kirchendach verschwunden, als Tonia endlich an die Reihe kam. Sie hielt dem Soldaten ihre Tasche als Gefäß hin, er kippte einen Becher graues Mehl hinein.

»Keine Bohnen?« Daheim gab es zum Getreide manchmal ein wenig Trockengemüse.

»Komm, Junge, mach keine Schwierigkeiten.« Der Soldat hatte seinen Becher wieder gefüllt. Trotzig blieb Tonia stehen.

»Hau endlich ab, Bengel!« Ein Mann drängte sie beiseite und nahm sein Mehl in Empfang.

Sie verließ den Platz, lief durch die Straßen, bis sie an ein Spielzeuggeschäft kam. Man hatte die Auslage eingeschlagen und geplündert; nur eine Puppe mit verdrehtem Hals war übrig geblieben. Sie musste einmal schönes Haar gehabt haben, jetzt ähnelte es einer Eselsmähne. In den Resten der zerschlagenen Scheibe sah Tonia die Puppe und daneben sich selbst. Sie erschrak. Als sie ihre Verwandlung vollzog, hatte sie nur daran gedacht, das unnütze Mädchen loszuwerden. Die junge Frau, die gerade in ihr erwachte, hatte sie dabei völlig vergessen. Mit Abscheu betrachtete sie jetzt das scheußliche Zwitterwesen, zu dem sie sich gemacht hatte. Die abgetragenen Kleider des Vaters schlotterten um ihre Glieder, Augen und Mund waren vom Sand verkrustet und ihr Haar … Sie zog das Tuch vom Kopf. Früher war sie stolz auf ihre Locken gewesen, hatte sie gebürstet und mit Öl eingerieben; nichts war davon übriggeblieben. Borsten und Strähnen standen in alle Richtungen, so als hätte ein Irrsinniger sein Unwesen auf ihrem Kopf getrieben. Tonia senkte den Blick und begann zu weinen. Sie war jetzt wirklich ein *Junge*, ein hässlicher Bengel, niemand würde das bezweifeln! All das Schöne, Zarte und Liebenswerte hatte sie fortgegeben!

Traurig schlüpfte sie in das verlassene Haus. Im hintersten Winkel richtete sie sich ein Lager ein, mischte in ihrem Trinkgefäß das Mehl mit Wasser und knetete Klumpen daraus. Auch wenn es ohne Salz nicht schmeckte, aß sie die Tasse langsam leer. Sie dachte an ihre Mutter, die das Zelt vielleicht gerade verließ, um ins Haus von Doktor Drexel zu ziehen. Tonia fragte sich, wie viel ihre kleinen Brüder von dem Unglück schon mitbekamen, vor allem aber, wann sie einander wiedersehen würden. Die Augen wurden ihr schwer; von der Mühe des Tages sank ihr der Kopf auf die Brust, im nächsten Moment war sie eingeschlafen.

Tonia träumte von einer reißenden Wasserfahrt. Sie hockte auf einem Floß, das über einen pechschwarzen unterirdischen See trieb. Das Wasser war wild und drohte, das Gefährt zum Kentern zu bringen. Neben ihr stand der Tuareg und steuerte ihr Floß so geschickt durch die Wellen, dass sie weiter und weiter in den See hinaustrieben. Inmitten des Wassers sah Tonia plötzlich ein Leuchten; es kam aus der Tiefe, rotgolden schimmerte es und hatte einen gefährlichen Glanz. Das Leuchten schäumte und sprudelte, als wollte es gleich emporschießen; je heftiger sich der unterseeische Glanz veränderte, desto wilder wurde der See.

»Pangaea!«, rief der Tuareg. »Es bewegt sich!«

Bevor Tonia fragen konnte, was *Pangaea* bedeutete, spürte sie einen Ruck an ihrer Brust. Sie drehte sich um – und erwachte.

In der Dunkelheit hörte sie rieselnde Schritte, erschrak, griff neben sich – die Wasserflasche war fort! Tonia sprang auf, rannte in die Richtung, wohin die Schritte verschwunden waren, rutschte im Sand aus, stürzte, kletterte weiter, erreichte den Ausgang der Ruine – und blieb ängstlich stehen.

In den Häusern rundum war es völlig dunkel; die Gasse, ja die ganze Stadt schien ohne Licht zu sein! In Tonias Heimatort brannte in jedem Straßenzug wenigstens eine Lampe, deshalb traute man sich nachts noch ins Freie. In Bozen hatte man den Strom vollkommen abgestellt. Kein Fenster war erleuchtet, nirgends spielte Radiomusik, in der Finsternis war es erschreckend still. Sie lauschte, um die Schritte des Diebes zu hören – doch selbst wenn sie ihn fand, was konnte sie ausrichten? Wer das Wasser auch gestohlen hatte, er war gewiss stärker als ein vierzehnjähriges Mädchen. Sie musste froh sein, dass ihr nichts Schlimmeres passiert war.

Verwirrt und unglücklich kehrte sie in das eingefallene Haus zurück und hockte sich wieder zum Schlafen hin. Während sie ihre Füße langsam in den Sand grub, wurde Tonia klar, dass sie mit dem Wasser auch das letzte Andenken an ihren Vater verloren hatte.

7

Sie erwachte zu jener Stunde, zu der sie daheim die leeren Flaschen genommen und sich zur Wasserausgabe aufgemacht hatte. Tonia tastete neben sich – der nächtliche Diebstahl fiel ihr ein. Sie hatte Hunger und Durst, aber die Mutter, die sonst am Herd stand und Hirsebrei kochte, war weit weg. An diesem Morgen in der Fremde begriff Tonia zum ersten Mal ihre Einsamkeit; dies war kein vorübergehender Ausflug, von dem sie jederzeit zurückkehren konnte, es war die Wirklichkeit. Sie stand allein in der Welt, ohne Familie oder Freund, sie konnte sich nur auf sich selbst verlassen.

Tonia schüttelte den Trübsinn ab, kletterte aus dem verfallenen Haus und bog in die nächstbeste Straße ein. Beim

Laufen ordnete sie ihre Gedanken. So wie sie musste auch der Tuareg am Vortag nach Bozen aufgebrochen sein. Was hatte er zu Pater Anselmo gesagt? »Das Rote Kreuz hat uns in den Norden geflogen, die Kirche beherbergt uns.« Tonia blieb stehen. Natürlich! Um den Tuareg zu finden, musste sie zur Kirche gehen! Eben wollte sie sich auf die Suche machen, als sie hoch über sich einen klingenden Laut hörte. Sie lächelte. Eine Glocke hatte geschlagen – schon wieder, noch dreimal; es war fünf Uhr morgens. Zuversichtlich lief Tonia in jene Richtung, nach ein paar Schritten blieb sie wieder stehen. Der Klang einer anderen Glocke war dazugekommen, tiefer und mächtiger, jetzt eine dritte, und schon huben überall in der Stadt die Glocken zu läuten an. Ihre verdammte Dummheit! Wie hatte sie glauben können, in der großen Stadt gäbe es nur eine einzige Kirche? Entmutigt lief Tonia weiter, entdeckte den Turm, von dem das erste Läuten kam, er erhob sich über einem Gebäude aus hellem Stein. Das Tor war verschlossen.

Auf gut Glück folgte Tonia dem Geläute zur nächsten Kirche, da bemerkte sie auf einer breiteren Straße einen Strom von Menschen, die in die gleiche Richtung liefen. Sie hatten Gefäße in ihren Händen – auch hier rannten um fünf Uhr morgens alle zur Wasserausgabe. Tonia änderte ihren Plan; dort wo das Wasser verteilt wurde, konnte sie vielleicht mehr erfahren. Sie schloss sich den Laufenden an. Mittlerweile waren die Glocken verstummt, kaum ein Wort wurde gesprochen, man hörte nichts als die eilig scharrenden Schritte im Sand.

Die engen Gassen lagen im Schatten, doch als Tonia mit den Übrigen einen großen Platz erreichte, wurde sie von der Morgensonne empfangen. Sie beschien eine steinerne Gestalt in der Mitte, einen Mann mit Kappe und langem Gewand. Ihm zu Füßen saß ein steinerner Löwe, darunter entdeckte Tonia einen vertrockneten Brunnen. Auf der anderen Seite begann das Spektakel: Wie zu Hause fuhr auch hier der rote Feuerwehrwagen vor, daneben sprangen Soldaten aus einem gepanzerten Fahrzeug und umringten den Wassertank; sie hielten die Waffen im Anschlag.

Daheim hatte Tonia lange nicht begriffen, was die Bewachung sollte, bis sie eines Tages mitangesehen hatte, wie eine Gruppe von Leuten mit Messern und Stöcken auf die Feuerwehrmänner losging und mehr Wasser verlangte. Tonia wusste, dass das Gefühl, den Durst nie wirklich stillen zu können, übermächtig werden konnte. Der Vater hatte ihr beigebracht, wie man sich Erleichterung schuf. Man befeuchtete einen Lappen mit Wasser und kaute darauf herum; im Mund schien die Feuchtigkeit mehr zu werden.

Auch wenn sie sich nach einem Schluck Wasser sehnte, blieb Tonia nicht in der Gruppe derer, die zum Feuerwehrwagen strömten, denn auf der Rückseite des Platzes erhob sich eine gewaltige Kirche. Das Dach bestand aus schwarzen und grünen Ziegeln, zuoberst saß ein Sandsteinturm, dessen Spitze so zart aufragte, als würde sie gleich mit dem Himmel verschmelzen. Tonia lief zum Denkmal, erklomm den steinernen Löwen und die Statue. Nun hatte sie einen prachtvollen Blick.

Die Feuerwehr hielt vor dem Tor des Doms. Ein Ruck ging durch die Leute, alle bewegten sich auf den Wassertank zu. Nicht alle, bemerkte Tonia. Eine kleine Gruppe blieb auf den Kirchenstufen, seltsam gekleidete Leute: Leuchtend rot waren die breitkrempigen Hüte, lange Federn saßen darauf, bei den Frauen Blumengirlanden. Manche hatten die dunkelgrüne Pelerine zurückgeschlagen, darunter sah man Jacken mit blauen Schärpen und Goldknöpfen. Die Männer trugen Kniehosen aus Tierhaut, die Frauen Schürzen und eng geschnürte Wämser. Nun begriff Tonia, es waren *Schützentrachtler*! Sie hatte von ihnen gehört: Es hieß von den Schützentrachtlern, sie trügen die alte Kleidung zum Zeichen dafür, dass sie freie Bürger waren und gehen konnten, wohin sie wollten. Sie erkannten die künstliche Grenze nicht an, die entlang der Alpenlinie gezogen worden war. Die Trachtler sahen sich nicht als Wüstenbewohner und verachteten alle, die sich als solche einstufen ließen.

Tonia hätte über die dicken Westen, die Goldspangen und den groben Filz gelächelt, wären ihr diese Leute nicht unheimlich erschienen. Düster und wortkarg standen sie beisammen; als einer sich zur Seite drehte, blitzte unter seinem Mantel etwas auf – ein Gewehr? Ein anderer zeigte zur Ostseite des Platzes.

Tonia drehte sich um. Die Sonne blendete sie, und doch bemerkte auch sie einen Wagen, der sich langsam dem Kirchenportal näherte. Staunend sah sie das schmale Fahrzeug vorbeigleiten. Heutzutage wurden nur noch Autos gebaut, die in der Wüste fortkommen konnten – dieser Wagen jedoch war elegant, dunkel lackiert und hatte Vorhänge an den Fenstern. Man hatte ihn mit breiteren Reifen ausgestattet und einer V-förmigen Stoßstange, wohl um kleine Dünen beiseite zu schieben. In dem Moment, als das Auto vor der Kirche hielt, öffnete sich das Tor. Ein Geistlicher trat heraus, ihm folgten zwei Gestalten in langen Umhängen. Einer von ihnen war der Tuareg.

Tonia wäre vor Freude beinahe vom Denkmal gefallen. All ihre Hoffnung hatte mit einem Mal wieder Gültigkeit! Rasch stieg sie ab, sprang vom Löwenkopf in das Brunnenbecken und von dort auf den Platz. An der schwarzen Gesichtsfarbe erkannte sie, dass auch der zweite Fremde ein Tuareg war; gemeinsam mit dem Geistlichen gingen sie auf das Fahrzeug zu.

Tonia wollte zu ihnen, mit ihnen sprechen, und rannte los, doch Menschen versperrten ihr den Weg. Man hatte mit der

Wasserausgabe begonnen, die ersten Leute machten sich mit ihren vollen Gefäßen auf den Heimweg. Tonia behielt die Kirchenstufen im Auge, wo der Tuareg mit dem Geistlichen redete. Gleich würde er einsteigen und davonfahren! Irgendwie musste sie an den Schützentrachtlern vorbei, wollte schon vorüberschlüpfen, als sie bei zwei weiteren Männern Waffen entdeckte – schwere Flinten, wie man sie auf der Jagd benutzte. Tonia hatte von Schützenfesten gehört, wo um die Wette geschossen wurde; wozu aber hatten die Trachtler ihre Waffen hierher mitgebracht?

»Schwarze Pest«, hörte sie den in der Mitte sagen; er hatte weißes Haar und wässerige Augen. »Wüstengesindel.« Der Mann zog das Gewehr unter der Pelerine hervor. Erschrocken folgte Tonia der Richtung des Laufes – er zeigte genau auf den Tuareg.

»Schwarzer Hund, krepier!«, schrie der Weißhaarige, hob das Gewehr an den Kopf und legte den Finger an den Abzug.

Tonia machte einen gewaltigen Satz. Fünf Stufen auf einmal sprang sie hinauf, hechtete wie ein Raubtier in die Gruppe der Trachtler und stieß den Weißhaarigen zur Seite. Sein Gewehr zuckte nach oben, gleichzeitig löste sich der Schuss. Einen Augenblick Stille, jetzt ein greller Schrei. Tonia war zu Boden gestürzt, rollte herum, sah, wie eine junge Trachtlerin sich ins Gesicht fasste. Ein Blutstrom quoll unter ihrem Hut hervor und rann über die Augen. Noch einmal schrie sie, taumelte und sank in die Knie, dann fiel sie vornüber, direkt auf das blutüberströmte Gesicht.

Auf dem Platz standen die Leute wie festgebannt, sie begriffen noch nicht. Neben der zusammengebrochenen Frau begannen die Trachtler zu kreischen, der mit den wässerigen Augen hielt die Flinte fassungslos in den Händen. Tonia nutzte den Moment, sprang auf und rannte zum Wagen.

Im Augenblick, als der Schuss gefallen war, mussten die Tuareg in Deckung gegangen sein. Nur der Geistliche stand noch, überwältigt vom Schreck. Der junge Schwarze riss ihn herum und stieß ihn in die Kirche zurück. Als der Geistliche das Tor erreichte, krachte eine Gewehrladung ins Holz; in Todesangst floh er in das Gotteshaus. Der Tuareg machte kehrt, sah, dass der andere schon in den Wagen gesprungen war – nur er und Tonia befanden sich noch auf den Stufen. Dahinter hoben die Trachtler erneut die Gewehre und schossen; Kugeln schlugen in den Kofferraum, zerschmetterten den Rückspiegel. Tonia rannte, so schnell sie konnte, war nur noch wenige Schritte vom Auto entfernt – etwas krallte sich in ihre Schulter, ein Brennen, wie damals, als sie dem Schweißbrenner ihres Vaters zu nahe gekommen war. Sie taumelte, wollte weiter, doch der Boden kippte unter ihr weg. Sie fiel ins Blau des tiefen, wolkenlosen Himmels. Von fern hörte sie das Trampeln der Trachtlerschuhe, irgendwo startete ein Motor, danach wurde das Blau um Tonia blendend weiß.

Die Nacht der Blitze

8

Als sie erwachte, glitt die Wüste vorbei. Es war heiß im Innern des Wagens, nur der Fahrtwind verschaffte Kühlung. Eine der Scheiben war zerschossen, überall glitzerten Glassplitter. Tonia wollte sich aufrichten und bemerkte, dass sie im Arm des jungen Tuareg lag.

»Nicht bewegen«, hörte sie die sanfte Stimme und spürte den Druck seiner Finger an ihrem Arm. Er presste sie auf die Wunde. Tonia entdeckte überall Blut, sie hatte den ganzen Ledersitz schmutzig gemacht. Der Tuareg griff an seinen Kopf und nahm den Turban ab. Zum ersten Mal sah Tonia die Zöpfe unverhüllt, seine Stirn war hoch, über den Augen zierte sie eine Tätowierung. Behutsam schlang er die Stoffbahn um Tonias Arm. Der Schmerz fuhr ihr in die Schulter wie der Biss eines Tieres – sie hätte schreien mögen! In derselben Sekunde fiel ihr ein, dass sie ja einen Jungen darstellte. Sie presste die Lippen aufeinander und verbiss den Schmerzenslaut.

Ihr Blick fiel ins Freie. Sie verließen die Stadt. Vor ihnen lag das ausgetrocknete Tal, der Wagen fraß sich in die Weite des Salzsees hinein. Der Schmerz überschwemmte Tonia von allen Seiten, sie verlor erneut das Bewusstsein.

Als sie die Augen aufschlug, war das Holpern und Rütteln vorbei; flirrende Hitze drang herein. Tonia war allein im Wagen, ihr Arm steckte in einem straffen Verband. Sie richtete sich auf, um zu sehen, weswegen sie hielten. Draußen standen die Männer beisammen. Die Mäntel der Tuareg wehten im Wind; das Tuch war so dünn, dass es kaum Schatten warf. Der junge Tuareg war ein hochgewachsener Mann, doch der andere überragte ihn noch um ein gutes Stück; er hatte wahrhaftig etwas von einem Riesen. Die beiden hörten einem dritten Mann zu. Als er sich umwandte, erkannte Tonia den Priester wieder, der beim Gefecht in die Kirche geflüchtet war. Er bemerkte die neugierige Silhouette hinter der Scheibe und machte den Tuareg ein Zeichen; gemeinsam kamen sie auf Tonia zu.

»Muss ich jetzt sterben?«, fragte sie ängstlich, kaum dass die Tür geöffnet wurde.

»Ein Tuareg stirbt nicht durch *einen* Schuss«, antwortete der junge Schwarze, »er stirbt auch nicht durch hundert Schüsse. Nur die Wüste darf den Tuareg töten.« Behutsam betastete er den Verband um Tonias Schulter. »Es hat zu bluten aufgehört.« Er lächelte, dass die Zähne blitzten. »Ich heiße Dula. Und du?«

Die Frage kam unvorbereitet. Tonia schluckte – die Wahrheit lag ihr auf den Lippen. Hatte der Tuareg sie ausziehen müssen, um die Verletzung zu untersuchen? Tonia war kräftig, besaß muskulöse Arme und Beine, doch vom Hals abwärts war sie unübersehbar schon eine Frau. Das Tuch des Vaters war ihr in den Nacken gerutscht. Die Kopfform, der feine Hals – hatte man sie bereits als Mädchen erkannt? Sie wollte ihren Retter nicht belügen, zugleich erinnerte sie sich der Worte Pater Anselmos: »Das Hauptproblem ist, dass du ein Mädchen bist. Jungen traut man einfach mehr zu.«

»Ich heiße Antonio Raffainer«, antwortete sie mit entschlossener Miene.

»Antonio, soso.« Hinter dem Tuareg trat der Priester hervor.

Er hatte ein spitzes Gesicht und musterte den vermeintlichen Jungen misstrauisch. »Ich bin Monsignore Ciampino. Sag mir, woher du stammst, Antonio. Leben deine Eltern in Bozen?«

»Warum?«

»Weil wir sie verständigen müssen, bevor wir dich an der nächsten Oase absetzen.«

»Sie können mich nicht absetzen! Ich komme nicht aus Boz…« Sie stockte. Durfte sie erzählen, dass sie dem Tuareg den weiten Weg gefolgt war, um sich ihm anzuschließen? Der Instinkt sagte Tonia, nach dem Unglück in Bozen hatte alles ein anderes Gesicht bekommen.

»Ich habe keine Eltern mehr«, log sie. »Ich bin allein und lebe in der Wüste.

»Wie alt bist du?«, fragte der Tuareg, der sich Dula nannte.

»Vierzehn.«

»Du bist klein für einen Jungen in deinem Alter.«

»Das sind alle in meiner Familie.«

»Ich dachte, sie seien tot«, warf der Priester ein.

»Ich meine… sie *waren* klein – als sie noch lebten!«, rief sie hastig.

Während Tonia eine Lüge nach der anderen hervorsprudelte, betete sie, ihre Mutter möge ihr verzeihen, dass sie sich als Waisenkind ausgab.

»Und von wo kommen Sie?«, fragte sie, um ein anderes Thema zu finden.

»Wir sind vom Stamm der Nouaji und leben am südlichen Rand der Sahara«, antwortete Dula. »Du kannst uns übrigens duzen.«

Tonia fiel ein, was sie in der Schule gelernt hatte: *Die Sahara ist die Mutter der Wüsten. Sie umfasst den gesamten afrikanischen Kontinent. Von ihr ging der große Sturm aus, der Europa überschwemmte. Die Sahara kam zu uns, und wir wurden zur Sahara.*

»Und was machen Sie … was macht ihr hier im Norden?«, versuchte sie die Entscheidung über ihr Schicksal noch hinauszuschieben.

»Die Tuareg sind Botschafter der Wüste«, antwortete der Priester an Dulas Stelle. »Nachdem ihre Mission im Norden abgeschlossen sein wird, bringe ich sie nach Rom.« Ungeduldig schaute er nach dem Sonnenstand. »Wir müssen weiter.«

»Nehmt mich mit!«, rief Tonia. »Ich will nützlich sein, ich kann für euch arbeiten …« Zum Zeichen, dass es ihr besser ging, bewegte sie den Arm. Der Schmerz war so heftig, dass sie aufschrie; Punkte flirrten vor ihren Augen.

»In Arco setzen wir dich ab«, sagte der Geistliche ohne Mitgefühl. »Die Kirche darf sich in Angelegenheiten der Polizei nicht einmischen.«

»Polizei?!« Zum Schmerz kam die Angst – was würde die Mutter, was würden alle sagen, wenn Tonia als Verbrecherin in den Ort zurückgebracht wurde? »Aber die *anderen* haben geschossen!« Sie warf Dula einen hilfesuchenden Blick zu. »Die hätten dich umgebracht, wenn ich nicht …«

Nachdenklich sah er sie an. »Du hast recht. Um mich zu retten, hast du einen Sprung getan, wie ich ihn bis jetzt nur bei einem einzigen Lebewesen gesehen habe.«

»Welches Lebewesen?«

»Eine Flamme! Schnell und geheimnisvoll breitet sie sich von einem Moment zum nächsten aus – jetzt ist sie hier, schon hat der Wind sie weitergetragen.«

Es war das Schönste, das man je zu Tonia gesagt hatte; ihr wurde ganz warm ums Herz.

»Steigt ein«, unterbrach der Priester. »Wir haben keine Zeit für Märchengeschichten.« Er startete und brachte den Wagen auf die Sandpiste.

9

Es war ein schwarzer Brocken ohne besondere Form. Dula hob ihn auf.

»Was ist das?« Tonia hockte im Freien; die Sonne war fast versunken.

»Gut zum Feuermachen«, antwortete er und gab ihr den Klumpen.

»Wie kann man mit Steinen Feuer machen?« Sie wog ihn in der Hand, das Ding war bröselig.

»Kein Stein«, lächelte Dula, »etwas Besseres.«

»Scheiße ist es.« Über Tonia stand der Monsignore, die Wasserflasche in der Hand.

»Er hat recht.« Mit drei weiteren Klumpen kam Dula zum Auto. »Es ist Kamelmist.« Er grub eine Kuhle in den Sand und legte den Dung hinein.

»Wieso wusstest du, dass hier Kamele waren?« Durstig sah Tonia dem Monsignore beim Trinken zu.

»Wir fahren entlang der Karawanenroute.« Dula brach etwas vom Wüstengestrüpp ab und legte es in die Vertiefung.

Wo Sand und Fels eben noch rotgolden geleuchtet hatten, breitete sich nun mattes Blau aus, die Konturen verschwammen – es war der plötzliche Wechsel, wenn der Tag an den Rand der Nacht kam und von ihr verschluckt wurde.

»Was haben die Schützentrachtler gegen euch?«, fragte Tonia, als der Priester sich ein paar Schritte vom Auto entfernte.

Der Tuareg nahm ein altmodisches Feuerzeug aus der Manteltasche. »Im Norden gibt es viele Menschen, die unglücklich sind«, antwortete er nach einer Pause.

»Worüber?«

Die Flamme zuckte hoch, er hielt sie an das Gestrüpp. »Unglücklich, in der Wüste leben zu müssen.«

»Aber überall ist doch Wüste – das ganze Land ist Wüste.«

»Das war nicht immer so.« Mit der Hand fächelte er das Flämmchen an. »Manche Leute sehnen sich nach der Vergangenheit. Von ihren Großeltern wissen sie etwas über die Zeit, als alles Land hier um uns ein einziger Garten war.«

Es knisterte, das Feuer gewann an Kraft, Dula legte den Kameldung darauf. »Deshalb hassen sie es, wenn *wir* in ihr Land kommen.« Er sah Tonia an. »Mein Stamm lebt seit Urzeiten in der Wüste. Einen wie mich zu sehen, erinnert die Menschen daran, dass sie die Uhr nicht mehr zurückdrehen können. Wo wir sind, ist die Wüste. Das macht sie traurig.« Er seufzte. »Und wütend.«

»Aber deshalb schießt man doch nicht auf Menschen!«

»Nur verrückte Menschen glauben, wenn sie uns umbringen, können sie die Wüste verjagen«, nickte er und zeigte aufs Feuer. »Was sagst du, wie gut das brennt?«

Monsignore Ciampino kam hinter dem Felsen hervor und schloss seine Hosenknöpfe.

»Es wäre besser gewesen, Sie hätten sich beherrscht«, sagte der Tuareg mit sanfter Stimme.

»Wie bitte?!« Das Gesicht des Priesters nahm einen verärgerten Ausdruck an.

»Das ist Verschwendung von Flüssigkeit.« Dula holte einen Sack aus dem Auto, in dem seine Habseligkeiten waren. Ein Aluminiumzylinder kam zum Vorschein, zwei Schläuche, ein Trichter und etwas, das wie ein Filter aussah.

»Wozu soll das gut sein?« Missmutig ließ sich der Priester auf den Autositz fallen.

»Das ist der Beginn meines Unterrichts«, lächelte Dula.

Tonia beobachtete, wie er die Dinge zusammensetzte.

»Die Leute hier im Norden wollen nicht glauben, dass es

möglich ist, manche ekeln sich sogar davor.« Er stellte das Gerät in den Sand und wandte den Übrigen den Rücken zu; gleich darauf hörte Tonia es plätschern. Nachdem der Tuareg in den Trichter gepinkelt hatte, setzte er eine Stange an die Maschine und bewegte sie wie einen Brunnenschwengel. Er pumpte so lange, bis aus der unteren Öffnung eine Flüssigkeit rann, die er mit einer abgeschnittenen Plastikflasche auffing. Er hielt Tonia das halbvolle Gefäß hin. Der Inhalt war trübe; sie schnupperte, die Flüssigkeit hatte keinen Geruch.

»*Männerwasser«*, sagte er. »Probier mal.«

»Sie werden das Zeug doch nicht trinken!«, rief Ciampino.

»Man kann es vorher abkochen«, nickte Dula, »dabei geht aber einiges verloren.«

»Das ist ekelerregend!« Zum Zeichen seiner Abscheu setzte der Priester die Wasserflasche an den Mund und trank.

»Wenn man sich in der Wüste verlaufen hat, wenn vor und hinter einem nichts ist als Sand und Hitze, dann denkt man anders darüber.« Mit einem Nicken ermunterte der Tuareg Tonia zu trinken.

Sie hielt die Lippen an den Rand, ließ einen winzigen Schluck in den Mund und schmeckte – erstaunt sah sie Dula an. »Das ist Wasser!«

»Beinahe«, lächelte er. »Die Bauern, denen ich den *Fadchi* vorgeführt habe, waren genauso überrascht. Nachdem sie ihre Scheu überwunden hatten, pinkelten sie fleißig in meinen Trichter.« Er machte eine einladende Geste. »Willst du es probieren?«

Bereitwillig stand Tonia auf – im selben Moment fiel ihr ein, dass es kaum möglich für sie wäre, *Männerwasser* zu produzieren, ohne dass ihre Verkleidung aufflöge.

»Ich muss im Moment nicht«, sagte sie und gab Dula das Gefäß zurück.

Aus der Dunkelheit tauchte der zweite Tuareg auf; er brachte ein Stück Holz, das wie eine Wurzel gedreht war.

»*Shawuawe.*« Es war das erste Wort, das Tonia von ihm hörte.

Dula nickte zufrieden. »Wir müssen den Verband abnehmen.«

Sie zuckte zurück – der stille Abend, das Feuer, zum ersten Mal seit dem Tod ihres Vaters fühlte sie sich wohl. Tonia wollte keine Schmerzen mehr. »Warum? Der Verband sitzt prima, es tut gar nicht mehr weh.«

»Vertrau mir.« Dula löste die Schleife und wand den Turban von ihrer Schulter. Als sie das Gewicht des Armes selbst tragen musste, schmerzte es. Schnell, als habe er es hundertmal gemacht, zerrieb Dula die Wurzel zwischen den Händen. Das Holz sah trocken aus, er aber presste eine ölige Flüssigkeit heraus.

»Beiß die Zähne zusammen.« Im nächsten Moment schmierte er das Öl in die Wunde. Es brannte, es pochte – doch zugleich fühlte sie, dass die Flüssigkeit wie ein Balsam wirkte; als ob ein kühler Wind über ihre Schulter strich. Dula wickelte den Turban wieder darüber.

Mittlerweile war es dunkel geworden. Der große Tuareg zog seinen Kaftan aus und setzte sich mit nacktem Oberkörper auf einen Fels. Nie hatte Tonia solche Muskeln gesehen; der Schattenriss des Mannes wirkte wie ein Gebirge. Er führte einen gebogenen Gegenstand an den Mund, nahm einen glimmenden Zweig und hielt ihn daran, bis es aus dem Ding zu rauchen begann.

Tonia rückte näher. »Was ist das?«

»*Zebu*«, sagte der Riese und rauchte weiter.

»Muganabe hat seine Pfeife aus dem Horn eines Zebu-Rindes geschnitzt«, erklärte Dula. »Wir züchten diese Kühe, weil sie wenig Wasser brauchen.«

»Muganabe –«, wiederholte Tonia den ungewöhnlichen Namen. Jedes Mal wenn er den Rauch ausblies, wehte Tonia ein schwerer Geruch an. Er hatte das Gesicht in ihre Richtung gewandt, doch seine Augen lagen so tief in den Höhlen, dass sie nicht wusste, ob er sie ansah. Um seinen Hals hingen Amulette aus Stein und Metall.

Dula hatte inzwischen eine Zange aus seinem Vorratssack geholt, klemmte eine Blechdose dazwischen und hielt sie über die Flamme. Wenig später begann der Inhalt zu zischen. Er stellte die Büchse zwischen sich und Tonia und nahm mit drei Fingern einen dampfenden Klumpen heraus. »Bedu-Küche«, lächelte er.

Es war Lammfleisch in einem Brei, der nach Hirse schmeckte. Sie griff zu, kaute und schluckte gierig – seit Tagen die erste warme Mahlzeit!

»Und Muganabe?«, fragte sie mit Blick auf den rauchenden Mann.

»Muganabe isst nicht, wenn wir zusehen. Seine Religion verbietet es.«

Auch wenn hier am Feuer alles so friedlich schien, hatte Tonia nicht vergessen, was ihr bald drohte. Als der ärgste Hunger gestillt war, drehte sie sich nach dem Monsignore um.

»Diese Sache in Bozen«, begann sie vorsichtig. »Der Schuss auf die Frau … daran bin ich doch nicht schuld?«

»Die Schützen aus Bozen sind einflussreich.« Er biss in ein Stück Zwieback. »Es sind die ältesten Familien des Landes. Egal, was wirklich passiert ist, sie werden schon dafür sorgen, dass man dich für schuldig hält.«

Tonia saß ein Kloß im Hals. »Und wie … könnte man mich dafür bestrafen?«

»Wenn die Trachtler dir übelwollen, lautet das Urteil auf Dehydrierung.«

»Dehydrieren?«, fragte Tonia verwirrt. »Muss man dafür

nicht tot sein? Heißt das«, sie wandte sich zu Dula, »dass ich *umgebracht* werde?«

»Nein«, antwortete er schlicht, »dazu wird es nicht kommen.«

Der Monsignore trat in den Lichtkreis. »Die Kirche mischt sich nicht in weltliche Angelegenheiten«, sagte er barsch. »Das bedeutet, der Junge wird ausgeliefert.«

Statt einer Antwort begann Muganabe den Oberkörper vor und zurück zu wiegen. Aus der Tiefe seines Körpers stieg ein eigentümlicher Gesang empor, der weder Anfang noch Ende kannte. Es war, als ob nicht Muganabe sang, sondern als sei er von Stimmen umgeben.

»Zeit zu schlafen.« Behutsam nahm Dula das Essgeschirr aus Tonias Hand.

Auf der windgeschützten Seite des Wagens legte sie sich in den Sand. Den Blick nach oben gerichtet, fühlte Tonia sich mit einem Mal ganz behaglich. Sie hatte ein warmes Essen im Magen, die Wüste war ihr weites Bett; die Sterne darüber sahen wie weit entfernte Feuer aus, an denen ebenfalls Menschen saßen. Das Letzte, was sie wahrnahm, war die Gestalt des riesigen Tuareg im Schein der Flamme; sein Gesang wiegte sie in den Schlaf.

10

Den Blick starr geradeaus gerichtet, jagte Ciampino den Wagen nach Süden. Er machte einen Bogen um die Stadt Trento, ließ kleinere Ortschaften hinter sich und steuerte schließlich auf eine Siedlung zu. Kurz davor entdeckte Tonia ein abgeblättertes Schild; sie entzifferte die Buchstaben: *Lago di Garda.* Dahinter lag nichts als eine endlose Fläche aus Salz und Kies. Überraschend früh drosselte der Monsignore das Tempo und spähte aufmerksam dorthin, wo sich das Stadttor erhob.

»Sie erwarten uns schon.«

Nun sah es auch Tonia – rund um die Mauer standen Leute, es mochten fünfzig sein, aller Augen waren auf den näher rollenden Wagen gerichtet.

»Ihr steigt nicht aus und sprecht mit niemandem!«, schärfte Ciampino den Übrigen ein. »Ich übernehme das Reden.«

Ein seltsamer Haufen hatte sich eingefunden; manche in hellen Kleidern, andere trugen Uniformen, wie Tonia sie noch nie gesehen hatte – dunkle Jacken, glänzende Schulterstücke und Kappen mit dem Emblem einer Flamme. Die Beinkleider passten nicht zu diesem Aufzug, es waren Kaftane oder zerfetzte Hosen. Wie üblich entdeckte Tonia keine einzige Frau. Als der Wagen nur noch Meter vom Stadttor entfernt war, rottete sich die Gruppe zusammen; einer löste sich aus ihrer Mitte. Das musste der Stadtälteste sein.

»Wo wollt ihr hin?«, fragte er.

»Wir werden erwartet.« Der Monsignore ließ das Fenster herunter, stieg aber nicht aus.

»Nicht in Riva del Garda«, schüttelte der andere den Kopf.

»Ich habe den Auftrag, mich in der Kirche zu Mariä Himmelfahrt einzufinden.«

»Monsignore sind frei zu gehen, wohin es Ihnen gefällt«, antwortete der Älteste. »Bloß die Gesellschaft, die Sie mitbringen, ist bei uns unerwünscht.«

»Es sind Gäste der Heiligen Katholischen Kirche.«

»Möglich«, erwiderte der andere. »Bloß *unsere* Gäste können sie nicht sein.«

»Warum?«, fragte Ciampino wachsam.

»Weil wir keine Mörder aufnehmen!«, rief einer mit rotem Bart dazwischen.

»Diese Männer wurden zu eurem Schutz aus dem Süden geholt«, versuchte es der Monsignore begütigend. »Sie sind Lehrer der Wüste.«

»Wir brauchen ihren Schutz nicht!«, eiferte der Bärtige. »Schickt die Mörder dahin, wo sie herkommen!«

»Sei still.« Der Älteste machte eine beruhigende Geste. Er richtete den Blick hinter Ciampino, wo sich eine Fahrzeugtür öffnete. Dula stieg aus.

Erschrocken fuhr der Monsignore herum. »Sind Sie verrückt? Bleiben Sie um Gottes willen drin!«

Mit sanftem Tonfall fragte der Tuareg: »Wer spricht hier von Mord?«

Einen Moment war es still, alle betrachteten den hochgewachsenen jungen Mann im wehenden blauen Mantel.

»Wir wissen, was ihr getan habt«, antwortete der Älteste.

»Eine Frau zu erschießen!«, rief der Bärtige. »Aufhängen sollte man euch!«

»Verschwindet, mitsamt eurem Pfaffen!«, schrien nun alle durcheinander.

Noch einmal gelang es dem Ältesten, Ruhe zu schaffen. »Wir haben kein Gericht in dieser Stadt«, sagte er zum Monsignore, »und kein Gefängnis.« Sein Lächeln zeigte, dass er einen Handel vorschlug. »Wenn ihr weiterzieht, lassen wir euch in Frieden.«

»Was wird den Tuareg vorgeworfen?«

Der Älteste stutzte. »Mir scheint, Sie wissen nicht, wer die Frau war, die getötet wurde?«

Ciampino schüttelte den Kopf.

»Gohrbachs Tochter.«

Der Monsignore schien einen Moment wie vom Schlag gerührt. *»Gohrbach ...«*, flüsterte er. »Seid ihr sicher?«

»Die Trachtler suchen euch«, nickte der Älteste fast bedauernd. »Wenn Sie meinen Rat wollen, Monsignore, trennen Sie sich von den Tuareg.«

Mit wachsender Empörung hatte Tonia zugehört, nun wurde es ihr zu bunt. Sie stieß die Tür auf und sprang ins Freie. »Die Tuareg waren es nicht!«, schrie sie. »Sie haben nicht auf die Frau geschossen!«

Ein Raunen ging durch die Ansammlung; man zeigte auf den vermeintlichen Jungen, als habe man schon von ihm gehört.

»Da ist ja auch der gesuchte Bursche«, sagte der Älteste.

»Jetzt haben wir das ganze Gesindel beisammen!«, schrie der mit dem Bart.

»Ich bin kein Gesindel!«, erwiderte Tonia. »Der Schuss in Bozen ging versehentlich los – und es war ein Trachtler, der geschossen hat!« Sie wollte auf die Gruppe zulaufen, da spürte sie eine kräftige Hand auf der Schulter. Hinter ihr ragte Muganabe auf; sein Gesicht war verhüllt, doch die Augen blickten so glühend, dass Tonia mitten im Satz verstummte.

»Nolah ba leh.« Er stellte sich schützend vor sie.

Ciampino setzte sich ins Auto und legte den Rückwärtsgang ein. »Steigt ein!«, rief er den Tuareg zu.

Es schien höchste Zeit. Die Leute rückten näher, die Uniformierten griffen an die Pistolenhalfter.

»Keine Gewalt!« Besänftigend breitete der Älteste die Arme aus.

Panisch gab der Monsignore Gas. Doch bevor er anfahren konnte, sprang Muganabe hinter den Wagen und drückte das Heck mit beiden Armen nieder. Obwohl die Maschine heulte, bewegte sich das Auto keinen Zentimeter.

»Bahru!«, rief er.

Dula schob Tonia in den Wagen und sprang selbst hinterher.

Muganabe ließ los, das Auto machte einen Satz und starb ab. Während Ciampino erneut startete, stieg auch der große Tuareg ein. Eine Staubfahne hinter sich lassend, wendete das

Fahrzeug und fuhr in die Wüste. Tonia starrte zurück – wie ein drohender Block standen die Menschen beisammen.

*

Die Sonne glühte herab, vor ihnen flimmerte die Luft. Auf der ebenen Piste des Gardasees raste der Monsignore mit äußerstem Tempo dahin. Bald kam das Ende des Salzsees in Sicht. Im Schatten eines verfallenen Gebäudes hielt Ciampino an, die Männer stiegen aus.

»Gohrbach ist der mächtigste Mann der Wüste«, sagte der Monsignore. »Sein Wort gilt überall in der Gegend, sein Arm reicht weit. Ich bin sicher, in den kommenden Städten wird es uns ähnlich ergehen.«

»Ist er mächtig genug, sich gegen die Kirche zu stellen?«, fragte Dula.

»Die Trachtler mögen sich dem Gesetz der Wüste verschließen, doch sie leben nach ihren uralten Gesetzen. Sie wollen Blut für Blut und werden nicht ruhen, bis sie ihre Rache genommen haben.« Der Monsignore entfernte sich ein paar Schritte, erreichte den alten Säulengang und drehte sich um. »Ich darf nicht zulassen, dass die Heilige Mutter Kirche in solch eine Fehde hineingezogen wird. Daher trennen sich hier unsere Wege.«

»Ihr Auftrag lautet, uns nach Rom zu bringen«, sagte Dula.

»Das war *vor* dem Zwischenfall«, schüttelte Ciampino den Kopf. »Wir kämen ohnehin nicht mehr weit. Der Wagen ist bekannt, man weiß von euch und dem Jungen – im nächsten Ort werden sie auf uns schießen.«

Dula folgte dem Priester zum Säulengang. »Was bedeutet das?«

»Ich fahre nach Bozen zurück und erstatte dem Bischof Bericht.«

Die Nähe des Tuareg schien den Priester zu ängstigen. Er

machte Anstalten, auf der anderen Seite hinauszuschlüpfen; dort erwartete ihn Muganabe.

»Was soll das?«, rief Ciampino. »Ich habe euch geholfen, so gut es ging. Jetzt müsst ihr allein weiterkommen!«

»Und der Junge? Er hat mir das Leben gerettet«, sagte Dula. »Er schafft es nicht zu Fuß durch die Wüste.«

»Ich habe ihn nicht eingeladen!«

»Bis Mantua sind es mehrere Tagesmärsche, dafür reicht das Wasser nicht.«

»Das ist… Ich kann nichts dafür…!« Wie ein Tier in der Falle wand Ciampino sich zwischen den Tuareg hin und her. Unvermittelt legte Muganabe ihm die Hand auf die Stirn.

»Sukh benhde«, sagte er leise. *»Benh da nolah deh …«*

Es schien, als ob alle Kraft aus dem Priester wich. Zwar stand er noch aufrecht, doch sein Gesicht nahm den weichen Ausdruck eines Schlafenden an. Muganabe stützte ihn im Nacken und brachte den Monsignore behutsam zum Wagen zurück.

Tonia war den Männern gefolgt. »Fahren wir nun doch weiter?«

»Wir brauchen Kamele«, antwortete Dula. »Der Monsignore ist so freundlich, uns bis Mantua zu bringen, dort können wir welche kaufen.«

Wie man ein Kind auf einen Stuhl setzt, dirigierte Muganabe Ciampino auf den Platz hinter dem Lenkrad. *»Nolah deh«*, sagte er, der Priester startete und legte den Gang ein.

»Und was wird aus mir?«, stellte Tonia ihre brennendste Frage.

Von seinem Platz aus schaute der Tuareg über die Ruine und das weite Land. »Diese Festung ist sehr alt«, sagte er. »Die Römer errichteten sie zu einer Zeit, als dieser See noch mehr Wasser führte, als du dir vorstellen kannst.«

»Wo ist das Wasser geblieben?«

»Vielleicht erfahren wir es, wenn wir nach Süden kommen.« Dula zeigte in Richtung Süden. »Nach Rom.« Ernst sah er Tonia an, rote Äderchen durchzogen das Weiß seiner Augen.

11

Zum ersten Mal seit ihrem Aufbruch fühlte Tonia sich geborgen. Ihr Schicksal war immer noch ungewiss, aber sie spürte die Freundlichkeit dieser Männer und war sicher, dass diese sie nicht allein lassen würden. Die Tuareg waren Meister der Wüste, begegneten ihrer Unerbittlichkeit mit Ausdauer und Genügsamkeit, stellten ihrer zerstörerischen Kraft Menschlichkeit und Fürsorge entgegen. Nur die Gemeinschaft machte in der Wüste stark, die Sorge um den anderen, Hilfe, die nicht nach Gewinn fragte. Derjenige, der nur an sich selbst dachte, war in dem Ozean aus Nichts verloren. Immer mehr formte sich in Tonia die Sehnsucht, auch solch ein Mensch zu werden. Das Wort *Tuareg* bekam für sie eine tiefe Bedeutung. Als sie Dula an diesem Abend am Feuer sitzen sah, wurde sie von Dankbarkeit überwältigt, von der Gewissheit ihres unwahrscheinlichen Glücks, in die Gemeinschaft dieser Männer geraten zu sein. Sie wollte sich ihrer würdig erweisen.

Der Platz, den Muganabe für das Nachtlager bestimmt hatte, musste vorzeiten ein Wald gewesen sein. Kahle Stämme ragten aus dem Boden; Wind und Sand hatten das Holz blank geschliffen. Die Tuareg bereiteten die Mahlzeit zu. Sie gaben auch dem Geistlichen zu essen. Ciampino war von gespenstischer Friedlichkeit, mit abwesendem Lächeln saß er im Sand, seine Lippen bewegten sich, als spreche er im Traum.

Als Dula seinen Umhang auszog, bemerkte er Tonias neugierigen Blick. »Der Wind kommt in die Gandura hinein, nicht aber der Sand.« Er hielt ihr den Mantel hin.

Sie befühlte das Tuch, es war fein gewebt, aus einem Stoff, den sie nicht kannte.

»Probier ihn an.«

Sie schlüpfte hinein und drehte sich damit im Kreis; im Feuerschein warf der Stoff gespenstische Schatten.

»Du siehst darin aus wie ein Ritter der Wüste.« Dula lächelte. »Das bedeutet das Wort *Tuareg* in eurer Sprache«, beantwortete er Tonias erstaunten Blick. Sie nahm einen süßen Geruch wahr, der dem Gewebe entströmte; schließlich gab sie die Gandura zurück. Dula sank in den Sand und verhüllte sich mit dem Umhang. Tonia tat es ihm gleich, schlang Simions Tuch um Kopf und Schultern und gab sich der Vorstellung hin, eines Tages ein Tuareg zu sein.

*

Im Moment des Erwachens zuckte sie hoch. Es konnte unmöglich schon Morgen sein – was hatte sie geweckt? Von allen Seiten kam ein grelles Leuchten, dazu unerträglicher Lärm. Die Lichter bewegten sich auf Tonia zu, wie gigantische Tiere umzingelten sie das Mädchen von allen Seiten. Erschrocken wollte sie zu den Tuareg flüchten, doch der Platz neben dem Feuer war leer. Im Wagen bemerkte sie eine Bewegung, der Monsignore richtete sich auf dem Rücksitz auf. Sie floh hinter die Kühlerhaube und versteckte sich, so gut es ging.

Jetzt standen die Lichter still, immer noch dröhnten die Motoren. Türen wurden aufgerissen, Gestalten sprangen ins Freie und verharrten als leuchtende Silhouetten. Einer bewegte den Scheinwerfer, das Licht kroch auf Tonia zu, glitt über sie hinweg und hielt plötzlich an. Ein gespenstisches Bild: Dort saß Muganabe mit geschlossenen Augen, die Beine übergeschlagen. Es schien, als drängen der Lärm und die Bedrohung nicht zu ihm, als befände er sich außerhalb des Geschehens.

Die Motoren wurden abgestellt. Tonia spähte geduckt durch die Autoscheibe – die Gestalten trugen Jagdflinten, dieselben Gewehre wie in Bozen! Ihre Läufe waren auf Muganabe gerichtet.

»Steh auf«, sagte eine trompetenhelle Stimme. »Steh auf, du Hund!«

Der Tuareg rührte sich nicht. Ein Schuss peitschte neben seinem Knie in den Sand, ein zweiter, dritter – die Schützen senkten die Flinten und drehten sich um. Neben seinem Fahrzeug stand ein Mann in grünem Anzug. Er hatte ein gebräuntes Gesicht und blondes Haar, so hell, wie Tonia es nicht kannte.

»Du scheinst sehr fest zu schlafen«, rief der Mann. »Was kann ich tun, dich zu wecken?« Seelenruhig zog er eine Pistole, zielte und schoss. Die Kugel schlug in Muganabes Oberarm ein; der Tuareg bewegte sich nicht. Blut tropfte in den Sand.

In ihrem Schreck machte Tonia eine Drehung, etwas kratzte am Blech – die Schützen fuhren herum.

»Da sitzen noch andere Tierchen in der Dunkelheit«, sagte der Blonde und schoss wieder. Die Vorderscheibe ging zu Bruch, Splitter regneten auf Tonia herab.

Dahinter richtete sich Monsignore Ciampino auf, in seiner Hand ein silbernes Kreuz. »Nicht schießen, im Namen Christi!«, rief er ängstlich. »Ich bin Priester und verlange freies Geleit!«

»Sie stehen auf der falschen Seite, Monsignore«, antwortete der Mann im Anzug.

»Gohrbach!«, flüsterte Ciampino und ließ das Kreuz sinken.

»Das ist für die Verräter im schwarzen Rock!«, schrie einer aus der Dunkelheit. Ein Schuss fiel.

Als wollte er sich in Sicherheit bringen, prallte der Monsignore zurück, sein Kopf sackte zur Seite. Tonia sah einen dunklen Fleck, wie ein Insekt saß er auf Ciampinos Wange. Der Fleck wurde größer, Flüssigkeit trat hervor. »Santa Maria«, flüsterte der Priester und sank leblos vom Sitz.

»Idiot«, sagte der Mann im Anzug. »Wie konntest du einen Priester erschießen!«

»Sollte bloß ein Denkzettel …«, murmelte der Trachtler kleinlaut.

Der Blonde gab ein Zeichen, zwei hielten die Gewehre im Anschlag und näherten sich dem Fahrzeug.

Tonias Herz galoppierte, von beiden Seiten kamen die Männer heran. Hinter ihr strahlten die Scheinwerfer, ein Entkommen in die Wüste war unmöglich. Ein Blick in den Wagen – aus erloschenen Augen starrte der Priester sie an. Tonia warf sich zu Boden und schlüpfte unter das Auto. Kurz bevor sie verschwunden war, packte sie jemand am Bein. Sie umklammerte das Metall, grub die andere Hand in den Sand – es half nichts, der Schütze zog sie hervor.

»Wir haben ihn!«, rief er und packte Tonia am verwundeten Arm. Sie schrie und wehrte sich, aber gegen die Kraft des Mannes konnte sie nichts ausrichten. Er schleppte sie ins Licht des Scheinwerfers. »Es ist der Junge!«

»Dann muss der zweite Schwarze noch irgendwo hier stecken.« Der Blonde spannte den Hahn seiner Pistole. »Komm heraus, wo ich dich sehen kann!«, rief er und zielte auf Tonia. »Bei drei erschieße ich deinen kleinen Freund! – Eins –«

Die Todesangst breitete sich in Tonia aus wie ein lähmendes Gift. Sie sah nichts als die schwarzen Gewehre und den Blonden, der langsam näher kam.

»Willst du den Kleinen krepieren lassen?« Er drehte sich suchend um. »Zwei –!«

Ein sirrendes Geräusch – erschrocken schaute Tonia hoch,

etwas flog blitzend in ihre Richtung – im nächsten Moment steckte ein Dolch im Hals des Trachtlers, der sie festhielt. Mit aufgerissenen Augen glitt er zu Boden.

Schüsse peitschten von überall her, doch sie gingen ins Leere. Im Moment der Verwirrung floh Tonia auf die andere Seite des Wagens. Über sich bemerkte sie einen Schatten – Dula! Er sprang den nächsten Trachtler an, der Mann schlug schreiend um sich und verstummte. Die Übrigen schossen, doch dort, wo die Kugeln einschlugen, war niemand mehr.

Zornig wollte der Mann im Anzug die Waffe auf Muganabe richten. Das Feuer bleckte, dort war die Kuhle im Sand – wo aber steckte der Tuareg?

Als sei er mit dem Rauch in die Höhe gestiegen, kam er plötzlich von oben herab, packte den Blonden und schleuderte ihn gegen sein Fahrzeug. Unter Schmerzen richtete der Trachtler sich auf und musste mitansehen, wie die Schatten der Tuareg in unfassbarer Geschwindigkeit unter seine Männer fuhren. Wenn einer meinte, den Angreifer entdeckt zu haben, war der Moment zum Schießen schon vertan. Kein Laut, kein Schritt im Sand, nur das dumpfe Keuchen der Männer, die zu Boden gingen. Ein schwerer Kerl hob die Flinte, im Mündungsfeuer sah er das dunkle Wesen, das ihn gegen die Brust stieß – schon war der Schatten wieder verschwunden.

Die Angreifer brüllten vor Überraschung und Zorn, schrien Befehle, die keiner verstand und niemand ausführte. In heillosem Irrsinn rannten sie über die erleuchtete Fläche, ängstlich, wer als Nächster das Opfer der fliegenden Schatten sein würde.

»In die Wagen!«, schrie der Blonde. Er selbst sprang hinter das Lenkrad, der Motor heulte.

Als habe es nur dieses Zeichens bedurft, gaben die anderen den ungleichen Kampf auf und flohen ebenfalls in den Schutz ihrer Fahrzeuge. Überall wurde gestartet, man fuhr gleichzeitig los. Uneins über die Richtung, krachten zwei Autos zusammen; Männer fluchten, setzten zurück, die Wagen holperten über Fels und Gestein, bis sie die Piste erreichten. Von dort verschwanden sie in höchstem Tempo in die Nacht, die sie nach kurzem verschluckte.

Noch während die Trachtler das Weite suchten, waren aus dem Hintergrund Blitze aufgezuckt. In ihrem Versteck fuhr Tonia zusammen. Schon wieder! Das war kein Mündungsfeuer, nirgends krachten Ladungen ins Metall – was aber war es dann?

Sie bemerkte, dass *ein* Fahrzeug übriggeblieben war, kleiner, wendiger als die der Trachtler; von dort blitzte es. Tonia wollte aufstehen, als der Tuareg sich plötzlich über sie warf und sie zu Boden riss.

»Dula«, flüsterte sie und bemerkte die dunkle Lache, in der sie gelandet war – das Blut des Trachtlers, der neben ihr lag. Der Dolch steckte noch in seinem Hals.

»So bleiben!«, hörten die beiden im Sand. Wieder der Blitz, noch einer, die Autotür wurde geöffnet, eine schmale Gestalt stieg aus. Sie trug eine Bluse aus festem Stoff, kurze Hosen und Stiefel. Ihr langes Haar schimmerte im Scheinwerferlicht rötlich. Die Frau zog eine Kamera ans Auge und drückte ab.

»Danke«, sagte sie und stellte ein Bein auf die Stoßstange.

Der weißhäutige Herrscher

12

Es ist Zeit, dem Gang der Wirklichkeit an einen entfernten Ort zu folgen, aus der Dürre hochzusteigen und weit über die Wüste zu schauen, die jeden Flecken Erde im Umkreis von tausenden Kilometern bedeckte. Südlich hatte sie sich den afrikanischen Kontinent unterworfen, im Osten reichte sie über Griechenland und die Mittelmeergebiete bis in die russische Ebene, im Norden waren die Alpen eine natürliche Grenze für sie.

Schweben wir noch höher, über die scharf in den Erdmantel gerissenen Zacken des Gebirges hinaus, so entdecken wir dahinter ein Gebiet, das sich vollkommen von der Region unterschied, die uns mittlerweile vertraut ist. Das Land nördlich der Alpen besaß alles, was jenem im Süden fehlte – es gab Regen, eine vielfältige Vegetation, es gab Jahreszeiten. Auch nördlich der Alpen war es warm, tropisch heiß sogar – in den weiten Ebenen Belgiens und der Niederlande wurde Reis angebaut; in Deutschland war das Klima so üppig, dass man vier Ernten im Jahr einfuhr. Das einstmals unter Eis und Schnee erstarrte Sibirien war zur Kornkammer der Welt geworden; auf Feldern, groß wie Kontinente, wuchsen Weizen und Gerste, Dinkel und Raps, den man zur Energiegewinnung brauchte. Erstaunlich also, dass unter solch paradiesischen Verhältnissen in den Ländern des Nordens nicht tiefer Friede herrschte, sondern erbarmungsloser Krieg.

Die Front verlief von Ost nach West und lag derzeit auf der Höhe von Kassel. Grob betrachtet war es ein Krieg zwischen dem Norden und dem Süden.

Sein Ausbruch hatte mit der strategischen Leistung eines einzigen Mannes zu tun – Noradt Finsøkker. Er stammte aus Dänemark, hatte niemals einer Regierung angehört, war bei keiner Wahl in ein Staatsamt gewählt worden und galt doch als der heimliche Beherrscher Europas.

Als die Klimaveränderung selbst bei optimistischer Betrachtung nur noch als Katastrophe bezeichnet werden konnte, hatte sich das Gesicht des Kontinents gewandelt: Alte Bündnisse zerbrachen, neue Interessen schufen neue Einflusssphären. Nach dem Schmelzen der Pole und der Überflutung der Erde kam die Dürre. Die Wüste fraß den Süden nach und nach auf, darum flohen die Menschen in den Norden.

Während der ersten Jahre dieser großen Völkerwanderung zeigte sich, dass die Regierungen Mitteleuropas zu schwach waren, die Lage in den Griff zu bekommen. Der Flüchtlingsstrom erreichte im Westen die Loire, im Osten Warschau und im Norden das deutsche Flachland. Gleichzeitig gelang es dem jungen dänischen General Noradt Finsøkker, seine Regierung davon zu überzeugen, dass der millionenfache Überfall verzweifelter Menschen auf Dänemark das Land in den Ruin treiben würde. Man gestattete ihm, Truppenverbände entlang der schmalen deutsch-dänischen Grenze zu positionieren.

Wie der General vorausgesehen hatte, ließen sich die Menschen dadurch nicht abhalten, eine neue Heimat zu suchen. Nach der Sperre der dänischen Landesgrenzen drohte die Flüchtlingswelle über die Ost- und Nordsee auf Norwegen und Schweden überzugreifen. Finsøkker hatte Kontakt zu den dortigen Regierungen aufgenommen und überzeugte die verschreckten Demokraten davon, dass gegen das Übel nur mit harter Hand durchgegriffen werden könne. Da sie von einem Dänen keine Gefahr für ihr eigenes Hoheitsgebiet befürchteten, unterstützten beide Länder Finsøkkers Pläne, unterstellten ihm Teile ihrer Marine und bewilligten ihm Mittel zur Aufrüstung.

Ohne einen einzigen Schuss abzufeuern, hatte der junge General die Herrschaft über eine schlagkräftige Militärmaschine gewonnen – die stärkste im Norden. Als Schlusslichter traten Finnland und die Baltenrepubliken dem Bündnis bei. Finsøkker behauptete, die skandinavischen Länder hätten ihn um Schutz gebeten, die Flüchtlingswelle von ihren Grenzen abzuwehren. Zunächst beschränkte er sich auf Aktionen zur See – Frachtkutter, auf denen sich Flüchtlinge versteckten, wurden aufgebracht, die Halbverhungerten an Bord mit dem Nötigsten versorgt, danach jedoch wieder in ihre Ursprungshäfen zurückgeschickt. Unglaublich, aber wahr – es gelang nicht einem einzigen dieser Elendstransporte, im Norden vor Anker zu gehen.

Bald darauf führte ein Ereignis zu Finsøkkers entscheidendem Triumph: In Norddeutschland waren Flüchtlinge aus Italien und Malta in riesigen Zeltlagern interniert worden, die die Größe von Städten hatten. Sie gründeten eine paramilitärische Organisation, überwältigten die Wachregimenter, beschafften sich Fahrzeuge und Waffen und drangen als sengender, mordender Haufen nach Norden vor. Bald standen sie nur noch wenige Kilometer vor der dänischen Grenze.

Finsøkker nutzte die Zerrissenheit seiner Regierung zum Putsch. Er löste das Parlament auf und ließ sich vom greisen dänischen König zum Interims-Regierungschef ernennen. Die Unterschrift Seiner Majestät auf der Urkunde war noch nicht trocken, als Finsøkkers Truppen Dänemark verließen und in Deutschland einrückten. Es kam zur berühmten Schlacht vor

Eckernförde, bei der Finsøkkers Artillerie den Gegner – bewaffnet mit Äxten und leichten Gewehren – vollkommen vernichtete. Die Zahl der Toten ging in die tausende.

Doch wie der General vorausgesehen hatte, konnte selbst solch unnachgiebige Härte die Flüchtenden nicht davon abhalten, es weiter zu versuchen. Als erneut ein Flüchtlingsboot in seine Gewässer vordrang, griff er von See her an. Ohne Absprache mit der finnischen Regierung befahl er deren Schlachtschiffen, gleichzeitig auf Rostock, Wismar und Bremerhaven vorzustoßen, mit seinen Truppen an Land zu gehen und das Gebiet für besetzt zu erklären.

Bis zu diesem Zeitpunkt waren Finsøkkers Überfälle ein deutsches Problem gewesen. Als er seine Verbände nun jedoch auch ins niederländische Delfzijl schickte, hatte das Kommando der *»Mitteleuropäischen Waffenunion«*, MEUWU genannt, keine Wahl mehr: Sie mussten auf die Aggression reagieren. Erich Rexeisen, Befehlshaber der MEUWU, wurde angewiesen, dem Dänen zu zeigen, wo sich die Grenzen Dänemarks befanden. Selbstverständlich versuchte man zunächst, die Lage auf diplomatischem Weg zu lösen, doch die skandinavischen Regierungen, die sich an den Verhandlungstisch setzten, erlebten eine böse Überraschung: Finsøkker gehorchte ihnen nicht mehr. Er tat alle friedlichen Bemühungen als Geschwätz von Schwächlingen ab und proklamierte seinerseits, es müsse ein *Schutzgürtel* errichtet werden, um Skandinavien vor zukünftigen Übergriffen zu bewahren. Er legte die Breite dieser Zone willkürlich auf dreihundert Kilometer fest – und marschierte ein! Seine Truppen stießen gleichzeitig über Nordholland, die Lüneburger Heide und die Bucht von Stettin vor und überrollten den Norden in einem Tempo, das die MEUWU überrumpelte. Kommandant Rexeisen wusste nicht, wo er seine Verbände zuerst hinschicken sollte, er führte hilflose Detailgefechte und traute sich nicht, die Luftwaffe in voller Stärke einzusetzen, da sich Finsøkkers Einheiten in dichtbesiedeltem Gebiet aufhielten. Es waren keine drei Monate vergangen, und der junge General beherrschte einen Landstrich, der von Enschede im Westen über Hannover bis in die polnische Ebene bei Poznan reichte.

Und jetzt – jetzt erst! – begriffen sämtliche Regierungen Europas, was der gerissene Stratege mit seiner frechen Usurpation *tatsächlich* bezweckte. Betrachtete man nämlich die neuverteilte Landkarte, so hatte sich Finsøkker mit seinem Blitzkrieg die Kontrolle über das Wasserreservoir Europas gesichert: Der Rhein, die Elbe, die Müritzer Seenplatte und die Oder lagen in seinem Machtbereich.

Auch wenn die lebensfeindliche Wüste am Alpenrand endete, litt Mitteleuropa unter der steigenden Hitze. Wasser war das begehrteste Gut, Wasser wurde für teures Geld in den Süden verkauft, Wasser beherrschte die Wirtschaft. Wer das Wasser beherrschte, dem war ALLES untertan.

Der Schreck über die wahren Verhältnisse ließ die Regierungschefs einen entscheidenden Fehler begehen: Sie wollten Finsøkker die Wasserzufuhr abdrehen und manipulierten die Oberläufe der Flüsse mit gewaltigen Bauvorhaben. Wieder spielten sie Finsøkker damit direkt in die Hände: Er bewertete die »Wassermanipulation« als Akt der Diskriminierung und setzte seine Truppen in Gang – erneut Richtung Süden. Es kam zu Schlachten, in denen Erich Rexeisen zwar erste Erfolge erzielte, doch Finsøkkers Armee schien unaufhaltsam. Zum aktuellen Zeitpunkt stand sein Heerlager nördlich von Kassel, in den Ausläufern des Harzgebirges.

Dorthin hatte sich ein Besucher aufgemacht, der dem Dänenführer etwas Wichtiges mitzuteilen hatte. Ein Hubschrauber landete zwischen den Hügeln, wo Ziegen und Kühe die Köpfe hoben und zusahen, wie ein Mann im Trachtenanzug aus der Kabine sprang und unter den rotierenden Propellerblättern hindurch zu einem Fahrzeug lief. Es brachte ihn auf kürzestem Weg zur Befehlszentrale. Alois Gohrbach erreichte den Kommandostand des Oberbefehlshabers und begrüßte den Dänen respektvoll.

Bei Finsøkkers äußerer Erscheinung hätte niemand einen Machthaber vermutet, eher einen menschenscheuen Pedanten, dem kein Detail entging und dessen besondere Fähigkeit darin lag, den Charakter von Menschen zu erfassen, auch wenn er nur wenige Worte mit ihnen gewechselt hatte. Noradt Finsøkker war ein kleiner Mann ohne hervorstechende Körpermerkmale – bis auf seine ungewöhnlich weiße Haut. Als Kind hatte seine Mutter ihn zum Arzt gebracht, weil sie glaubte, seine Hautfarbe sei Ausdruck einer Krankheit. Sie wurde belehrt, dass ihr Sohn lediglich Hauttyp 1 besaß, den empfindlichsten und anfälligsten von allen, und dass sie ihn deshalb möglichst von der Sonne fernhalten sollte. Eine schreckliche Diagnose in einer Zeit, als die Sonne der Erde näher zu rücken schien. Die Hitze des großen Sternes überflutete den Planeten, den kaum noch Wolken schützten – überall war die Sonne, außer im hohen Norden. Daher schickte Noradts Mutter ihren Sohn nach Trøndelag in Nord-Norwegen, wo er den größten Teil seiner Jugend verbrachte. Nach Dänemark zurückgekehrt, hielt er sich, soweit es ging, in Innenräumen auf. Nach der Machtübernahme hatte er sich ein spezielles Panzerfahrzeug konstruieren lassen, dessen Scheiben so stark verdunkelt waren, dass für Finsøkker immerwährende Dämmerung herrschte.

Dort traf ihn der Reisende aus der Wüste an. Finsøkker saß auf einem einfachen Stuhl, vor sich nichts als ein Telefon mit Nebenstellentasten. Kein Monitor, keine Satellitenzuspielung, nicht einmal eine Landkarte halfen ihm bei seinen Entscheidungen – Noradt Finsøkker wollte mit Menschen sprechen, um die Lage zu begreifen; die Leute draußen im Kriegsgebiet waren seine eigentlichen Augen und Ohren.

»War der Flug anstrengend?«, erkundigte er sich.

Gohrbach nahm Platz. »In Bayern sah es nach feindlichen Jagdfliegern aus, aber Ihr Pilot hat perfekt reagiert.«

Die Einleitung war beendet, Finsøkker erwartete Gohrbachs Bericht. Zu diesem Zweck hatte der Schützentrachtler den Weg über die Alpen gemacht.

»Wir haben die Tuareg vor Mantua gestellt«, begann er.

»Gestellt und unschädlich gemacht?«

»Noch nicht«, antwortete Gohrbach leise.

Finsøkker begriff augenblicklich, dass der Trachtler gekommen war, um sein Scheitern einzugestehen; dieser Besuch war ein Bußgang.

»Wann werden Sie die Wüstenläufer verhaften?«

»Das ist im Moment schwierig vorherzusagen.« Gohrbach schluckte. »Sie befinden sich in einem … schwer zugänglichen Gebiet.«

»Dort unten gibt es nichts als Sand und Steine«, gab sich Finsøkker schwer von Begriff. »Was hindert Sie daran, die Tuareg zu überwältigen?«

»Sie sind … es ist ihnen gelungen –« Der Trachtler zog die Krawatte zurecht. »Wir hatten sie beinahe! Sie waren uns in die Falle gegangen. Aber dann setzten sie alles daran, diesen Jungen zu befreien«, stammelte er.

»Einen *Jungen*?« Finsøkker verengte die Augen.

»Seit Bozen kümmern sie sich um ihn«, nickte Gohrbach.

»Die Tuareg vom Stamm der Nouaji bleiben normalerweise unter sich.« Der Däne verschränkte die Finger. »Was kann sie veranlasst haben, einen weißen Halbwüchsigen aufzunehmen?«

Gohrbachs Blick machte deutlich, er hatte keine Ahnung.

»Ihn mitzunehmen heißt, ihn zu ernähren, zu beschützen, das Wasser mit ihm zu teilen. Ich wünsche, dass Sie diesem Jungen besonderes Augenmerk schenken.« Der Däne stützte sich auf den Tisch, mit gläserner Schärfe sah er den Trachtler an. »Es gibt einen Ort, an den die Tuareg unter keinen Umständen gelangen dürfen: in die Festung des Vatikans!«

»Natürlich«, nickte Gohrbach beflissen. »Ich kümmere mich darum.« Die Bräune in seinem Gesicht war einem fahlen Gelb gewichen, in diesem Moment der Bedrängnis bröckelte die Fassade des schneidigen Trachtlers.

Finsøkker richtete den Zeigefinger auf ihn. »Keinesfalls dürfen sie sich unter den Schutz von Evangolus Reverricio stellen!«

Als habe er einen Gewehrlauf vor der Nase, starrte Gohrbach auf die Fingerspitze. »So weit wird es nie kommen!«

»Der offizielle Auftrag der Tuareg lautet, den Menschen das Leben in der Wüste zu erleichtern«, überlegte der Däne. »Kardinal Reverricio aber holt sie nach Rom – zu welchem Zweck?«

»Er … vielleicht möchte er von ihnen einen Bericht der Lage …«, antwortete Gohrbach.

»Reverricio kennt die Lage. Sie ist aussichtslos. Nichts kann die Verwüstung Südeuropas noch aufhalten. Und doch –« Finsøkker lehnte sich zurück. »Trotz allem holt er die Wüstenkämpfer zur Verstärkung in den Vatikan. Die besten, die es gibt. Weil er weiß, dass ein *Kampf* bevorsteht! Ein Kampf in der Wüste.«

Einige Sekunden war es still im Panzerfahrzeug, entfernt drang der Lärm schwerer Maschinen herein.

»Bleibt nur die Frage: *wo*?« Nachdenklich griff Finsøkker zum Telefon. »Wenn wir wissen, *wo* Reverricio die Auseinandersetzung erwartet, wissen wir, wie nahe er der Lösung unseres Geheimnisses ist.« Der Däne führte den Hörer zum Ohr und sah Gohrbach an. »Halten Sie die Tuareg auf – bringen Sie sie um, wenn es sein muss.« Finsøkkers Stimme nahm einen spöttischen Ton an. »Herrgott – zwei Männer und ein Junge – das sollte doch sogar *Ihnen* gelingen.«

»Jawohl«, nickte Gohrbach, erleichtert, so glimpflich aus der Sache herauszukommen. »Verlassen Sie sich auf mich!«

»Ich möchte ein Schinkenbrot«, sagte Finsøkker ins Telefon. »Mager, keine Fettränder, mit etwas Senf.« Er legte auf. »Mein Beileid übrigens zum Tod Ihrer Tochter. Wie ist sie gestorben?«

Gohrbach ergriff die dargebotene Hand des Dänen. »Dieser Junge hat sie erschossen!«, antwortete er bitter. »Aber ihr Tod soll gesühnt werden!«

Die Unterredung war beendet. Finsøkker wartete nicht, bis Gohrbach sich verabschiedete, sondern kehrte ihm den Rücken zu und sah aus dem Fenster, dessen getöntes Glas der Sonne ihre Kraft nahm. Als Gohrbach das Kommandofahrzeug verließ, kam ihm ein Soldat entgegen; er trug ein Tablett, darauf lag ein appetitlich angerichtetes Schinkenbrot.

Nach Rom

13

Mit beiden Händen schüttete Muganabe Sand auf die Grabhügel.

»Wollen Sie kein Kreuz errichten?«, fragte die rothaarige Frau.

Sie hob die Kamera und knipste die Szene: zwei schwarze Männer und ein Junge vor den Gräbern der Getöteten.

»Da haben Sie ja eine ziemliche Schweinerei angerichtet«, sagte sie, als keiner der Tuareg antwortete. »Das wird Sie nicht gerade beliebter machen.« Sie zeigte auf die Reifenspuren, die von der Flucht der Trachtler erzählten. »Die werden wiederkommen. Wir sollten verschwinden.«

»*Wir?*« Dula legte drei Steine auf Monsignore Ciampinos Grab. »Was wollen Sie von uns?«

»Ich werde über Sie berichten.«

Der Tuareg zeigte auf ihre Kamera. »Sie arbeiten für eine Zeitung?«

»Die größte im Süden«, nickte sie, »die *Gazzetta del Sud.*«

»Werden Sie schreiben, dass wir angegriffen wurden?«

»Das hilft Ihnen jetzt auch nicht mehr.« Sie schaute zum Horizont. »Sie haben Gohrbachs Tochter auf dem Gewissen, und jetzt haben Sie noch einen weiteren Trachtler getötet.«

Muganabe hob den gebogenen Dolch auf, das Blut war zur Kruste erstarrt; er reinigte ihn mit Sand.

Dula wandte sich zum Auto. »Wir fahren weiter.«

»Damit?« Die Frau lachte. »Euer Wagen ist so bekannt wie ein Esel mit fünf Beinen! So kriegen sie euch noch im Laufe des Vormittags.«

»Wir fahren nur bis Mantua.«

»Ihr wollt *Kamele* – ist das euer Plan?« Sie zeigte auf das wendige Fahrzeug, das schräg auf der Düne stand. »Warum nehmen wir nicht meins? Ist viel bequemer.«

»Wieso sollten Sie das tun?«, fragte Dula.

»Ihr seid eine gute Story.« Die Rothaarige machte eine einladende Geste zu ihrem Wagen.

»Und wenn Sie uns direkt zur Polizei fahren?«

»Dann wird in meinem Hals wohl auch bald ein Dolch stecken, stimmt's?«, lächelte sie. »Ich heiße übrigens Beatrice Sgarbi.«

Neben dem Grab des Priesters tauchte Tonia auf. Sie hatte getan, was die Tuareg ihr auftrugen – das Feuer gelöscht, beim Graben geholfen –, sie handelte mechanisch, folgte bloß Anweisungen. Tonia stand unter dem Eindruck der gewalttätigen Nacht. Auch wenn sie Monsignore Ciampino nicht gemocht hatte, stimmte sein Tod sie traurig. Nach ihrem Vater war er nun der zweite Mensch, den sie sterben gesehen hatte. Gab es hier draußen in der Wüste nur Grausamkeit und Hass? Bei aller Lust auf das Unbekannte, bei allem Ehrgeiz, ein Ritter der Wüste zu werden, war der Tod für Tonia etwas Heiliges, Unfassbares, etwas, das nicht durch Menschenhand geschehen durfte. Seit sie die Tuareg *töten* gesehen hatte, erschienen sie ihr fremd.

»Ach, da ist ja der Junge«, sagte die Journalistin. »Von dir hat man auch schon einiges gehört.«

Tonia hielt das silberne Kreuz des Monsignore in Händen. »Sollen wir das auch begraben?«

»Besser, wenn ihr alles hinter euch lasst, was an diese Nacht erinnert.« Die Rothaarige beobachtete, wie Tonia das Kreuz unter einen Stein bettete. »Wie heißt du?«

»Antonio Raffainer.« Sie zog die Jacke vor der Brust zusammen.

»*Antonio,* soso«, lächelte die Journalistin. Sie bemerkte, dass die Tuareg sich in ihrer Sprache berieten. Dula hatte den Turban abgenommen.

»Starke Frisur.« Die Frau deutete auf seine schulterlangen Zöpfe. Ohne sich zu vergewissern, ob die anderen ihr folgten, ging sie zum Wagen.

14

Seit Stunden fraß sich das Auto durch die glühende Landschaft, die Wüste verströmte ihre sengende Kraft. Der Sand war einer Schicht aus schwarzem Gestein gewichen. Als sei er von Menschenhand verlegt worden, gliederte sich Schiefer an Schiefer, spiegelnd poliert vom Wind. Hart schlugen die Räder auf den Untergrund, die Insassen wurden durchgerüttelt.

Muganabe bemerkte Tonias Blick; das Mädchen starrte seine Schulter an – sie war unverletzt.

»Haben sie dir nicht in den Arm geschossen?«

»Dah daleh.« Der Tuareg hüllte das Tuch um sich.

»Dort, wo sie hinschießen, bin ich nicht«, übersetzte Dula.

Sie ließen Mantua hinter sich. Bald darauf, in dem kargen Ort Regiolo, stieg Beatrice aus, Tonia und die Tuareg blieben im Wagen. Nirgends in den Wüstenregionen funktionierten die mobilen Telefone noch, denn es gab niemand, der die Funkstationen wartete. Der Sand hatte die Transmitter längst zerstört. Wie zu alten Zeiten musste die Journalistin zur Post gehen, um zu telefonieren.

Die Mittagshitze lastete auf der verlassenen Straße. Tonia bewegte sich so wenig wie möglich, anders war die Temperatur nicht zu ertragen. Sie hörte ein quietschendes Geräusch, jetzt wieder nichts. Noch zweimal quietschte es und kam näher. Tonia hob den Blick zum Fensterrand – eine schwarzgekleidete Frau schob einen Kinderwagen. In der sengenden Mittagsglut torkelte sie die Straße entlang; es sah aus, als würde sie sich am Griff des Wagens festhalten, um nicht zu stürzen. Sie erreichte das Auto der Journalistin, beschirmte geblendet die Augen und schaute herein. Plötzlich wurden ihre Augen weit und ängstlich, sie prallte zurück und riss ihren Wagen herum. In unerklärlicher Eile schob sie ihn fort.

Aus der entgegengesetzten Richtung kam Beatrice gerannt, sprang ins Fahrzeug, startete und raste los – hinaus aus Regiolo, fort aus besiedeltem Gebiet. Nachdem die Stadt hinter ihnen verschwunden war, verließ Beatrice die Piste und bog auf eine kleinere Straße.

»Eure Schlacht in der Wüste ist die Schlagzeile Nummer eins«, erklärte sie den hektischen Aufbruch. »Bloß hat Gohrbach die Sache etwas anders dargestellt: Von *sechs* Leichen ist plötzlich die Rede und einem Gemetzel, das ihr angerichtet haben sollt. Ihr werdet als Mörder gesucht.« Staub drang herein, sie schloss das Fenster. »Die Gazzetta will meinen Bericht.«

Dula beugte sich vor. »Wir müssen Kamele haben.«

»Damit seid ihr zu langsam!« Sie schaltete zurück und rutschte in die nächste Kurve.

»Kamele brauchen keine Straßen«, widersprach Dula.

»Ich kann meine Zeitung noch hinhalten.« Sie schaute in den Rückspiegel. »Wenn wir ohne Pause durchfahren, sind wir in drei Tagen in Rom.«

Einen Moment war es still. »Das *ist* doch euer Ziel – oder nicht?«

»*Selhmen dah*«, sagte Muganabe und nickte.

»*Er* vertraut mir«, lächelte Beatrice nach hinten. »Warum du nicht?«

»Sturm kommt auf.« Dula sah sie nicht an.

Die Sonne war hinter einem Schleier aus Staub verschwunden; ringsum tänzelten Sandfontänen. Beatrice lenkte den Wagen zu einem überhängenden Felsen; dort erwarteten sie das Unwetter.

Der Name ließ Tonia nicht los – Rom! Nie hätte sie gedacht, eines Tages dorthin unterwegs zu sein. Die tausende Jahre alte Stadt, vor langer Zeit Sitz der Regierung, Zentrum der Kirche, von der Wüste früh erreicht und überrollt – heute hieß es, Rom sei nichts als ein Ort des Todes, eine Stadt des Verbrechens, die unaufhaltsam im Sand versank.

Während Tonia zusah, wie der Staub gegen die Fenster peitschte, fand sie keine Antwort darauf, warum die Tuareg so tief in den zerstörten Süden vordrangen. Auch dass die Journalistin sie bereitwillig dorthin brachte, war bis jetzt unerklärlich. Plötzlich musste Tonia an ihr Heimatdorf denken. Auch wenn sie dort kein Zuhause mehr hatte, blieb es doch der Ort, wo ihre Mutter lebte, ihre kleinen Geschwister aufwuchsen. Tonia gestand sich ein, dass ihre Lage seit ihrem Aufbruch keinesfalls *besser* geworden war. Sie wurde des Mordes verdächtigt, man hetzte, verleumdete sie; sie saß inmitten eines Sandsturmes, der sich in nichts von den Stürmen daheim unterschied. Hier wie dort das verfluchte Gebläse des Windes, das einem das Gehirn ausdörrte!

Als das Schlimmste vorbei war, schaufelten die Männer den Wagen aus dem Flugsand, Beatrice fuhr eine Passstraße hoch und hielt am Fuß eines Berges. Sie zeigte auf drei Hütten, die zum Schutz gegen das Wetter dicht aneinandergebaut worden waren; über der einen baumelte ein Tankstellenschild. Beatrice fuhr unter das Blechdach.

»Vielleicht gibt es sogar etwas zu essen.« Sie sprang aus dem Wagen und ging zur Zapfsäule. Ein schweres Schloss hing daran, sie rüttelte, es gab nicht nach.

Tonia und die Tuareg stiegen aus und beobachteten, wie die schlanke Frau in die erste Hütte ging. »Hallo, ist jemand da?« Mit gespannter Miene kam Beatrice wieder heraus und probierte es im nächsten Haus. »Hallo! Wir brauchen Sprit!« Der Fensterladen schlug zweimal, keine Antwort. Als auch im letzten Haus keine Menschenseele zu finden war, kehrte sie zum Wagen zurück.

»Die Station ist verlassen«, sagte Dula.

»Und wieso steht sie dann in meiner Karte?«

Dula zeigte auf ein verwittertes Schild: *Geschlossen*.

»Das ist die letzte Station im Umkreis von dreihundert Kilometern!« Zum ersten Mal klang Beatrice besorgt. »Wie kann man sie einfach schließen?!« Unbeherrscht riss sie am Zapfhahn.

Der Tuareg hockte sich hin. »Es ist im Interesse eurer Regierung: Die Menschen sollen bleiben, wo sie sind. Sich fortzubewegen schafft Unruhe. Man will *Ruhe* in der Wüste.«

Die Journalistin nahm den Kanister von der Ladefläche, öffnete den Tank und füllte nach. »Das bedeutet, dass ich gerade unser letztes Benzin auskippe.«

»Wie weit kommen wir damit?«, fragte Tonia.

»Siebzig Kilometer, vielleicht hundert.« Beatrice achtete darauf, dass nichts daneben lief. »Wenn wir Glück haben, bis Florenz.«

Dula beobachtete Muganabe. Der große Tuareg hatte die Augen geschlossen und griff zu seinem Amulett.

»Shawuawe«, flüsterte er.

»Wir fahren nicht nach Florenz«, sagte Dula.

»Aber wir müssen nach Florenz!« Beatrice holte die Karte aus dem Wagen und tippte auf eine Stelle. »Von dort geht es über Oliveto und Ciusi nach Süden.«

Behutsam nahm Dula ihr den Plan aus der Hand. »Den brauchst du nicht mehr.«

»Und wie sollen wir wissen, wo wir sind?!«

»Das alles …«, er strich über das bedruckte Papier, »gibt es nicht mehr. Die Wüste hat längst etwas anderes daraus gemacht. Von jetzt an ziehen wir *mit* der Wüste.«

»Und wenn der Tank leer ist? Wenn wir da draußen irgendwo halten müssen, ohne Wasser, keine Menschenseele in der Nähe …?« Sie stockte. An Dulas Miene begriff sie, dass er seine Entscheidung getroffen hatte. Wortlos stieg Beatrice in den Wagen, schloss die Tür und stützte sich auf das Lenkrad. »Wohin geht es also?«, fragte sie nach einer Weile.

Statt einer Antwort nahm Muganabe seine Amulette ab und legte sie in Richtung der aufgehenden Sonne in den Sand.

Neugierig näherte sich Tonia, wagte aber nicht, den Tuareg anzusprechen.

»Gris-gris.« Dula zeigte auf die Schmuckstücke.

»Was bedeutet das?«

»Die *Gris-gris* schützen vor Krankheit, bösen Geistern und Skorpionen. Sie bewahren auch vor der Gleichgültigkeit der Frauen. Eines Tages wirst du sehen, wie wichtig das für einen Jungen ist.«

»Hast du eine Frau, Dula?«, fragte Tonia, ohne sich den Grund dafür erklären zu können.

»Ich bin alt genug, mir eine zu suchen.« Er zeigte, dass sein Hals nicht mit Amuletten bestückt war. »Aber ohne *Gris-gris* hatte ich bis jetzt kein Glück.«

»Vielleicht kommt eines Tages ganz unerwartet eine Frau zu dir.« Sie wandte sich zum Wagen, um sich ihre Verwirrung nicht anmerken zu lassen.

»Wenn sie da ist, werde ich sie erkennen«, lächelte Dula.

Muganabe stand auf. *»Badh nolah deh.«* Er zeigte in östliche Richtung.

»Osten?«, rief Beatrice. »Was sollen wir im *Osten*?«

Die drei kletterten ins Auto. Kopfschüttelnd legte die Journalistin den Rückwärtsgang ein, bog vom Hauptweg ab und fuhr in die Schneise zwischen zwei Dünen.

Es ging nach Osten, in die großen Salzseen hinein. Auf diesen Ebenen war der Boden so heiß, dass die Reifen zu schmelzen drohten. Später mussten Geröllhalden überwunden werden; mit jeder Stunde wurden sie langsamer. Schließlich brach die Nacht herein.

Wie Beatrice vorausgesehen hatte, war der letzte Tropfen Benzin verbraucht, als sie sich mitten in der Einöde befanden. Der Wagen ruckte, fuhr noch ein Stück, der Motor spuckte und verstummte zum letzten Mal. Beatrice hielt das Pedal durchgetreten, einige Meter rollten sie weiter und blieben lautlos stehen. Vor ihnen das endlose Dünenband im Mondlicht, hinter ihnen die eigene Spur, die der Wind schon verwehte.

»Und jetzt?«, fragte sie. »Was machen wir – hier im Osten?«

»Warten«, antwortete Dula und stieg aus.

»*Warten* – mitten im Nirgendwo? Worauf?!«

»Doh dolah suwasi.« Muganabe zeigte zu den Sternen.

»Das sind die Plejaden«, nickte sie. »Und was weiter?«

»Bei uns heißen sie *die Töchter der Nacht*.« Dula legte den Kopf in den Nacken. »Seht ihr die Dromedarstute und ihr Fohlen?«

»Ich sehe nur den Großen und Kleinen Bären.« Missmutig nahm die Journalistin die Wasserflasche aus dem Wagen.

»Die meine ich«, nickte er. »Wenn die Dromedarstute ihr Fohlen küsst, geht die Welt zu Ende, prophezeit die Legende der Tuareg.«

»Dann dürfte es bald so weit sein.« Sie hielt die Flasche gegen das Licht. »Das ist mein letztes Wasser. Wenn morgen die Sonne aufgeht, habe ich nichts mehr zu trinken.«

Schweigend begann der Tuareg Feuer zu machen.

15

Ein langgezogener Schrei ließ Tonia hochfahren. Im rosafarbenen Sand sah sie einen Nebel näher kommen – kein Sturm diesmal, es war etwas anderes. Sie entdeckte Muganabe auf einer Felskuppe; unbeweglich hockte er da, als sei er mit dem Gestein verwachsen.

»Tarhalamt our tata zakit.« Dula trat zu Tonia; auch er schien seit geraumer Zeit wach zu sein.

»Was bedeutet das?«

»Die Karawane hält nicht an.«

»Die Karawane?«, fragte Tonia ungläubig. Durst und Schlaftrunkenheit waren vergessen – sie sprang auf und rannte dem Nebel barfuß entgegen. »Kamele! So viele!«

»Es sind Dromedare«, rief Dula ihr nach. Er beugte sich über Beatrice und schüttelte sie. Mit schmalen Augen richtete sich die Journalistin auf.

»Nehmen Sie mit, was Sie brauchen.« Er zeigte hinter sich, wo die ersten dunklen Punkte in der rosa Wolke auszumachen waren. »Nur das Nötigste.«

»Die Karawane?«, murmelte sie. »Woher wusstet ihr …?«

»Muganabe hat sein *Gris-gris* befragt.« Dula half ihr hoch. »Beeilen Sie sich.«

»Und der Wagen?« Die Journalistin nahm ihre Kamera.

»Er wird bald verweht sein.« Dula schulterte seinen Sack.

»Das ist *mein* Auto! Ich habe lange dafür gespart!«

»Es ist ein Stück Blech.« Er nahm Beatrices Tasche vom Rücksitz. »Dort ist das Leben.«

Das vorderste Dromedar war nun schon zu erkennen, bedächtig tat es Schritt um Schritt. Auf seinem Sattel aus Decken saß der Karawanenführer und trieb das Tier mit leisen Tritten gegen den Hals an. Muganabe verließ die Felskuppe und ging auf ihn zu.

In scheuem Abstand betrachtete Tonia das Schauspiel. Es mussten wenigstens hundert Tiere sein, an ihren Seiten trugen sie schwere Lasten. Manche Begleiter saßen obenauf, andere gingen daneben her; mit ihren kurzen Stöcken hielten sie die Dromedare in Reihe. Ein Tier schrie, mit mahlenden Kiefern wehrte es sich gegen den Maulstrick.

Wie Dula vorausgesagt hatte, hielt die Karawane nicht an. Muganabe blieb an der Seite des schwarzgekleideten *Amrar*, des Karawanenführers, und verhandelte im Gehen mit ihm. Beatrice war noch immer dabei, ihre Habseligkeiten einzusammeln; schließlich nahm Dula sie am Arm und brachte die Protestierende zu Muganabe.

»Sie wollen Tabak und Medikamente«, übersetzte Dula der Journalistin. »Dann nehmen sie uns mit.«

»Ich habe keinen Tabak. Nur das hier.« Sie hielt dem Amrar den Erste-Hilfe-Kasten hin.

Er war daran nicht interessiert, sondern zeigte auf ihre Brust. »Spiegelreflex, Achtfach-Zoom, zehn Millionen Pixel Auflösung«, lächelte er.

»Nein! Das nicht.« Sie hielt die Hand schützend vor ihre Kamera. »Kommt nicht in Frage.«

»Die Karawane kommt an Rom vorbei«, sagte Dula. »Sie bringen uns sicher dorthin und geben uns Wasser.«

»Wieso soll ich dem Kerl vertrauen?«, rief sie. »In der ersten Nacht schneidet er uns die Kehle durch!«

Der Anführer richtete sich im Sattel auf. »Wenn wir das

wollten, könnten wir es genauso gut *jetzt* tun«, antwortete er mit vollendeter Höflichkeit. Sein Kamelstöckchen zeigte auf die Kamera. »Ohne Wasser seid ihr in ein paar Tagen tot.«

Mehrere Schritte ging Beatrice schweigend neben den Dromedaren. Schließlich nahm sie die Kamera ab. »Aber den Film behalte ich!«

Zum Zeichen seines Einverständnisses klopfte der Amrar seinem Tier auf den Hals. *»Sieaa teeeh!«*, schrie er, die Männer hinter ihm nickten.

Dula trat zu Tonia. »Du reitest dort mit.« Er deutete auf eins der Dromedare, wo ein Junge in ihrem Alter saß.

»Wie soll ich denn …?«

Überrascht beobachtete Tonia, wie der Tuareg ein Dromedar ohne Reiter am Strick nahm. Mit einem Sprung setzte er sein Knie auf dessen Hals, während er sich mit kräftigen Armen zum Sattel hochzog. »Es ist ein Kinderspiel.« Er machte es sich bequem.

Zögernd lief sie zu dem reitenden Jungen. Er tat, als bemerke er sie nicht. »Ich soll mit dir …!«, rief Tonia.

Statt einer Antwort ließ er den Halsstrick auf ihrer Seite etwas nach unten. Tonia fasste danach, sprang – ihr fehlten die Kräfte, und so stieß sie gegen die Brust des Tieres. Langsam wandte das Dromedar den Kopf und sah sie an.

»Entschuldige«, flüsterte Tonia. »Hilf mir!«, rief sie zu dem Jungen hoch.

Er senkte den Strick tiefer und hielt ihr auch den Stock entgegen. Tonia nahm Anlauf, mit einem Satz gelang es ihr, die Mähne des Dromedars zu fassen; sie krallte sich fest, spürte den kräftigen Griff des Jungen und wurde von ihm emporgezogen. Es fühlte sich an, als sei sie auf einem beweglichen Hügel gelandet. Weich wogte er auf und nieder, dabei ging es gemächlich voran. Dankbar drehte sie sich zu dem Jungen. »Ich bin Antonio.«

Er ließ sich auf den Dromedarhöcker sinken. *»A'donho«*, wiederholte er mit kehliger Stimme und trat dem Tier gegen den Hals. Für ein paar Schritte wurde es schneller, verfiel dann wieder in den alten Trott.

Muganabe hatte das Reittier hinter dem Amrar gewählt, nur Beatrice lief noch im Sand. Muganabe beugte sich zu ihr, ergriff ihre Hand. Als hebe er einen Sack Federn hoch, zog er die Frau auf den Sattel. In ihrer Überraschung setzte sie sich verkehrt herum, mit Blick auf den Schwanz des Dromedars. Dula lachte und trieb sein Tier mit der Ferse an.

Der Karawanenführer lehnte sich an den Höcker des Leittieres und begutachtete seine Trophäe. Obwohl Beatrice den Film herausgenommen hatte, hielt er die Kamera vors Auge und tat, als mache er Bilder von der Wüste.

*

Der junge Kameltreiber hieß Seta. Nachdem die anfängliche Schüchternheit abgelegt war, redete er viel und gerne, in einem Kauderwelsch, das sich aus italienischen Brocken, Arabisch und einem Beduinen-Dialekt zusammensetzte. Er redete, damit die Zeit verging.

»Sal«, sagte Seta und stieß gegen die Packladung des Dromedars. *»Sal von Hohe aus Nord ist da da Sud.«*

Tonia verstand, dass die Karawane Salz aus den Alpen nach Süden brachte. »Da ist noch etwas.« Sie fasste unter die Satteldecke. »Ich sitze darauf.«

»Datta«, lachte der Junge. *»Datta von Germania!«*

Er klärte sie auf, dass Tonia auf einer Ladung deutscher Datteln saß, um sie *weich zu reiten*. Wenn die Karawane ihr Ziel erreicht hatte, würde man die Früchte essen können.

Tonia bemerkte, dass Dula zu ihr hinübersah. Mit undurchdringlichem Blick beobachtete er die beiden jungen Reiter, die der Zufall zusammengebracht hatte und die sich so gut verstanden. Manchmal lehnte Seta sich an Tonias Schulter und schloss die Augen. Später sank ihr Kopf auf seinen Rücken; an den neuen Kameraden gelehnt, schlief sie ein. Nach einer Reihe von Stunden, die sich kaum voneinander unterschieden, gab der Tuareg seinem Tier den Zügel und ließ es nach vorne laufen, wo Muganabe und Beatrice hintereinanderritten.

»*Ein* Gutes hat diese Art zu reisen«, sagte die Journalistin. »Gohrbachs Leute werden uns so nicht aufspüren.«

»Wenn sie dein Fahrzeug am Rande der Karawanenroute entdecken, wissen sie, wo wir sind.« Er schaute zum Horizont. »Kann sein, dass sie erst in Assisi auf uns warten, vielleicht schon früher.« Einige Schritte ritten sie schweigend. »Wir umgehen den Apennin von Osten – das könnte sie verwirren.«

Er beobachtete, wie der Amrar sein Tier zum Ausscheren brachte; in einer Mulde zwischen den Dünen bestimmte er den Rastplatz. Die Treiber gruppierten die Dromedare im Halbkreis, brachten sie mit Schreien und Schlägen dazu, in die Knie zu gehen, und sprangen ab. Sie schlangen Fußstricke um die Hinterbeine und nahmen ihnen die Ladung ab – vorsichtig, denn jeder zerbrochene Salzkegel bedeutete weniger Gewinn. Die Dromedare brüllten vor Erleichterung. Man nahm ihnen den Maulstrick ab, hängte jedem den Strohsack um den Hals; die Köpfe der Tiere verschwanden darin.

Beatrice war so erschöpft, dass sie sich ausgestreckt in den Sand legte. »Mein Gott, auf diese Weise dauert es bestimmt vier Tage, bis wir Rom erreichen.«

»*Nolah deh.*« Muganabe machte Feuer und blies in die erwachende Flamme.

Beatrice legte den Kopf auf den Arm. »Was sagt er?«

»Erst müssen wir über die Berge«, antwortete Dula.

Der Dunst der Dämmerung zerschnitt die Sonne in zwei Teile; schon verschwand sie, es wurde kühl.

16

Sie erreichten Rom nicht in vier Tagen und nicht in sieben. Zwei volle Wochen brauchte es, bis sie das Gebirge bei Guardiagrele überwunden hatten; auf den schmalen Graten und Felsstraßen kamen die Dromedare noch langsamer voran. Bei Turtella erreichten sie die höchste Stelle und stiegen in die Ebene von Latium ab.

Tonia wurde durch endlose Tage getragen, auf dem Rücken des Dromedars schwankte sie über Ebenen, deren Anfang sie längst vergessen hatte, wenn das Ende endlich in Sicht war. Sie musste über steinige Abhänge, bei denen Seta absprang, das Tier am Zügel nahm und dem Dromedar jeden einzelnen Schritt zu setzen half. Auf einem solchen Berg, die häufiger wurden, je näher sie ihrem Ziel kamen, geriet eins der Tiere ins Trudeln und rannte, schreiend vor Angst, in die Tiefe; durch die schwere Ladung verlor es das Gleichgewicht, stürzte und kam nicht wieder hoch. Diesmal ließ der Amrar die Karawane halten, stieg ab und untersuchte das Dromedar. Mit bitterer Miene zog er seinen Dolch, bedeckte dem keuchenden Tier die Augen und schnitt ihm die Kehle durch. Die Salzladung wurde auf andere Lasttiere verteilt. Der Amrar verbot den Treibern, das Blut des Dromedars zu trinken, konnte jedoch nicht verhindern, dass einige Brocken Fleisch aus dem Kadaver geschnitten und mitgenommen wurden. Die Karawane zog weiter.

Vor und zurück wurde Tonia gewiegt. Rundum schwankte es – der flimmernde Sand, die Linie, wo der Wind Himmel und Erde zum gelben Schleier verband, auch die Sonne tanzte auf und ab. Irgendwann dachte Tonia an nichts mehr, sie träumte von nichts, versuchte keine Wünsche zu haben – den *Bildern*, die sie bedrängten, konnte sie jedoch nicht Einhalt gebieten.

In den gewellten Mustern, durch die das Dromedar sie trug, sah Tonia plötzlich ihre Mutter!

Laura hatte die Zwillinge im Arm, wiegte die schlafenden Kinder und verstand selbst nicht, weshalb sie so unglücklich war: Sie hatte ein Dach überm Kopf, aß und trank und teilte nachts mit Doktor Drexel das Bett. Und doch konnte sie sich vor Traurigkeit kaum noch bewegen. Ihr Unglück bestand darin, dass sie Simion *vergessen* hatte. Sie wusste nicht mehr, wie ihr Mann ausgesehen, noch, warum sie ihn geliebt hatte. Sie erinnerte sich nicht der Freuden, die sie in dem wunderbaren kleinen Haus am Rand der Düne genossen hatten. Laura hatte auch ihre Tochter vergessen, das aufmüpfige Mädchen, das sich das Haar geschoren hatte und auf und davon gezogen war. Und weil es für Laura nichts gab, was sie an Vorher und Nachher erinnerte, verfiel sie in unheilbare Schwermut.

Tonias Augen waren feucht und vom Sand verklebt. Sie dachte an daheim – der kleine Ort, umgeben von schimmernden Plexiplantagen, die Kirche von Pater Anselmo, die Werkstatt des Klapperers. Sie gestand sich ein, dies alles war schon so weit entfernt, dass es kaum einen Weg dorthin zurück geben würde.

Bald darauf erreichte die Karawane den dritten Brunnen der Reise, die Lasttiere scharten sich um die Tränke. Der Amrar kniete nieder und prüfte das Wasser in der hohlen Hand. War es die Farbe oder ein toter Vogel? Jedenfalls bemerkte er rechtzeitig, dass der Brunnen vergiftet war. Er verbot, daraus zu trinken, und befahl den unverzüglichen Aufbruch. Von dieser Stunde an gab es für Mensch und Tier nur noch das Wasser, das sie in den Schläuchen aus Ziegenleder mit sich führten. Die Tuareg tranken kaum etwas, auch Tonia war daran gewöhnt, ihren Durst zu zügeln. Beatrice aber litt unsäglich darunter, in der unablässigen Hitze nicht trinken zu dürfen. Keuchend und mit abwesendem Blick ließ sie sich durch die

Wüste tragen und verlor mitunter das Bewusstsein. Auch wenn Muganabe ihr mit seinem Wasser die Lippen benetzte, wurde die Journalistin im Glutbrand der Sonne von Stunde zu Stunde welker.

Die letzten Bastionen der besiedelten Welt verschwanden, die Wüste hatte sich endgültig von den Menschen gesäubert. Kleine Lebewesen, Heuschrecken, Skorpione und Schlangen fand man noch, hartnäckig und anspruchlos hatten sie sich den mörderischen Lebensbedingungen angepasst. Wenn Tonia die entvölkerten Landstriche des alten Latium vorbeiziehen sah, vermochte sie sich kaum vorzustellen, dass es tiefer im Süden noch eine bewohnte Stadt geben sollte.

Ihr fiel auf, dass ihr Dromedar *wärmer* geworden war. Dula erklärte, ein dürstendes Dromedar sei in der Lage, seine Körpertemperatur auf zweiundvierzig Grad steigen zu lassen, um durch das kontrollierte Fieber weiteren Wasserverlust zu verhindern. Er zeigte Tonia auch die labyrinthischen Gänge hinter den Nüstern des Tieres; im Innern der Nase wurde der Wasserdampf der ausgeatmeten Luft zur Kühlung von Augen und Gehirn verwendet.

Während der Tuareg und das Mädchen redeten, drehte Muganabe sich um; sein gestreckter Arm wies auf den zerklüfteten Bergrücken.

»Nolah mahtodeh!«

Dula riss das Tier am Zügel; Tonia folgte seinem Blick, nun sah auch sie die Wagen. Eine Reihe schwerer Fahrzeuge war am Horizont aufgetaucht, fuhr den Grat zwischen den Felskuppen entlang und näherte sich der Karawane.

Dula zögerte keine Sekunde. Ein Schlag mit dem Stöckchen, er preschte zum Amrar, ein paar flüchtige Worte; schon kam er zurück und hielt Tonia die Hand hin. »Spring!«

Sie zögerte. Der Sattel, unter dem sich die Datteln verbargen, die Nähe zu dem jungen Treiber waren ihr neues Zuhause geworden – schon musste sie es wieder verlassen. Mit traurigem Blick verabschiedete sie sich von Seta, erhob sich auf dem Hals des Tieres, fasste Dulas Hand und sprang. Er bedeutete ihr, sich vor ihn zu setzen, und feuerte das Dromedar an. Es wollte nicht aus der Gruppe der anderen ausscheren, riss den Kopf hoch und brüllte. Schließlich verfiel es doch in Trab, sie erreichten Muganabe, beide Tiere setzten zum Galopp an.

Tonia krallte sich fest; im wilden Gerüttel verlor sie jedes Gefühl für oben und unten. Allmählich blieb die Karawane zurück, die Dünenkette rückte näher, an ihrer Flanke die Motorfahrzeuge. Sie hatten verlangsamt, das Gelände zwang sie dazu; und doch lag nur noch ein Geröllfeld zwischen den Autos und den springenden Dromedaren. Die Tuareg zogen ihre Tücher vor den Mund, mit vorgebeugtem Oberkörper trieben sie die Reittiere an. Die Kuppe kam näher, im Galopp sprengten sie darauf zu, erreichten den höchsten Punkt – und wurden mit dem erstaunlichsten Anblick belohnt.

Da lag Rom, die sagenumwobene Stadt. Sieben Hügel ragten aus der Dünenwüste und dort, zur Linken, eine erhabene Burg. Von hier oben begriff man, dass das Becken, in dem die Stadt lag, früher bis an die äußersten Ränder besiedelt gewesen, inzwischen aber vom Sand zugeweht worden war. Nur einen Moment lang gaben sich die Tuareg der Betrachtung hin, schon preschten sie weiter – hinunter, hinab, über poliertes Geröll, sie wichen aufragenden Felstürmen aus, es ging in die Ebene, auf den Stadtrand zu.

Eine Oase hatte Tonia erwartet, Anzeichen von Vegetation und Wasser, doch es gab nur Dürre, Kies und Stein, von der Hitze allmählich zu Staub zerrieben. Nichts als Hütten und würfelförmige Bauten, fensterlos, von der Sturmseite abgewandt. Schlimmer als die Enttäuschung, wieder in eine verwüstete Stadt einzuziehen, war Tonias Angst, dass sich die Wagenkolonne unablässig näherte. Kaum hatten sie die Felskette passiert, kamen die Maschinen schneller voran als die Tiere; Chrom und Glas spiegelte im Licht, quälend dröhnten die Motoren, das dunkle Blech wurde von Flugsand gepeitscht.

»Gohrbachs Leute?«, rief Tonia.

Dula drückte das Mädchen fest in den Sattel, zog am Maulstrick und ließ das Dromedar in eine schmale Gasse laufen; Muganabe folgte. Sie waren noch keiner Menschenseele begegnet, ihr Ritt glich der Jagd durch eine Geisterstadt – dunkle Wagen hinter zwei galoppierenden Dromedaren.

Der erste Schuss ging in die Satteltasche an Tonias Seite, weiß sprühte der getroffene Salzklumpen. In der einen Hand den Maulstrick, zog Dula mit der anderen seinen Dolch, bückte sich und zerschnitt den Gurt, der die Ladung festhielt. Durch das ungleiche Gewicht strauchelte das Dromedar, Dula schnitt auch die andere Tasche los, Salzbrocken kullerten zu Boden.

Am Ende der Gasse erreichten die Reiter einen Brunnen, der seit langem vertrocknet war – hinter ihnen dröhnten die Wagen heran. Doch auch von der gegenüberliegenden Seite kamen Trachtler gefahren! Die schweren Autos rutschten im Staub, standen und blockierten den Verfolgten den Durchgang. Sie waren in die Falle gelaufen!

Seitlich von ihnen erhob sich etwas, das wie ein Berg aussah; seinen Gipfel bildeten die Überreste einer Kirche, davor stand ein Obelisk. Die Tuareg begriffen, dass sie an einer gewaltigen Treppe hielten – jeder andere Weg war ihnen versperrt –, sie trieben die Dromedare die Stufen hinauf. Während das Tier unter Tonia ächzend nach oben setzte, drehte sie sich um. Aus dem vordersten Fahrzeug sprang ein Mann mit grünem Anzug und blondem Haar – Gohrbach. Rund um ihn legten die Schützen an. Tonia spürte das Pfeifen der Kugeln, noch ehe sie die Schüsse vernahm. Muganabes Dromedar wurde getroffen. Das Tier heulte vor Überraschung, torkelte, der Tuareg wollte es am Zügel zur Seite ziehen, doch es stürzte und begrub die Reiter unter sich. Beatrice schrie, als der schwere Körper auf sie fiel. Muganabe schob den Kopf des Kamels von seinen Beinen, rollte herum und stemmte sich gegen das Fleisch des weidwunden Tieres. Es gelang ihm, Beatrice darunter hervorzuziehen. Tonia und Dula sprangen ab und verschanzten sich, wo es kaum Deckung gab.

»Mach dich so flach du kannst!«, rief er.

Sie warf sich in den Sand, darunter kam heller Marmor zum Vorschein. Ein Blick zum seitlichen Rand der Treppe. Verfallene Häuser versperrten den Fluchtweg, in den Ruinen bewegte sich etwas. Tonia hielt es zuerst für Tiere, streunende Hunde, die sich vor der Hitze schützten – aber nein, wenn sie sich nicht täuschte, krochen dort kleine Menschen umher. Aufgescheucht durch den Lärm, näherten sie sich den Öffnungen und steckten die Köpfe heraus. Tonia erschrak – das waren Kinder! Neugierige, schmutzige Kinder, die im nächsten Moment ins Freie kommen würden, mitten ins Kampfgetümmel!

»Näher zu mir!« Dula riss Tonia zu sich. Keine Sekunde zu früh – eine Kugel schlug knapp neben ihr ein, Gesteinssplitter sprühten ihr ins Gesicht. Es wurde feucht an der Wange, sie fasste in Blut.

Zweimal hatte Muganabe einen eisernen Stern aus dem Umhang gezogen und ihn gegen die Angreifer geschleudert; nun hatten die Tuareg kein Mittel zur Verteidigung mehr. Ihnen blieb nichts, als sich hinter den Leib des sterbenden Dromedars zu ducken.

»Von dir wollen sie nichts!«, rief Dula der Journalistin zu. »Wenn wir uns ergeben, lassen sie dich in Frieden.«

»Da kennst du Gohrbach schlecht.« Angst war in Beatrices Augen und ein Lächeln. »Wenn er euch umbringt, kann er keine Zeugen gebrauchen – erst recht keine Journalistin.«

»Dula!«, rief Tonia und zeigte auf die Häuser. »Da sind Kinder – sie kommen heraus! Wir müssen sie warnen!« Sie erhob sich auf die Knie und winkte den Kreaturen zu. »Bleibt, wo ihr seid! Bleibt in den Häusern!«

Etwas Eigentümliches ging vor sich. Von allen Seiten tauchten kleine Köpfe auf, geduckte Körper, Kinder offenbar und doch wieder nicht, denn diese Kleinen bewegten sich auf vier Beinen, hielten Kinn und Nase vorgereckt, als würden sie etwas *wittern*. Schwärme von Fliegen umgaben sie, schwarze Wolken, die bei jeder Bewegung aufflogen und nicht abzuschütteln waren. Die Kinder kamen auf die Treppe, es wurden immer mehr, sodass der künstliche Hügel bald von ihnen wimmelte. Der Anblick war so erstaunlich, dass die Trachtler für Momente den Angriff vergaßen und hochstarrten. Auch rund um sie tauchten jetzt Kinder auf, kaum bekleidet, von Fliegenschwärmen umtobt; zutraulich, schien es, näherten sie sich den großen Fahrzeugen.

»Mein Gott«, flüsterte Beatrice im Schutz des Dromedars. »*Fliegenkinder*! Ich hätte nicht gedacht, dass es sie wirklich gibt.«

»Fliegenkinder?«, fragte Dula.

»Ich kenne nur die Legende.« Beatrice sprach hastig, die Kinder waren nur noch Meter entfernt. »Geschichten über *kreischende Nebel*, die aus dem Nichts kommen und wie Schwärme von Vampiren über jedes Lebewesen herfallen.«

»Es sind nur verhungerte Kinder«, widersprach Tonia.

»Man nennt sie auch Kinder des Teufels.« Die Journalistin ließ die kleinen Wesen nicht aus den Augen. »Sie sollen vergiftet sein, infiziert, heißt es, ich habe gehört ...«

Weiter kam sie nicht. Ein Flattern und Schlagen wie von Vögeln, alles ging unfassbar schnell. Die Geschöpfe, die eben noch über den Boden gekrochen waren, sprangen auf, ihre

Hände klatschten gegen den eigenen Leib; sie taten Sprünge, so hoch, als ob sie Flügel besäßen. Im nächsten Moment waren sie über die vier auf der Treppe hergefallen. Dürre Hände verkrallten sich, Kindermünder schnappten, spitze Zähne bissen zu. Die Augen der Geschöpfe waren verdreht, dass man das Weiße sah. Muganabe sprang auf, mit einem Schlag fegte er mehrere Angreifer von sich; doch immer neue strömten heran, warfen sich über ihn und klammerten sich an sein Fleisch.

Dula blutete an der Stirn, sein Mantel war zerfetzt, die kleinen Teufel hingen an seinen Armen, einer krallte sich an seinen Bauch. Der Tuareg zog das *takuba*, sein gebogenes Schwert, und ging mit der stumpfen Seite den Angreifern zu Leibe. Er riss sie von sich, schleuderte sie die Treppe hinunter, doch der ständig wachsenden Masse konnte er sich nicht erwehren.

Tonia war ein paar Stufen höher gelaufen. Noch hatte keines der Kinder sie angefallen – wie auf einer umtosten Insel schaute sie auf das Schauspiel. Die Treppe war schwarz von Fliegenkindern, sie wogten in die Tiefe, machten auch vor den Trachtlern nicht halt. Gohrbachs Leute waren zuerst überrascht, jetzt schossen sie um sich, doch wie viele der Elenden sie auch zur Strecke brachten, die wahnsinnige Horde stürzte sich unvermindert auf die Trachtler, hing an ihnen wie Blutegel, biss, zerfleischte, was ihr zwischen die Zähne geriet. Aus den Angreifern waren Opfer geworden, die in Panik zu ihren Wagen flüchteten. Gohrbach selbst saß in ohnmächtiger Wut hinter der sicheren Scheibe und starrte die Treppe hoch, wo die Tuareg ums Überleben kämpften.

Muganabe schwankte. In Scharen hingen die Kinder an den Beinen des riesigen Tuareg. Wie ein Turm ragte er über ihnen hervor, stand und staunte über die Brut, die sich nun auch in seine Schultern krallte, nach seinen Wangen schnappte. Muganabe stürzte. Langsam und ohne Halt zu suchen, kippte er vornüber, namenlose Verwunderung in seinem Gesicht; er verschwand in der wuselnden Masse, die ihn augenblicklich verschlang.

Tonia wurde angefallen. An ihrem Schenkel hing ein Fliegenkind – ein strahlender Schmerz, Tonia riss das Wesen am Haar, aber es ließ nicht locker. Sie wehrte ein zweites und drittes Teufelskind ab, doch sie kamen stets nach. Bisse und Risse, das Schnappen und Fressen verursachten ihr so unbekannten Schmerz, dass ihr vor Schreck fast das Herz stehen blieb. Gleichzeitig kam sie sich wie eine Beobachterin vor, die mitansah, wie ein Ring von Zähnen sich um ihre Wade schloss und im nächsten Moment Blut aus der Wunde quoll. Tonia begriff, dass nichts, was sie tat, die Quälgeister vertreiben würde, dass der unersättliche Nebel erst weiterziehen würde, wenn sie bei lebendigem Leibe aufgefressen worden war. In Todesangst sank sie auf die blutgefärbte Stufe – ein gepeinigter Blick zu Dula –, auch er verlor den Kampf. Wie sehr sein Schwert auch wütete, wie viele er von sich schüttelte, aus unzähligen Wunden blutend, verließ ihn langsam die Kraft; er taumelte gegen den Rücken des toten Dromedars.

Die Schüsse kamen von überall her. Zuerst meinte Tonia, die Trachtler hätten den Kampf wieder aufgenommen, doch dann hörte sie das Knallen auch über sich, vom oberen Absatz der Treppe. Unter Schmerzen hob sie die Augen – es waren bewaffnete Männer, Trachtler waren es nicht. Die dort oben trugen schwarze Kutten und traten aus dem Kirchentor. Tonia sah mit an, wie die Quälgeister unter den Schüssen zusammenzuckten, erstarrten und abfielen. Sie erwartete hässliche Einschüsse zu sehen, schlimme Verletzungen – so schrecklich diese Geschöpfe auch waren, Tonia fürchtete ihr Sterben in Todesnot –, doch nichts davon war zu entdecken. Die Kinder gaben bloß auf, fielen zu Boden und lagen in tiefer Bewusstlosigkeit da.

Die Männer in den Kutten rückten vor, schon hatten sie

Dula von seinen Peinigern befreit. Aus mehreren Wunden blutend, richtete Beatrice sich auf, nur Muganabe blieb verborgen, ihn bedeckten die Leiber unzähliger Fliegenkinder.

Am Fuß der Treppe ging eine seltsame Veränderung vor sich. Die Trachtler nützten die Befreiung von den Geschöpfen nicht, um den Angriff gegen die Tuareg fortzusetzen. Das Erscheinen der schwarzgekleideten Kämpfer bewog sie, in unerklärlicher Hast in die Wagen zu klettern. Schon gaben sie Gas, setzten zurück und verschwanden in einer Wolke aus Staub in den alten Gassen von Rom.

Die Schüsse endeten, eine unwirkliche Stille breitete sich aus. Die Treppe war übersät mit den Körpern lebloser Kinder; in der Mitte ein totes Dromedar. Dahinter tauchten ein Schwarzer in zerfetztem Mantel auf und eine verschreckte Frau mit rotem Haar. Die Mönche senkten die Waffen und schlugen ihre Kapuzen zurück. Einer von ihnen trat auf die Stufe, wo Tonia kauerte.

»Kommt mit in die Stadt«, sagte er.

»Wir sind doch schon in der Stadt …«, antwortete sie kraftlos.

»Città del Vaticano.« Der Mönch hob Tonia auf seinen Arm.

Im Reich des Engels

17

Beim Erwachen fand Tonia sich von vollkommenem Weiß umgeben. Nie hatte sie auf solch weichen Kissen gelegen, niemals ein so makellos weißes Laken gesehen. Die Wände und Fenster waren weiß, eine Markise hielt das Sonnenlicht ab; es war immer noch heller Tag.

Ihre Schmerzen hatten nachgelassen, man hatte sich um ihre Wunden gekümmert. Die Bisse waren desinfiziert worden, überall hatte sie Verbände und Pflaster. Sie drehte sich um – in einem blütenweißen Hemd lag Beatrice im Bett daneben.

»Wo sind wir?«

Auch bei der Journalistin sahen Gesicht und Arme wie ein geflickter Teppich aus; doch sie war bereits wieder bester Laune. »Im Ambulatorium der Gebenedeiten Madonna von den Tränen. Auf der Krankenstation«, beantwortete sie Tonias verständnislosen Blick.

»Wie geht es den Tuareg?«

»Muganabe hat es böse erwischt.« Beatrice stützte sich auf den Ellbogen. »Der Arzt operiert ihn noch.«

»Und wo ist Dula?«

»Auf der *Männerabteilung*.«

Tonia bemerkte den schmunzelnden Blick der anderen.

»Aber was … was mache ich dann hier?«, fragte sie kleinlaut.

»Tja, mein lieber *Antonio* …«, Beatrice zeigte auf Tonias Krankenhauskittel. »Um dich zu verbinden, hat der Arzt dich ausziehen müssen. Und da machte er eine interessante Entdeckung.«

Verwirrt zog Tonia das Laken über die Brust. »Das … scheint dich nicht besonders zu überraschen.«

»Nein«, grinste die Journalistin. »Unsere einsamen Wüstenmänner konntest du vielleicht täuschen, aber *ich* habe gleich begriffen, dass unter den Männersachen ein ziemlich hübsches Mädchen steckt, das sich einen unmöglichen Haarschnitt verpasst hat.«

Unwillkürlich fasste sich Tonia ins Haar. »Wirst du mich verraten?«

Beatrice fixierte sie neugierig. »Sag mir zuerst, wozu die Maskierung gut sein soll.«

Tonia zögerte. »Ich möchte mich so gerne den Tuareg anschließen«, sagte sie schließlich. »Aber sie bilden nur junge Männer aus – keine Mädchen.«

»Das alte Problem der Wüste«, nickte die Journalistin. »Hier gelten nur die Herren der Schöpfung etwas. Wir Frauen sind ›zarte Blumen‹, die beschützt werden müssen.«

»Du verrätst mich also nicht?«

Beatrice legte den Finger auf den Mund. »Wenn der Arzt dein Geheimnis nicht ausplaudert – von mir erfährt keiner was.«

Ungläubig schüttelte Tonia den Kopf. »*Ärzte*, ein Krankenhaus, weißes Bettzeug, nirgendwo Fliegen und Ungeziefer?« Sie setzte sich auf. »Wo gibt es denn so etwas noch?«

»Im Reich des Engels.«

»Was für ein Engel?«

»Du wirst ihn bald kennenlernen.«

Beatrice schloss die Augen, kurz darauf erkannte Tonia an den tiefer werdenden Atemzügen, dass die andere eingeschlafen war.

*

Einen Tag später verließ ein Rollstuhl das Hospital. Geschoben von einer Frau mit weißer Haube, rollte Beatrice durch ein eigentümlich geformtes Tor; Tonia blieb dicht an ihrer Seite.

»Siehst du die Löcher?« Die Journalistin zeigte auf fassförmige Öffnungen, die ins Holz eingelassen waren. »Ein Papst hat sie bauen lassen. An diesem Tor konnten Mütter ihre unerwünschten Kinder aussetzen, ohne gesehen zu werden.«

Tonia ging durch den Kopf, dass auch sie solch ein *ausgesetztes* Kind war, von der Mutter hinaus in die Wüste geschickt.

»Und was geschah mit den Säuglingen?«, fragte sie.

»Die Kirche nahm sich ihrer an. Schau!«

Sie kamen ins Freie. Tonia trat in eine Welt, wie sie für das Mädchen aus der Wüste bezaubernder und phantastischer nicht hätte sein können. Hinter den Mauern der Krankenstation erwartete sie ein Platz, so weit und prachtvoll, als sei er nicht für Menschen, sondern für *höhere Wesen* gebaut. Sie ließ den Blick weiter und weiter schweifen, streckte den Arm nach vorn und rief fassungslos: »Was ist das?!«

»Der Petersdom – oder die Reste davon«, antwortete Beatrice.

Sie gelangten in ein Halbrund von Säulen, die von Riesenhänden errichtet worden sein mussten. Der ganze Platz war von diesen Säulengängen umschlossen; sie mündeten in eine Treppe, an deren Ende ein Bauwerk thronte, das wie der Eingang zum Himmel anmutete. Kirchen, wie Tonia sie kannte, waren vom Sand zugeweht, halb eingestürzt und verfallen. Diese Kathedrale erhob sich majestätisch; steinerne Heilige bewachten die Pforten, die Kapitelle ihrer Säulen schienen so weit in der Höhe, dass sie die Wolken streiften. Tonia legte den Kopf in den Nacken; staunend durchschritt sie das mittlere Tor, das zu einem bronzenen Eingang führte, von dort traten sie ins Innere.

Die Schönheit der Halle allein hätte ausgereicht, Tonia in Verzückung zu versetzen – Decken und Bögen, Säulen, Standbilder, durch tiefe Fenster in magisches Licht getaucht –, doch ein anderer Eindruck nahm ihr den Atem: Durch den Dom schallte Musik von unvorstellbarer Herrlichkeit. Sie hob den Blick zur Empore und entdeckte Knaben in rot-weißen Gewändern, hübsch und wohlgenährt sangen sie aus voller Brust. Ein Schluchzen entrang sich dem Wüstenmädchen, so schön war das alles. Der Gesang ertönte in einer Sprache, die Tonia nicht kannte, vielstimmig, in endlosen Silben und Tönen bot sie den Rahmen für die heilige Handlung, die dort am Altar verrichtet wurde.

Daheim hatte Tonia von dem Ritus gehört; man erzählte sich von fanatischen Männern, die im südlichen Wüstensand Messen im alten Stil zelebrierten. Tonias Vater hatte erzählt, dass die Priester während der Zeremonie Wein verwandelten, aber nicht in Wasser, wie man glauben mochte, sondern in ein Zaubergetränk, das sie das »Blut des Erlösers« nannten. Überall sonst galt Wasser als die höchste und letzte Form der Reinheit, als Quell des Überlebens. Es zu verwandeln war gotteslästerlich und verboten.

Dort aber – Tonia wischte sich die Tränen aus den Augen – stand ein Mann inmitten des Heiligen Raumes und vollzog die verbotene Prozedur. Er war nicht mehr jung, Kopf und Hals ähnelten dem eines Wolfes, er trug ein bodenlanges rotes Gewand. Mit ruhiger Bewegung hob er einen Kelch und hielt ihn den Männern hin, die ihn von allen Seiten umstanden.

Erschrocken erkannte Tonia die Mönche wieder, die auf der umkämpften Treppe ihr Leben gerettet hatten. Ernste Kerle mit Narben in den Gesichtern, rasierten Köpfen und gefalteten Händen. Sie lauschten den Worten des Mannes in Rot und wiederholten sie alsbald im Chor. Im Inneren des Domes nahmen sich die Kämpfer wie gottesfürchtige Männer aus, und doch dachte das Mädchen daran, wie sie mitleidlos Kinder niedergeschossen hatten. Ein Schauder durchfuhr Tonia – das erhabene Ritual schien plötzlich nicht weihevoll, sondern düster und von einer unbekannten Form von Macht durchdrungen. Der Mann im Zentrum trank aus dem goldenen Kelch, roter Saft troff aus seinem Mundwinkel. Er wandte sich um, bemerkte die Frau im Rollstuhl – schien es nur so, oder hatte er ihr zugenickt?

Plötzliche Freude durchfuhr Tonia, denn auf der anderen Seite des Altars entdeckte sie Dula, ihren Freund, der sie die endlose Strecke hierher begleitet und beschützt hatte, Dula, mit dem Tonia fast in den Tod gegangen war. Er stand auf eigenen Beinen, nur eine Krücke war Zeichen dafür, dass auch er Wunden davongetragen hatte. Dula hatte Tonia gesehen, am Blitzen der Zähne erkannte sie, er lächelte ihr zu.

Nun, wo sie ihren Gefährten entdeckt hatte, fühlte Tonia sich wieder sicher. Furcht und Beklemmung verflogen, sie genoss das Erlebnis in all seiner Fülle. Der Mann in Rot nahm Brot und brach es. »Dies ist mein Leib«, sagte er, »der hingegeben wurde zur Erlösung der Menschheit.« Er näherte sich mit dem Brot seinen Kriegern, geschlossen sanken die Mönche in die Knie, der Priester legte dem ersten ein Stück Brot auf die Zunge, der Kahlgeschorene senkte den Kopf und betete. Tonias Blick schweifte zum bronzenen Baldachin hoch, wo nackte Engel eine Gottesfigur umschwebten.

18

Was hat dich aufgehalten?«

Der rotgewandete Mann war im Begriff, die Kardinalsrobe auszuziehen. Ein krummer Mönch, dessen Gesicht unter der Kapuze fast verborgen war, half dem Kardinal beim Umkleiden.

»Stürme«, antwortete Beatrice, »störrische Dromedare und bewaffnete Verfolger.« Sie saß in einer weitläufigen Kapelle, Fresken schmückten die Wände und setzten sich an der Decke fort.

»Hast du schon etwas gegessen?« Im weißen Hemd stand Evangolus Reverricio vor ihr.

»Seit Wochen nichts Vernünftiges, Eminenz.«

»Umso besser.« Er gab dem gekrümmten Mönch ein Zeichen, der huschte nach draußen.

Der Kardinal hängte das Gewand über den ausgestreckten Arm einer Heiligenfigur und legte sich auf ein Lager aus Decken und Kissen; sie waren aus Atlasseide und feinstem Brokat. Er neigte sich zur Seite und goss Mokka in zwei Tassen, eine reichte er Beatrice. Er hatte Augen blau wie Tinte, graue Haarfontänen wuchsen aus der offenen Hemdbrust.

»Es gibt eine Neuigkeit.« Mit Genuss trank sie den heißen Kaffee, den ersten seit langem. »Die Tuareg haben ein Kind dabei.«

»Ein Kind?«, fragte er ungläubig.

»Einen ... Jungen«, antwortete sie nach kurzem Zögern. »Er ist in Bozen zu ihnen gestoßen.«

»Wie alt?«

»Vierzehn.«

»Ein vierzehnjähriger Junge könnte für uns von Nutzen sein«, sagte der Kardinal nach kurzer Überlegung.

»Wann werden Sie die Tuareg einweihen?« Beatrice stellte die Tasse beiseite.

»Wenn ich ihr Vertrauen gewonnen habe.«

»Diese Männer trauen nur sich und der Wüste.«

»Ich finde einen Weg.« Auf ein Zeichen des Kardinals gingen die Türen auf, Mönche kamen mit goldenen Platten und stellten sie auf das Lager.

Beatrice brach angesichts der Köstlichkeiten in bewunderndes Lachen aus. »Woher stammt das alles?«

Reverricio nahm saftige Trauben vom Tablett und reichte sie ihr. »Wir empfangen dankbar, was die Natur uns schenkt.«

»Eine Natur, die außerhalb dieser Mauern nicht mehr existiert.« Gierig aß Beatrice die süßen Beeren und ließ den Saft durch ihre Kehle rinnen.

Er schob ihr die nächste Platte hin. »Probier die Eier, sie stammen von päpstlichen Hühnern. Und den Käse liefern die vatikanischen Ziegen.«

Beatrice ließ sich Schinken und Feigen, Nüsse, Rosinen und warmes Brot schmecken; der Kardinal goss ihr apostolischen Schnaps ein, in eigener Kellerei gebrannt. Ihre Augen schweiften zur Westseite der Kapelle, die von gefährlichen Rissen durchzogen war; schwere Balken stützten die Mauer.

»Die Wüste drängt nach«, nickte der Kardinal. »Wenn wir nicht bald handeln, kommt jede Rettung zu spät.« Er wartete, bis die Journalistin ihr Mahl beendet hatte.

»Jetzt möchte ich die *Ritter der Wüste* kennenlernen – und diesen Jungen.« Er erhob sich, der gekrümmte Mönche half ihm in einen schlichten Priestermantel. Nur die rote Schärpe erinnerte daran, dass Evangolus Reverricio von Süditalien bis zu den Alpen der höchste Fürst der Kirche war.

19

Bis an die Zähne bewaffnete Mönche brachten Tonia und Dula zu einem Tor, das streng bewacht war. Der Tuareg erkundigte sich nach dem Grund.

»Plünderer«, antwortete der Mönch. »Nachts versuchen sie über die Mauern zu steigen und unsere Gärten zu bestehlen.«

»*Gärten?*«, fragte Tonia überrascht. »Was für Gärten?«

Auf ein Zeichen öffnete sich das Tor und gab den Blick frei auf eine Landschaft, wie der Wüstenläufer und das Mädchen sie niemals erblickt hatten. Zuvorderst stand ein Spalier aus Obstbäumen, reife Nektarinen hingen an den Zweigen, Aprikosen und Äpfel. Dahinter wurde der Park von marmornen Wegen gekreuzt, an deren Seiten immer neue Wunder warteten. Avocado- und Mangobäume, Tomatensträucher voll saftiger Früchte, pelzige Bällchen, deren Namen ihnen der Mönch verriet – es waren chinesische Stachelbeeren. Feigen wuchsen neben Orangen, dort haarige Litschi, hier Tamarinde, Sternfrucht und Bananen in prallen Stauden. Auf dem Boden wucherten Artischocken und Auberginen, Bambusschösslinge und Erdnüsse. Überall entdeckten die Besucher Triebe und bunte Knospen, Blütenstempel in schamlosen Farben; Bienen und Schmetterlinge flogen umher, saugten Nektar und Blütenstaub und verteilten ihn über die strotzende Pracht.

Staunend rief Tonia sich ins Gedächtnis, dass überall sonst die Wüste die Stadt beherrschte, Dürre und Auszehrung vernichteten alles Leben; hier aber hatte man das Paradies festgehalten, nein, neu erschaffen!

Dula, der Tuareg, war ein Meister der Selbstbeherrschung, doch angesichts dieses Garten Eden verlor selbst er seine Fassung. Mit hellem Lachen kniete er hin und bettete die Wange auf die weichen Gräser und Blumen, die ihm entgegensprossen. Er pflückte einen Pfirsich vom Zweig, roch daran, bevor er hineinbiss und die Süße in ungläubigem Staunen schmeckte. Tonia trat unter das Blätterdach eines Baumes und blickte mit glänzenden Augen hoch. Stachelige Früchte waren zu erkennen.

»Kennst du ihren Namen?«, fragte eine ruhige Männerstimme.

Sie drehte sich um; begleitet von Beatrice, kam ein Mann im Priesterrock auf sie zu. Tonia erkannte ihn wieder.

»Ich weiß es, das sind Kastanien!« Sie strahlte den Kardinal an.

»Woher weißt du das, Antonio?«

Mit einem Blick bedankte sich das Mädchen bei Beatrice, dass sie Tonias Geheimnis nicht verraten hatte. »Vor langer Zeit soll so ein Baum hinter unserem Haus gestanden haben«, antwortete sie. »Mein Vater hat mir ein Bild von der Kastanie gezeigt, als sie blühte.«

»Sie wuchsen überall in Italien.« Evangolus Reverricio berührte die fächerförmigen Blätter. »Im Herbst fielen die Früchte zu Boden, man holte sie aus dem stacheligen Panzer und röstete sie auf Holzkohlenfeuer.« Er legte den Arm auf Tonias Schulter und ging mit ihr zu dem Tuareg.

Sekundenlang standen die beiden ungleichen Männer einander gegenüber. Dula hatte sein Tuch abgelegt, die Zöpfe fielen ihm auf den Rücken. Auf dem Gesicht des Älteren spiegelte sich tiefe Zufriedenheit.

»Endlich seid ihr meinem Ruf gefolgt.« Er nahm Dulas Hand und drückte sie herzlich. »Wie geht es deinem Gefährten?«

»Der Arzt hat seine Wunden versorgt. Jetzt muss Muganabe sich selbst heilen.« Dula bedankte sich dafür, dass die Männer des Kardinals sie aus der tödlichen Bedrängnis befreit hatten.

»Ich hatte von den ›Kindern der Hölle‹ gehört«, sagte er, »hielt es aber für ein Märchen.«

»Sie sind nicht höllischen Ursprungs«, widersprach Evangolus, »sondern Kinder Gottes wie du und ich.« Er setzte sich auf eine Steinbank, der Tuareg sank vor ihm ins Gras und aß den Pfirsich. »Es sind bedauernswerte Geschöpfe, durch Entbehrung so sehr geschwächt, dass sie ein leichtes Opfer der *Drosophila Celanogaster* werden. Diese Fliege verursacht hohes Fieber und löst bei den Kindern hysterische Anfälle aus. Dann rotten sie sich zusammen und gehen auf Beutezug.«

»Wenn es Kinder Gottes sind, warum erschießt ihr sie dann?« Bevor Tonia es überlegt hatte, war die Frage heraus.

Überrascht wandte sich der Kardinal um. »Wäre es dir lieber gewesen, wir hätten zugelassen, dass sie euch auffressen?«

»Nein, aber …« Sie schluckte. »Es sind doch Kinder.«

Reverricio nahm ein Kastanienblatt, das auf die Bank gefallen war. »Wir erschießen sie nicht. Wir betäuben sie mit einem Mittel, das das Serum zum Schutz vor der Celanophilisfliege enthält. Manche von ihnen werden wieder gesund.« Er überreichte Tonia das Blatt als Geschenk. »Hast du die Jungen im Dom gesehen?«

»Die so herrlich gesungen haben?«

»Einige davon waren Fliegenkinder.« Aus graugrünen Augen sah Reverricio sie an.

Beatrice stand etwas abseits; erstaunt musterte sie den Kardinal, der dem vermeintlichen Jungen so viel Aufmerksamkeit schenkte. Das sonst herrische Gesicht war freundlich und mild.

»Ich möchte, dass ihr euch einige Tage ausruht«, sagte er zu Dula. »Danach sprechen wir weiter.«

»Dürften wir noch ein wenig hierbleiben?« Mit kindlichem Ausdruck zeigte der Tuareg um sich. »Ich habe in der Wüste manchmal vom Paradies geträumt. Es war nicht so wunderbar wie dieser Garten.«

»Bleib, solange du willst.« Reverricio stand auf. »Wenn dein Freund gesund ist, wartet eine große Aufgabe auf euch.« Er drückte Beatrice die Hand und ging durch ein Spalier von Rosen zu einem alten Gebäude, wo sich sein Studierzimmer befand. In der Krone des Kastanienbaumes sang ein Vogel; Tonia schaute hinauf, konnte ihn im dichten Blätterwerk aber nicht entdecken.

20

Die Tage in Rom wurden für Tonia unvergesslich. Hätte man ihr früher erzählt, außerhalb ihrer gewohnten Umgebung existiere eine andere, wunderbare Welt, sie hätte vielleicht an schattige Oasen gedacht, an Wasserstellen, wo die Tiere sich labten, oder an behagliche Zelte mit kostbaren Teppichen. Doch Tonia fand sich hineingeworfen in eine Welt vollkommener Schönheit und jahrtausendealter Kultur. Ihr Gastgeber, der Kardinal, hatte dem »Jungen« erlaubt, sich überall zu bewegen – keine Pforte war ihm verschlossen, kein Weg durch Wachposten versperrt; das ganze vatikanische Paradies stand ihm offen.

Tonia machte ausgiebig davon Gebrauch. Sie lief durch langgestreckte Innenhöfe, über pompöse Treppen, hielt sich in verstaubten Gemächern auf, von denen man ihr sagte, es seien die Wohnungen längst verstorbener Päpste gewesen. Viele Gebäude waren verfallen, die meisten der dämmrigen Säle leer; man hatte die Schätze des Kirchenstaates längst vor der Wüste bewahrt und in den Norden geschafft. Und doch gab es immer noch eine Fülle von Bildern und Skulpturen, gemeißelte Helden in wuchtiger Haltung, nackte Frauen, denen Arme und Beine, manchmal sogar der Kopf fehlten, Mosaike und Deckengemälde – ja, so gigantisch, fast überirdisch kam Tonia dies alles vor, dass sie es stets nur eine Weile in den Prunkgemächern aushielt. Begann sich ihr beim Anblick all der Heiligen und Märtyrer, dieser gekreuzigten und verklärten Gestalten, der Kopf zu drehen, floh sie ins Freie – in die vatikanischen Gärten.

Jeden Tag aufs Neue saugte sie die duftende, farbenprächtige Fülle in sich auf, schlenderte durch die Spaliere, berührte hier ein rotes Weinblatt, dort eine Passionsfrucht, die bald reif sein würde. Tonia legte sich auf die Erde und blinzelte zwischen den Grashalmen hindurch. Sie hatte sich nicht vorstellen können, dass der Boden der Welt anders als steinig und staubbedeckt beschaffen sein konnte – nun lernte sie saftige schwarze Erde kennen, in der Larven und Würmer lebten, Wurzeln und Knollen breiteten sich in ihr aus und reckten täglich neue Triebe der Sonne entgegen. Durch das Grün und die darüberliegende Feuchtigkeit schien es Tonia sogar, als sei der Sonnenball keine weißglühend bedrohliche Kugel mehr, sondern ein Lebensspender, heiter und tröstlich. Auch die Morgenröte kam ihr nicht mehr wie eine Warnung vor, dass sich die Welt täglich in einen Glutball verwandelte, nein, das Morgenrot bedeutete einen hoffnungsvollen Tagesbeginn.

Manchmal fragte sie sich, warum ausgerechnet die Tuareg, die nicht in der Fülle zu leben gewohnt waren, sondern äußerste Entbehrung kannten, an diesen Ort gebracht worden waren. Was mochte den Kardinal bewegt haben, sie zu sich zu holen, gesund zu pflegen und ihnen jede erdenkliche Annehmlichkeit zukommen zu lassen?

Auch Muganabe hatte die Krankenstation inzwischen verlassen, seinen Kopf bedeckte ein Verband, ein Bein war geschient. Auch er staunte über die Vielfalt, die die Gärten des Kardinals boten, doch bei dem stillen, in sich gekehrten Mann trat die Wirkung anders zutage. Muganabe stieg auf die höchste Terrasse eines Gebäudes, stellte sich an deren Rand und verharrte bewegungslos – stundenlang, einen Tag und die darauffolgende Nacht hindurch; Muganabe stand und schaute. Reverricio ließ ihm Essen und Trinken nach oben bringen, der Tuareg rührte nichts an, nahm nur das Leben zu seinen Füßen in sich auf, als könne ihm diese Schönheit später einmal von Nutzen sein.

Dula hatte die vatikanische Bibliothek entdeckt und verbrachte die meiste Zeit dort. Viele Bücher holte er aus den Regalen, aufgeschlagen lagen sie auf Pulten und Arbeitstischen – Dula durchwanderte eine andere Welt, den Kosmos des Wissens. Manchmal, abends, erzählte er Tonia von Entdeckungen, die vor Jahrhunderten von Mönchen gemacht, Reisen ans Ende der bekannten Welt, die unter dem Patronat des Papstes unternommen worden waren. Dula liebte die Gesellschaft der Bücher, mit deren Hilfe er in den Abgrund der Zeit schaute und Gespräche mit Persönlichkeiten führte, die ihm vergangenes Wissen offenbarten.

Auf ihren Streifzügen begegnete Tonia manchmal den bewaffneten Mönchen; Tag und Nacht sicherten sie die turmhohen Mauern des Vatikans. Einmal sah sie auch den Kardinal selbst; im Gespräch mit Beatrice schlenderte er den Hauptweg entlang und verschwand in einer Kapelle. Tonia fragte sich, welche Funktion die Journalistin in den Plänen Reverricios einnahm. Wie aus dem Nichts war sie in der Nacht des Trachtlerangriffs aufgetaucht und hatte seitdem alles getan, um die Tuareg nach Rom zu begleiten. Worin bestand ihr Interesse? Schrieb sie über die Reise, würde sie die Geschichte später veröffentlichen? In welchem Verhältnis stand sie zum Kardinal?

Eines Morgens, es waren inzwischen sechs Tage vergangen, machte Tonia eine außergewöhnliche Entdeckung. Mehrmals schon war sie an einem Gebäude vorbeigekommen, das früher eine Brunnenanlage gewesen sein musste, ein künstlicher Wasserfall, der in ein Bassin mündete. In der Mitte befand sich eine kleine steinerne Grotte. Bis heute war das Bauwerk jedes Mal trocken gewesen – unvorstellbar, dass man kostbares Wasser bloß zum Vergnügen über die Steine laufen ließ! An diesem Morgen aber – staunend blieb Tonia stehen – war der Wasserfall in Betrieb. Eine weißsprühende Fontäne ergoss sich vom Plateau der Grotte in das tiefer gelegene Becken und bildete dort eine Lache.

Tonia wandte sich nach allen Seiten um. Niemand war in der Nähe – sie konnte der Versuchung nicht widerstehen. Hastig legte sie ihre Kleider ab, Simions schwere Jacke, das schwarze Tuch, Hose und Schuhe fielen zu Boden; nackt stand das Mädchen auf dem Brunnenrand und stieg ins Bassin. Sie lief zu der Pfütze, wunderbar kühl umspülte das Wasser Füße und Knöchel, sie wusch ihre Waden, richtete sich auf – von oben kamen lichtsprühende Perlen herabgestürzt, Tonia stellte sich unter den Wasserfall. Es war ein unbekanntes Gefühl der Erregung, prickelnd, weich und erfrischend. Sie hielt Gesicht und Haar in den Strahl, schloss die Augen, ihre Hände rieben den Körper entlang, überall umschloss und küsste sie das Wasser; Tonia hatte sich noch nie so glücklich gefühlt.

Als sie die Augen aufschlug, das Haar aus der Stirn strich, stand Dula vor ihr. Der Tuareg hatte den Turban abgelegt und sein Haar geöffnet. Tonia begriff, er hatte dieselbe Absicht gehabt wie sie, ein Bad zu nehmen. Das Staunen im Gesicht des Tuareg begann als ungläubiges Runzeln der Stirn, er verengte die Augen, als habe er sich durch eine Spieglung von Sonne und Wasser täuschen lassen, langsam öffnete sich sein Mund, doch kein Laut kam heraus. Dula musterte die schmale Gestalt unter dem Wasserstrahl, als betrachte er etwas Vertrautes, das ihm jedoch im selben Moment *fremd* wurde. Instinktiv bedeckte Tonia die kleinen Brüste – aber was half es? Nicht Antonio, der Junge, stand in der Fontäne, der tapfere Wüstenbegleiter, sondern das vierzehnjährige Mädchen, längst kein Kind mehr, noch keine Frau; das Mädchen, das sich seit Wochen verbot, so zu sein, wie es war. Nackt stand sie vor demjenigen, den sie am meisten verehrte, dem schweigsamen jungen Mann aus der Wüste, dem sie Gefühle entgegenbrachte, die sie selbst in höchstem Maß verwirrten, Gefühle, die sie durch Kameradschaft und Nüchternheit zu verdecken suchte.

Tonia besaß lange straffe Beine, einen flachen Bauch, verführerisch geformte Schultern und ein lebendiges, offenes Gesicht. In ihrem Heimatort hatten ihr die jungen Männer bereits nachgeschaut; sie war über solche Blicke amüsiert gewesen, Gedanken hatte sie sich darüber kaum gemacht. Dula war nicht wie die Jungs von daheim, sondern ernst, in sich gekehrt, er kam ihr klug, beinahe weise vor. Hatten Frauen überhaupt eine Bedeutung für ihn? Gab es solche Gedanken für einen Wüstenritter?

Nun stand Tonia als Frau vor ihm, fror trotz der Hitze, hatte Gänsehaut und war nicht glücklich, sondern verzweifelt. Sie schämte sich so sehr! Dafür, dass sie ihren Vertrauten betrogen, ihm ihre wahre Existenz verschwiegen hatte, aus Angst, er würde sie verstoßen. Voller Furcht, was als Nächstes geschehen würde, trat Tonia zurück, bis der Wasserstrahl sie ganz verdeckte. Mit um den Körper geschlungenen Armen trat sie von einem Bein aufs andere und wünschte, sich in Luft aufzulösen.

Unvermittelt hörte das Wasser zu fließen auf, irgendwo musste die Quelle zum Stillstand gebracht worden sein. Zitternd und tropfend stand Tonia in dem kleinen Teich; Dula hatte sich noch keinen Millimeter bewegt. Im Park summten die Bienen, ein leichter Wind ließ die Blätter wispern, krächzend setzte sich ein Vogel auf den Brunnenrand.

»Ich … muss mich anziehen«, flüsterte Tonia.

Wortlos bückte sich Dula und reichte ihr Hose und Hemd, sie nahm es entgegen und bedeckte sich hastig. Als sie ihre Scham trocken rieb, wandte er sich ab; zum ersten Mal war er kein Kumpan mehr, sondern ein verwirrter Mann.

»Warum hast du das getan?«, fragte er.

Tonia dachte weit zurück, bis zu jenem Abend, als sie vor dem Fenster Anselmos gekauert war und dessen Gespräch mit dem Tuareg belauscht hatte.

»Weil du gesagt hast, du suchst dir den besten *Jungen* aus, um ihn zum Tuareg zu machen. *Ich* wollte dieser Junge sein.« Angezogen stand sie hinter dem Abgewandten. »Ich will es immer noch«, setzte sie scheu hinzu.

Er sah sie lange, versonnen an. »Du *bist* ein Kämpfer«, nickte er schließlich, »bist mutig, ehrlich und treu. Du bist würdig, einer von uns zu sein, aber …« Als Tonia freudig zustimmen wollte, hob er die Hand. »Aber die Tuareg lassen Frauen nicht kämpfen. Wir beschützen sie. Sie sind das Schönste, das Gottes Schöpfung hervorgebracht hat; wir dürfen es nicht verschwenden, indem wir es in den Kampf schicken.«

»Gibt es keine weiblichen Tuareg?«, fragte Tonia enttäuscht.

Statt einer Antwort nahm Dula sein Tuch und schlang es um den Kopf; plötzlich lächelte er.

»Warum lachst du?«

»Bei uns gibt es den Brauch, dass ein Tuareg seinen wirklichen Namen nicht bei der Geburt bekommt, er muss ihn sich erst *verdienen*.«

Tonia wusste nicht, was sie denken sollte; ihr Kopf war dumpf vor Verwirrung.

»*Mabay wan tashila*«, sagte Dula mit diesem rätselhaften

Lächeln. »*Der Junge, der sich im Wasser verwandelt* – das ist der Name für dich.«

»Mabay wan tashila«, wiederholte sie, ihr Herz schlug heftig. »Das heißt, du verstößt mich nicht?«

»Es ist nicht an mir, dich zu verstoßen«, antwortete er ernst. »Während vieler Tage und Nächte warst du mein Freund; wie könntest du es von einer Minute zur nächsten nicht mehr sein? Soll ich dich weniger mögen, nur weil ich dich unter dem Wasserfall gesehen habe?« Er zog das Tuch vors Gesicht. »Keiner weiß, was kommt.« Dula hob Simions Jacke auf und legte sie Tonia um die Schultern. »Der Kardinal hat einen schweren Auftrag für uns. Vielleicht steht unsere Trennung früher bevor, als wir ahnen.«

Ihre Gesichter waren dicht voreinander. »Trennung?«, flüsterte sie. »Du nimmst mich nicht mit?«

»Eins ist gewiss: Es geht in den Kampf. Ob Junge oder Mädchen – du bist vierzehn Jahre alt. Ich kann dich nicht mitnehmen.« Ohne Tonias Antwort abzuwarten, drehte er sich um, ging durch den Park und nahm die Richtung zur Bibliothek.

Nie im Leben hatte sie sich so hilflos gefühlt, außerstande, etwas zu tun. Ihr Trost war der Name, den er ihr verliehen hatte; sie flüsterte ihn wie ein Zauberwort: *Mabay wan tashila*.

21

Ist er einer von euch?«, fragte der Kardinal.

Die Prüfung, ob Tonia ein Tuareg sein durfte, kam schon am nächsten Tag. Evangolus Reverricio hatte die vier Reisenden zu sich gebeten; sie trafen sich an einer Treppe im Inneren des Petersdomes.

»Vertraut ihr diesem Jungen?«, wiederholte Evangolus seine Frage.

Ängstlich schaute Tonia von Dula zu Beatrice – beide kannten ihr Geheimnis! Würden sie dem Kardinal verraten, dass der Wüstenjunge in Wirklichkeit ein Mädchen war?

»Er hat die Kugel abgelenkt, die mir den Tod bringen sollte«, antwortete Dula. »Er ist verschwiegen und genügsam, er tut Sprünge, wie sonst nur ein Raubtier.« Der Tuareg sah den Kardinal offen an. »Sein Name ist *Mabay wan tashila*.«

Tonia erschrak – damit hatte Dula ihre wahre Existenz preisgegeben, denn der Kardinal brauchte nur nach der Bedeutung des Namens zu fragen! Sie hielt den Atem an; der Mann mit den Wolfsaugen musterte sie eindringlich.

»Gut«, sagte Reverricio schließlich. »Einen besseren Fürsprecher kann sich niemand wünschen.« Er wies auf die Treppe, die in die Tiefe führte. »Er kommt also mit.«

Neben dem Kardinal stieg Tonia die Stufen hinab, Beatrice und die Tuareg folgten. Auf dem Weg nach unten überlegte Tonia, warum Dula ihr dieses Vertrauen schenkte. War es schlechtes Gewissen, sie auszuschließen, bloß weil sie ein Mädchen war? Wollte er sie dabeihaben, obwohl er das Kommende für zu gefährlich hielt? Oder gab es einen anderen Grund, etwas, das ein Tuareg niemals aussprach: Hatte er sein *Gefühl* für Tonia entdeckt?

An der Seite des Kardinals erreichte sie einen unterirdischen Gang, der von Fackeln erhellt wurde. »Wo sind wir?«

»Wir betreten jetzt den *Passetto*«, antwortete Reverricio. »Vor fast tausend Jahren ließ ein Papst diesen Geheimgang anlegen.«

»Ein geheimer Gang – wo führt er hin?«

Es machte dem Kardinal offenbar Freude, dem Jungen die Palastanlage zu offenbaren. »Der Papst tat es zu seinem eigenen Schutz. Im Mittelalter wurden die vatikanischen Mauern oft von Feinden belagert; die päpstlichen Soldaten konnten die Angriffe nicht immer abwehren. Dann floh der Papst aus dem Palast durch diesen Gang in die Engelsburg.«

»Engelsburg«, wiederholte Tonia den verheißungsvollen Namen.

Reverricio zeigte nach oben. »Über uns hat die Wüste alles verschüttet. Niemand in der Stadt weiß, dass es uns möglich ist, ungesehen in den Außenbereich des Vatikans zu gelangen.«

Nach kurzem Marsch erreichten sie ein Gewölbe, das den Beginn einer spiralförmigen Rampe darstellte. Von hier führte der Weg wieder nach oben. Tonia durchschritt fensterlose Räume, eine Bibliothek mit mannshohem Kamin, einen Saal, der mit angsteinflößenden Malereien verziert war, Bilder, deren Gestalten zu erschrecken schienen, weil sie der Dunkelheit entrissen wurden.

Schließlich, sie mussten sich nun im Herzen der Burg befinden, betraten sie einen Raum, dessen Zweck sofort zu erkennen war: die Schatzkammer. Schwarze Eisenschränke erhoben sich an den Wänden, dazwischen Truhen mit schweren Beschlägen. Reverricio wartete, bis alle eingetreten waren, nahm eine Fackel von der Wand und hielt sie über den Boden. Mit der Ferse trat er gegen eine metallene Kappe, worauf sich ein Mechanismus in Gang setzte.

»Kein Mensch außer uns hat zu Gesicht bekommen, was ihr nun sehen werdet.« Zu Füßen des Kardinals glitt eine Abdeckung beiseite, darunter befand sich ein quadratischer Behälter. Seine Oberfläche war aus glattem Metall, in der Mitte schimmerte das Emblem eines schwarzen Skorpions.

»Seid ihr bereit?« Reverricio sah jedem einzeln ins Gesicht.

Die Tuareg traten näher, Beatrice blieb im Hintergrund.

»Wir verdanken diesen Fund der Geldgier des Menschen«, sagte der Kardinal. »Die Geschichte beginnt vor vielen Jahrzehnten, als der Geschäftsmann Enrico Tassi auf Schatzsuche geht. Er will die Überreste einer portugiesischen Galeone heben, die 1543 im Golf von Policastro gesunken ist. Mit modernem Bergungsgerät macht sich Tassi daran, das Schiff zu plündern, doch der Fund ist enttäuschend: Bloß ein paar Dublonen und historische Waffen werden geborgen. Eines Morgens aber bringen die Taucher etwas zutage, das abseits des historischen Flaggschiffes lag, es hat die Form eines Würfels und scheint ein Behälter zu sein. Auf der Oberseite fällt Tassi sofort das Zeichen des Skorpions ins Auge. Obwohl der Behälter lange im Meer gelegen haben muss, ist sein Zustand erstaunlich: keine Spur von Rost oder Ablagerungen, das Salzwasser konnte ihm nichts anhaben. Der Würfel wird auf das Bergungsschiff gehievt, Tassi will ihn aufbrechen, aber das Ding ist auf vollkommene Weise verschlossen. Kein Scharnier, nicht der feinste Spalt sind zu entdecken, bloß neunundvierzig Kreise, zum Viereck angeordnet, daneben ein Kreuz und eine Wellenlinie. Tassi verschweigt den Behörden seinen Fund und transportiert ihn zu sich nach Hause. Dort lässt er die Kiste von Experten untersuchen. Auch ihnen gelingt es nicht, ins Innere des Dinges vorzustoßen. Das Material hält Schweißbrennern und Explosivstoffen stand, jede Form von Durchleuchtung misslingt. Auch eine zeitliche Datierung seiner Entstehung ist unmöglich, es scheint uralt zu sein und wirkt dabei vollkommen neu. Es gibt Theorien über die Bedeutung des Skorpions. Den alten Ägyptern galt er als Todessymbol, in der Astrologie steht er für das Prinzip des ›Stirb und werde‹, der Wiedergeburt nach dem Tod. Aber trotz aller Anstrengungen enträtselt niemand die wahre Bedeutung des Würfels. Als undurchsichtiger schwarzer Block bewahrt der Fund sein Geheimnis, bis Tassi ein alter Mann geworden ist.«

Die Besucher hatten erst den Kardinal angesehen, nun war ihr Blick auf den Würfel gerichtet.

»Bezeichnenderweise findet die Lösung ein Kind«, lächelte Reverricio, zu Tonia gewandt. »Der alte Tassi zeigt das Ding seiner achtjährigen Enkelin. Sie entdeckt die Kreise, das Kreuz und die Wellenlinie, und bevor der Großvater es verhindern kann, nimmt sie einen Stift und malt die Symbole in die Kreise – abwechselnd ein Kreuz, eine Welle und so fort. Als sie alle Kreise gefüllt hat, scheint der Skorpion mit einem Mal zu erglühen. Ein düsterer Ton ist zu hören. Erwartungsvoll starrt Tassi auf den Behälter, doch es geschieht nichts, außer dass die Malerei des Kindes wieder verschwindet und das Leuchten erlischt.«

»Woher wissen Sie das alles?«, unterbrach Tonia. »Es ist schon so lange her.«

»Hab Geduld.« Reverricio nahm die Fackel und beleuchtete die Stelle mit den Symbolen. »Zum ersten Mal, seit man ihn fand, hatte der Skorpion etwas *getan*, er reagierte. Hoffnungsvoll lässt Tassi seine Enkelin es weiter versuchen. Sie zeichnet eine neue Kombination, noch eine und immer so fort, doch das Ergebnis ist stets das gleiche: Kaum sind alle Kreise gefüllt, leuchtet das Emblem kurz auf, danach verschwinden die Zeichen wieder. Irgendwann verliert das Kind das Interesse daran, Tassi aber gibt nicht auf und versucht von nun an selbst, das Kreuz und die Schlangenlinie zu kombinieren. Wochen und Monate verbringt er damit, stellt komplizierte Tabellen auf und probiert immer neue Lösungen. Seine Frau und die Familie sind inzwischen besorgt über das wunderliche Verhalten des alten Mannes, nur die Enkelin versteht seinen Wunsch, das Rätsel zu lösen, und besucht ihn häufig. An einem solchen Abend – Tassi steht gebückt über dem Würfel und malt die Symbole – fasst er sich plötzlich ans Herz, sinkt vornüber und stirbt.«

Beatrice hatte sich während der Erzählung auf eine Truhe gesetzt. Die Tuareg hockten auf dem Boden, einzig Tonia stand immer noch über den Behälter gebeugt.

»Für Tassis Witwe ist der Würfel mit dem Skorpion ein Werkzeug des Teufels. Sie will ihn loswerden, ignoriert die Verfügung ihres Mannes, das *Ding* der Wissenschaft zu übergeben, und vertraut es stattdessen ihrem Beichtvater an. Der weiß damit ebenso wenig anzufangen und schickt den Würfel in einer Kiste nach Rom, um ihn vom dortigen Exorzisten prüfen zu lassen.«

Reverricio legte die Hände ineinander und machte eine Pause.

»All das ereignet sich zu einer Zeit, als niemand dem seltsamen Geschenk besondere Aufmerksamkeit widmen kann. Gewaltige Veränderungen stehen bevor, wichtigere Dinge drängen in den Vordergrund: Die Wüste ist bis Rom vorgestoßen und hat die Stadt besiegt, die Bevölkerung ist bereits zur Hälfte geflohen. Im Inneren des Vatikans dauern die hitzigen Diskussionen an – soll man bleiben, soll man aufbrechen? Als es fast zu spät ist, entschließt man sich, nach zweitausend Jahren den römischen Kirchenstaat aufzugeben und in den Norden zu ziehen. Es ist ein trauriger Tag, als der Papst Rom für immer verlässt.«

Der Kardinal sprach nun leise, kein Geräusch war sonst in der Schatzkammer, alle lauschten gespannt.

»Die Kiste, für die sich niemand interessiert, verschwindet in den Katakomben des Vatikans. Zwanzig Jahre vergehen. Ich und meine Mönche sind zur Bewachung des letzten kirchlichen Inventars in Rom zurückgeblieben.« Er schmunzelte. »Damals waren es verängstigte Geistliche, die lieber in den Norden gezogen wären, in das grüne Gebiet rund um die neue päpstliche Residenz, wo sie ein friedliches, fettes Leben hätten führen können. Im Süden ist nichts mehr, nur Staub und Sturm und der ewige Sand, der sich in alles hineinfrisst und die Gehirne allmählich aushöhlt. In wenigen Jahren verlieren die Mönche entweder den Verstand, oder es werden verwegene Kerle aus ihnen, die sich weder vor Plünderern noch Klapperschlangen oder den Geistern des Sandsturms fürchten. Sie werden zur härtesten Einsatztruppe des Südens und sind imstande, dem Wort Gottes, wenn nötig, auch mit dem Schwert Gehör zu verschaffen.«

Reverricio war einige Schritte auf und ab gegangen und blieb vor Beatrice stehen.

»Eines Tages kommt eine junge Frau nach Rom und bittet mich um eine Unterredung. Sie ist Journalistin, hat als Reporterin den Norden bereist und Berichte über das deutsche Kriegsgebiet geschrieben. Man kennt ihren Namen, denn ihr ist es als Einziger gelungen, den menschenscheuen Oberbefehlshaber Noradt Finsøkker zu einem Interview zu bewegen.«

Überrascht sah Tonia die Frau an, mit der sie gemeinsam durch die Wüste geritten war, die neben ihr auf der Krankenstation gelegen hatte: Beatrice war berühmt?

»Beatrice sagt mir, sie will die *Kiste* sehen, die in der verwehten Vatikanstadt aufbewahrt wird. Ich habe keine Ahnung, wovon sie spricht. Darauf gibt sie sich als das Mädchen zu erkennen, das Jahrzehnte zuvor mit jenem Würfel aus dem Meer gespielt hat. Beatrice erzählt mir die ganze Geschichte und bittet mich, nach zwanzigjähriger Unterbrechung weiterzumachen.« Reverricio zuckte die Achseln. »Es dauert Tage, bis wir den Behälter überhaupt finden. Ich messe der Sache keine große Bedeutung bei und lasse der jungen Frau einen Raum zuweisen, wo sie ungestört ist.«

Beatrice stand auf, ging vor dem Behälter auf die Knie und nahm einen Stift aus der Tasche. »Es ist derselbe, den ich vor zwanzig Jahren benützt habe.«

Sie malte in die linke Ecke des Vierecks ein Kreuz, darunter zwei Linien, sie ließ einen Kreis frei, in rascher Folge entstand ein Muster. Schließlich hielt sie inne. »Nach vielen Versuchen kam ich darauf, dass nicht *alle* Kreise ausgefüllt werden müssen – die *Leerstelle* war das letzte Symbol, das mir fehlte. Nach sechs Monaten stieß ich auf diese Kombination.« In den untersten Kreis trug Beatrice ein Kreuz ein.

Ein Ton erklang, wie wenn ein Windhauch durch ein leeres Zimmer streicht. Der Skorpion begann tiefblau zu leuchten. Im selben Augenblick meinte man, die Abdeckung öffne sich, doch es war eine Täuschung: Das Innere des Würfels wurde lediglich durchsichtig. Er enthielt eine Flüssigkeit, in der sich zitternd der Schein der Fackel spiegelte.

»Was ist das?« Tonia beugte sich vor.

Beatrice tauchte die Hand ein. »Wasser.«

»Nur Wasser?«

»Ich hielt es zunächst für Meerwasser, das in den Behälter eingedrungen war.« Beatrice führte den Finger an den Mund und leckte daran. »Aber es ist süß und rein. Ich versuchte es auszukippen und bemerkte, dass der Würfel und die Flüssigkeit untrennbar miteinander verbunden sind. Das eine ist vom anderen nicht zu lösen.«

Muganabe beugte sich über den Rand des Behälters und hielt die Hand in die Flüssigkeit. Er bückte sich tiefer, sein Ellbogen verschwand, dann der Arm und die Schulter – immer noch konnte er keinen Boden ertasten.

»Man kann aber den Grund doch *sehen*!«, rief Tonia erstaunt.

»Das ist nicht das einzige Rätsel des Skorpions«, antwortete Beatrice. »Ich wollte einfach nicht glauben, dass man mit der *richtigen* Kombination nichts anderes ausrichtet, als eine Kiste voll Wasser zu öffnen. Also habe ich es weiter versucht.« Sie schaute den Kardinal an. »Vierzehn Monate brauchte ich, um zu begreifen, dass es nicht bloß *ein* Spiel war, sondern die Abfolge von neun Runden, die den Gesamtmechanismus in Gang setzen. Aber schon fünf Kombinationen in der richtigen

Reihenfolge verändern die Struktur des Wassers. Ich zeige es euch.«

Wieder setzte sie Kreuze und Linien und ließ Stellen dazwischen leer. Sie irrte sich einmal und musste von neuem beginnen. Zuerst schien es, als hätten Beatrices Kombinationen keinerlei Wirkung auf den Würfel. Die Flüssigkeit bewegte sich sachte, rötlich spiegelte sich die Flamme darin. Erst als Beatrice das fünfte Spiel begann, veränderte sich der Behälter. Er schien aus der Form zu geraten; ein seltsames Gebilde wuchs daraus empor. Tonia glaubte, etwas hätte sich in der Tiefe des Würfels verborgen und tauche nun auf: ein grauer Klumpen ohne rechte Form, der wuchs und breiter wurde. Sie konnte nicht an sich halten und berührte es. Mit erschrockenem Lachen fuhr sie zurück – es war immer noch *Wasser*!

»Wie funktioniert das?«

»Ich kann es dir nicht sagen.« Konzentriert setzte Beatrice die nächste Kombination. »Es verhält sich wie Quecksilber, nur dass die Verformung nicht zufällig, sondern nach einem exakten Muster verläuft.«

Gebannt starrte Tonia auf das Gebilde, dessen Form jetzt einem zahnlosen Mund ähnelte.

Dula stand auf. Seit sie in die Schatzkammer gekommen waren, hatte er die Vorgänge wachsam, aber schweigend verfolgt; nun sagte er ein einziges Wort: *»Pangaea«*.

Der Kardinal wandte den Kopf, ein Lächeln breitete sich auf seinem Gesicht aus. »Du weißt es also?«

Der Tuareg nickte. »Es war vor zweihundert Millionen Jahren, in der Urzeit der Erde«, antwortete er mit seiner sanften Stimme. »*Pangaea* zerfällt.«

Als habe der Würfel Dulas Worte vernommen, begann sich die Form des zahnlosen Mundes aufzulösen.

»*Pangaea*, der Kontinent, der alle Kontinente in sich trägt, driftet auseinander«, sagte der Tuareg. »Die Erdkruste kühlt ab und verändert dabei ihr Antlitz.«

Das wässerige Gebilde wölbte sich, Risse entstanden, an mehreren Stellen klafften Spalten auf, bis es nicht mehr *eine* Masse war, sondern aus mehreren Teilen bestand.

»Die Landmasse, die später zu Nordamerika wird, bewegt sich nach Westen. Grönland spaltet sich von Europa ab, Afrika und Südamerika werden voneinander getrennt.« Dula sprach langsam und beobachtete dabei die Veränderungen des Würfels. »Die Antarktis, Indien und Australien sind nicht länger ein Riesenkontinent, sondern driften in ihre neuen Positionen.« Er trat einen Schritt zurück. »In den kommenden Jahrmillionen wechseln die Bewegungen mehrmals die Richtung, die Kontinente drehen sich, schwimmen wieder aufeinander zu, gigantische Landmassen prallen aufeinander. Die Gebirge entstehen, neue Ozeane tun sich auf und reißen Abgründe in den Erdmantel. Riesige Platten werden untereinandergeschoben, hinein ins glühende Erdinnere, wo sie mit dem Magma verschmelzen.«

Fasziniert starrten alle auf den lebendigen Mechanismus, der ständig neue Bilder formte. Kontinente scherten aneinander vorbei oder stießen zusammen. Wie feuchter Sand, den man zwischen den Händen zerquetscht, quoll eine Gebirgskette hoch, Lava und glühendes Gestein wurden erkennbar. Dula sprach eindringlich aus dem Halbdunkel.

»Gleichzeitig drängen magmatische Flüsse an die Oberfläche, erkalten und bilden neues Land oder den Grund neuer Meere. Vierzig Millionen Jahre ist es her, seit Afrika und Europa wieder aufeinander zuzudriften beginnen – sie kollidieren, kilometerhoch türmt Gestein sich auf, die Alpen entstehen. Teile der afrikanischen Platte schieben sich unter Europa, eine heiße, aufgeschmolzene Schicht aus dem Erdinneren nähert sich der Oberfläche bis auf wenige hundert Meter; bei ihrer

Entladung werden die Vulkane geboren – Stromboli, der Ätna und der Vesuv.«

Dula hatte zu Ende gesprochen. Gemeinsam nahmen sie sich die Zeit, die veränderte Welt zu betrachten, die der Würfel zu ihren Füßen geschaffen hatte. Es war ein Bild des Mittelmeerraumes – unscharf noch, nicht in allen Details erkennbar; ähnlich dem Gesicht eines Kindes, das die Anzeichen des späteren Menschen schon aufweist, ohne dessen Ausprägung zu besitzen.

»Das ist der Moment der Erdgeschichte, auf den es ankommt.« Der Kardinal trat vor. »Hier liegt der Grund, warum der Fund von Beatrices Großvater von solcher Bedeutung ist, der Grund, warum ich euch den weiten Weg habe kommen lassen.«

Er nickte Beatrice zu, sie setzte eine weitere Kombination, der Mechanismus kam erneut in Gang.

»Zwischen den Platten der Kontinente bilden sich Hohlräume und werden durch magmatische Ströme verschlossen.« Reverricios Finger zeigte auf Südeuropa. »*Wasser* sickert in diese Höhlen ein und sammelt sich in riesigen Blasen. Durch die Nähe der Vulkane wird es bis zum Siedepunkt erhitzt. An manchen Stellen tritt es unter gewaltigem Druck wieder zutage.«

»Masbahla sadeh«, flüsterte Muganabe. Der riesige Mann ging vor dem Gebilde in die Hocke.

»Ja«, nickte der Kardinal. »Eine einzige dieser Höhlen könnte die Rettung für uns alle bedeuten – die Rettung für den ganzen Kontinent!«

Tonia bemerkte, dass Beatrice während der letzten Minuten unruhig geworden war. Achtmal hatte sie Zeichen in die Kreise gemalt, acht Kombinationen waren entstanden. Den Stift in der Hand, drängte es sie, auch die neunte Stufe auszulösen. Sie wandte sich an den Kardinal. »Soll ich?«, fragte sie mit zitternder Stimme.

»Ja, du sollst nun die neunte Stufe für uns öffnen«, antwortete er. »Allerdings möchte ich nicht, dass du das Ergebnis mit ansiehst.«

»Was?!«, rief sie belustigt. »Sind wir deswegen nicht hier? Nur mit der letzten Kombination ist das Rätsel zu lösen!«

»Und keinem außer dir verdanken wir, dass es uns möglich ist«, sagte der Kardinal besänftigend. »Weißt du, warum ich bis heute wollte, dass es vor allen verborgen bleibt?«

Unwillig schüttelte Beatrice den Kopf.

»Weil es gefährliches Wissen ist. Wissen, das niemand außerhalb dieses Raumes zugänglich werden darf.«

»Sie glauben doch nicht … Befürchten Sie, ich könnte *davon* in der Zeitung schreiben?!« Sie lachte unsicher.

»Nein, ich glaube, dass du deine Kenntnis unter fast keinen Umständen preisgeben würdest.«

»Fast?! Was meinen Sie damit?«

»Wenn unser Plan gelingt, verwandelt sich das Antlitz Europas.« Er trat auf sie zu. »Niemand weiß besser als du, dass es Kreise gibt, die solch eine Umwälzung mit allen Kräften verhindern werden.«

»Natürlich«, antwortete sie.

»Du kennst Noradt Finsøkker«, fuhr Reverricio fort. »Er hat nicht gezögert, einen Krieg zu entfesseln, um die Wasserreserven des Nordens zu kontrollieren. Glaubst du, er würde zögern, seine Armeen in Bewegung zu setzen, wenn er von *unserer* Absicht erfährt?«

»Wie soll er es erfahren?«, fragte sie schroff. »Glauben Sie, ich würde es ihm verraten?!«

Die Wolfsaugen senkten sich in Beatrices Blick. »Wenn Finsøkker weiß, dass du das Geheimnis kennst, findet er Mittel, es aus dir herauszubekommen.« Er wandte sich um. »Und aus dem Jungen.« Er zeigte auf Tonia.

»Ich habe nichts mit ihm zu schaffen!«, rief Beatrice erbost. »Schicken Sie *ihn* meinetwegen hinaus, aber nicht mich!«

»Wenn der Zeitpunkt gekommen ist, wirst du alles erfahren«, beruhigte Reverricio sie. »Jetzt aber –« Er richtete sich auf, sein Ton war endgültig. »Jetzt werdet ihr beide uns verlassen. Einzig die Tuareg sind imstande, ein solches Geheimnis zu hüten.«

Beatrice zögerte. »Ich muss die Kombination ausprobieren, bevor ich weiß, ob es wirklich Stufe neun ist«, sagte sie, ohne den Kardinal anzusehen.

»Noch nie hat eine Lüge zwischen uns gestanden«, antwortete er ernst. »Tu jetzt, was ich dir sage.«

Für eine Sekunde verhärteten sich Beatrices Züge, dann hatte sie ihre Sicherheit wiedererlangt. »Wenn Sie es für das Beste halten«, sagte sie scheinbar gelassen.

Reverricio beugte sich über den Würfel. »Wie lautet die Kombination?«

»Ich mache es, wenn Sie wollen.« Beatrice senkte den Stift über die Kreise. »Danach verlasse ich mit dem Jungen den Raum.«

»Gut. Ich vertraue dir«, antwortete er nach kurzem Zögern.

Sie sah die Tuareg an, dann Tonia, schließlich schrieb sie ein Kreuz in den ersten Kreis, darunter eine Wellenlinie, sie ließ eine Stelle frei, malte eine Linie und immer weiter, bis die Kombination vollendet war. Während sich die Flüssigkeit des Würfels in Bewegung setzte, ging die Journalistin hinaus. Hinter ihr verließ auch Tonia die Schatzkammer der Engelsburg.

22

In den folgenden Tagen beobachtete Tonia voll Sorge, wie täglich mehr Mönche im päpstlichen Palast ankamen. Reverricio musste sie aus allen Teilen Roms zu sich beordert haben. Vorbereitungen wurden getroffen – doch niemand zog Tonia ins Vertrauen, keiner forderte sie auf, sich daran zu beteiligen.

Sie durfte nach wie vor in den Park, andere Bereiche des Vatikans hingegen waren ihr von heute auf morgen verschlossen. Spähte sie dennoch durch ein Gitter oder von einem Fenster in die Innenhöfe, beobachtete sie das Eintreffen schwerer Transportfahrzeuge, Kisten wurden aus den Eingeweiden des Palastes emporgeholt und verladen.

Dula sah sie so gut wie nie. Einmal beobachtete sie ihn im Gespräch mit dem Kardinal, ein anderes Mal stieß sie beinahe mit ihm zusammen, als sie die Treppe zu ihrem Zimmer hoch wollte. Er wandte den Blick ab und ging weiter. Tonia wurde den Eindruck nicht los, dass er sie seit den Ereignissen in der Engelsburg mied, sie ahnte, dass man sie an der kommenden Unternehmung nicht teilhaben lassen würde. Von diesem Tag an interessierte sie das Paradies nicht mehr, das sie bewohnte.

»Was haben die Tuareg mit alledem zu tun?«, fragte sie Beatrice.

Die beiden saßen auf einer Terrasse, aßen Trauben und beobachteten das Treiben im Hof.

»Warum fragst du nicht deinen Freund?« Die Journalistin sah das Mädchen von der Seite an.

»Er ist nicht mein Freund!« Der Spott in Beatrices Stimme gefiel Tonia nicht.

»Es ist immer das alte Lied. Die ›Herren der Schöpfung‹

treffen ihre Entscheidungen ohne uns!« Beatrice spuckte Traubenkerne in den Kies. »Dabei wüsste *Seine Herrlichkeit* ohne mich nicht einmal, dass der Würfel existiert!« Sie ließ mehrere Beeren in ihren Mund plumpsen. »Dein hübscher Tuareg hat inzwischen auch den *kleinen Unterschied* bemerkt, habe ich recht?«, fuhr sie schmunzelnd fort. »So unschuldig ist selbst ein Tuareg nicht, dass er dich nicht plötzlich mit diesem anderen Blick ansieht.«

»Was für ein Blick?« Tonia spürte, dass sie rot wurde.

»Der Blick, den sie kriegen, wenn sie etwas Appetitliches erspähen. Wenn der Jagdinstinkt sie packt.«

»Dula ist viel zu klug für so etwas!«

»Klugheit hat damit nichts zu tun.« Beatrice schlug die Beine übereinander. »Der große Wüstenkämpfer ist ein Heiliger. An den kommt die Versuchung nicht mehr heran.«

»Muganabe?«

»Ich fürchte, der hat sich in andere Gefilde aufgemacht«, nickte Beatrice. »Aber dein hübscher Bursche mit den niedlichen Zöpfen hat Feuer in den Augen.«

Tonia wandte sich wortlos ab.

»Was hast du dagegen? Er ist ein prächtiges Mannsbild. Ich fürchte nur, eure gemeinsame Zeit neigt sich dem Ende zu.« Auf Tonias erschrockenen Blick zuckte Beatrice die Achseln. »Wenn du meinen Rat willst, schnapp ihn dir, bevor er auf und davon ist.« Sie zeigte über den Park. »So eine romantische Gelegenheit bekommst du im Leben nicht mehr.«

Tonia warf die Trauben hin und sprang auf; mit knirschenden Schritten stapfte sie davon.

Sie traf Dula an diesem Tag nicht mehr, auch am nächsten nicht. Am Morgen des dritten Tages entdeckte sie ein Dutzend Transporter, die vor dem Petersdom aufgereiht waren. Jedes Fahrzeug hatte einen Kommandanten und einen Trupp von Begleitern; die Mönche trugen schwere Jacken und Gurte mit

Munition über den Kutten. Es war leicht zu erraten, dass der Aufbruch unmittelbar bevorstand.

Die Worte der Journalistin hallten noch immer in Tonia nach. Sie musste Dula sprechen, bevor ihre Wege sich trennten! In ihrer Verzweiflung missachtete sie das Verbot des Kardinals, betrat den zentralen Palast und suchte nach den Zimmern der Tuareg. Drei Mönche sahen ihr argwöhnisch nach, als Tonia eine marmorne Halle durcheilte, hielten sie aber nicht auf. Sie stieg mehrere Stockwerke hoch, bis zu einem Korridor, der anders war als die übrigen. Über der Tür prangte ein Wappen mit Krone und zwei überkreuzten Schlüsseln. Tonia betrat einen Besprechungsraum, wo sechs Sessel mit weißer Lehne im Oval standen. Ein Gang führte in ein nüchternes weißes Zimmer – ein schmales Bett, ein Schreibtisch mit Lampe, vor einem Kruzifix stand ein Schemel zum Beten. Darauf saß Dula und las.

»Gut«, sagte er, ohne ein Zeichen von Überraschung. »Ich wäre sonst zu dir gekommen.«

Die Begrüßung verwirrte Tonia. »Wo sind wir hier?«

»Der Oberpriester eurer Kirche hat hier gewohnt.« Er legte das Buch weg.

Ein Lachen entfuhr Tonia. »Sie haben dich in die Wohnung des Papstes gesteckt?«

»Heute ist es nur noch ein weißes Zimmer mit einem Kreuz.«

Sie trat ans Fenster. Zur Rechten erhob sich die Peterskirche, dahinter erstreckte sich die Wüste. Straßen waren darin versunken, Gebäude eingestürzt. Wo früher die antiken Ruinen Roms von Besuchern bestaunt worden waren, dehnte sich heute eine Ruinenstadt aus. Niemand kam mehr, ihre Sehenswürdigkeiten zu betrachten.

»Wie hat der Kardinal seine Burg bloß vor der Wüste bewahrt?«, sagte Tonia fast zu sich selbst. »Haben die Gärten, das

Wasser – hat alles mit dem Skorpionwürfel zu tun?« Sie trat vor Dula. »Woher kommt er? Wer hat ihn im Meer versenkt?«

»Wer es auch war, er wusste, dass die Welt in große Not geraten würde.« Er hatte Mantel und Turban abgelegt, im bodenlangen Gewand saß er vor ihr.

»Ein Würfel voll Wasser, der die Geschichte der Erde in sich trägt?«

»Nach alter Überlieferung zeigt der Skorpion nicht nur in die Vergangenheit«, antwortete Dula. »Er kennt auch zukünftige Ereignisse.«

»Hast du sie *gesehen*?«

Statt einer Antwort stand er auf und ergriff beide Hände des Mädchens. »Der Kardinal hat bestimmt, dass du mitkommst.«

Sie war sprachlos vor Freude, zugleich durchströmte sie eine unbekannte Aufregung. »Ihr … nehmt mich mit?«

»Ich bin dagegen«, sagte er mit einem Kopfschütteln.

»Warum?«

»Weil viele sterben werden. Ich will nicht, dass du dazugehörst!«

Sie erwiderte seinen Händedruck, ihre Stimme war mit einem Mal ganz weich. »Was liegt dir daran?«

»Du bist mein Bruder – mein Freund.« Er stockte, ließ sie los. »Du bist … ein Tuareg.«

»Gehen die Tuareg nicht füreinander in den Tod?«

»Dein Tod wäre sinnlos.« Er trat einen Schritt zurück.

»Und wenn *du* stirbst, wäre das sinnvoll?«, fragte sie mit plötzlicher Streitlust. »Warum? Weil du ein Mann bist?«

»Weil ich mein ganzes Leben darauf vorbereitet wurde zu kämpfen!«

Tonia packte ihn an den Schultern. »Gott allein weiß, wer von uns zurückkommt. Aber eins sage ich dir: *Wir* bleiben am Leben, weil wir beide …« Sie sprach nicht aus, was ihr da durch den Sinn ging; stumm schüttelte sie den Kopf. »Wann geht es los?«, fragte sie nach einer Pause.

»Bald.« An Dulas ernstem Blick begriff Tonia, was nun kam, war kein Kampfspiel, keine fröhliche Fahrt, zu der sie aufbrachen – es würde ihr Leben, das Leben aller verändern.

»Der Kardinal hat einen Auftrag für dich.«

23

Zuerst der Haarschnitt«, sagte Reverricio am selben Nachmittag.

»Was ist damit?« Unwillkürlich fasste Tonia sich an den Kopf. Ein kurzer Schreck: Hatte der Kardinal sie als Mädchen erkannt?

»Du läufst herum wie ein junger Affe.« Auf seinen Wink tauchte von der Rückseite der Kapelle der gekrümmte Mönch auf; sein Gesicht war wie immer unter der Kapuze verborgen.

»Das ist der verrückte Giorgio«, sagte der Kardinal. »Er beherrscht mehrere Berufe – auch den des Friseurs.«

»Wieso brauche ich einen Haarschnitt, wenn wir in den Kampf ziehen?«

»Kampf?« Reverricio lächelte. »Du kommst in noble Gesellschaft, mein Bester, und dort wirst du dich zu benehmen wissen. Nur darauf kommt es an! Bis später also.« Er nickte Giorgio zu und verließ die Kapelle.

Der Mönch drückte Tonia auf einen Stuhl, in seiner Hand blitzte eine Schere. Schon fiel das erste Haarbüschel, bald waren die Locken verschwunden, Tonias Kopf fühlte sich kühl an. Sie fragte sich, wie der Mönch unter der Kapuze überhaupt etwas sah. Er klappte ein Rasiermesser auf und begann an ihrem Nacken und um die Ohren zu schaben.

»Wie lange dauert das denn noch?« Unwillig wandte sie den Kopf hin und her.

»Hab Geduld«, hörte sie die Stimme des Kardinals. Er betrat die Kapelle von der anderen Seite. »Das ist erst der Anfang.« Hinter ihm schob ein Mönch einen Kleiderständer, darauf hingen Anzüge und Wäsche.

Tonia kannte nur leichte und weite Kleidung, wie sie für die Wüste taugte – diese Anzüge hatten einen schmalen Schnitt, Hosen mit Bügelfalten, die Schuhe waren aus feinem Leder.

»Was soll ich damit?«

Zu ihrem Schrecken antwortete der Kardinal: »Es anprobieren.«

Sie sprang auf und zog sich ein paar Schritte zurück. »Ich habe so etwas noch nie getragen.«

»Du sollst es ja lernen.«

Der Mönch maß Tonias Figur mit den Augen und wählte einen hellblauen Anzug mit weißem Hemd.

»Du wirst noch so manches lernen«, fuhr Reverricio fort. »Von nun an bist du nämlich *Antonio Frantagile*, ein junger Mann aus gutem Hause, der als mein Begleiter den Norden bereist.«

»Den *Norden*?« Tonias Stimme überschlug sich beinahe. »Dort bin ich geboren! Fahren wir etwa in meine Heimat?«

»Das erfährst du später. Probier jetzt die Sachen an.«

»Ich kann nicht!« Hektisch sah Tonia sich um, ob es einen Ausgang gab, durch den sie schlüpfen konnte.

»Was ist los?« Der Kardinal wurde ungeduldig.

»Ich habe … darunter nichts an.« Etwas Besseres fiel ihr nicht ein.

»Du bist ja ein schamhafter Tuareg«, schmunzelte Reverricio. »Also schön, aber mach schnell.«

Der Anzug wurde Tonia ausgehändigt, sie verschwand in

den hinteren Teil der Kapelle, der durch ein geschnitztes Gitter abgetrennt war. In einer Nische ließ sie ihre Kleider zu Boden fallen, stieg in die neue Hose, schlüpfte ins Hemd, zog Socken und Schuhe an. Sie prüfte, ob alle Knöpfe geschlossen waren, schickte ein Stoßgebet zum Himmel und kehrte zurück.

Der Kardinal drehte sich um. »Wen haben wir denn da?«, rief er zufrieden. »Einen eleganten jungen Mann, den man überall präsentieren kann.«

»Präsentieren?« Sie fühlte sich in den Kleidern unwohl, das frisch geschnittene Haar juckte.

»Keine Sorge. Giorgio wird dir beibringen, was du wissen musst.« Reverricio schien plötzlich in Eile. »Geh zu Bett, morgen müssen wir früh heraus.«

»Morgen geht es schon los?«

Der Kardinal trat an den Kleiderständer und deutete auf eine Krawatte. »Was du vor allem lernen musst, ist, nicht so viel zu fragen.« Während er die Kapelle verließ, zeigte der verrückte Giorgio Tonia, wie man eine Krawatte band.

Die unüberwindliche Linie

24

Alois Gohrbach schloss die Lider. Der Zustand seiner Augen war in den letzten Wochen schlechter geworden. Bei diesen Temperaturen schwollen die Blutgefäße an, er hatte Schmerzen, das Schlimmste aber: Alles war in verschleiertes Rot getaucht, die Konturen verschwammen. Gohrbach erwog, seine Tropfen zu nehmen, zugleich wusste er, bei zu häufiger Anwendung verloren sie ihre Wirkung. Er bewegte die Augenbälle hinter den Lidern – es fühlte sich an, als stießen glühende Messer in seine Pupillen.

Am Morgen vor zwei Tagen hatte er beobachtet, wie sich die Tore des Vatikans öffneten, der Tross des Kardinals war über die ehemalige Via Angelico nordwärts gezogen. Nach vierundzwanzig Stunden hatten sie Orvieto erreicht; die Fahrzeuge hatten eine Wagenburg gebildet, die während der Nacht streng bewacht wurde. Der Befehlsstand des Kardinals befand sich in einem gepanzerten Bus, dessen Fenster mit Stahlplatten verschweißt waren. Heute hatte die vatikanische Karawane das Tal von Cortona durchquert – Gohrbach war sicher, vor Arezzo würden sie die nördliche Route verlassen und nach Osten schwenken. Er vermutete Reverricios Ziel irgendwo um den ehemaligen Trasimenischen See. Der dortige Kessel schien geologisch ideal für das Projekt des Kardinals.

Gohrbach öffnete die Augen. Stechender Schmerz, das rötlich flimmernde Bild erschien. »Lass uns fahren«, sagte er.

Der Fahrer griff zum Funkgerät und gab den Befehl weiter. Gohrbach wischte sich mit einem feuchten Tuch übers Gesicht und legte den Lappen auf seine Augen. Er rechnete aus, dass es bis Arezzo noch mehrere Stunden waren; seufzend suchte er nach einem inneren Bild, das ihm die Zeit verkürzte. Er beschloss, von den kühlen Paradiesen nördlich des Polarkreises zu träumen. Er hatte Bilder davon gesehen – statt des verdorrten Brauns des Südens gab es dort sattes Grün, Wasser im Überfluss, erfrischende Tage und kühle Nächte. Die Grundstückspreise stiegen ins Astronomische; wer es sich leisten konnte, zog in die Arktis.

Wir sind auf diesem Planeten nicht mehr willkommen, dachte Gohrbach, legte den Kopf zurück und versuchte ein wenig zu schlafen.

Wenig später schreckte er aus kurzem Schlummer. »Wo sind wir?«

Der Fahrer reichte ihm die Karte und zeigte auf einen Punkt.

»Seit wann?!« Das feuchte Tuch rutschte und fiel in Gohrbachs Schoß. »Warum hast du mich nicht geweckt?« Benommen musterte er die Route, die die Kolonne des Kardinals eingeschlagen hatte. Vor Arezzo waren sie nicht östlich gefahren, sondern hatten sich nach Nordwesten zum Mandioli-Pass aufgemacht, wo es auf direktem Weg nach Bologna ging.

»Wieso bleibt er nicht in den Bergen?«, murmelte Gohrbach. »Er *muss* in den Bergen bleiben, nördlich ist die geologische Struktur nicht mehr dieselbe.«

Er stieg aus und ging zu einem erhöhten Punkt, von dem aus er das ganze Tal überblickte. Weit unten schob sich die Kolonne der gepanzerten Fahrzeuge voran. Kopfschüttelnd sah er zu, wie sie das Gebirge endgültig hinter sich ließen und die Ebene erreichten. »Wohin will er bloß?«

Gohrbach ließ sich das Telefon bringen, der Fahrer baute die Satellitenanlage auf; wenig später stand die Leitung. Der Trachtler bat, mit dem Oberbefehlshaber verbunden zu werden, und wartete, bis er dessen beherrschte Stimme hörte.

»Wir haben uns getäuscht«, sagte Gohrbach. »Sein Ziel muss woanders liegen.«

»Das könnte ein Ablenkungsmanöver sein«, entgegnete Finsøkker. »Reverricio weiß bestimmt, dass er verfolgt wird.«

Die Verbindung war schlecht, Gohrbach drückte den Hörer ans Ohr. Sein Fahrer machte ihm Zeichen und zeigte zum Grat des Gebirges.

»Wir kriegen Sturm«, sagte der Trachtler ins Telefon.

»Vielleicht hat ein Teil des Trupps sich von den Übrigen abgesetzt«, fuhr Finsøkker fort. »Stellen Sie fest, ob der Konvoi noch vollständig ist.« Das Rauschen wurde lauter, die letzte Anweisung verstand Gohrbach nur noch bruchstückhaft.

Der Fahrer kehrte zum Wagen zurück und schloss die Fenster. Gohrbach beendete das Gespräch und stieg ebenfalls ein. Minuten später hatte der wirbelnde Staub sie eingehüllt; gelbbraune Schwaden fegten heulend ums Auto, selbst bei eingeschalteten Scheinwerfern war nichts zu sehen. Gohrbachs Augen schmerzten, Schweiß rann ihm von der Stirn. Er meinte den Staub zu *schmecken*, der ihn umtoste, er fühlte ihn; der Staub drang in seinen Kopf, seine Augen. Gohrbachs einziger Trost war, dass auch Reverricio bei diesem Wetter nicht weiterkam.

25

Was immer Tonia sich von der Reise erwartet hatte, die Wirklichkeit löste nichts davon ein. War ihre Fahrt nach Rom voll abenteuerlicher Eindrücke gewesen, verlief sie in die entgegengesetzte Richtung eintönig und dumpf. Seit zwei Tagen saß sie eingepfercht in einem Panzerfahrzeug, das keine Fenster hatte und dessen Motor so laut dröhnte, dass jedes Gespräch zum Gebrüll verkam. Doch auch wenn jede Abwechslung fehlte, verbrachte sie die Stunden in seltsamer Anspannung – schuld daran war Dula. Tonia und die Tuareg saßen dicht aneinandergedrängt; manchmal ergab es sich, dass sie Dulas Ellbogen spürte, seine Hüfte, sein Bein – und diese Berührungen hatten eine äußerst verwirrende Wirkung auf sie. Sie vermochte ihm kaum noch in die Augen zu sehen.

Landstriche, Städte, Oasen zogen vorbei, Tonia sah nichts davon. Nur an den Steigungen spürte sie, ob sie gerade im Flachland oder im Gebirge waren. Selbst die Abende boten weder Vergnügen noch Ablenkung. Missmutig hockte Tonia zwischen den schweigsamen Mönchen am Feuer. Sie putzten ihre Waffen, aßen maßvoll und legten sich früh schlafen. In der Glut stochernd, beobachtete das Mädchen, wie sich der Kardinal mit den Tuareg besprach; sie saßen über Landkarten gebeugt. Eines Nachts, sie hatten am Ausgang eines Gebirgszuges gehalten, bemerkte Tonia plötzlich ein verräterisches Blitzen. Es kam von dem Höhenzug über ihnen, mochte eine Spiegelung gewesen sein, oder jemand hatte ein Streichholz entzündet. Endlich sah sie den Anlass gekommen, auf sich aufmerksam zu machen, und lief zum langgestreckten Wagen des Kardinals.

»Dort oben«, begann sie mit wichtiger Miene. »Ich habe gesehen …«

»Ich weiß«, nickte Reverricio. »Das sind Gohrbachs Leute.«

»Aber müssten wir nicht …?«

Ein Blick aus den Wolfsaugen ließ Tonia verstummen. Enttäuscht kehrte sie zum Schlafplatz zurück, riss sich die Jacke vom Leib und schlüpfte aus den Schuhen. Aus dem Augenwinkel bemerkte sie, dass eine weitere Person in den Kreis um Reverricio getreten war – was hatte der verrückte Giorgio dort zu suchen? Wollte er dem Kardinal die Haare schneiden? Tonias Unverständnis schlug in Traurigkeit um: Alles verlief anders als gehofft. Unglücklich sank sie in Schlaf.

Zwei Tage später erreichte der Treck Tonias Heimat. Sie sprang auf und drängte zu der Luke, durch die der Fahrer nach draußen sah.

»Wann bleiben wir stehen?« Sie starrte in die vertraute Wüste.

Statt einer Antwort gab er Gas und raste in die Staubfontäne hinein.

Wie gerne hätte Tonia den Umweg in ihr Heimattal gemacht, die Mutter besucht, gesehen, ob die Zwillinge größer geworden waren. Mit jedem Kilometer wurde ihr Herz schwerer – Tonia wollte heim! Sie stellte sich vor, Dula, den Kardinal und die ganze unselige Unternehmung zu verlassen, um für immer nach Hause zurückzukehren. Was hielt sie denn noch? Mehrmals, wenn die Fahrt langsamer wurde, war sie kurz davor abzuspringen. Aber Hügel um Hügel ließen sie hinter sich, und Tonia saß immer noch in dem holpernden Fahrzeug. *Tarhalamt our tata zakit,* fielen ihr Dulas Worte ein: *Die Karawane hält nicht an.* Auch diese Karawane setzte ihren Weg unbeirrt fort; die Richtung hieß Norden. Bald darauf hatten sie Tonias Heimat endgültig hinter sich gelassen.

26

Keine Grenze der Welt war schärfer bewacht als der Brenner. Das Sperrgebiet begann lange vor dem Pass; alle paar hundert Meter mussten sie halten und Kontrollen über sich ergehen zu lassen. Seit Tonia begriff, dass sie zum ersten Mal im Leben die Wüste verlassen sollte, saß sie ständig neben dem Fahrer – und wurde endlich mit dem atemberaubenden Anblick des Gebirges belohnt.

Vor ihren Augen erhob sich das Alpenmassiv, das der Wüste Einhalt gebot, die Grenze zwischen Dürre und Fruchtbarkeit, zwischen Arm und Reich. Sie sah spitze Kegel aus kilometerhohem Fels, klumpige Bergriesen und Hochplateaus, darüber wölbte sich der blaue Himmel. Die Kolonne des Kardinals bewegte sich auf den Einschnitt zu, durch den man von einer Welt in die andere gelangte. Auf dem Pass war eine breite Schneise ins Gestein gesprengt worden; alle fünfzig Meter stand ein Wachturm. Dahinter sah man Panzersperren und elektrische Zäune. Tonia wusste, dass sich wahrhaft Fluchtwillige von all den Blockaden nicht abschrecken ließen. Sie überwanden Steilwände im Grenzgebiet, krochen im Nebel unter den Sperren hindurch, manche bauten sich Fluggeräte, um die Grenze in der Luft zu bezwingen. Täglich, hieß es, wurden Dutzende abgefangen, einige fanden dabei den Tod. Die Anstrengung, um jeden Preis ins Land nördlich der Alpen zu kommen, schien umso aberwitziger, als der Krieg mancherorts ein schlimmeres Leben bot als die Dürre im Süden. Wer sich aber das »Paradies« jenseits der Wüste in den Kopf gesetzt hatte, für den gab es keinen anderen Gedanken: Er *musste* über die Grenze, auch wenn er den Traum mit dem Leben bezahlte.

Zum ersten Mal bekam Tonia die Soldaten des Nordens

zu Gesicht; ihre Uniformen waren blau, sie trugen schwarze Barette und Jacken, die dem Mädchen aus dem Süden viel zu warm erschienen. Die vatikanische Kolonne wurde angehalten, alle stiegen aus, man durchsuchte sie einzeln. Auch der Kardinal verließ sein Fahrzeug und sprach mit dem Offizier der Wachtruppe.

»Quarantänebestimmung«, hörte Tonia einen Wachposten sagen. Erschrocken beobachtete sie, wie die Mönche sich auszuziehen begannen. Zum unzähligsten Mal verfluchte Tonia die vermaledeite Idee, sich als Junge auszugeben – nahm das denn nie ein Ende?!

Sie baute sich vor dem Soldaten auf. »Ich bin Antonio Frantagile und werde mich nicht auf offener Straße ausziehen!« Dazu machte sie ein herablassendes Gesicht und benahm sich genauso, wie der verrückte Giorgio es ihr beigebracht hatte.

»Mach keine Schwierigkeit, Jungchen«, antwortete der Soldat mit hängenden Schultern.

»*Sie* werden Schwierigkeiten kriegen, wenn mein Vater von dieser Behandlung erfährt!« Tonia rückte die Krawatte zurecht und stellte sich breitbeinig hin.

»Na schön.« Der andere zuckte die Achseln. »Bitte hier entlang, Euer Hochwohlgeboren.«

Er führte Tonia in eine Baracke, die in Kabinen aufgeteilt war; erleichtert schloss sie den Vorhang. Während sie ihre Kleider ablegte, staunte sie, wie sehr Giorgio mit seinen Verhaltensmaßregeln recht behielt: *Behandle die Menschen freundlich, und sie verachten dich. Behandle sie schlecht, und sie halten dich für etwas Besonderes. Sei kalt und von oben herab, dann bemühen sie sich um dein Wohlwollen.*

Sie reichte ihren Anzug nach draußen, auch die Unterwäsche, setzte sich auf einen Schemel und dachte über ihre aberwitzige Situation nach. Nackt saß die vaterlose Tochter einer verarmten Familie in einer Grenzkabine und behauptete, der

Sohn reicher Eltern zu sein. Und nur ein Vorhang trennte sie von der Aufdeckung dieses Verwirrspiels!

»Desinfektion!«, rief der Soldat von draußen.

»Was?!« Tonia steckte den Kopf hinaus und entdeckte eine Duschvorrichtung, die weißliche Flüssigkeit versprühte.

»Ich wasche mich nicht mit dem Zeug«, antwortete sie, doch ihre Zuversicht schwand.

»Wer sagt mir, dass du keine Krankheit in den Norden einschleppst?« Der Soldat näherte sich dem Vorhang.

»Was erlauben Sie sich!« Tonia zog sich zurück. »Mein Vater wird Sie zur Rechenschaft ziehen!«

»Nichts als Ärger hat man mit euch.« Der Soldat wollte den Vorhang öffnen.

»Günther«, sagte ein anderer an der Tür. »Kümmere dich lieber um die beiden hier.«

Der Soldat drehte sich um und sah, ebenso wie Tonia, dass die Tuareg in die Baracke kamen. Beide hatten ihre Kleider ausgezogen und trugen sie als Bündel vor der Hüfte.

»Da haben wir ja ganz was Feines!« Der Soldat ließ Tonias Vorhang los. »Na, du schwarzer Kerl, desinfizierst du dich freiwillig, oder müssen wir nachhelfen?«

Als sie die unwürdige Lage der Tuareg sah, wurde Tonia rot vor Zorn, sie vergaß ihre eigene Situation. »Lasst sie in Ruhe!«, rief sie. »Sie sind Ritter der Wüste!«

Auf den Blick des Soldaten zog sie den Vorhang erschrocken vor ihre Brust.

»Ach, zwei *Ritter* haben wir hier«, lachte er. »Bitte sehr, dann steigen Sie mal unter die Dusche, Herr Ritter! Sie scheinen's nötig zu haben.«

Wortlos legte Dula die Kleider beiseite, öffnete seine Zöpfe und trat unter den Strahl. Tonia konnte nicht anders, als seinen nackten Körper zu betrachten. Groß war er, schlank und trainiert, mit langem Hals und geschmeidigen Gliedern. Sie seufzte – der Tuareg war ein schöner Mann und sie bloß ein vierzehnjähriges Mädchen.

»Anziehen.« Mit verschlossener Miene brachte der zweite Soldat ihr die Kleider zurück. Hastig und erleichtert schlüpfte sie in die Unterhose.

Als Tonia die Kabine verließ, waren die Tuareg bereits zu einem Sanitätswagen getreten und ließen sich Blut abzapfen. Ein Arzt untersuchte ihre Haare und die Kopfhaut nach Ungeziefer. Diesmal protestierte Tonia nicht, als die Prozedur auch an ihr vollzogen wurde. Zu dritt kehrten sie zu ihrem Fahrzeug zurück.

An der Spitze des Konvois stand der Kardinal, streckte den Arm und zeigte in die Schneise zwischen den Bergen.

»Die Tropen warten auf uns!« Lachend sprang er in den Wagen, die Kolonne setzte sich wieder in Gang.

27

Die wichtigste Veränderung war der Zusammenbruch der Industrie.«

Tonia und Beatrice saßen, oder besser lagen, auf dem Oberdeck, einer kleinen Plattform an der Rückseite des Kardinalsbusses. Nachdem die Alpenzüge hinter ihnen versunken waren, hatte Reverricio, gutgelaunt, wie Tonia ihn noch nie erlebt hatte, sie als Gast in sein Fahrzeug gebeten. Die Journalistin trank gekühlte Limonade.

»Der Zusammenbruch – wie kam es dazu?«, fragte Tonia.

»Der Antriebsmotor der Überflussgesellschaft ist *Überfluss*«, antwortete Beatrice. »Wenn aber niemand mehr die Mittel hat, überflüssige Güter zu kaufen, geht die Produktion zugrunde.« Sie setzte einen breitkrempigen Hut auf, der ihr Gesicht vor der Sonne schützte. »Gleichzeitig wurde es in Europa immer wärmer und die Natur verschwenderischer. Die Menschen brauchten sich um den Winter keine Sorgen mehr zu machen. So kehrten die meisten aus wirtschaftlicher Not und der gleichzeitigen Üppigkeit ihres Lebensraumes zu einer uralten Form der Gemeinschaft zurück – der Subsistenzwirtschaft.«

Tonia hatte die Jacke abgelegt, in einem Deckstuhl Platz genommen und sich von Giorgio ebenfalls Limonade eingießen lassen. »*Subsistenz* – was ist das?«

»Es wird nur das produziert, was gebraucht wird«, antwortete die Journalistin. »Die Dörfer versorgen sich selbst, man lebt von dem, was der Garten, der Acker, das Meer abwerfen. Man fällt der Natur nicht mehr zur Last.«

»Aber das ist doch wundervoll.« Tonia nahm einen durstigen Schluck.

»Das wäre es, wenn im Kopf der Menschen nicht die Gier nach Profit verankert wäre.« Beatrice richtete sich auf. »Manche wollen *mehr* als die anderen, beuten die Natur aus, bauen sich größere Häuser, legen Vorräte an – und schauen auf ihre genügsamen Nachbarn hinunter.«

Der Kardinal betrat die Plattform. »Lass dir von Beatrices Ökonomie-Seminar nicht den Tag verderben.« Er zeigte auf die üppige Vegetation, die an den Ausläufern des Gebirges begann. »Schaut euch um – ist das nicht eine Pracht?«

Für Tonia war es schon ein kleines Wunder, auf einer richtigen Straße zu fahren. Keine staubige Wüstenpiste, keine Sandfontänen, die Kolonne rollte auf einer geteerten Straße dahin. Rechts und links erhoben sich gewaltige Wälder. Wäre sie durch Reverricios römischen Park nicht bereits an das Grün gewöhnt gewesen, Tonia hätte den Eindruck kaum verkraftet. Die Welt, in die sie eintauchte, schien wie ein riesiges grünes Haus aus mehreren Etagen zu bestehen. Zum ersten Mal erlebte Tonia, dass Pflanzen die allgegenwärtige Sonne auszusperren vermochten. Tatsächlich drang kein Sonnenstrahl in die Tiefe; auf dem Boden war es dämmerig und kühl, dort wuchsen Moose und Farne. Mit zusammengekniffenen Augen erkannte Tonia, dass es darüber, auf den Zwischenetagen, erst richtig zu *leben* begann. Neben dem Grün entdeckte sie Blüten in so verschwenderischen Farben, als ob sie einem Traum entstammten – Rot und Orange, ein Blau, so tief wie sie es sich nicht hatte vorstellen können. Sie entdeckte eine Palme, die zehnmal so hoch war wie jene daheim. Lange reckte sie den Kopf und schaute zurück, während der Konvoi tiefer in den Dschungel eintauchte.

Beatrice hatte ihren Vortrag noch nicht beendet. »Ein entscheidender Nebeneffekt der Selbsterhaltungswirtschaft war die Verelendung der Städte.« Sie stellte ihr Glas beiseite. »Dort, wo sich einmal der größte Reichtum ballte, die erstaunlichste Architektur, wo die kulturelle Elite zusammenkam, da findest du mittlerweile nur noch Elend und Sterben. Die Reichen haben die Städte verlassen und sich Landbesitz gekauft, weil sie erkannten, dass man Beton und Glas nicht essen kann. Diejenigen, die bleiben mussten, sind am Verhungern. Die Straßenzüge verfallen, die Energieversorgung ist zusammengebrochen; das verfaulte Wasser birgt Seuchen und immer wieder den Tod.«

»Auf diese Weise schlägt die Erde zurück«, nickte der Kardinal. »Sie stutzt den Menschen auf die Bedeutung, die er in Wirklichkeit hat: ein unbedeutender, kleiner Bewohner auf unserem Planeten. Einer von vielen, nicht sein Beherrscher.« Er verschränkte die Arme. »Im Grunde ist es wohltuend, das zu beobachten. Der Irrsinn der menschlichen Selbstüberschätzung wird allmählich ausgerottet.«

Tonia hörte nur mit halbem Ohr zu. Wie mochten all die ungewöhnlichen Früchte heißen, überlegte sie; wie grüne Kerzen sahen manche aus, andere glichen gigantischen Bohnenschoten. Dort hingen solche mit stachelig roter Schale vom Baum, daneben wucherten sie klebrig gelb an Sträuchern.

Es brauchte Stunden, bis sie den Waldgürtel wieder verließen. Unvermittelt tauchte der Konvoi aus der dämmerigen Welt ins helle Mittagslicht; die drei wandten vor der stechenden Sonne den Blick ab. Sie durchfuhren eine Bambusplantage; die Stengel hatten die Höhe von Bäumen und maßen auf dem Boden einen Meter im Umfang.

»Zu Beginn der Umwälzung waren die Menschen überrascht, wie *schnell* alles wuchs und gedieh. Der Bambus braucht nur drei Jahre, um diese Höhe zu erreichen«, sagte Reverricio. »Den Wald, wie man ihn früher kannte, gibt es noch, aber die rascher wuchernden Pflanzen haben ihn in höhere Regionen verdrängt.« Er zeigte auf einen besonnten Gipfel in dunklem Grün.

»Tannen«, erklärte er Tonia.

»Und wo sind die Menschen? Ich habe noch keinen entdeckt.«

»Du siehst sie früh genug.« Reverricios Gesicht wurde ernst. »Der Anblick wird dir nicht gefallen.«

»In den großen Wäldern gibt es nur wenige Dörfer«, sagte Beatrice. »Sie sind unabhängig und hoffen, dass es so bleibt. Die Regierung verspricht, die Wälder unangetastet zu lassen, aber man weiß ja, was auf solche Versicherungen zu geben ist.«

Tonia verlegte sich wieder aufs Schauen. Allmählich wurde die Landschaft flacher, ein welliges Auf und Ab, durch das die Kolonne fuhr, unbekannte Bäume mit einer Rinde voller Buckel und Narben; Wurzeln, die wie Schlingpflanzen über der Erde wucherten. Dazwischen entdeckte sie verfallene Häuser, die Wurzeln waren einfach darüber hinweggeklettert. Später erblickte Tonia Felder, Plantagen mit Obst und Gemüse, nicht von Plexiglas überdacht wie daheim, satt und füllig strebte alles der Sonne entgegen. Ein feuchter Dunst lag über dem Land.

Je weiter nördlich sie kamen, desto zivilisierter wirkte die Natur; erstmals tauchten Zäune auf, Weiden mit dicken Kühen, auch Bisons waren darunter und Wisente, Tiere mit gewaltigen Hörnern und zottigem Fell.

»Wohin fahren wir?«, wagte Tonia die Frage zu stellen, die sie vor allem beschäftigte.

»Wir besuchen einen alten Bekannten«, lächelte der Kardinal. »Das Abendessen nehmen wir bereits in seinem Haus ein.«

Beatrice lachte über den Satz, legte sich zurück und schloss die Augen.

Nachdem eine weitere Stunde vergangen war, streckte Tonia den Arm aus und rief: »Was ist das?«

Der Kardinal hatte im Innern des Wagens mit Giorgio gesprochen, nun trat er wieder heraus. »Das ist die traurige Wirklichkeit.«

Sie näherten sich einem Areal, das von allen Seiten umzäunt war. Vier Meter hoch ragte der erste Stacheldraht auf, dahinter befand sich eine Barriere aus Eisengitter und hinter dieser eine Mauer. »In Augsburg ist das größte Auffanglager des Südens«, erklärte Reverricio. »Wer die Alpen passiert hat, legal oder illegal, kommt zuerst einmal hierher.«

»Wozu die Zäune?« Tonia reckte den Kopf. »Ist es denn ein Gefängnis?«

»Etwas Ähnliches. Es ist ein Lager, wo die Leute sich registrieren lassen müssen. Man kümmert sich um Unterernährte und Kranke; danach werden sie interniert.« Da Tonia nicht verstand, fuhr er fort. »Die Gemeinschaft des Nordens kann nur überleben, wenn ihre Siedlungen klein bleiben. Lässt man die Flüchtlinge frei, fallen sie wie Heuschrecken über die Dörfer her und zerstören das empfindliche Gleichgewicht.«

»Wie viele sind dort …?«

Tonia verstummte und hielt erschrocken die Hand vor den Mund. Sie erreichten eine Anhöhe, von der aus man über die Mauern blickte. Die Zahl der Menschen war unvorstellbar. Tonia sah ein endloses Feld, grau von der Masse der Internierten. Sie entdeckte Häuser und ein Muster von Straßen, doch wohin sich ihr Blick auch wandte, wimmelte es von Gestalten, deren Betriebsamkeit nicht darüber hinwegtäuschte, dass sie gegen ihren Willen zusammengehalten wurden.

»Das Lager ist seit langem überfüllt«, sagte Beatrice. »Weiter östlich baut man ein zweites.«

»Und was geschieht mit diesen Menschen?«, fragte Tonia leise.

»Nichts.« Beatrice trank einen Schluck. »Sie leben im Lager, sie bringen ihre Kinder zur Welt, sie sterben. Sie werden einfach *aufbewahrt.*« Sie sah den Kardinal an, ob er es für richtig hielt, Tonia die ganze Wahrheit zu offenbaren.

»Es gab einmal einen Ausbruch«, sagte er. »Hunderttausend erkämpften die Freiheit und zogen los, um ein menschenwürdiges Dasein zu finden.« Er legte die Hände auf den Rücken. »Die Regierung setzte Hubschrauber ein. Wer nicht freiwillig ins Gefängnis zurückkehrte, wurde aus der Luft erschossen.« Er zog sich ins Innere des Busses zurück.

Die Fahrt wurde fortgesetzt. Tonia blickte schweigend dem Lager hinterher, bis es am Horizont verschwand.

*

Sie musste eingeschlafen sein, denn als sie erwachte, hatte sich etwas verändert. Es war noch Tag, und doch wirkte die Umgebung grau und dämmerig. Gewohnheitsmäßig sah sie sich um, ob ein Sandsturm im Anrücken war. Aber nicht gelbliche

Staubschleier verdeckten die Sonne, sondern etwas Unbekanntes: Zum ersten Mal sah Tonia einen Himmel voller Wolken.

»Das … das ist …« Sie stieß Beatrice an, die vor sich hin döste.

»Mhm«, machte sie schlaftrunken. »Es gibt Regen.«

»Regen?«, lachte Tonia, als sei ihr eben das größte Wunder angekündigt worden.

»Warte, bis die Regenzeit beginnt, dann hört es gar nicht mehr auf.« Es wurde kühler, Beatrice griff neben sich und zog ein Hemd über.

Tonia trat an die Brüstung, um den ersten fallenden Tropfen zu begrüßen, den ersten, den sie in ihrem Leben spüren durfte. »Komm, Regen, komm!«

Sie brauchte nicht lange zu warten. Der Tropfen fiel, schwer und weich, Tonia streckte die Zunge heraus und leckte ihn von der Wange. Rasch folgten die nächsten, und ehe sie es fassen konnte, war sie klitschnass. Das Wüstenmädchen stand mit ausgebreiteten Armen auf der Plattform und schrie vor Freude.

»Jaaaaa – komm!«, lachte Tonia und fand es unverständlich, dass Beatrice sich mit Hut und Limonade ins Innere verzog. Wie herrlich war es, hier draußen zu sein und das Wasser rinnen zu spüren! Dazu polterte Donner, fröhliche Blitze zuckten kreuz und quer über den Himmel – für Tonia das Schönste, das sie seit langem erlebt hatte. Es regnete in einem fort, es goss, schüttete, es war, als ob der Himmel nie wieder an sich halten würde und sich für immer verströmte.

Bei solchem Wetter fuhr die Karawane des Kardinals in die alte Stadt Ulm ein.

28

Warum blickten die Männer hier alle so finster? In schwarzen Anzügen eilten sie auf den Straßen umher, der Missmut stand ihnen ins Gesicht geschrieben. Jeder von ihnen trug ein Ding, das Tonia nur von Frauen kannte, die sich vor der Sonne schützen wollten: schwarze Schirme mit silbernen Stangen. Die Männer hielten sie über die Köpfe – um sich vor dem Regen zu schützen! Mit trüben Mienen hasteten sie in Gebäude hinein, die alle gleich aussahen: mehrstöckig und grau. Klitschnass schaute Tonia sich um – wenn das Ulm war, konnte die Stadt ihr gestohlen bleiben.

Der Konvoi fuhr in die Altstadt, an einem Tor ging es nicht weiter. Tonia beugte sich vor. Was waren das für ulkige Soldaten! Wollten sie sich tatsächlich mit ihren Lanzen der Truppe des Kardinals entgegenstellen? Doch die Mönche begegneten den Soldaten in den blauroten Pluderhosen mit Respekt. Reverricio selbst stieg aus und bat um Einlass, worauf der Soldat seine Hellebarde senkte und die Kolonne in den Innenhof ließ.

»Was sind denn das für komische Figuren?«, fragte Tonia beim Aussteigen.

»Die Schweizergarde dient den Päpsten seit Jahrhunderten als Wachregiment«, lautete Beatrices Antwort.

»Den *Päpsten*?«, fragte Tonia.

»Ja, wir sind in der Residenz des Papstes – wusstest du das nicht?«

Schon wurden die Ankömmlinge von einer Priesterschar in Empfang genommen und ins Gebäude begleitet. Man wies ihnen Zimmer zu. Tonia betrat einen schmalen Raum, in dem sich nur ein Bett, ein Stuhl und ein Kruzifix befanden. Das störte sie nicht – enttäuschend war allerdings die Aussicht.

Öde gesichtslose Häuser, eins am anderen, kein Grün dazwischen, kein bisschen Natur. Sie konnte nicht glauben, dass der Kardinal sie durch die Wüste, über die Alpen, quer durch das grüne Paradies *hierher* gebracht hatte: in eine graue Stadt, bevölkert von geisterhaften Geistlichen. Tonia wollte es selbst herausfinden, wollte durch den Regen spazieren und die Umgebung erkunden. Bis zum Abendessen war noch Zeit, wer verbot ihr spazieren zu gehen? Sie frisierte das nasse Haar aus der Stirn, zog die Jacke an und guckte auf den Korridor. Er war leer.

Sie huschte zum nächsten Ausgang, lief die Treppe hinunter, setzte ihr arrogantes Gesicht auf und stolzierte an dem Priester in der Pförtnerloge vorbei. Sie lief über den Hof. Beim Haupttor standen die Spaßsoldaten, den Blick auf die Straße gerichtet. Tonia holte Luft und marschierte zwischen ihnen hindurch. War es, dass die Wachen nur solche kontrollierten, die *hinein*wollten, oder weil ihnen ein Junge nicht wichtig genug erschien, Tonia wurde weder angesprochen noch aufgehalten. Mit festem Schritt lief sie die Gasse entlang, huschte um die Ecke und blieb erleichtert stehen.

Auch hier entdeckte sie graue Gebäude, Priester mit Regenschirmen und Ledermappen, die sie an ihren Leib drückten, um sie vor der Nässe zu schützen. Dort aber – Tonia machte zwei neugierige Schritte – an der nächsten Kreuzung standen zwei Männer, die keine schwarze Montur trugen. Hoffnungsvoll schlenderte Tonia auf die beiden zu; es gab also noch Menschen in dieser Stadt, die nicht zur Kirche gehörten!

Plötzlich hörte sie hastige Schritte und spürte einen harten Griff. Jemand hielt sie an beiden Händen fest, presste seine Faust in ihren Rücken und stieß sie auf die Männer zu. Tonia versuchte sich umzudrehen; mit Gewalt wurde sie weitergetrieben – im selben Moment erkannte sie die andersartige Kleidung: Das waren Schützentrachtler! Sie hoben Tonia mühelos hoch und zerrten sie von der Kreuzung. Schon sah sie den dunklen Wagen am Straßenrand, wurde hingezerrt, die Tür ging auf (sie war so überrumpelt, dass sie zu schreien vergaß), Tonia landete auf dem Rücksitz. Von beiden Seiten drängten die Trachtler herein; während die Türen zuschlugen, setzte sich der Wagen in Fahrt.

»Was wollt ihr ...« Mehr vermochte sie nicht zu sagen, ihr wurde etwas Schwarzes über den Kopf gestülpt. Mit rüden Stößen verfrachteten die Männer sie auf den Boden. Tonia lag stockstill, blind und mit rasendem Atem.

Die Fahrt dauerte nicht lange, einige Kurven, schon blieb der Wagen stehen. Ohne ihr den Sack vom Kopf zu nehmen, zogen die Männer sie aus dem Fahrzeug, Schritte, Keuchen, geflüsterte Worte, es ging eine Treppe hinauf. Jemand setzte sie hin, zwängte ihr die Arme nach hinten, ein scharfer Schmerz, ihr wurden die Hände gebunden. Man hob den Sack, Tonia blinzelte ins Licht einer Lampe.

»Du heißt Antonio, nicht wahr?«, sagte Alois Gohrbach.

Das weißblonde Haar, die braune gefurchte Haut, sie erkannte den Trachtler gleich wieder. Der Raum schien unbewohnt zu sein, Spinnweben überall, die Fenster blind von Staub, über ihnen klaffte ein Loch in der Decke. Zwei Stühle, ein Blechtisch, die Lampe, die Schützentrachtler postierten sich in den Zimmerecken. Gohrbach hatte zwei Fläschchen vor sich auf dem Tisch stehen.

»Du bist ein Freund des Kardinals?«

Tonia schwieg ängstlich.

Er faltete die Hände. »Wenn du beantwortest, was ich dich frage, wirst du diesen Raum lebend verlassen. Wenn nicht –« Er warf ihr einen Blick zu, dass Tonia das Blut in den Adern gefror. »Warum schleppt der Kardinal dich quer durch Europa mit?«

»Ich bin Antonio Frantagile aus Trento«, versuchte Tonia es

mit der Antwort, die ihr beigebracht worden war. »Mein Vater ist ein reicher Geschäftsmann und mit dem Kardinal befreundet. Papa will, dass ich den Norden bereise.«

»Ich kenne Trento«, nickte der Trachtlerführer. »Es gibt dort keinen *Geschäftsmann*, der Frantagile heißt.« Er strich über die Tischplatte. »Damit habe ich dich bei der ersten Lüge ertappt.«

»Ich lüge nicht!«

Tonias Kopf wurde zurückgerissen, die Klinge eines Trachtlers saß ihr an der Kehle. Sie sah nichts als die Decke, hörte Gohrbachs Stimme.

»Was ist der *Grund* dieser Reise?«

»Ich weiß es nicht!«

»Weshalb fährst du im Wagen der schwarzen Wüstenhunde?«

Tonia brauchte einen Moment, die Beschimpfung zu begreifen. »Die Tuareg sind meine Freunde!« Der Gedanke durchfuhr sie, dass es in ihrer Lage nicht hilfreich war, mit den Wüstenrittern befreundet zu sein. »Sie sind ... meine Leibwächter«, stammelte sie daher.

»Das glaube ich dir sogar«, sagte Gohrbach. »Aber darin besteht nicht ihre *wahre* Aufgabe. Wozu hat der Kardinal sie angeheuert?«

»Ich ... weiß es ... nicht!«

»Reverricios Mönche sind hervorragende Kämpfer! Wozu braucht er die schwarzen Hunde?«

»Es sind ... keine ... Hunde!«

Tonias Oberkörper wurde nach vorne gedrückt. Sie sah dem Blonden in die Augen.

»Es geht um die *Höhle*, nicht wahr? Ihr seid auf der Suche nach der unterirdischen Höhle«, drängte Gohrbach, als er ihr Zögern spürte. »Was wollt ihr dann aber im Norden?«

»Ich weiß nichts von einer Höhle«, flüsterte sie.

Er griff nach dem linken der beiden Fläschchen. »Das sind Augentropfen«, erklärte er. »Ich brauche sie, weil ich zu wenig Tränenflüssigkeit habe.« Er schraubte die Flasche auf, zog die Pipette heraus und träufelte in jedes Auge einen Tropfen. »Ah, wirklich wohltuend.« Mit dem Handrücken wischte er eine Träne fort.

»Das hingegen«, er hob das zweite Fläschchen, »ist eine winzige Menge Salzsäure.«

»Wofür …?« Tonia verstummte.

»Wenn unverdünnte Salzsäure auf die Netzhaut trifft, löst sie das Gewebe in Sekunden auf. Dass du erblindest, dauert nur kurz, der Schmerz hält viel länger an.« Er beugte sich mit dem Fläschchen vor. »Schrecklich lange, Antonio. Ich befürchte, dass du es nicht ertragen wirst.«

Sie war so starr vor Angst, dass sie nicht einmal den Kopf schütteln konnte.

»Und dann dürfen wir nicht vergessen, dass man mit einem Auge ja noch ganz gut sieht.« Er bewegte die Säure vor ihr hin und her. »Ich könnte mich also entschließen, mich auch mit deinem zweiten Auge zu beschäftigen.« Er hob beide Fläschchen in Tonias Blickfeld und lächelte. »Du kannst mich ganz einfach dazu bewegen, dir die heilsamen Tropfen zu geben – wenn du mir sagst, wo die Höhle ist.«

In diesem Moment wurde Tonia klar, wie schlimm ihre Lage wirklich war: Nichts von dem, was Gohrbach erfahren wollte, war ihr bekannt. Auch unter Schmerz und Folter konnte sie ihm nicht das Geringste verraten. Zugleich begriff sie, *genau das* war der Grund für die Vorsichtsmaßnahme des Kardinals, deshalb hatte sie bei keiner Besprechung dabei sein, keine der Landkarten sehen dürfen. Indem sie nichts wusste, stellte sie keine Gefährdung dar.

»Ich weiß nichts …«, stammelte Tonia. »Ich weiß wirklich nichts!«, schrie sie, als Gohrbach das Fläschchen öffnete.

Er schraubte die Kappe ab und hob die Pipette heraus. Ein Druck auf den Gummikopf, ein Tropfen zerschlug auf der Tischplatte, es zischte, Dampf stieg auf.

»Wenn wir ein paar Minuten warten, hat die Säure das Blech zerfressen.«

»Ich habe nur einmal etwas von einer Höhle gehört.« Tonia riss an den Fesseln.

»Deine Erinnerung wird besser«, ermunterte Gohrbach sie. »Wer hat über die Höhle gesprochen?«

»Dula war es!«, Sie erschrak über sich selbst. Wie rasch sie ihn verriet, wie wenig war nötig gewesen, den Namen des Freundes preiszugeben!

»Die Tuareg *wissen* von der Höhle?«, fragte Gohrbach gierig. »Wissen sie auch, wo sie liegt?« Das Fläschchen rückte gefährlich nahe.

In ihrer Angst fiel Tonia nichts als die Wahrheit ein. »Ich wurde hinausgeschickt, als sie darüber sprachen!«

»Wo? An welchem Ort?!«

»Im Vatikan!«

»Der Vatikan ist groß!«

»In der Burg«, keuchte das Mädchen.

»Welche Burg?«

»Ich habe sie nie von außen gesehen!«

»Wie seid ihr hineingelangt?«

»Durch diesen … unterirdischen Gang!« Sosehr sie auch suchte, fiel ihr der Name nicht ein.

»Durch den *Passetto*?«, fragte er mit triumphierendem Lächeln.

»*Passetto* – ja – so hat es geheißen.«

»Ihr wart in der Engelsburg?«

»Ja – ja!«

»Und dort hast du die Landkarte gesehen? Wo bewahrt der Kardinal sie auf?« Auf Tonias Zögern schrie er: »Sag schon!«

»Wir mussten durch einen Gang – dann kam die Treppe …« Starr hielt Tonia den Blick auf die Flasche gerichtet. »Wir kamen in einen Raum …«

»Ja, ich höre?«

Gohrbach hörte, was alle hörten. Er hörte und sah, wie eine Gestalt sich von der Decke löste, ein Schatten nur, und doch rauschte es, als er durch die Luft flog. Er landete hinter Tonia. Mit einer Hand schlug der Schatten Gohrbach die Flasche weg; das Glas zerbrach, schaumig quoll die Säure auf dem Beton, beißender Dampf stieg auf. Mit der anderen Hand ergriff der Schatten den Trachtler, der Tonia in Schach hielt, und schleuderte ihn in die Ecke. Alles geschah so schnell, dass Gohrbach sich immer noch zu Tonia beugte, als ihn der erste Schlag traf.

Halbtot vor Angst gewahrte Tonia eine Gestalt im schwarzen Mantel. Sie trug eine Maske, bei deren Anblick das Mädchen erschauerte. Sie war aus Stoff, rauh und unregelmäßig, dabei glich sie dem Gesicht eines Tieres. Ein Vogelkopf mochte es sein, vielleicht ein Raubtier – schon meinte Tonia, einen Elefantenschädel zu sehen.

Die Trachtler lösten sich aus ihrer Erstarrung und hoben die Waffen. Feuerblitze zuckten, dicht um Tonia schwirrten Kugeln – wo war der Schatten? Verwirrt warf Tonia ihren Kopf herum – dort legte ein Trachtler auf ihn an. Der Maskierte hob die Hand und schleuderte dem anderen gelben Staub entgegen. Überrascht schnappte der Mann nach Luft, seine Augen weiteten sich. Er hob das Gewehr schützend vor sich und wich vor der Maske zurück. »Nicht – nicht das!«, wimmerte er und kauerte sich in die Ecke, die Arme über den Kopf geschlagen.

»Worauf wartet ihr!«, schrie Gohrbach.

Schon hatte der Schatten den zweiten Trachtler erreicht, Staub sprühte auch ins Gesicht dieses Kerls. Als sei ihm das Entsetzlichste vor Augen gekommen, das er je gesehen hatte, zog er sich an die Wand zurück und begann haltlos zu schluchzen.

Ein Schlag, und die Waffe des letzten Mannes fiel zu Boden. Bevor der Schatten den Staub schleudern konnte, erreichte der Trachtler die Tür und floh in namenloser Angst. Ein Sprung, und der Maskierte war über Gohrbach.

»*Dolah nebi deh*«, hörte Tonia.

Gleich einem Schleier senkte sich eine rote Wolke auf Gohrbachs Haupt. Der Führer der Trachtler starrte zu dem geheimnisvollen Wesen empor – die Maske aus grobem Tuch wurde für ihn zum Antlitz des feuerspeienden Drachen, mit dem seine Brüder ihn als kleinen Jungen geängstigt hatten. All das Elend, die Schreckensstunden, wenn die Brüder ihn mit dem Drachenkopf peinigten, stiegen vor Gohrbach auf: Er war fünf Jahre alt und allein, niemand war da, ihm zu Hilfe zu eilen. Wie damals schrie Gohrbach mit kindlicher Stimme: »Mama, hilf mir! Schick den Drachen weg!« Doch das feuerspeiende Maul kam näher, öffnete sich und schnappte nach dem Kopf des kleinen Gohrbach, sein Schädel, der ganze Junge verschwanden im Schlund des Ungeheuers. Er fühlte sich aufgefressen, verschlungen von jenem Drachenleib, aus dem er nie wieder hervorkommen würde.

»Mama!«, wimmerte Gohrbach und fiel in eine tiefe Ohnmacht.

Ein kampfunfähiger Trachtler, eine wimmernde Kreatur in der Ecke und Gohrbach, leblos, wie vom Schlag gerührt – der Maskierte richtete sich auf und nahm das unförmige Tuch vom Gesicht.

Ernst sah Muganabe Tonia an, die gefesselt auf dem Stuhl saß.

»Muganabe«, wisperte sie. »Muganabe!«

Mit einem Schnitt des Dolches löste er die Fessel und half ihr auf.

»Wie bist du hereingekommen?«

Er zeigte zur eingebrochenen Decke.

»Woher wusstest du, dass sie mich hierhergeschleppt haben?« Tonia stand auf zitternden Beinen.

»Nolah deh.« Er deutete auf das Amulett an seinem Hals. Muganabe stützte Tonia, gemeinsam erreichten sie den Ausgang. Das Letzte, was sie hörte, war das Schluchzen des Schützentrachtlers.

Eine Bombenidee

29

Wir wollen doch, dass du heute gut aussiehst.« Kardinal Reverricio stand vor Tonia und legte ihr persönlich die Krawatte um. Ihn umringten die Tuareg und Beatrice.

»Es war meine Schuld«, sagte der vermeintliche Junge kleinlaut. »Ich hätte nicht hinausgehen sollen.«

»Hat Gohrbach dir wehgetan?«, fragte Reverricio in echter Sorge.

Ein Blick zu Dula. »Halb so schlimm.«

Tonia wollte nicht wie ein Opfer dastehen, sondern als Tuareg, der sich in der Gefahr bewährt hatte. War das so? Während der Kardinal ihr den Knoten band, gestand sie sich ein, dass sie mit ihrem Leichtsinn alle in Gefahr gebracht hatte. Auf die erste Androhung von Schmerz hatte sie das bisschen, was sie wusste, preisgegeben. Wäre Muganabe nicht aufgetaucht, Gohrbach hätte alles aus ihr herausbekommen! Sie schämte sich umso mehr, da ihre Gefährten so nett zu ihr waren.

»Jetzt wirst du erst einmal kräftig essen«, lächelte der Kardinal. »Wir sind an einem gastfreundlichen Ort. Und in wenigen Minuten lernst du meinen alten Freund, Seine Heiligkeit Papst Julius den Vierten, kennen.« Der Kardinal legte ihr den Arm auf die Schulter, die Gruppe trat auf den Korridor, wo mehrere Priester sie weitergeleiteten.

»Wieso wird diese Stadt *nur* von Priestern bevölkert?«, raunte Tonia Beatrice zu, die neben ihr ging.

»Weil Ulm zum Sitz des Vatikans ernannt wurde«, antwortete die Journalistin.

»Aber warum ist alles so hässlich hier – und weshalb sehen die Geistlichen hier so steif und missmutig aus?«

Beatrice überlegte einen Moment. »Im nördlichen Exil ist die Kirche zum Verwaltungsapparat verkommen. Die Geistlichen archivieren hier eine Idee, an die keiner mehr so recht glauben mag. Vielleicht liegt es an Julius selbst.«

»Wie meinst du das?«

»Der Papst ist krank – und mutlos. Kein Wunder, dass seine Priester zu einem Heer von Beamten verkommen.«

»Genug jetzt«, schaltete der Kardinal sich ein. »Wir sind Gäste Seiner Heiligkeit und sollten uns auch so benehmen.«

Vor ihnen öffnete sich eine Flügeltür. Wenn Tonia aber einen Prunksaal erwartet hatte, täuschte sie sich. Sie betraten einen nüchternen, hell ausgeleuchteten Raum und gingen auf eine Empore zu, wo ein dürres Männchen saß. Es schien in seinem weißen Gewand förmlich zu versinken. Tonia staunte, als der Kardinal vor dieser Gestalt das Knie beugte und die vorgestreckte Hand mit dem Ring küsste.

»Heiligkeit«, sagte Reverricio.

Nun sprach das Männchen, und es war die piepsigste Stimme, die Tonia je gehört hatte. Sie duckte sich hinter Dula, damit der Papst, der jeden einzeln begrüßte, nicht bemerkte, dass sie über ihn lachte. Gleichzeitig fiel ihr auf, dass die Tuareg weder in die Knie gingen noch den Ring küssten.

»Willkommen, mein Junge«, krächzte der Papst, als Tonia an der Reihe war. »Dein Besuch erfreut Uns. Hast du dich in der päpstlichen Residenz schon umgetan?«

»Ja, ich war …«, ein Blick zu Reverricio, »… ein wenig spazieren.«

»Gefällt es dir also bei Uns?«, fragte das Männchen.

Tonia wusste nicht, was sie antworten sollte.

»Es sind so viele Eindrücke, Heiligkeit«, half Reverricio weiter. »Wir, die aus der Wüste kommen, müssen die Vielfalt des Nordens erst verkraften.«

»Umso mehr ist Uns euer Besuch willkommen.« Der Papst stand auf. »Wir wünschen viel über die Zustände des Südens zu erfahren. Wir wollen, wenn möglich, helfen.«

Tonia betrachtete die beiden – der Kontrast hätte größer nicht sein können. Hier der harmlose kleine Mann, der ein Leiden an der Hüfte zu haben schien, da er das rechte Bein nachzog. Seine grünliche Gesichtsfarbe, dazu die Kinderstimme. Daneben der Kardinal mit dem Wolfsschädel, den breiten Schultern, er überragte den Papst um zwei Köpfe. Wie ein Fürst sah er aus, dem die Kirchen der Wüste gehorchten. Er befehligte eine Truppe von Priestern, die für ihn kämpfen und wenn nötig sterben würden. Die Geistlichen des Papstes wirkten verweichlicht und lustlos, als hätte die Krankheit ihres Oberhauptes auf sie übergegriffen. Mit einladender Geste strebte der Papst zur nächsten Tür.

Das Abendessen war reichlich, sie bekamen Gemüse und Früchte vorgesetzt; die meisten waren Tonia unbekannt. Im Ganzen fand sie es nicht annähernd so schmackhaft wie die Mahlzeiten in Rom. Alles war zu verkocht und zu schwach gewürzt, wegen der Diät, die Seine Heiligkeit einhalten musste.

Nachdenklich kaute Tonia an einer Rübe. Warum in aller Welt war der Kardinal *hierher* gereist? Was erwartete er von diesem Papst, der lächelnd nickte, während Reverricio von der Zerstörung und Hoffnungslosigkeit des Südens berichtete?

Mit Schauder erinnerte sich Tonia an das Verhör, die angedrohte Folter, doch ihr war auch noch im Gedächtnis, dass selbst Gohrbach nicht glaubte, sie seien hier, um den Papst zu besuchen. Der Trachtler vermutete einen Zusammenhang mit der unterirdischen Höhle, von der Tonia in der Schatzkammer zum ersten Mal gehört hatte. Sie stellte sich dieselbe Frage wie Gohrbach: Was wollten sie im Norden?!

Der Papst beugte sich zu Beatrice. »Sie sind, wie Wir hören, hier, um die MEUWU-Truppen zu besuchen?«

»Es ist mir gelungen, Kommandeur Rexeisen zu einem Interview zu überreden«, nickte sie.

»Und was beabsichtigen Sie ihn zu fragen?« Der Papst tupfte mit der Serviette die Mundwinkel.

»Was Rexeisen zu tun gedenkt, um das Vorrücken Noradt Finsøkkers zu verhindern.«

Der Papst kaute und schluckte, bevor er eine Antwort gab. »Der moralische Anspruch der *Mitteleuropäischen Waffenunion* steht außer Frage. Sie ist die legitime Ordnungsmacht des Nordens.«

»Bei allem Respekt, Heiligkeit, mit Moral allein wird man Finsøkker nicht aufhalten.« Beatrice bemerkte, dass sie mit der Messerspitze auf den Papst wies, und legte das Messer beiseite.

»Dieser Däne hat bloß Anfängerglück«, winkte der Mann in Weiß ab. »Die Bevölkerung ist aufseiten der MEUWU.«

»Finsøkkers *Glück* dauert nun schon drei Jahre«, ließ Beatrice nicht locker. »Die Front steht bei Kassel. Befürchten Sie nicht, dass der Däne über kurz oder lang auch in Ulm ist?«

»Wir vertrauen der militärischen Führung, die den Staat Gottes mit allen Mitteln beschützen wird. Wir selbst werden hier, vom Herzen Europas aus, das heilbringende Werk der Kirche fortsetzen.«

»Ist die katholische Kirche nicht schon einmal umgezogen, Heiligkeit, als es ihr in Rom *zu heiß* wurde?«

Beatrice bemerkte das Zeichen, das der Kardinal ihr machte – sie war übers Ziel hinausgeschossen und sollte den Diskurs nun beenden.

»Gott ist aufseiten der Friedliebenden.« Der Papst piekte eine Erbse vom Teller und führte sie an den Mund. »Wo werden Sie das Interview mit Brigadier Rexeisen führen?«

»In Heinersdorf«, antwortete sie.

Tonia bemerkte, wie Dula den Kopf hob. Er sah die Journalistin, dann den Kardinal an; seine Augen begegneten Tonias, ernst und traurig.

»Heinersdorf, ach«, antwortete der Papst und legte sein Besteck zusammen.

Tonia hatte den Eindruck, als sei mit dem Namen des Ortes endlich das wahre Ziel ihrer Reise genannt worden. *»Heinersdorf«*, flüsterte sie und bemühte sich, aus Dulas Miene etwas abzulesen.

Der Tuareg folgte dem Beispiel des Papstes und beendete die Mahlzeit.

Julius der Vierte hob den Kopf, zum ersten Mal sah Tonia ein freudiges Lächeln auf seinem Gesicht. »Ah, Erdbeeren!«, rief er, während ihm der Nachtisch, Erdbeeren mit Schlagsahne, aufgetan wurde.

30

Noradt Finsøkker erhob sich. Er war kleiner als Gohrbach, und doch duckte sich der Trachtler vor dem Dänen.

»Wer hat das befohlen?«, fragte Finsøkker.

»Die Gelegenheit war günstig.« Gohrbach versuchte seiner Stimme Festigkeit zu geben.

»Das entscheiden nicht Sie«, erwiderte der Däne.

»Ich dachte, meine Aufgabe wäre es, Reverricios Pläne …«

»Sie haben in Rom versagt und heute zum zweiten Mal«,

unterbrach Finsøkker eisig. »Der Junge weiß *nichts*! Ihre voreilige Aktion hat bloß den Kardinal aufgescheucht.«

»Aber der kleine Bursche war kurz davor, mir den Standort des Skorpions zu verraten«, widersprach Gohrbach. »Er befindet sich …«

»In der Engelsburg«, winkte Finsøkker ab. »Es ist ein Würfel von zwei mal zwei Metern, in dem sich eine *intelligente* Flüssigkeit befindet.«

Gohrbach war perplex. »Woher *wissen* Sie das? Und wenn Sie es wissen, wieso holen Sie sich den Würfel nicht einfach?«

»Ich habe andere Pläne. Ist der Kardinal noch in Ulm?«

»Ja, er hat sich dort recht häuslich eingerichtet.«

Finsøkker schüttelte den Kopf. »Der Papstbesuch ist bloß ein Ablenkungsmanöver.« Er setzte sich hinter den kleinen Schreibtisch. »Bis jetzt hat niemand Verdacht geschöpft, dass Reverricio sich der Kriegsfront bereits auf hundert Kilometer genähert hat.« Mit beiden Zeigefingern rieb der Oberbefehlshaber seine Stirn. »Er will zu uns. Sein Ziel ist die militärische Sperrzone – aber ich weiß nicht *warum*!« Er sah den Trachtler an. »*Das* sollten Sie herauskriegen, Gohrbach!«

»Ich will es versuchen.« Der Trachtler schloss einen Moment die Augen. Die roten Schleier, durch die er die Welt wahrnahm, waren dichter geworden; die Konturen verschwammen. Im abgedunkelten Kommandowagen konnte er Finsøkker nur schemenhaft erkennen. »Diese schwarzen Teufel haben außergewöhnliche Fähigkeiten«, sagte er zu seiner Verteidigung.

»Sonst hätte der alte Wolf sie wohl kaum zu sich geholt.«

»Einer von ihnen kann zaubern!«, beteuerte Gohrbach.

Finsøkker runzelte die Stirn. »Bleiben Sie sachlich, Mann.«

»Ich schwöre Ihnen, er hat mich mit seinem Staub verzaubert. Sehen Sie sich meine Augen an. Ich hatte stundenlang

Wahnvorstellungen. Einer meiner Männer ist immer noch nicht daraus erwacht: Er weint den ganzen Tag.«

»Dass die Tuareg halluzinogene Drogen verwenden, heißt noch nicht, dass sie *zaubern* können«, antwortete Finsøkker nüchtern, doch die Neuigkeit schien ihn zu interessieren.

Eine Diode am Telefon leuchtete auf. »Ich habe zu tun.« Er nahm den Hörer, Gohrbach war entlassen. »Ich brauche Ihren Bericht in Kürze.«

Der Trachtler verließ den Befehlsstand. An der Tür hörte er noch, was der Däne ins Telefon sagte.

»Heinersdorf, morgen. Zielgebiet ist der Silo K7.«

Gohrbach trat ins Freie, schraubte das Fläschchen mit den Tropfen auf und verschaffte sich die erhoffte Linderung. Durch den roten Nebel beobachtete er das skandinavische Heerlager. Anders als bei seinem letzten Besuch befand es sich nicht mehr in ruhiger Bereitschaft; man spürte, dass eine bedeutende Kraftanstrengung bevorstand. Rund um Finsøkkers Fahrzeug wimmelte es von hohen Rangabzeichen, Anweisungen wurden in Funkgeräte geschnarrt. Die Betriebsamkeit setzte sich in die Randbereiche fort: Mannschaftstransporter formierten sich zu langen Reihen, geordnet saßen die Männer auf, mit Waffe und Sturmgepäck. Transportfahrzeuge zogen schwere Artillerie auf Lafetten hinter sich her; im Hintergrund wendete ein Panzer auf morastigem Grund und hinterließ zerwühlte Erde.

Was will Finsøkker in Heinersdorf? dachte Gohrbach, ließ zwei eilige Generäle passieren und stieg in das Fahrzeug, das ihn nach Ulm zurückbrachte.

31

Als sie das Starten des Motors spürte, atmete Tonia erleichtert durch. Sie war froh, die päpstliche Residenz, die Bedrücktheit, die auf der Stadt, dem Wohnsitz des Papstes und seiner Priestergemeinschaft lastete, hinter sich zu lassen. Wieder kletterte sie auf das Oberdeck des Busses und sah die päpstliche Wache strammstehen, während die Kolonne das Tor passierte. Durch trübe Straßen ging es hinaus ins Freie, in die Weite der üppigen Landschaft.

Tonia dachte an Dula. Sie wünschte sich die Zeit zurück, als sie und er noch unbeschwert miteinander umgegangen waren, als er in ihr »nur« einen wissbegierigen Jungen sah. Seit er die Maskerade durchschaut hatte, war es mit der Herzlichkeit, den innigen Momenten, an die sie sich so gerne erinnerte, vorbei. Auch an sich selbst stellte Tonia eine Veränderung fest: Im Grunde *wollte* sie nicht mehr sein kleiner Freund, der Schüler des Tuareg sein, Tonia erhoffte mehr. Das Gefühl ließ sich schwer in Worte fassen; es ähnelte dem Wunsch, Hand in Hand mit Dula in ein tiefes Wasser zu springen und darin unterzutauchen. So wie die Dinge standen, war es zurzeit undenkbar, mit ihm über all das zu sprechen; Ereignisse standen bevor, derentwegen der Kardinal und die Tuareg fast ständig beisammen waren. Auch jetzt saßen sie unten im Wagen, während Tonia von der Plattform aus die rasche Fahrt genoss.

Nicht zum ersten Mal überlegte sie, wieso Muganabe zu ihrer Rettung gekommen war und nicht Dula. Mied er die Nähe zu ihr? Aber warum? Tonia gestand sich ein, dass ihre Gedanken im Kreis verliefen: Wieso tat Dula dies, warum unterließ er jenes, wollte er ihr nahe sein, war er bloß ihr Lehrer, oder durfte sie mehr erhoffen? War es nicht müßig, das wieder und wieder durchzuwälzen?

Es geht in den Kampf, und viele werden sterben, erinnerte sie sich seiner Worte. Tonia spürte, dass der Moment näher kam; Gefühle wie ihre passten nicht in die Wirklichkeit, die ihnen bevorstand. Sie schlug mit der Faust auf das Geländer: »Schluss damit«, sagte sie zu sich. »Er hat sich um andere Dinge zu kümmern, und du auch! Beweise ihm, dass du ein Ritter der Wüste bist; alles andere findet sich.«

Erleichtert über ihren Entschluss, lehnte sie sich zurück. Wolken schwammen durch den Himmel, ein Vogel kreuzte Tonias Blick. *Und wenn ich es ihm auf den Kopf zusage?*, drängten sich die verdammten Gedanken wieder in ihren Kopf. Was sollte schon passieren, wenn sie sagte: *Dula, ich liebe dich. Liebst du mich auch? Komm mir nicht damit, dass ich erst vierzehn bin. Ob vierzehn oder vierzig, ich bin in dich verliebt und glaube, dass wir glücklich sein könnten. Ich bin eigentlich fest davon überzeugt.*

»Wovon bist du überzeugt?« Der grauhaarige Kopf des Kardinals tauchte in der Luke auf.

Tonia begriff, dass sie das Letzte laut vor sich hin gesprochen hatte. »Dass alles gutgeht«, antwortete sie angespannt.

»Schön, dass wir so ein optimistisches Maskottchen haben.«

Tonia fasste sich ein Herz. »Was erwarten Sie von mir?«, stellte sie ihm die Frage, die ihr die ganze Zeit auf der Seele brannte. »Bis jetzt habe ich Ihre Sache nur in Gefahr gebracht.«

Er stieg zu ihr auf die Plattform. »Du, Antonio, bist mein Aushängeschild.«

»Ich? Aber wie …?«

»Ich darf dir nicht verschweigen, dass wir alle in großer Gefahr schweben.« Er betrachtete sie voll Wärme. »Aber niemand wird glauben, dass ich dich, einen vierzehnjährigen Jungen, zu solch einem Abenteuer mitnehme. Darum wird man meine Absichten eine Zeit lang nicht durchschauen. Begreifst du?«

Tonia zögerte mit einer Antwort.

»Du bist meine Tarnung, du vermittelst den Anschein von Normalität«, fuhr der Kardinal fort. »Darum sollst du dich auch weiterhin verstellen und den verwöhnten Jungen spielen, der zu seiner Unterhaltung den Norden bereist.«

Tonia verkniff sich ein Schmunzeln: Wenn der Kardinal wüsste, wie außergewöhnlich ihre *Verstellung* in Wirklichkeit war!

»Die Tuareg werden alles tun, dich zu beschützen.« Er schaute über die Landschaft. »Besonders Dula würde sein Leben geben, damit dir nichts passiert.« Er drehte sich um und stieg die schmale Treppe hinunter.

Tonia hätte ihm gerne nachgerufen, wie viel ihr seine Worte bedeuteten, doch sie schwieg, legte die Ellbogen auf die Brüstung und schaute den vom Regen braungeschwemmten Fluss hinunter. Bevor sie ihr Ziel erreichten, ging es durch üppiges Hügelland, an beschaulichen Dörfern und Seen vorbei; kaum mochte man glauben, dass mit jedem Kilometer, den sie nach Norden fuhren, der Krieg näher kam.

Seit die skandinavischen Truppen tiefer in den Süden vorrückten, waren die Schlachten jedes Mal unerbittlicher geworden. Es ging um *Lebensraum*, das höchste Gut, das es auf dem gefährdeten Planeten noch gab. Als Tonia an der Spitze des Kardinalskonvois jedoch die Grenze der militärischen Sperrzone erreichte, war von Krieg nichts zu spüren: Kommandant Erich Rexeisen wollte es so.

32

Allerorten hatte sich die Meinung breitgemacht, dass es mit Rexeisens Führungsqualität nicht weit her war. Der Brigadegeneral schien dem schlauen und rücksichtslosen Noradt Finsøkker hoffnungslos unterlegen zu sein. Der Däne unternahm strategisch immer genau das, womit Rexeisen am wenigsten rechnete. Erwartete der MEUWU-Kommandant einen Luftangriff, rückte Finsøkker mit Panzern vor; zog Rexeisen die Truppen zum Gegenschlag im Osten zusammen, tauchte der Däne im Westen auf. Bisher war es der MEUWU nicht gelungen, nur ein einziges der Gebiete zurückzuerobern, die Finsøkker besetzt hielt.

Hinter vorgehaltener Hand wurde bereits über Rexeisens Absetzung spekuliert. Er wusste das, und darum brauchte er endlich positive Propaganda! Es konnte doch nicht so schwer sein, Publicity zu bekommen, besonders jetzt, wo die prominente Journalistin Beatrice Sgarbi im Gefolge des sagenumwobenen Kardinals aus der Wüste anreiste. Sein Ruf war Reverricio vorausgeeilt – der mächtige Wolf des Südens, der heimliche Fürst von Rom, der Würdenträger, dem der Papst das Seelenheil der Menschen in den Hungergebieten überantwortet hatte! Mit diesem Mann würde Rexeisen in Kürze zusammentreffen. Der Kommandant tat alles, um sich und seine Armee im besten Licht zu präsentieren und den Besuchern ein würdiges Willkommen zu bereiten. Hunderte Männer waren seit Tagen damit beschäftigt, etwas Besonderes auf die Beine zu stellen: eine Party unter tropischem Himmel.

Auch wenn seine Offiziere Rexeisen an den Umstand erinnert hatten, dass er sein Fest nahe dem umfangreichsten MEUWU-Waffenarsenals ausrichten ließ, war er unverrückbar bei diesem Standort geblieben. Heinersdorf musste es sein, unbedingt Heinersdorf, denn eine prächtigere Kulisse konnte sich niemand wünschen. Heinersdorf bedeutete eine romantische Aue, wo Kokospalmen ihre Blätter über den Festplatz neigten, der Kommandant hatte Hütten im Stil der Südsee errichten lassen, köstliche Speisen und erlesene Getränke standen bereit. Die Kühlaggregate liefen auf Hochtouren, um alles bis zum Eintreffen der Gäste frisch zu halten.

In Windeseile war ein Tanzboden angelegt und mit Lampions geschmückt worden, die abends die Szenerie in verzaubertes Licht tauchen würden. Die Musiker des Bataillons-Orchesters übten keine Märsche mehr, sondern exotische Melodien und einschmeichelnde Schlager. Alles diente dem Zweck, Rexeisens friedliche Grundhaltung vorzuführen und die Gelassenheit, mit der er der Schlacht entgegensah, die seit dem Vorrücken Finsøkkers unausweichlich geworden war.

In den Bombensilos unweit Heinersdorf befand sich die mächtigste Waffe der MEUWU, die K7-Bombe. Auch wenn niemand im Traum daran dachte, sie auf europäischem Territorium einzusetzen, bedeutete ihr Besitz für Rexeisen einen strategischen Vorteil gegenüber den skandinavischen Truppen. Die Silos zu räumen und die Bomben auf ungefährdetes Gebiet zu bringen, war wegen des raschen Vormarsches Finsøkkers unmöglich geworden; außerdem hätte es eine moralische Niederlage für die MEUWU bedeutet. Im Gegenteil, in Heinersdorf war die K7 gebunkert, und in Heinersdorf sollte sie bleiben! Man würde dem gierigen Dänen den Zugriff einfach verwehren.

Rexeisen inspizierte den Festplatz zum fünften Mal. Persönlich überzeugte er sich von der Sauberkeit des Bestecks und der Toiletten, er testete das Mikrofon, mit dem er die Begrüßungsrede halten wollte, und ließ die Band etwas Schmissiges spielen. Zufrieden kehrte er in sein Zelt zurück und wollte den Lagebericht über die Aufmarschordnung Finsøkkers studieren, als Beatrice Sgarbi – einen Tag zu früh! – bei ihm gemeldet wurde.

»Heute? Unmöglich!«, fuhr Rexeisen seinen Adjutanten an. »Wir sind erst morgen nach der Party verabredet.«

»Sie ist aber jetzt schon da«, zuckte der andere die Schultern. »Soll ich sie wegschicken?«

»Sind Sie noch zu retten? Eine derart einflussreiche Journalistin schickt man nicht weg!« Rexeisen, der trotz seiner vorgerückten Jahre taillierte Uniformhemden trug, zog die Jacke mit den Generalssternen an und setzte eine Sonnenbrille auf. Das war im Inneren des Zeltes zwar sinnlos, gab ihm aber ein souveränes Aussehen.

»Herein mit ihr«, sagte er, bemerkte im letzten Moment den Strategiebericht und schob ihn in die erstbeste Schublade.

Erich Rexeisen hätte den Bericht besser lesen sollen; vielleicht wären die Machtverhältnisse in Europa dann vor drastischen Veränderungen bewahrt geblieben. Doch als er der hübschen Journalistin entgegentrat, ihr die Hand küsste und sie ins Kommandozelt bat, hatte Rexeisen die Mappe in der Schublade bereits vergessen.

*

Das Begrüßungszeremoniell war vorüber. Am Ehrentisch des Kardinals saßen Evangolus Reverricio, die Tuareg und Beatrice sowie Brigadegeneral Rexeisen, zwei weitere hohe Militärs und Tonia. Dem Mädchen, das einen himmelblauen Anzug trug und einen Jungen spielte, war ganz wirr im Kopf von den Eindrücken, die es soeben bekommen hatte.

An der Einfahrt zur militärischen Sperrzone waren sie flüchtig kontrolliert und höflich gebeten worden, die Fahrzeuge zu verlassen. Ein grinsender Offizier in sternenblitzender Uniform hatte sich dem Kardinal als Kommandant Erich Rexeisen vorgestellt. Reverricio und Tonia waren in dessen Jeep eingestiegen, während die Tuareg ein Extrafahrzeug bekamen. Die Mönche marschierten dahinter; ihren Mienen war das Erstaunen über einen solchen Empfang anzusehen gewesen. Im Schneckentempo waren die Jeeps zwischen der militärischen Ehrenformation hindurchgefahren und hatten einen Ort erreicht, wie Tonia ihn nur von Fotografien kannte – ein Paradiesdorf, mit Palmen, kleinen Wasserläufen und Girlanden, die die schilfgedeckten Hütten schmückten. Während der kurzen Fahrt hatte Tonia auf einer Anhöhe Soldaten entdeckt, die ihre Gewehre in den Himmel richteten und alle zugleich abdrückten. Sie war zusammengezuckt, doch der Kardinal hatte erklärt, dies seien Salutschüsse, die ihnen zu Ehren einundzwanzigmal abgefeuert würden.

Durch die Schießerei hatte Tonia fast die Musik überhört, die zur Begrüßung der Gäste spielte. Dreißig Soldaten hatten aus Leibeskräften in ihre Blechinstrumente geblasen, die Trommeln geschlagen und ein Heidenspektakel veranstaltet. Als der Jeep mit dem Kardinal die kleine Bühne erreichte, war der Kommandant hochgelaufen und hatte ein Mikrofon ergriffen, das seine Worte schallend über den Platz trug. – *Ehrwürdige Eminenz, verehrte Gäste aus den afrikanischen Weiten, liebe Besucher aus Rom!* Er hatte seine Freude zum Ausdruck gebracht, dass die Ankömmlinge an diesen exponierten Punkt des Weltgeschehens gekommen seien, um ihm und seiner Armee die Ehre zu erweisen. Er hatte die MEUWU als Friedenstruppe bezeichnet, der ein sinnloser Krieg aufgezwungen worden sei. Rexeisen verstand es als Akt der Solidarität, dass Kardinal Reverricio hierherkam, er gebe sich dadurch als Waffenbruder im Geiste zu erkennen.

Währenddessen hatte Tonia dem Rednerpult gegenüber eine Reihe von Kameras entdeckt, die das Geschehen festhielten. Die Objektive waren auch zu Tonia geschwenkt und sie hatte begriffen, dass sie im Fernsehen war. Auf Millionen

Bildschirmen würde ein junger Mann im blauen Anzug auftauchen, vielleicht sogar in ihrem Heimatort, wo Tonias Mutter mit offenem Mund auf das TV-Gerät zeigen und stammeln würde, dass der Junge dort ihre Tochter sei, ihr verstoßenes Kind, an der Seite des berühmten Kardinals!

Von all diesen Ereignissen und Gedanken war Tonia ganz wirr im Kopf, auch jetzt noch, nachdem sich alle an dem reichgedeckten Tisch niedergelassen hatten und das Essen erwarteten. Wie sollte Tonia ahnen, dass die wirkliche Verwirrung erst begann?

Denn in diesem Moment schritt jemand über die kleine Holzbrücke und näherte sich dem Ehrentisch. Es war Gretchen Rexeisen, die Tochter des Kommandanten, beinahe fünfzehn Jahre alt. Gretchen war hellblond, schaute aus blauen Augen in die Welt, besaß einen vollen Mund und eine kleine Nase, die sie gern kräuselte, um ihr Missfallen auszudrücken. Sie hatte zur Feier des Tages ein kurzes Kleid angezogen, von dem sie annahm, es sähe römisch aus. Dazu trug sie Militärstiefel, auf dem Kopf balancierte sie eine Sonnenbrille. Zweifellos war die Rexeisen-Tochter die erstaunlichste Erscheinung im Lager, weswegen ihr die Offiziere mit sichtlichem Gefallen hinterhersahen.

Der Grund, warum eine Fünfzehnjährige sich im Kriegsgebiet befand, lag in Gretchens Raffinesse: In zwei Tagen feierte sie Geburtstag und hatte Papa Rexeisen vorgesäuselt, das Ereignis unbedingt mit ihm begehen zu wollen. Nach seiner Einschätzung stand kein unmittelbarer Angriff Finsøkkers bevor, daher hatte er Gretchens Wunsch erfüllt. Ihre heimliche Neugier, zwei der berüchtigten Tuareg zu Gesicht zu bekommen, hatte Gretchen dem Vater verschwiegen. Als sie sich nun der Ehrentafel näherte, entdeckte sie die beiden Dunkelhäutigen in den blauen Umhängen sofort. Aber noch jemand anders sprang ihr ins Auge. Neben den Tuareg saß ein junger Bursche, er hatte rabenschwarzes Haar, leuchtende Augen und ein freches Gesicht. Gretchen vermochte sich nicht zu erklären, warum sie ihn so auffallend fand – er war hübsch, gut gewachsen, sah nicht dumm aus, der blaue Anzug stand ihm ohne Zweifel, aber das war es nicht allein. Ihre Neugier verlangte, dem Geheimnis sofort auf den Grund zu gehen. Sie setzte sich nicht auf den für sie vorgesehenen Platz, sondern trat neben den Jungen in Blau.

»Hallo, ich bin Gretchen«, sagte sie und hielt ihm die Hand hin.

»Hallo«, war alles, was der überrumpelten Tonia einfiel.

Auf ein Zeichen Rexeisens hin rückte sein Adjutant einen Platz weiter, wodurch der Stuhl neben Tonia frei wurde; der Kellner arrangierte das Gedeck um.

»Darf ich Ihnen meinen jungen Begleiter vorstellen?«, half der Kardinal Tonia. »Das ist Antonio Frantagile aus Trento, der sich freut, Ihre Bekanntschaft zu machen.«

»Ist Antonio Frantagile stumm?«, fragte Gretchen. »Oder warum stellt er sich nicht selbst vor?«

»Gretchen!«, rief ihr Vater mit gespielter Strenge, doch war ihm anzumerken, er hielt die Begegnung für höchst amüsant.

»Der Norden trifft den Süden«, lächelte der Kardinal. »Da kommt es manchmal zu Sprachlosigkeit.«

Alle am Tisch fanden das geistreich, man lachte und ließ die Gläser klingen. Der erste Gang wurde serviert, Krebsfleisch auf Avocadoschaum.

»Magst du Krebse?« Gretchen setzte sich.

Tonia war verunsichert – wie sollte sie diesem jungen Ding, dem offenbar alle aus der Hand fraßen, begegnen? »So was gibt es bei uns nicht.« Sie legte die Serviette auf den Schoß und nahm, wie man es ihr beigebracht hatte, die äußere Gabel.

»Was bist du für ein Sternzeichen?«, startete Gretchen den nächsten Versuch.

»Keine Ahnung.«

»Das musst du doch wissen. Wann bist du geboren?«

»Ende November.«

»Ein Schütze also, interessant.« Sie musterte den essenden Jungen von der Seite. »Ich bin Wassermann. Das bedeutet, ich habe im Februar Geburtstag.«

Tonia warf einen hilfesuchenden Blick zu Dula, doch der aß mit gesenkten Augen. Sie schaute zu Reverricio. Er gab ihr durch seine Miene zu verstehen, sie solle mit ihrer Sitznachbarin plaudern. *Du bist meine Tarnung der Normalität,* erinnerte Tonia sich seiner Worte. Sie wollte es wenigstens versuchen.

»Geburtstag im Februar?«, fragte sie mit gespieltem Interesse.

»Willst du wissen, wann?« Gretchen schob die Brille auf dem Scheitel zurecht. »Übermorgen! Ich hoffe, du gratulierst mir!«

»Übermorgen bin ich nicht mehr da.«

Die Blonde hob ihr Glas. »Dann gratulier mir doch einfach jetzt.«

»Bringt das nicht Unglück?«

Auf Gretchens Zeichen kam der Kellner und füllte Schaumwein in beide Gläser. Ob Tonia wollte oder nicht, sie musste mit dem Mädchen anstoßen.

»Und wie alt bist du?«, fragte Gretchen, nachdem sie getrunken hatten.

»Sechzehn.« Tonia bemerkte, dass Dula ihre Lüge mitbekommen hatte.

»Also älter als ich«, kräuselte Gretchen die Nase.

»Ein paar Monate.« Tonia hoffte, der zweite Gang würde kommen; beim Essen konnte das Mädchen nicht so viel reden.

»Was machst du in Trento? Was machen deine Eltern?«

In den folgenden Minuten trat Tonia der Schweiß auf die Stirn, sie drehte die Stoffserviette zwischen den Händen und rutschte auf dem Stuhl hin und her. So viele Lügen hatte sie noch nie in so kurzer Zeit erzählt. Erst als Gretchen sich nach den wahren Zuständen in der Wüste erkundigte, wurde Tonia offener und erzählte von Stürmen, der Armut, dem täglichen Kampf ums Überleben. Aufmerksam hörte die Kommandantentochter zu, ihre Fragen zeigten ehrliches Interesse. Binnen kurzem waren die beiden in ein Gespräch vertieft.

»Tanzt du?«, riss Gretchen den »Jungen« aus seiner eben gewonnen Sicherheit.

»Ob ich … *was*?«

Aufmunternd wies sie auf die Band, die eben einen flotten Rhythmus anstimmte.

»Ich kann nicht tanzen.« Tonia hielt sich am Tischrand fest.

»Was gibt es da zu können?« Gretchen stand auf, aller Augen waren auf sie gerichtet.

»Nur Mut«, sagte der Kardinal.

Daneben zeigte die glückliche Miene Rexeisens, dass er mit dem Verlauf des Abends zufrieden war. »Ach ja, bitte tanzt doch!«, lachte er.

»Wir wären auf der Tanzfläche ganz allein«, widersprach Tonia.

»Komm.« Gretchen nahm sie bei der Hand. »Wenn wir den Anfang machen, trauen sich auch die andern.«

Bevor Tonia es sich versah, hatte Gretchen sie in die Mitte des Bretterbodens gezogen und begann sich im Takt zu bewegen. Tonia stand steif, als habe sie einen Besen verschluckt.

»Was ist los?«, lachte die Tochter des Gastgebers. »Ihr Leute aus dem Süden sollt doch so feurig sein.«

Gretchen wackelte mit den Hüften, machte ein Schrittchen vor und zwei zurück und umtänzelte den überforderten Burschen. Tonia hatte sich noch keinen Zentimeter bewegt, als ihr

Blick auf Dula fiel. Der Tuareg saß mit verschränkten Armen da, zum ersten Mal bemerkte Tonia ein spöttisches Schmunzeln in seinem Gesicht. Lachte er über ihre Tollpatschigkeit? Glaubte er etwa, sie könne nicht tanzen? Traute er es ihr nicht zu? Da sollte er aber mal schauen!

Zackig machte sie einen Ausfallschritt, packte Gretchen um die Hüfte und drehte die Überraschte herum. Einen Takt lang wiegten sie sich nebeneinander, dann stieß Tonia die Partnerin von sich, hielt sie aber an der Hand fest, Fingerspitze an Fingerspitze umkreisten sie einander mit verrückten kleinen Schritten. Tonia wagte einen verstohlenen Blick zu Dula, sein Spott war verschwunden, lächelnd beobachtete er die Tanzenden. Mittlerweile hatten einige Offiziere ihre Frauen zum Tanz aufgefordert und kamen von allen Seiten auf die Fläche. Tonia legte ihre Arme um Gretchens Hüften und drehte sie langsam im Kreis.

»Gehst du morgen mit mir schwimmen?«, fragte die Blonde.

»Morgen? Ich weiß nicht, ob wir so lange hier sind …«

»Ganz früh.« Gretchen ließ ihre Stirn gegen Tonias sinken. »Hier gibt es einen See, der ist morgens am schönsten.«

»Ehrlich gestanden …«, Tonia zog den Kopf zurück. »Ich kann nicht schwimmen.«

»Was?«, lachte Gretchen. »Schwimmen kann doch jeder!«

»Nur dort, wo es Wasser gibt.«

»Umso besser, ich bringe es dir bei.«

Kaum etwas hätte Tonia lieber getan, als von Kopf bis Fuß im Wasser zu sein und Schwimmen zu lernen – doch genau das musste sie sich verbieten. Unausdenkbar, wenn der junge Mann aus Trento plötzlich im Badeanzug vor Gretchen stand und sich als Mädchen zu erkennen gab! Tanzend entfernte sich Tonia ein wenig.

»Ich hole dich ab«, ließ Gretchen sich nicht abschütteln. »Sagen wir, um sieben?«

Tonia fiel keine weitere Ausrede ein. »Also gut«, sagte sie und nahm das Ende der Musik zum Anlass, um an ihren Platz zurückzukehren.

»Was für ein schönes Paar!«, rief der Kommandant und applaudierte. Ohne irgendjemand anzusehen, sank Tonia auf den Stuhl und löffelte die Eiscreme, die gerade serviert worden war.

»Wir gehen morgen früh schwimmen!«, verkündete Gretchen und setzte sich unbekümmert neben ihren Tanzpartner.

»Das finde ich eine großartige Idee«, lächelte der Kardinal. »Morgen gönnen wir uns einen Ferientag.«

Auch wenn Tonia etwas erwidern wollte, auch wenn ihr Blick hilfesuchend zu Dula ging, schien es beschlossene Sache zu sein, dass man am kommenden Tag baden gehen würde.

»Um sieben also.« Gretchen griff zum Eislöffel. »Ich klopfe an dein Zimmer.«

Seufzend sank Tonia gegen die Lehne und schaute nach oben, wo die Palmkronen sich im warmen Wind wiegten.

33

Nachts erwachte sie mit Gliederschmerzen und kratzendem Hals, ihre Augen tränten, sie meinte sich übergeben zu müssen. Zuerst war sie sicher, die Krankheitssymptome seien der Versuch ihrer Phantasie, sich um das morgige »Ferienprogramm« zu drücken. Doch während sie im Dunkeln in sich hineinlauschte, wurde ihr klar, dass mit ihr wirklich etwas nicht stimmte. War ihr das Essen nicht bekommen, die Krebse oder die gefüllten Pilze? Immer elender fühlte sich Tonia, bis sie schließlich aufstand und sich übergab. Während sie keuchend über der Kloschüssel hing, begriff sie, dass es nackte Angst war, die sie krank machte. Ihre ständigen Lügen, die uneingestandene Liebe zu Dula und die Gefahren, in die sie verstrickt war – Tonia gestand sich ein, sie wollt das alles nicht mehr, wollte nichts weiter, als ein normales, vierzehnjähriges Mädchen sein. Die Idee, sich als Junge auszugeben, war eine Notlüge gewesen, um bei den Tuareg zu bleiben. Nun fand sie es nicht einmal mehr erstrebenswert, ein Wüstenritter zu sein, ein verwegener Abenteurer, ein Kämpfer für das Gute. Das musste ein Ende haben, bald, sofort! Gleichzeitig begriff Tonia, dass sie, wollte sie Reverricios Plan nicht gefährden, noch eine Zeit lang die Zähne zusammenbeißen musste.

Als der Morgen graute, war sie so weit, dem kommenden Tag wieder mit Zuversicht entgegenzusehen, schärfte sich aber ein, das Gefühl der Nacht nicht zu vergessen. *Sei, wer du bist*, dachte Tonia und drehte sich auf die Seite, um noch ein wenig zu schlafen.

Als es um sieben Uhr klopfte und Gretchen zum See aufbrechen wollte, entschuldigte sich Tonia mit einer plötzlichen Darmgrippe. Sie ließ die Blonde nicht eintreten, sondern rief es ihr durch das Fenster zu.

»Schade!«, antwortete Gretchen. »Der See hätte dir gefallen.« Sie trug ein T-Shirt über dem roten Badeanzug und hatte das Handtuch geschultert. Tonia wünschte ihr einen schönen Tag am Wasser und sah die Gleichaltrige über den Kiesweg verschwinden.

Wenig später erhielt Tonia Besuch von Dula. Er brachte ihr ein Glas heißes Wasser, daneben lag ein getrocknetes Kraut. Zuerst war sie von seiner Nähe überrascht und drohte in die übliche Verlegenheit zu verfallen. Doch die vergangene Nacht hatte ihr beigebracht, dass sie nur mit Klarheit und Ehrlichkeit weiterkam. Sie zeigte auf den blauen Männeranzug über dem Stuhl. »Ich mag dieses Spiel nicht mehr spielen.«

»Wer hat dich gewarnt mitzukommen?« Der Tuareg brach den dürren Stengel entzwei und ließ ihn ins Wasser sinken.

»Du.«

»Wer wollte, dass du in den vatikanischen Gärten bleibst, bis die Sache vorbei ist?«

»Du natürlich.« Sie beobachtete, wie das Kraut die Flüssigkeit zartgelb färbte.

»Und wer möchte, dass du nichts weiter bist, als ein hübsches, außergewöhnliches Mädchen?«

»Du?«, fragte Tonia mit klopfendem Herzen.

»Ich könnte mir nichts Schöneres vorstellen«, nickte er.

Sie setzte sich auf. Sah Dula auf den Grund ihrer Seele, oder warum begriff er so gut, wie sehr die Situation auf ihr lastete?

»Leider ist das im Moment unmöglich.« Er hielt ihr das Glas an den Mund. »Wir dürfen das Ziel nicht gefährden.«

»Welches Ziel?« Tonia nahm einen Schluck, es schmeckte herb und süß zugleich. »Welches *Ziel*, Dula?« Sie forschte in seinen Augen.

»Das ist *Muwande*«, umging er die Antwort, »getrocknete Palmblüten. Ich habe mir auch etwas aufgebrüht, die Kost des Nordens bekommt mir genauso wenig wie dir.« Er sah zu, wie sie mit kleinen Schlucken schlürfte. Von einem Moment zum nächsten war die Spannung zwischen ihnen wieder da, jenes Gefühl, dass es viel zu sagen gäbe, was unausgesprochen bleiben musste.

»Wie findest du die Tochter des Kommandanten?«, fragte Tonia.

»Sie mag dich.«

»Glaubst du, sie spürt, dass ich kein Junge bin?«

»Du irritierst sie«, nickte Dula. »Sie will herauskriegen, warum. Geht es deinem Magen besser?«

»Ein bisschen.«

»Nimm mittags noch einmal von dem Kraut, dann bist du am Abend wieder die Alte.«

»Der Junge, meinst du.«

Lächelnd drückte ihr Dula die Hand und ging. Nachdenklich trank sie das Glas leer.

Nachdem Tonia das Kraut noch zweimal in Wasser gelegt und den Sud getrunken hatte, waren sämtliche Beschwerden verschwunden. In der Dämmerung stand sie auf, wusch sich und frisierte ihr Haar, zog den Anzug an und verließ den Bungalow.

Diesmal hatte sich bloß ein kleiner Kreis unter den Palmen eingefunden: der Kommandant, sein Adjutant und Gretchen sowie der Kardinal und die Tuareg. Tonia gesellte sich zu ihnen. Man fragte nach ihrem Befinden; der Tag im Bett habe Wunder gewirkt, antwortete sie und verspürte sogar etwas Hunger.

Während des Essens ging es ans Erzählen – eine Bootspartie war gemacht worden, danach hatten der Kardinal und die Tuareg das Militärlager besucht. Erst jetzt bemerkte Tonia, dass Beatrice fehlte, und erkundigte sich danach.

»Sie bringt mein Interview zu Papier«, antwortete Rexeisen mit unverhohlenem Stolz. »Sie will es heute noch an die Zeitung schicken.«

Während Tonia kleine Bissen zu sich nahm, dachte sie, wie schön es war, im Kreis vertrauter Menschen zu sitzen und den Abend verstreichen zu lassen.

»Den habe ich für dich aus dem See getaucht«, sagte Gretchen und schob Tonia einen grünen Stein hin.

»Danke. Er ist sehr schön.« Sie hielt ihn ins Licht und entdeckte, dass rote Einsprengsel darin funkelten.

34

Beatrice Sgarbi lag zugedeckt auf dem Rücksitz des Jeeps. In dieser Position überquerte sie die äußere Sperre des Heerlagers und gelangte in seinen inneren Kreis. Nach zwei weiteren Kontrollen hielt der Wagen an der Rückseite eines dunklen Fahrzeugs. Beatrice richtete sich auf, warf das Tuch aber nicht beiseite, sondern ließ sich eingehüllt zu diesem Wagen führen. Eine kleine Tür öffnete sich, sie stieg zwei Stufen hoch und schlüpfte hinein. Sofort schloss sich die Tür wieder.

»Später als erwartet«, hörte sie eine Stimme.

Beatrice ließ das Tuch fallen. Nach der Dunkelheit kam ihr die Dämmerung hier drinnen beinahe hell vor.

»Nimm Platz.« Eine weißhäutige Hand wies auf den Stuhl.

Beatrice missachtete die Aufforderung, ging auf den Mann zu, umarmte und küsste ihn. »Ich habe dich so vermisst.«

»Ich habe dich auch vermisst.« Er erwiderte den Kuss nicht, doch die kurze Zärtlichkeit, mit der er ihren Nacken streichelte, sagte Beatrice, er freute sich, dass sie da war.

»Die Zeit drängt.« Noradt Finsøkker löste sich von Beatrice. »Welche Unterstützung erwartet der Kardinal von Rexeisen?«

Sie war enttäuscht, dass er so rasch von nüchternen Dingen sprach. »Darüber hat er nichts gesagt.« Sie setzte sich auf die Schreibtischkante.

»Warum ist Reverricio ausgerechnet nach *Heinersdorf* gekommen? Hat er erwähnt, dass es mit den K7 zu tun hat?«

Finsøkker ging im Wagen auf und ab. Sie beobachtete seine gespannten Bewegungen, den leicht gebeugten Rücken, das konzentrierte Gesicht.

»Selbst wenn es um die Bomben geht«, sagte sie, »was nützen sie ihm *hier*?«

»Die K7 sind nicht auf Raketen montiert, sondern landgestützt«, antwortete Finsøkker. »Sie lassen sich transportieren.«

»Wie sollte er *das* anstellen?«, lachte Beatrice. »Man geht nicht in den Bombensilo wie in einen Supermarkt und packt ein paar Sprengköpfe ein.« Da er nicht antwortete, verklang ihr Lachen. »Er würde die Unterstützung Rexeisens brauchen.«

»Selbst der MEUWU-Kommandant kann den Einsatz der K7 nicht autorisieren«, schüttelte Finsøkker den Kopf. »Dazu braucht er den Beschluss der Regierungschefs.«

»Was hast du also zu befürchten?« Beatrice trat dem schmalen Mann in den Weg und legte ihren Handrücken auf seine Wange.

»Ich *muss* den alten Wolf durchschauen«, murmelte er.

Sie strich über seine Bartstoppeln. »Ich habe jeden Schritt Reverricios verfolgt«, gurrte sie. »Mir ist nichts entgangen.«

»Und wenn er dich in Sicherheit wiegt? Wenn er inzwischen ahnt, dass du die Seiten gewechselt hast?«

»Wie sollte er darauf kommen? Ich habe mich ihm gegenüber immer loyal gezeigt.«

»Er ist alt, erfahren – und besonders schlau.« Finsøkker schüttelte Beatrices Hand ab. »Wenn *du* imstande bist, ein doppeltes Spiel zu spielen, beherrscht er es noch besser.«

Enttäuscht über seine Zurückweisung, setzte Beatrice sich auf den Stuhl. »Was immer er plant, du kannst ihm zuvorkommen.«

»Das werde ich«, nickte er. »Aber ich brauche wenigstens noch zwölf Stunden.«

»Und dann?«

Mit eigenartigem Lächeln wandte er sich zu seiner Geliebten. »Manchmal glaube ich, du spionierst für *beide* Seiten.«

»Du denkst doch nicht …«, sie machte eine unsichere Geste, »ich erzähle dem Kardinal, was ich von dir erfahre?«

»Du hast *gar nichts* erfahren.« Er trat vor sie hin. »Und so soll es bleiben.«

»Seid ihr denn alle beide verrückt?!« Aggressiv kam sie hoch. »*Er* weiht mich in seine Pläne nicht ein – und du auch nicht?!«

»Noch zwölf Stunden«, beruhigte er sie. »Kannst du Reverricio so lange in Rexeisens Lager zurückhalten?«

»Natürlich.« Sie drängte sich an ihn. »Dort ist Ferienstimmung ausgebrochen. Man geht schwimmen und faulenzt unter Palmen.«

»Ich kenne den alten Wolf.« Sein Gesicht wurde verschlossen. »Diese Ruhe ist ein sicheres Zeichen dafür, dass etwas bevorsteht. Ich möchte, dass du sofort dorthin zurückkehrst.«

»Jetzt gleich?« Sie streckte ihm die Hände entgegen.

»Dafür ist jetzt keine Zeit. Wir sehen uns ja nicht zum letzten Mal«, setzte er sanfter hinzu. Er griff zum Telefon. »Die Person fährt zurück«, sagte er in den Hörer.

Gleich darauf öffnete sich wieder die kleine Tür. Noradt Finsøkker hob das Tuch vom Boden und hüllte Beatrice damit ein. »Ich wünsche dir eine sichere Fahrt.« Er schlug das Tuch vor ihr Gesicht. Der Fahrer geleitete sie nach draußen, Beatrice verließ den inneren Kreis.

35

Der Abend war heiter, Libellen und Moskitos umschwirrten die Lampions, Gretchen plauderte mit Tonia. Wieder stellte sich jene seltsame Vertrautheit ein; den beiden war nicht bewusst, dass sie sich nicht wie Junge und Mädchen, sondern wie beste Freundinnen unterhielten. Gretchen erzählte, dass ihre Eltern geschieden seien und sie bei ihrer Mutter in

Hannover gelebt habe, bis die Stadt Kriegsschauplatz geworden war. Tonia berichtete von den Verhältnissen in der Wüste. Eine heiratsfähige Frau müsse sich dort in den Schutz eines Mannes begeben, nachdem die Familien alles ausgehandelt hätten. Die Pflicht des Mannes sei es, seine Frau vor den Gefahren der Wüste zu schützen. Kinder seien die einzige Voraussetzung, dass es den Eltern im Alter an nichts mangle, und so sei in der Wüste die Familie die einzig funktionierende Lebensform.

»Aber kennt ihr dort keine Ehekrisen, Beziehungs-Therapien oder so etwas wie *Singles*?«, fragte Gretchen ungläubig.

Es brauchte einige Zeit, bis Tonia begriff, was ein *Single* war. Sie antwortete, so jemand sei in der Wüste binnen einer Woche tot. »Niemand kann ohne den anderen überleben«, bekräftigte sie. »Das Alleinsein ist so tödlich wie der Biss einer Klapperschlange. Wenn es innerhalb der Familie Streit gibt, dann streitet man, und hinterher macht man Feuer und kocht das gemeinsame Essen. Keiner denkt daran, sich deshalb zu trennen – das wäre doch lächerlich!« Tonia beugte sich zu Gretchen. »Sag selbst, wäre das nicht lächerlich?«

Die Blonde erwiderte das Lächeln, doch aus einem unerwarteten Grund. »Wie wär's mit ein paar Zügen?«

»*Züge?*« Tonia witterte etwas Verbotenes.

»Du weißt schon –« Gretchen führte zwei Finger an den Mund und machte ein paffendes Geräusch. »Ihr raucht da unten doch sicherlich auch irgendwas.«

Tonia fielen die kleinen schwarzen Zigarren ein, die sie oft bei den Männern gesehen hatte. »Aber klar«, antwortete sie, um sich keine Blöße zu geben.

»Dann lass uns verschwinden!«

Tonia sah sich nach den anderen um. Der Kardinal unterhielt sich mit Rexeisen.

»Sie wollen also der guten alten *Steffi* einen Besuch abstatten!«, rief der Kommandant. Er hatte schon einige Tropencocktails getrunken, seine Stimme klang bärig. »Ich fürchte, sie schläft aber schon!«, lachte er.

»Tja, wenn es zu viele Umstände macht …«, der Kardinal nippte am Rotwein. »Es ist ja schon ziemlich spät.«

»Umstände?!« Rexeisen sprang auf. »Wenn ich Steffi besuchen will, besuche ich sie, egal, wie spät es ist! – Armbruster!«, rief er ans andere Ende der Tafel.

Sein Adjutant, der in ein Gespräch mit Dula vertieft war, wandte den Kopf. »Herr General?«

»Rufen Sie im Silo an!«, bellte Rexeisen. »Wir besuchen Steffi!«

»Um diese Zeit?«, fragte der Adjutant verwundert.

»Himmelherrgott, wer gibt hier die Befehle?!«

»Natürlich, ich veranlasse das Nötige.« Mit einem Schulterzucken verabschiedete sich der Adjutant von Dula und verließ die Tafel, um zu telefonieren.

All das bekamen Tonia und Gretchen schon nicht mehr mit. Die Blonde hatte den Wüstenjungen an der Hand genommen und ihn über die kleine Brücke gezogen. Seltsamerweise hatte nicht einmal Dula darauf geachtet, dass sie den Tisch verließen. Angespannt wechselte der Tuareg einen Blick mit dem Kardinal, während Rexeisen auf seinen Stuhl zurücksank.

Tonia spürte den Ruck an ihrer Hand und huschte weiter. Hinter den schilfgedeckten Hütten endete das paradiesische Dorf, dort begannen die nüchternen Einrichtungen des Camps. Sie erreichten einen beleuchteten Parkplatz. Militärfahrzeuge standen aufgereiht, auf der anderen Seite patrouillerte ein Posten.

»Dorthin«, zischte Gretchen und lief gebückt weiter, Tonia folgte ihr. Sie hielten hinter einem Transporter, Gretchen drückte den Verschluss auf und hob die Ladeklappe. »Da rauf!«

»Wieso soll ich …?«

Kurzerhand schob die Blonde sie ins Innere des Wagens, sprang hinterher und zog die Klappe zu.

»Papa ist schrecklich konservativ, was das Rauchen betrifft«, grinste Gretchen. »Seinen Führungsoffizieren hat er es kategorisch verboten.« Sie griff in die Tasche, öffnete die Zigarettenschachtel und bot Tonia eine an.

»Ich mag eigentlich nicht –«

»Hab dich nicht so.« Gretchen zündete zwei Zigaretten an, eine ließ sie lässig im Mundwinkel hängen, die andere schob sie Tonia zwischen die Lippen. Dabei rutschte sie an den »Jungen« heran, bis sich ihre Schultern berührten. Tonia zuckte zurück, Rauch geriet ihr ins Auge, sie zwinkerte und hätte die Zigarette beinahe fallen lassen.

»Du stellst dich ja an!« Gretchen paffte routiniert und blies den Qualm gegen die Wagendecke. Tonia nahm einen winzigen Zug.

»Du bist schon ein komisches Exemplar«, lächelte die Blonde, und bevor Tonia es verhindern konnte, legte sie ihre Beine über Tonias Schoß und drückte ihr einen saftigen Kuss auf den Mund. Das Wüstenmädchen sog vor Schreck den Atem ein, schluckte, hustete, doch sie entkam Gretchens Griff nicht.

»Bist ein hübscher Kerl.« Ohne Scheu schob Gretchen ihre Hand unter den hellblauen Anzug, strich Tonia über die Schulter und küsste sie noch einmal. Tonia öffnete die Lippen, um zu widersprechen, Gretchen nutzte den Moment und verpasste dem vermeintlichen Jungen einen Zungenkuss, dass Tonia fast das Herz stehen blieb. Gleichzeitig rutschte sie noch näher, ihre Hand glitt auf Tonias Hüfte und höher, noch höher –

»Was ist das?!« Als habe sie ein elektrischer Schlag getroffen, fuhr Gretchen zurück, tastete nochmals, konnte es nicht fassen – da war eine Brust! Nicht die harte, muskulöse Brust eines Jungen, sondern etwas Weiches, Rundes, Unerhörtes!

»Ah!«, machte die Kommandantentochter und rutschte zurück. »Was geht hier ab, verdammt noch mal?«

Tonia war sprachlos und zu verwirrt von dem leidenschaftlichen Kuss, um einen Ton hervorzubringen.

»Bist du vielleicht so ein … *Zwischending*?«, hakte Gretchen nach.

»Nein.« Tonia schüttelte den Kopf. »Ich bin, was ich bin.«

»Und was ist das?«

Bevor Tonia die Sache aufklären konnte, wurde vorne die Tür geöffnet. Die Mädchen duckten sich und erstarrten. Jemand stieg ein, im nächsten Moment startete der Motor, das Fahrzeug setzte sich in Bewegung.

»Was jetzt?«, zischte Tonia. Die Gefahr, der sie sich vor einer Sekunde ausgesetzt gesehen hatte, war einer neuen gewichen.

»Der macht bestimmt nur eine Kontrollfahrt«, flüsterte Gretchen.

»Und wenn nicht?« Tonia zog den Kopf ein. »Wenn er irgendwohin weit weg fährt?«

»Dann sage ich, dass ich die Tochter des Kommandanten bin und er uns zurückbringen soll.«

Tonias Befürchtung schien sich nicht zu bestätigen. Schon hielt der Wagen wieder, der Fahrer stieg aus und öffnete die mittlere Schiebetür.

»Gott sei Dank …«, war Tonia im Begriff zu sagen, da erstarrte sie zum zweiten Mal. Gegenüber wurde eine Zeltplane zurückgeschlagen, dahinter tauchte Kardinal Reverricio auf, gefolgt von Rexeisen und den Tuareg.

»Haben wir da drin alle Platz?«, fragte der Kardinal.

»Stimmt, das wird etwas eng«, nickte Rexeisen.

»Ich denke, wir sollten uns aufteilen. Muganabe kann mit Ihrem Adjutanten mitfahren. Wäre das in Ordnung für dich?«, sagte Reverricio, an Muganabe gewandt. Der Tuareg nickte und blieb zurück.

Rexeisen kletterte auf den Vordersitz und überließ dem Kardinal und Dula die bequeme Mittelbank. »Armbruster, Sie kommen mit Muganabe nach«, sagte der Kommandant und ließ sich gutgelaunt gegen die Lehne fallen. Der Fahrer gab Gas.

Mit mulmigem Gefühl beobachtete Tonia, wie der Wagen auf die erste Schranke zufuhr, durchgelassen wurde, einen Korridor mit Stacheldraht und Panzersperren durchquerte und nach einer zweiten Schranke das Gelände verließ. Es ging ins Unbekannte, hinaus in die Nacht – Bäume, Straßenschilder, Gebäude entrissen die Scheinwerfer der Finsternis, sie fuhren weiter und immer weiter. Vor Tonia befanden sich der kräftige Nacken des Kardinals und Dulas dichte Zöpfe, so zum Greifen nah, dass sie daran hätte ziehen können.

Nach einer Weile bog der Transporter rechts ab und erreichte eine weitere Sperre. Diese Schranke war anders als die bisherigen, massiv, aus halbmeterdickem Metall, mit stählernen Verankerungen verbunden. Diesmal stieg der Kommandant aus, schob eine Sicherheitskarte in den Mechanismus; die Elektronik bestätigte seine Identität. Ein knarrendes Geräusch, die Verriegelung löste sich, der Balken glitt rechts und links auseinander und gab den Weg frei.

»Lange her, dass ich Steffi besucht habe.« Rexeisen stieg wieder ein. »Es gibt einen Witz unter den Offizieren«, lachte er, »der geht so: Was ist der Unterschied zwischen der alten Steffi und einem Sektkorken? – Der Sektkorken knallt wenigstens einmal im Jahr, hahaha!«

Tonia bemerkte, dass der Kardinal das Lachen nicht erwiderte, er und Dula wechselten einen ernsten Blick.

Es ging durch einen von Zäunen begrenzten Korridor. *Achtung, Hochspannung!*, las Tonia auf wiederkehrenden Schildern. Schließlich tauchte ein beleuchtetes Tor auf, das ins Nirgendwo zu führen schien, man hatte es einfach in den Hügel gebaut.

»Die Politiker haben mehrmals in Erwägung gezogen, den alten Bestand zu verschrotten«, sagte Rexeisen. »Es kam aber nie eine Mehrheit zustande. Sie konnten sich von ihrem ›Spielzeug‹ einfach nicht trennen.«

Mit unverminderter Geschwindigkeit fuhr der Transporter auf das Tor zu, das plötzlich aufglitt und den Blick auf einen metallenen Schacht freigab. Der Wagen fuhr hinein. Per Knopfdruck öffnete Rexeisen ein Gehäuse, eine Scheibe mit Zahlen schimmerte darin. Er tippte eine Ziffernfolge – nur ein quäkendes Geräusch war zu hören. Er besann sich, versuchte es nochmals, wieder das Quäken. Rexeisen holte sein Telefon aus der Tasche und rief jemand an.

»Äh … hallo Armbruster«, sagte er, »wie lautet noch mal der Tagescode? – Natürlich bin *ich* es«, zischte er und wandte sich vom Wagen ab, wo seine Besucher dem Geschehen interessiert folgten. »Wie der Vorname meiner *Mutter* lautet?«, rief Rexeisen. »*Gundula!* Sind Sie jetzt überzeugt?«

Es schien so. Der Kommandant bekam eine Ziffernfolge übermittelt und tippte sie ein. Im nächsten Moment ging ein Ruck durch den Raum, Tonia ergriff Gretchens Hand. Ein Blick in die blauen Augen, Gretchen bedeutete ihr, dass alles in Ordnung sei.

In Ordnung? – Allmählich schwante Tonia, dass sie genau in die Sache hineingeriet, aus der der Kardinal und die Tuareg sie hatten heraushalten wollen. Statt mit der Kommandantentochter unter Palmen zu schäkern und »Normalität« vorzutäuschen, lag sie inmitten eines militärischen Hochsicherheitstraktes, verborgen in einem Wagen, der sich langsam abwärts bewegte.

An der Wand leuchteten Nummern auf – danach befanden sie sich schon sechs Stockwerke unter der Erde. Das metallische Zimmer musste ein Fahrstuhl sein, bloß wohin führte er?

Die Antwort bekam Tonia drei Etagen tiefer: Mit zischendem Geräusch hielt die Kabine, die Rückwand fuhr hoch, ein Kontrollraum wurde sichtbar.

»Guten Abend, die Herren.« Von ihrem Platz im hinteren Teil des Wagens aus beobachtete Tonia, wie Rexeisen ausstieg und auf zwei Soldaten an Schaltpulten zuging.

Überrascht wandten die Männer sich um und beobachteten, wie hinter ihrem Chef ein schwarzer Mann in langem Umhang und ein Älterer in Kardinalsrobe das Fahrzeug verließen.

»Das ist gegen die Vorschrift, Herr General«, brachte der Soldat hervor.

»Ach, Unsinn«, winkte Rexeisen ab. »Ich möchte Kardinal Reverricio unsere gute alte Steffi vorstellen.«

Die Wachen sahen einander an. *»Vorstellen?«*, fragte der Ranghöhere. »Sie meinen durchs Sichtfenster?«

»Nein, wir gehen rein«, antwortete Rexeisen.

»In den Bombensilo?«

»Sehen Sie da ein Problem?« Der Kommandant öffnete seinen Hemdknopf, zog einen Schlüssel hervor, den er an einer Kette um den Hals trug und steckte ihn ins Schaltpult. »Auf mein Kommando.«

Der zweite Soldat holte ebenfalls einen Schlüssel heraus.

»Drei, zwo, eins«, sagte Rexeisen, beide drehten die Schlüssel herum.

Über einer Metalltür, die Tonia erst jetzt bemerkte, begann sich eine Signalleuchte zu drehen; gelbes Licht huschte durch den Raum, dazu hörte man einen Warnton.

»Lassen Sie sich von dem Brimborium nicht abschrecken.« Einladend, als bitte er seine Gäste zum Tee, wies Rexeisen auf den Durchgang.

Der Kardinal folgte ihm, während Dula in der Nähe der Wachen blieb.

»Einen Moment noch«, sagte Reverricio. »Sind Sie bewaffnet, Herr General?«

Rexeisen drehte sich um. »Natürlich, ich trage immer eine Panzerfaust in der Unterhose.« Er lachte herzlich.

»Umso besser, dann brauche ich Sie nicht um Ihre Dienstwaffe zu bitten«, sagte der Kardinal und zielte mit einer Pistole auf das Herz des Kommandanten.

»Wie … darf ich das verstehen?« Rexeisens Gesicht bekam einen irritierten Ausdruck, sein Kinn klappte nach unten.

Die Antwort bekam er durch Dula. Der Tuareg nutzte die Schrecksekunde, um den Wachen, schneller als das Auge zu folgen vermochte, die Waffen aus den Halftern zu ziehen.

Die Mädchen im Wagen waren von dem Geschehen ebenso überrumpelt wie Rexeisen und seine Leute; Gretchen schnappte nach Luft, instinktiv hielt Tonia ihr den Mund zu.

»Soll das ein Scherz sein?« Der MEUWU-Kommandant hatte sich noch keinen Millimeter bewegt. »Sie kommen als mein Gast, Eminenz …«

Reverricio unterbrach ihn. »Sie werden jetzt einige Telefonate führen, Herr General.«

»Ich tue nichts dergleichen!«

Im Wagen bemerkte Tonia eine Bewegung. Der Fahrer, der den Vorgängen fassungslos gefolgt war, beugte sich vor. Den Kardinal nicht aus den Augen lassend, öffnete er das Handschuhfach und griff nach einem dunklen Gegenstand. Er entsicherte die Pistole und neigte sich aus dem Fenster. Im selben Moment sprang Tonia aus ihrem verborgenen Winkel, hechtete über die Bankreihe und warf sich auf den Fahrer. Ein Schuss ging los, irgendwo splitterte Glas. Der kräftige Mann versuchte den Angreifer abzuschütteln, verzweifelt klammerte Tonia sich an ihm fest.

Ein blauer Schatten – Dula! Die Pistole fiel; mit einem Röcheln sank der Fahrer gegen die Lehne. Ernst sah der Tuareg das erhitzte Mädchen an.

Im Hintergrund näherte sich der Kardinal. »Danke«, sagte Reverricio, so ruhig, als hätte Tonia ihm ein Glas Wasser gebracht.

Im Wagen tauchte noch jemand auf, ein blonder Schopf, ängstlich geweitete Augen, ein fassungsloses Gesicht. »Nicht schießen.« Gretchen hob zitternd die Hände.

Für Sekunden stand alles still, wie auf einem Bild: Tonia und Dula, der Kardinal, der bewusstlose Fahrer, das furchtsame Mädchen und dahinter Rexeisen.

»Gretchen, was tust du … wie kommst du …?« Außerstande zu begreifen, hob der Kommandant die Arme und ließ sie wieder an die Hosennaht sinken.

»Papa«, flüsterte sie.

Der Kardinal drehte sich um. »Ihnen und Ihrer Tochter wird nichts geschehen, wenn Sie ans Telefon gehen und genaue Anweisungen geben.«

Brigadegeneral Rexeisen starrte in die Mündung der Pistole.

Angriff und Heimkehr

36

Der Kommandant kniete neben seinen Männern, während Dula ihnen die Hände fesselte.

»Was haben Sie um Gottes willen vor?«, rief Rexeisen mit mühsam nach oben gerichteten Augen.

»*Wenn* es Gottes Wille ist, dann tue ich etwas sehr Ungewöhnliches«, antwortete Reverricio. »Sie werden jetzt mit dem Lift hochfahren und unsere Gäste persönlich empfangen.« Er legte Gretchen den Arm um die Schultern. »Ich passe so lange auf Ihre Tochter auf.«

Das Mädchen, das Tonia bis jetzt als Ausbund an Selbstsicherheit erschienen war, wirkte wie verwandelt; bleich und hohlwangig stand Gretchen neben dem Kardinal, die Augen ängstlich auf ihren Vater gerichtet.

»Bitte beeil dich«, flüsterte sie.

»Es kommt alles in Ordnung«, gab Rexeisen sich zuversichtlich, doch sein schweißnasses Haar, die verrutschte Sonnenbrille machten deutlich, wie ihm wirklich zumute war. An Dulas Seite erreichte er den Fahrstuhl, die Wand glitt beiseite, sie stiegen ein. »Wenn Sie ihr nur ein Haar krümmen …!« Schon schloss sich das Metall wieder.

Der Kardinal trat vor die knienden Wachmänner. »Sie haben zwei Möglichkeiten. Wenn Sie tapfere Soldaten sein wollen, erschieße ich Sie«, sagte er. »Sollten Sie sich aber vernünftig verhalten, sind Sie in Kürze wieder bei Ihrer Familie.«

Für Sekunden war es still. »Erschießen Sie uns nicht«, flüsterte schließlich der Offizier mit gesenktem Kopf.

»Gut«, nickte Reverricio. »Dann warten wir jetzt gemeinsam auf den Fahrstuhl.«

*

Adjutant Armbruster fuhr den Dienstwagen selbst. Konzentriert, zugleich auf seltsame Art abwesend, steuerte er durch die Nacht.

Muganabe saß hinter ihm und berührte seinen Nacken. *»Nolah deh«*, sagte der Tuareg.

Als habe er einen geheimen Befehl erhalten, trat Armbruster auf die Bremse. Seine Augen waren leer, er fragte nicht, warum er im dunklen Nirgendwo anhalten sollte. Hier gabelte sich die Straße. Wären die Scheinwerfer nicht gewesen, niemand hätte die Gestalt ausmachen können, die sich dem Fahrzeug zu Fuß näherte. Der Ankömmling war ein Mönch; die Kapuze verdeckte sein Gesicht zur Gänze. Er öffnete die hintere Tür.

»Ihr kommt spät«, sagte der verrückte Giorgio. »Ganz schön dunkel. Ich hätte es fast nicht gefunden.«

»Noh oumwabi.« Auf eine Berührung Muganabes hin legte der Adjutant den Gang ein und fuhr weiter.

Fünf Minuten später erreichten sie die Hochsicherheitssperre; Armbruster hielt vor den verriegelten Schranken.

Ein Soldat trat ins Freie. »Der General ist schon reingefahren«, sagte er zu Armbruster, nahm dessen Ausweis entgegen und bückte sich zum Wagenfenster. »Und wer ist das?«

Viel war nicht zu erkennen, bloß eine Kapuze und gefaltete Hände über einer Kutte. Der Adjutant sah den Soldaten an, völlige Ausdruckslosigkeit in dessen Gesicht.

Im selben Moment klingelte im Kontrollhäuschen das Telefon. Der Wachoffizier nahm ab. »Ja? Jawohl?« Er stand auf, als wollte er Haltung annehmen. »Habe verstanden, Herr General.« Der Offizier legte auf und beugte sich aus dem Fenster. »Geht in Ordnung, Karl«, rief er. »Die können passieren.«

»Warte mal«, entgegnete der Soldat, der am Auto stand. »Da sitzt einer, der kommt mir komisch vor.«

Mehr hörte man nicht von ihm.

»*Was* sagt du?«, fragte der Offizier am Fenster. »Karl, ich hab dich nicht verstanden!« Er bemerkte einen Schatten, spürte einen kräftigen Griff im Nacken, danach wurde es schwarz. Muganabe beugte sich über das Schaltpult und öffnete die Verriegelung.

*

In Tonia rasten Gedanken, Gefühle – hatte sie nicht die ganze Zeit über gewusst, dass ihre Freunde einen unerhörten Plan ausführten? Und doch fühlte sie Abneigung dagegen, dass der Kardinal das Gastrecht missbrauchte und den General in eine derartige Falle lockte! Mehr als das: Reverricio zögerte nicht, ein Mädchen, das mit der Sache nicht das Geringste zu tun hatte, als Geisel zu nehmen. Natürlich war es ein Fehler gewesen, mit Gretchen in den Wagen zu steigen, doch wie hätte Tonia wissen können, welche Folgen es haben würde! Dort stand die Kommandantentochter, die heimlich so gerne rauchte und knutschte, und starb vor Angst! Nein, Tonia gefiel das Ganze nicht.

»Wieso seid ihr ausgerechnet in diesen Wagen gestiegen?«, fragte der Kardinal.

»Wir sind … wir haben …« Tonia konnte ihm nicht in die Augen sehen. »Wir haben eine Zigarette geraucht.«

»So ein ungewöhnliches Versteck, bloß um eine zu paffen?« Reverricio verschränkte die Arme. »War es nicht eher ein Stelldichein, zwischen Junge und Mädchen?«

»Aber er ist ja nicht mal einer!« Alle Angst und Sorge Gretchens entluden sich in dem einen Satz.

»Wie meinst du das?«

»Ihr *Junge* aus Trento ist in Wirklichkeit das Gleiche wie ich!« Wutentbrannt stand sie zwischen Tonia und dem Kardinal. »Ein Mädchen!«

Langsam drehte Reverricio sich zu Tonia um, stellte keine Frage, kam nicht näher; sein Blick genügte, um die Entlarvte nicken zu lassen. War er empört, verärgert, fuhr er gleich auf sie los?

»Ich dachte, *ich* sorge heute Nacht für die Überraschungen.« Intensiv hefteten sich die Wolfsaugen auf sie. »Ich habe mich wohl getäuscht.«

Tief im Inneren war Tonia erleichtert. Ob Reverricio sie bestrafen, vielleicht sogar fortschicken würde, war in diesem Moment nicht wichtig. Endlich war Schluss mit dem Versteckspielen, die Maskerade hatte ein Ende! Sie bekam keine Gelegenheit, ihm die Sache zu erklären, da in diesem Moment der Fahrstuhl aufging. Vorne stand Rexeisen und vergewisserte sich ängstlich, dass seiner Tochter nichts passiert war. Dahinter setzte sich der Wagen des Adjutanten in Bewegung und fuhr in die Halle.

»Sukh benhde.« Muganabe umfasste dessen Hinterkopf.

Tonia erkannte den Ausdruck in Armbrusters Gesicht: als ob er mit offenen Augen schliefe. Muganabe *wirkte* auf ihn. Auf dessen Befehl hin fuhr der Adjutant zu jener kleinen Tür, über der sich die Signalleuchte drehte; vom Rücksitz stieg der verrückte Giorgio. Sein Erscheinen hätte Tonia in Erstaunen versetzen müssen, doch konnte es in dieser Nacht überhaupt noch etwas Erstaunliches geben? Der Mann in der Kutte nickte dem Kardinal zu und schlüpfte in den Raum, der das Ziel ihrer langen Reise zu sein schien.

Zerrissen zwischen Zweifel und Neugier, warf Tonia einen

Blick in die Tür. Dahinter sah es aus wie in einem ordentlich aufgeräumten Lagerraum; nebeneinander stapelten sich zwanzig große Zylinder, jeder trug ein gelb gemaltes *K7* und eine Seriennummer.

»Das ist Steffi«, sagte Giorgio leise und beugte sich über die erste Bombe.

»Was haben Sie vor! Mein Gott, was haben Sie vor?«, rief Rexeisen. »Jede dieser K7 hat genug Sprengkraft, um eine ganze Stadt auszuradieren.«

»Ich weiß«, antwortete der Kardinal. »Darum genügen mir drei.«

»Drei Sprengköpfe! Was wollen Sie damit?«

»Ich nehme sie mit.« Reverricio folgte Giorgio in die Kammer.

»Das können Sie nicht, ohne den Sicherheitsmechanismus in Gang zu setzen!« Trotz seiner Fesseln rannte Rexeisen hinter ihm her. »Und selbst wenn Sie aus der Sperrzone rauskommen, liegen hunderte Kilometer MEUWU-kontrolliertes Gebiet vor Ihnen! Glauben Sie, meine Truppen lassen Sie mit den Bomben so einfach laufen? Sie werden von Feinden umzingelt sein!« Als Reverricio immer noch nicht antwortete, schrie Rexeisen außer sich: »Sie sind ein Dieb! Nichts als ein verdammter Terrorist!«

»*Das* …«, mit ruhiger Hand zeigte der Kardinal auf das Bombenlager, »… ist ein Arsenal der Vernichtung. Ich habe vor, etwas Segensreiches damit anzustellen.«

»Das sagen alle verrückten Kriminellen«, entgegnete der Kommandant wütend.

Der Kardinal beugte sich zu seinem Mönch. »Alles wie erwartet?«

»*Steffi*«, nickte der verrückte Giorgio und tätschelte die Bombe. Für einen Moment tauchte sein bärtiges Gesicht unter der Kapuze auf.

37

Sie sind zum Silo gefahren!«, schrie Beatrice ins Telefon. »Vor einer Stunde schon! Der Kellner hat aufgeschnappt, dass sie *die alte Steffi* besuchen wollen.« Sie drehte sich nach dem Kellner um, der gerade die Tische abräumte.

Nachdem sie Finsøkker eine Weile zugehört hatte, begannen Beatrices Lippen zu zittern. »Wirklich?«, hauchte sie. »Ja – ja, ich habe verstanden.«

Hätte sie in diesem Moment in den Spiegel gesehen, Beatrice wäre erschrocken, wie bleich sie geworden war. Sie hörte Dinge, deren Tragweite kaum zu ermessen waren, außer von Finsøkker selbst. »Und du hältst das wirklich für nötig?«

Ohne zu antworten, beendete er das Gespräch.

Auch Beatrice legte auf und kehrte in ihre Unterkunft, die gemütliche Hütte unter Palmen, zurück. Sie setzte sich auf das Bett, in dem Bewusstsein, dass es die letzten friedlichen Augenblicke waren, die ihr für lange Zeit vergönnt sein würden.

Dreißig Minuten nach dem Telefonat begann die Großoffensive der skandinavischen Allianz gegen die Truppen der Mitteleuropäischen Waffenunion. Es war der dreizehnte Februar, null Uhr sieben. Die Stabschefs der MEUWU erwarteten den Angriff weder nachts, noch rechneten sie mit einem solchen Kräfteaufgebot. Finsøkker stieß gleichzeitig mit drei Divisionen nach Süden und weiteren fünf Richtung Westen vor. Seine Artillerie beschoss den Panzerwall der MEUWU in so dichten Salven, dass die Soldaten in den Schützengräben meinten, der Weltuntergang sei hereingebrochen. In diesem von Detonationsblitzen erhellten Kessel rückten Finsøkkers motorisierte Einheiten vor, umgingen Rexeisens Hauptstreitkraft bei Eckartsroth und griffen sie von der ungeschützten Ostflanke an. Das Chaos war verheerend; planlos schickten Rexeisens Generäle ihre Einheiten hierhin und dahin, um einen Blitzsieg Finsøkkers abzuwenden, doch die Armee des Dänen schien überall zu sein. Nahe dem Ort Rupboden trieb er die achte MEUWU-Infanteriedivision in eine Falle und kesselte sie ein. Deren Kommandant erkannte die Aussichtslosigkeit seiner Lage und ergab sich mit neuntausend Mann.

Finsøkkers Pioniere errichteten Pontons über die fränkische Saale, jene Linie, die Rexeisen immer als uneinnehmbar bezeichnet hatte. Die Panzer der Skandinavier überquerten den Fluss, schlugen das Wachbataillon vernichtend und rückten ungehindert auf Schweinfurt vor. Zum ersten Mal drang der Feind tief in den süddeutschen Raum ein. Alle Versuche, Truppen aus Nürnberg und den rheinischen Gebieten heranzuziehen, kamen zu spät. Die Stabschefs mussten Finsøkkers Durchmarsch tatenlos mitansehen, während die anrückende Verstärkung das Zielgebiet erst Stunden später erreichte. Angesichts der Übermacht und strategischen Überlegenheit der Skandinavier ergaben sich viele Einheiten, bevor es zu sinnlosem Blutvergießen kam. Nördlich von Würzburg wollte der verteidigende Generalmajor allerdings von Kapitulation nichts wissen und schickte dreizehntausend Männer in die Schlacht gegen Finsøkkers Eliteverbände. Tausend von ihnen gingen in dänische Gefangenschaft; der Rest blieb auf dem Schlachtfeld bei Güntersleben zurück.

Währenddessen saß der MEUWU-Kommandant, mit dem Rücken an seinen Adjutanten gefesselt, auf dem Boden des Bomben-Silos und musste tatenlos zusehen, wie drei K7 per Fahrstuhl ans Tageslicht befördert wurden und wie man seine eigene Tochter entführte. Den Wagen des Adjutanten ließ der Kardinal im Silo zurück, der des Kommandanten war dicht besetzt: Neben dem chauffierenden Giorgio drängten sich der Kardinal und Dula, dahinter Muganabe, Tonia und Gretchen; im Kofferraum lagen die Bomben. Sie verließen den Bunker und die Sicherheitszone. Vorbei an den überwältigten Wachen ging es hinaus in die Nacht, zu einem geheimen Treffpunkt. Der Konvoi des Kardinals erwartete sie bereits, Reverricios Mönche luden die gefährliche Fracht unter Giorgios Aufsicht um, Rexeisens Wagen wurde zurückgelassen. Darauf wählte der Zug den raschesten Weg nach Süden.

Gemeinsam mit den Mönchen hatte auch Beatrice Heinersdorf verlassen und stieß wieder zum Kardinal. Als sich die Hektik des Aufbruchs legte und die Wagen mit hoher Geschwindigkeit durch die Nacht brausten, gratulierte sie Reverricio zu seinem gelungenen Unternehmen. Es war kurz nach drei Uhr morgens.

»Und jetzt?«, fragte Beatrice. »Wohin geht es jetzt?«

»Dorthin, wo sich alles entscheidet«, antwortete er und musterte die Journalistin nachdenklich.

*

Während der entscheidenden Stunden der Großoffensive war Noradt Finsøkker in seinem Kommandofahrzeug geblieben, ausgerüstet mit Telefon und Landkarte. Er hatte die Berichte seiner Kuriere persönlich entgegengenommen und deren Informationen in neue Befehle umgesetzt. Er agierte ruhig, beinahe bedächtig. Jetzt erst, als sein Plan auf breiter Linie aufging, erfasste den Oberbefehlshaber Nervosität. Nachdem man ihm rapportiert hatte, dass der kleine Ort Heinersdorf in seine Hand gefallen war, stand Finsøkker hinter dem Schreibtisch auf. Wie meistens trug er ein dunkelgraues Armeehemd mit Krawatte, bequeme Hosen und Wollsocken. Die Stiefel lehnten in der Ecke. Als er sich im Kommandofahrzeug umzog, wählte er nicht die Generalsuniform, sondern holte den Kampfanzug aus dem Schrank.

Minuten später war der schmale Mann mit der weißen Haut

nicht mehr als Anführer der skandinavischen Streitkräfte zu erkennen, sondern sah wie einer seiner Soldaten aus. Ohne irgendjemand Bescheid zu geben, verließ Finsøkker sein Fahrzeug. Ein erleichterter Blick zum Himmel – die Sonne würde erst in Stunden hervorkommen. Rasch schritt er zwischen den Zelten der Stabschefs hindurch, niemand erkannte oder grüßte ihn. Er erreichte einen abgetrennten Bereich; einen Moment blieb der Däne stehen, ein seltenes Lächeln auf seinem Gesicht. Hier erwartete ihn die beste Truppe, die er besaß, die geheime Einheit der CATS, auf seinen Befehl ausgewählt und trainiert; sie unterstanden nur ihm persönlich. Während Finsøkker in ihre Mitte trat, fühlte er etwas, das ihm sonst fremd war – Zusammengehörigkeit. Ihm, der in der Einsamkeit des Befehlens lebte, gefiel es, zu einer Gruppe Kameraden zu stoßen, die zum Äußersten bereit waren.

»Durchführung nach Plan«, sagte er.

Die Männer in den Kampfanzügen nickten und begaben sich zu den Fahrzeugen. An der Spitze stieg Finsøkker auf, die CATS machten sich auf den Weg. Ihre Richtung war die gleiche, die auch Evangolus Reverricio eingeschlagen hatte.

38

Sosehr der Irrsinn des Krieges tobte, so gefährlich ihre Fahrt auch war, dem kleinen Trupp des Kardinals kam eines zugute: Niemand interessierte sich in dieser Nacht für drei gestohlene Bomben. Auf beiden Seiten hatten die Truppen genug damit zu tun, den Sieg zu erringen oder die Niederlage hinzunehmen. Keiner, so schien es, kümmerte sich um die schwarze Kolonne, die nach Süden raste, auf direktem Weg zu den Alpen – keiner außer Noradt Finsøkker selbst.

Tonia zog sich in die hinterste Ecke zurück, um etwas zu tun, das überflüssig, ja lächerlich scheinen mochte, für sie war es die wichtigste Tat seit langem. Mit raschen Bewegungen schlüpfte sie aus dem hellblauen Anzug, streifte den ungeliebten Jungen, ihre falsche Identität – ja, sie streifte die ganze Lüge ab. Einen Moment lang kauerte sie als nacktes Mädchen da, schmal, ungeschützt, und doch unendlich befreit. Die Wüstenkleidung ihres Vaters lag als Bündel bereit, beinahe zärtlich nahm Tonia jedes einzelne Stück und zog es an. Nun war sie zwar genauso wenig als Mädchen erkennbar, doch was sie trug, hatte wieder mit der Person zu tun, die darin steckte. Ob Tonia oder *mabay wan tashila*, vor allem war sie wieder sie selbst. Und das gab ihr ein starkes Gefühl.

Sie nahm eine Bewegung wahr; durch den Fahrtlärm hatte sie Dula nicht kommen gehört. Was hielt er in der Hand?

»Wir alle müssen uns erst an die neue *Gefährtin* gewöhnen.« Er lächelte mit sprechenden Augen. »Diese Blume wird uns dabei helfen.«

Bevor Tonia es sich versah, steckte der Tuareg ihr eine Blüte ins Haar. Die Locken waren kaum nachgewachsen, die Blume wollte nicht halten. Tonia nahm sie selbst, orange war sie mit schwarzen Punkten, und steckte sie hinters Ohr.

»Danke«, sagte sie scheu.

»Du bist eine Blume der Wüste.«

Der Tuareg wandte sich wieder um und ließ ein überwältigtes Mädchen zurück; behutsam tastete es nach der Blüte.

In einer anderen Ecke des Busses saß jemand, der die kleine Szene beobachtet hatte. Beatrice war Tonias Zuneigung zu dem Tuareg von Anfang an aufgefallen, nun schien der sonst so beherrschte Krieger sein Gefühl ebenfalls zu offenbaren. Wie schön wäre es – Beatrice beschirmte die Augen, ach wie schön, wenn sie mit Noradt etwas Ähnliches erlebte! Sie liebte ihn seit langem, liebte den menschenscheuen Mann, der so souverän mit der Macht umging, als sei es ein Kinderspiel. Der Führer, der ewig siegreiche Feldherr war Beatrice nicht wichtig; diese Person hatte mit dem Geliebten wenig zu tun. Wenn Finsøkker sie abwies und kalt behandelte, redete sie sich ein, dass seine Position ihn dazu zwang. Es half ihr, sich an die wunderbare erste Zeit zu erinnern, die Tage, als sie ihn ganz für sich gehabt hatte.

Frisch von der Journalistenschule kommend, war Beatrice von ihrer Zeitung in den Norden geschickt worden. Der Verleger hatte die Hoffnung gehegt, dass eine junge hübsche Reporterin bei den Einflussreichen des Nordens leichter an eine gute Story herankommen würde. Die Rechnung ging auf: Sie traf Politiker beiderlei Geschlechts, Wirtschaftsbosse und Prominente, und alle öffneten sich ihr bereitwillig.

Noradt Finsøkker war damals noch keine Schlagzeile wert. Bloß ein aufmüpfiger dänischer General, der mit den Flüchtlingsmassen hart umsprang. Doch Beatrice erkannte, dass hier jemand eine Zukunft in großem Stil ansteuerte. Sie wollte das Gehirn dieses Menschen ergründen, seine Gedanken und Pläne durchschauen – und entdeckte dabei unvermutet ihr eigenes Gefühl.

Finsøkker hatte sie an der deutsch-dänischen Grenze empfangen und ihr seine Neuerungen in den Flüchtlingslagern gezeigt. Ihr war aufgefallen, dass der General Licht und Sonne scheute; bei jeder Möglichkeit flüchtete er in den Schatten. Schließlich hatte er die Journalistin in sein dämmriges Büro gebeten. Nachdem sie eine Zeit lang gesprochen hatten, wurde er offener, zeigte Humor und ließ einen herben Charme spielen. Hatte *er* es angeboten, oder war Beatrice so keck gewesen, es vorzuschlagen, jedenfalls aßen die beiden miteinander zu Abend. Sie fuhren in eine dänische Bucht, wo er zu ihrer Überraschung das ganze Restaurant reserviert hatte. Zwei Kellner bedienten sie unauffällig. Finsøkker erzählte nun auch private Dinge, von der Liebe zu seiner Mutter, der Konsultation verschiedener Ärzte, um seine Hellhäutigkeit zu ergründen. Später legte der General ihr seine Vision von Europa dar. Er verachtete die kurzsichtigen liberalen Regierungen, die nichts Besseres wüssten, als sich vor den Notleidenden des Südens abzukapseln. Er würde, hätte er erst eine neue Ordnung hergestellt, den Menschen aus der Wüste den hohen Norden öffnen: das Paradies der Arktis für jedermann, nicht bloß für die Reichen. Beatrice hatte an diesem Abend einen visionären Geist kennengelernt, einen feurigen Erzähler und einfühlsamen Zuhörer. Als er andeutete, das Restaurant habe auch *Zimmer*, hatte sie nicht gezögert. Die erste Nacht mit dem Dänen war die schönste; er stellte sich zärtlich und unsicher an, Beatrice vermutete, dass er noch nie mit einer Frau geschlafen hatte. Sie blieben drei Tage in der kleinen Bucht und verließen sie als Liebespaar. Noradt Finsøkker musste zur Truppe zurück, Beatrice brachte ihre Reportage nach Süden, wo der Artikel als Doppelseite aufgemacht wurde und für Aufsehen sorgte. Sie sah den Dänen mehrere Monate nicht; er rief manchmal an, doch die Gespräche verliefen kühl und ließen sie in dem Zweifel zurück, ob die Sache für ihn bloß eine Affäre gewesen sei.

Eines Tages im nächsten Frühling bat er sie überraschend um eine Begegnung und traf sich mit ihr unweit der Alpengrenze. Sie erinnerte sich an das gewaltige Panorama, das sie von ihrem Hotel aus genossen – Beatrice saß in der Sonne, Noradt unter dem Sonnenschirm. Als sich das Gebirge mit Nebel füllte, war er zu einer Wanderung zu bewegen gewesen. Sie nahmen eine ungefährliche Route, und auf dem Gipfel des Berges eröffnete er ihr den wahren Grund ihres Beisammenseins. Sie saßen auf einem Fels, Noradt strich über das Moos und erzählte von einer ungewöhnlichen *Maschine*, die imstande sei, die Urgeschichte des Planeten zu erzählen, darüber hinaus aber unbekannte Wasser-Reservoirs im Innern der Erde aufzeigen könnte. Niemand wisse, woher das Ding stammte, noch wo es sich befand, doch Finsøkker hatte von einem Mädchen gehört, das vor Jahren damit in Berührung gekommen sei. Beatrice hatte nicht schlecht gestaunt, auf ihr Kindheitserlebnis angesprochen zu werden, und sich ohne Zögern als jenes Mädchen zu erkennen gegeben, die Enkelin Enrico Tassis, die mit dem »Skorpionwürfel« hatte spielen dürfen. Noradt hatte offenbar nur auf diese Information gewartet und sie blitzschnell gefragt, wo sich die Maschine befinde. Beatrice wusste es nicht; vor langer Zeit hatte ihre Großmutter den Würfel der Kirche gespendet, was danach damit geschehen sei, war Beatrice unbekannt.

»Ist der Skorpion noch in Rom?«, hatte Noradt wissen wollen. »Oder haben sie ihn nach Ulm mitgenommen?«

Damals hatte Beatrice sich zum ersten Mal gefragt, ob der ehrgeizige General die Bekanntschaft mit ihr etwa nur gesucht hatte, um an den Würfel zu kommen. Noradt bestürmte sie festzustellen, wo jener Behälter sei; sie müsse sich Zugang dazu verschaffen und ihre Versuche fortsetzen. Er überzeugte sie mit der Begründung, man könne mithilfe des Würfels Wasser für die Wüste gewinnen. Das war ein Ziel, dem Beatrice sich gerne verschrieb. Ihr tiefster Beweggrund, nach Rom zu gehen, war aber, dass sie und der Geliebte nun etwas *Gemeinsames* hatten; er brauchte sie, sie durfte ihm helfen. In der Wüstenstadt lernte sie den Statthalter des Papstes kennen. Kardinal Reverricio war ihr bei der Suche behilflich, interessierte sich selbst für den Würfel und schien eigene Pläne damit zu haben.

Als sie einige Zeit später, nach einem geheimen Treffen mit Noradt, wieder einmal nach Rom kam, hatte sich das Verhalten des Kardinals zu ihr verändert. Von nun an ließ er sie nicht mehr allein in die Schatzkammer der Engelsburg und kontrollierte alle Ergebnisse, die sie mit dem Würfel erzielte. Beatrice war mittlerweile davon überzeugt, dass der Mechanismus einen Weg wies, Wasser in die verdursteten Gebiete Südeuropas zu bringen. Aber Reverricio verwehrte ihr die letzte Information: den genauen Standort des Reservoirs! Es musste eine unzugängliche Bergregion Mittelitaliens sein. Doch sosehr Finsøkker sie auch bestürmte, den Ort herauszufinden, der Kardinal ließ es nicht so weit kommen. Sie hatte ihrem Geliebten daraufhin vorgeschlagen, sich mit Reverricio zu verbünden und das Wasser gemeinsam aus der Tiefe zu holen. Reverricio sei ein Machtmensch, hatte Noradt geantwortet, wie ein Renaissance-Fürst residiere er im verdurstenden Rom, er werde das Wasser nicht für die Allgemeinheit zutage fördern, sondern nur seine Macht damit vergrößern.

Manchmal fragte sich Beatrice, ob es nicht umgekehrt war – ob nicht Finsøkker die Reserven für sich behalten wollte. Immer wieder hatte sie sich seit damals gegen ihre innere Stimme zur Wehr setzen müssen, die ihr sagte, Reverricio war nicht der Schurke, den Finsøkker aus ihm machen wollte. Im entscheidenden Moment war Beatrices Liebe jedes Mal stärker gewesen als ihr gesunder Menschenverstand.

Und jetzt? In wahnwitzigem Tempo fuhren sie nach Süden und hatten drei Sprengkörper im Gepäck, mit denen sie über die Grenze wollten. Der Kardinal besaß gegenüber Noradt einen entscheidenden Vorteil: Er kannte das Ziel! Sie *musste* herausbekommen, wo dieser Ort lag, sie musste ihn ihrem Geliebten verraten.

»Du wirkst bedrückt.«

Beatrice schreckte auf. Vor ihr stand der Kardinal und musterte sie forschend. Witterte der alte Wolf etwas? Sie lächelte zu ihm hoch. »Es sind nur die Nerven. Weil wir dem Ziel so nahe sind.«

»Ruh dich aus. Bis zur Grenze ist es noch ein gutes Stück.« Er wandte sich ab.

Als ob sie zu schlafen versuche, legte Beatrice den Kopf zurück, schloss die Augen – und dachte nach.

39

Gibt es keine Dusche im Wagen?«, fragte Gretchen, als nach nächtlicher Fahrt der erste Morgen heraufdämmerte. »Juckt es dich nicht überall, wenn du dich nicht wäschst?«

»Mich juckt nichts«, schüttelte Tonia den Kopf. Durch ihre Rückverwandlung in ein Mädchen musste der Kardinalsbus ab jetzt mit *drei* Frauen an Bord zurechtkommen. Man behandelte Gretchen nicht wie eine Gefangene, eher als Überraschungsgast, für den man die Zahnbürste einzupacken vergessen hatte. Sie zeigte sich mit dem Standard der Unterkunft keineswegs zufrieden.

»Bei euch kriegt man bestimmt Läuse«, ätzte sie.

Statt einer Antwort kratzte sich Tonia ausgiebig am Kopf.

»Iiih –« Gretchen rückte ab. »Ich will eine Dusche, und ich will Frühstück! Wenn mein Vater erfährt, wie man mich hier behandelt!«

»Schluss jetzt.« Der Kardinal stand über dem Kartentisch. Sein Gesicht war im Dunkeln. »Halt den Mund.«

»Aber ich habe Hunger«, stammelte Gretchen eingeschüchtert.

»Wir essen hinter der Grenze.« Reverricio machte Giorgio ein Zeichen, der Mönch öffnete eine Bodenklappe. Ohne zu zögern, packte er das überrumpelte Mädchen und steckte die Strampelnde in den darunterliegenden Schacht.

»Das könnt ihr nicht machen!«, zeterte sie. »Mein Vater wird euch alle …!« Den Rest schluckte das Dröhnen des Motors.

Der Kardinal sah Tonia an. »Steig auch hinunter.« Er wies auf die Klappe. »Es vereinfacht den Grenzübertritt.«

Sie gehorchte, ließ sich ebenfalls in die Öffnung hinab; über ihr schloss sich der Deckel. Sie war von vollkommener Finsternis umgeben.

»Das verzeihe ich dir nie, solange ich lebe«, zischte Gretchen.

»Ich habe dir nichts getan«, antwortete Tonia, obwohl sie den Vorwurf gut verstand. Sie spürte das Poltern der schweren Räder, roch Sprit und Maschinenöl, hörte die Bremsen, als der Wagen verlangsamte und hielt. Hatten sie die Alpengrenze erreicht, die ihr beim ersten Mal so unüberwindlich erschienen war?

Der Motor wurde nicht abgestellt, ein kurzer Halt, schon ging es weiter, sie blieben zum zweiten Mal stehen. Über ihnen tappten Schritte.

»Wo sind wir?«, flüsterte Gretchen.

»An der Grenze.«

»Was?!« Die Blonde straffte sich. »Ihr wollt mich in die Wüste verschleppen? – Hiilf …!«, hörte man noch, schon hatte Tonia die Hand auf Gretchens Gesicht gepresst. Die biss und boxte, wand sich wie eine Schlange, aber Tonias Griff lockerte sich nicht. Über ihnen sprach Reverricio mit jemand, Tonia verstand nur wenige Brocken.

»Hmmm mhmhmh!«, versuchte Gretchen sich bemerkbar zu machen; Tonia drückte noch fester zu.

Ruckartig setzte sich das Fahrzeug in Bewegung, die Mädchen wurden in die Ecke geschleudert. Kurz darauf öffnete sich die Klappe, das Gesicht Reverricios tauchte auf.

»Willkommen in der Wüste«, sagte er lächelnd und bemerkte

die roten Striemen, die Tonias Finger im Gesicht der Blonden hinterlassen hatten.

Nach mühsamer Fahrt durch unwegsames Gelände dämmerte es bereits, als sie zum nächsten Mal hielten. Froh, den stickigen Bus zu verlassen, sprang Tonia ins Freie und staunte – was sie sah, war ihr vertraut!

»Das sind die Plexiplantagen von Doktor Drexel!« Dort lagen die schimmernden Dächer, die das letzte Sonnenlicht reflektierten. Sie konnte es kaum fassen, dass der Konvoi ausgerechnet unweit ihres Heimatortes hielt!

»Wir übernachten hier«, sagte der Kardinal, bückte sich und nahm eine Handvoll Sand.

»Meinen Sie ...«, Tonia schaute ihn zögernd an, »könnte ich vielleicht heute Nacht ...?«

Er nickte. »Natürlich kannst du zu deiner Familie zurück.«

»Zurück?« Sie stockte. »Was heißt das?«

»Du warst während der ganzen Reise ein furchtloser Begleiter«, antwortete er. »Ein schneller Kämpfer und ...«, er ließ die Sandkörner durch seine Finger laufen, »ein Verwandlungskünstler. Du *könntest* hierbleiben, wenn du willst.«

Unwillkürlich schaute sie zu Dula, der gerade Feuer machte. »Aber ich will dabei sein, wenn ihr ...«

»Trotz aller Gefahren?«

»Bis jetzt war das Ganze doch ein Kinderspiel!«, lachte sie.

Das Wolfsgesicht wurde ernst. »Du bist ein Mädchen, Tonia, du *solltest* es wieder sein.« Er schwieg, gab ihr die Hand. »Um vier Uhr früh fahren wir weiter. Wenn du nicht hier bist, weiß ich, dass deine Mutter dich braucht.«

Der Gedanke durchfuhr Tonia: Es ging ja nicht nur darum, was *sie* wollte, vielleicht war die Mutter in Not und brauchte den Beistand der großen Tochter. Die Vorstellung jedoch, Dula davonziehen zu lassen und nicht zu erleben, wie das gewaltige Unternehmen endete, war für sie unausdenklich.

»Vier Uhr«, nickte sie. »Ich komme.«

»Warten wir es ab.« Reverricio strich dem Wüstenmädchen eine Strähne aus der Stirn. »Lauf, Tonia.«

Einen Moment dachte sie daran, sich von Dula zu verabschieden; wozu aber? Sie würde ihn wiedersehen, im Morgengrauen.

40

Es war noch nicht dunkel, als sie das Viertel erreichte; Tonias erster Weg führte sie zu ihrem früheren Zuhause. Hier hatte der Baldachin gestanden, unter dem Laura und die Zwillinge die Nacht nach dem Unglück verbrachten, und dort – Tonia wandte sich rechts und links, bis sie begriff, dass die Wüste nicht die geringste Spur von ihrem Haus übrig gelassen hatte. Turmhoch erhob sich der Sand, der Abendwind ließ kleine Fontänen aus dem Dünenkamm rieseln.

Auch bei Pater Anselmos Kirche erwartete sie eine böse Überraschung. Die schöne Altarwand mit dem bunten Glasfenster war eingestürzt. Noch stützten schwere Eisenträger das Mittelschiff und doch würde die Kirche in einem der kommenden Stürme vollends versinken.

Das letzte Tageslicht schwand; bevor sie ihren schwersten Gang antrat, setzte Tonia sich, um die nötige Fassung zu gewinnen. Wie lange war es her, seit sie den Ort im Wagen des Klapperers verlassen hatte – drei Monate, fünf? So viel war in der kurzen Zeit geschehen, dass Tonia auf alles, was *davor* lag, wie auf ein fremdes Leben zurückblickte. Unter normalen Umständen wäre sie kaum jemals über diese Gemeinde hinausgekommen, Tonia aber hatte Italien bereist, das versunkene Rom kennengelernt; sie war über die Alpen gekommen, bis in den üppigen Norden. Selbst der Geruch des Krieges war ihr nicht fremd. Sie hatte besondere und sonderbare Menschen getroffen und – Tonia warf den Kopf zurück – sie hatte sich verliebt. Da saß sie, das Mädchen, das immer noch nicht fünfzehn war, im Sand ihrer Ortschaft und bangte davor, ihre Mutter zu besuchen. Sie hätte viel lieber nach vorne geschaut, in die Zukunft, statt sich mit der Vergangenheit zu beschäftigen, die ihr klein und eng vorkam, vor der sie sich fürchtete.

Tonia steckte das Hemd in die Hose, polierte die Stiefel und machte sich auf den Weg. Drexels Haus war leicht zu finden, weiß und pompös stand es auf einem Hügel. Er hatte Torbögen und Minarette daraufsetzen lassen, um es einem Schloss ähneln zu lassen. Je näher sie kam, desto langsamer wurde Tonia: Sie hatte keine Lust, ihre Mutter, Simions Frau, an der Seite des fetten Plantagenbesitzers zu erleben. Doch es war ja bloß für diese Nacht, ein Familienbesuch, weiter nichts.

Sie erreichte die geschnitzte Pforte und klopfte. Schritte näherten sich, eine kleine Tür schwang auf.

»Verschwinde«, sagte ein bulliger Kerl.

»Ich will zu meiner Mutter.«

»Zu welcher?« Der Mann riss ein Stück Fladenbrot ab und stopfte es in den Mund.

»Meine Mutter heißt Laura Raffainer. Sie lebt hier.«

»*Du* willst ihre Tochter sein?«, antwortete der Kerl abschätzig. »Ihre Kinder sind noch klein.«

»Ich bin ihre älteste Tochter«, beharrte Tonia.

»Ach, *du* bist das?« Am Blick ihres Gegenübers bemerkte sie eine Veränderung. »Du bist die, die wie ein Junge herumläuft?« Die Tür ging weiter auf.

»Woher wissen Sie …?«

Schon wurde sie von dem Kerl ins Haus gezogen. »Immer herein, *Lauras Tochter.*« Er grinste merkwürdig. »Du wirst erwartet.«

Während Tonia durch einen marmorgefliesten Korridor das Haus betrat, überlegte sie, dass ihre Mutter hier Einfluss haben musste; darum wurde Lauras Tochter wohl so respektvoll behandelt.

»Immer weiter«, sagte der Kräftige.

Sie verließen die eleganten hellen Räume und betraten einen Trakt, der heruntergekommen wirkte. Der Putz bröckelte ab, die Fenstergitter waren verrostet.

»Bitte sehr.« Er hielt vor einer Tür. »Hier sind unsere *Mütter* zu Hause.« Mit fiesem Grinsen ließ er Tonia hinein.

Sie erschrak zutiefst. In dem Zimmer, das einer Halle ähnelte, befand sich ein Dutzend Frauen, die kleine Kinder um sich scharten. Die Frauen waren allesamt in Lauras Alter, ihre Jugendblüte war vorbei. Sie wirkten nachlässig gekleidet, manche trugen einen Schleier vor dem Gesicht; alle hatten traurige Augen. Von den Kindern war keines älter als sieben. Sie rannten herum, spielten oder schliefen im Arm ihrer Mütter; sie schienen die Einzigen zu sein, denen die bedrückende Atmosphäre nichts ausmachte.

»Tonia?«, hörte sie eine Stimme. »Tonia!«

Sie erschrak zum zweiten Mal. Laura stand ihr gegenüber, Simions Witwe, ihre eigene Mutter. Doch diese Frau hatte mit derjenigen, die Tonia zurückgelassen hatte, kaum noch etwas zu tun. Sie war dick geworden, auf eine Art, die nichts mit Behaglichkeit zu tun hatte, Lauras Leibesfülle war ein Aufschrei des Unglücks. Als ob sie die Verzweiflung, der sie in diesem Haus nicht entkam, in sich hineingefressen hätte. Breite Hüften, ein unförmiger Bauch, ihre schwammigen Arme hielten die Zwillinge in Schach. Tonias Brüder konnten inzwischen laufen und stritten wegen irgendetwas; aus ihren unschuldigen Kindergesichtern waren berechnende kleine Fratzen geworden.

»Ich will aber!«, schrie der eine.

»Krieg ich, krieg ich!«, fuhr der andere dazwischen.

»Hört auf, seid still«, murmelte Laura und sah ihre Tochter unverwandt an.

Der Blick schnitt Tonia ins Herz; er sagte ihr, dass die Mutter allen Lebensmut verloren hatte, kein Funken Hoffnung glomm in ihren Augen.

»Mama, ich …« Sie musste sich zusammennehmen, um ein frohes Gesicht aufzusetzen. »Ich komm dich besuchen. Morgen muss ich weiter, aber heute können wir …« Sie stockte. Was *konnten* sie denn? Tonias Rückkehr feiern, in dieser Halle der traurigen Frauen? Sie ließ die gespielte Fröhlichkeit fahren und umarmte die Mutter. Neugierig hielten die Zwillinge still.

»Mama, was ist passiert?«

Bevor Laura ein Wort herausbekam, füllten sich ihre Augen mit Tränen. Sie presste ihren Körper gegen das Kind, das sie vor Monaten in die Wüste geschickt hatte.

»Wo kommst du her?«, flüsterte Laura und zog Tonia in eine Ecke des Raumes; interessierte Blicke folgten ihnen.

»Das ist so schnell nicht zu erzählen.« Auch Tonia senkte die Stimme. »Aber du, was … ist hier los?«

»Doktor Drexel kümmert sich um uns.« Es gelang Laura nicht, ihren Worten einen optimistischen Beiklang zu geben. »Wir haben hier alles, was wir brauchen.«

»Hat er nicht versprochen, dich zur *Frau* zu nehmen?«

»Das bin ich ja.«

»Was tust du dann in diesem Raum, bei diesen …«

»Die anderen sind ebenfalls Drexels Frauen«, erklärte die Mutter, »genau wie ich.«

»Und *das* ist das Zuhause, das er euch bietet?!«

»Es sind *Jüngere* dazugekommen.« Tränen rannen über Lauras Wangen. Sie wohnen jetzt vorne – so wie früher ich.«

»Er schiebt euch einfach ab? Warum wehrt ihr euch nicht?«

»Was sollen wir machen?« Angst stand in den Augen der Mutter. »Wenn es uns nicht mehr gefällt, können wir jederzeit gehen, sagt der Doktor. Wie sollen ich und die Kleinen dort draußen überleben?«

»Es gibt immer eine Möglichkeit –«, Tonia unterbrach sich. Für jemand, der frei und ungebunden wie sie war, gab es Möglichkeiten, in der Wüste durchzukommen, nicht aber für eine Mutter von zwei kleinen Kindern. »Wann hast du zuletzt mit Drexel gesprochen?«

»Er kommt nicht mehr häufig zu uns«, antwortete Laura.

»Und was macht ihr den ganzen Tag?«

Die dicke Frau zuckte die Schultern. »Wir reden, schauen auf die Kinder, warten auf die nächste Mahlzeit. Es ist ein *Leben*«, fügte sie hinzu.

»Das ist es nicht!«, entgegnete Tonia. »Ich gehe zu Drexel – ich rede mit ihm!«

»Das ist gar nicht nötig«, hörte sie eine unangenehm singende Stimme. In der Tür stand der Doktor; er hatte seine Aufpasser dabei.

»Ich komme persönlich«, lächelte Drexel, »um den berühmten *Antonio* zu begrüßen.« Im weißen Kaftan näherte er sich mit wiegenden Schritten. Die schweren Kerle blieben an der Tür.

»Wie meinen Sie das?«, fragte Tonia wachsam.

»Dein Ruf ist dir vorausgeeilt.« Mit dem Wedel, den er zum Fliegenverscheuchen benützte, berührte er Tonias Brust. »Kaum zu glauben, dass niemand erkannt hat, dass du ein Mädchen bist. Und ein hübsches dazu.« Sie schaute in seine bösen Augen. »Das ist nur natürlich, deine Mutter war ja auch einmal ein hübsches Ding.«

»Sie haben sie unglücklich gemacht!«, fuhr Tonia ihn an.

»Sie hat es nirgends so gut wie hier.« Drexel zeigte auf all die Frauen, die seit seinem Erscheinen eine fast demütige Haltung eingenommen hatten.

»Ich will, dass meine Mutter …!«

»Du hast hier überhaupt nichts zu *wollen!*«, bellte Drexel. »Du hast dich zu fügen und zu warten, bis man dich abholt!«

Von einer Sekunde zur nächsten wurde sie bleich. »Wer – holt mich ab?«

Drexel gab den Männern ein Zeichen. Sie näherten sich von zwei Seiten; als gelte es, ein scheues Tier einzufangen, breiteten sie die Arme aus. Hektisch schaute Tonia um sich, die Fenster waren vergittert, die Tür geschlossen. Sie rannte dennoch los, wich dem ersten aus, rempelte den zweiten an und sprang auf einen erhöhten Absatz. Wie ein Vogel, der sich verflogen hat, schwirrte Tonia im Zimmer umher, bis es kein Fortkommen mehr gab. Die Kerle des Doktors trieben sie in eine Ecke und packten zu. Sosehr sie sich wehrte, wurde Tonia schließlich doch überwältigt und vor Drexel geführt.

»Tu ihr nichts«, sagte Laura.

»Natürlich tue ich ihr nichts«, antwortete der Doktor. »Dafür sind andere da. Alois Gohrbach freut sich bestimmt, wenn ich ihm meinen *Fang* präsentiere.«

»Gohrbach?«, presste Tonia hervor. »Woher kennen Sie …?«

»Er hat in der Gegend Nachforschungen angestellt.« Drexel lächelte. »Seltsamerweise suchte er einen *Jungen*, der aus diesem Ort stammen sollte. Es brauchte eine Weile, bis ich dahinterkam, wen er meinte.« Er ging zur Tür.

»Sie dürfen mich Gohrbach nicht ausliefern!«, schrie Tonia und stemmte die Beine gegen den Boden; trotzdem wurde sie weitergezerrt.

»Einem Mann wie Gohrbach muss man gefällig sein«, antwortete der Dicke. »Morgen Mittag dürfte er hier sein.«

»Morgen?«

Tonia überfiel Panik. Um vier Uhr früh würde der Kardinal weiterziehen, mit ihr oder ohne sie. »Ich kann so lange nicht bleiben!«

»Oh, ich glaube schon. Sperrt sie ein.« Drexel verschwand im Korridor.

Die Männer zogen an Tonias Armen, mit äußerster Kraft gelang es ihr nochmals anzuhalten. »Mutter, hilf mir!«

»Kind – Tonia!«, wimmerte Laura. Sie wagte nicht das Geringste zu unternehmen.

Die Kerle hoben das störrische Biest kurzerhand hoch und trugen es aus dem Frauenraum. Über sich sah Tonia die Deckenlampen vorbeiziehen, es ging den Flur hinunter. Sie hörte das Öffnen einer Tür, im nächsten Moment wurde sie zu Boden geworfen. Hier gab es keinen Marmor, bloß nackten Beton; die Tür schloss sich, Tonia saß in der Finsternis allein.

41

In der Nacht, als Tonia gefangengenommen wurde, griff Noradt Finsøkker die Alpengrenze an. Der Offizier des Gebirgsbataillons glaubte zu Recht, dass sich das Kampfgebiet viel weiter nördlich befand. Wie groß war seine Überraschung, als ein aufgeschreckter Posten meldete, unbekannte Truppen befänden sich auf ihrem Territorium. Finsøkkers CATS waren an einem Punkt des Grenzabschnitts eingedrungen, der als unbezwingbar galt. Sie hatten den Dognano-Gipfel erklommen, sich über die Südwand abgeseilt und die Wachtruppen im Rücken angegriffen – lautlos, präzise und schnell. Nachdem eine Bresche in den Verteidigungswall geschlagen war, öffneten die CATS die Grenze, rückten mit ihren Fahrzeugen vor und nahmen die MEUWU-Männer derart unter Beschuss, dass die Erwiderung kläglich ausfiel.

Eine halbe Stunde später war der Einsatz ohne Blutvergießen zu Ende gegangen. Finsøkker selbst saß im ersten Fahrzeug, das über den Brenner nach Süden rollte. Die Verwirrung, die er zurückließ, war doppelt groß, da nach dem Angriff nirgends Truppen entdeckt wurden, die über die offene Grenze nachrückten. Im allgemeinen Durcheinander fiel es den Offizieren erst später auf, dass Finsøkker eine Grenze erobert hatte, die eigentlich niemand passieren *wollte*! Der Alpenwall war als Schutz gegen den Süden errichtet worden – nicht umgekehrt. Und nun hatte jemand das strengbewachte Tor in die Wüste aufgestoßen und war zwischen den Dünen verschwunden. Zu welchem Zweck, was steckte dahinter? Darüber wurde in den Planungsstäben nervös diskutiert, ohne dass man zu einem Ergebnis kam.

Für Finsøkker war die Überwindung der Alpengrenze bloß ein Abschnitt auf seinem Weg. Er trieb die Kameraden zur Eile an, nur wenn sie ihr Ziel *rechtzeitig* erreichten, war der Plan des Kardinals zu vereiteln. Kamen sie zu spät, würde die Grenze, die Europa in Norden und Süden zerschnitt, bald ihren Sinn verlieren. Und das musste Finsøkker mit allen Mitteln verhindern.

*

Seit Stunden saß Tonia auf dem Boden des kahlen Raumes; vor dem vergitterten Fenster tauchte der Mond alles in weißblaues Licht. Mitternacht musste überschritten sein, und wenn es vier Uhr schlug und Tonia hatte sich nicht befreit, würden die Wagen des Kardinals ohne sie weiterrollen.

Sie versuchte sich vorzustellen, wie Dula es aufnehmen würde, wenn sie ohne Abschied einfach zurückblieb. Musste er nicht glauben, sie hatte es vorgezogen, im Kreis ihrer Familie zu bleiben? Oder ahnte er, dass man sie festhielt, würde er sie befreien, wie Muganabe es getan hatte? Tonia erkannte, dass sie sich in sinnlosen Grübeleien verlor. Was zählte, war, dass sie eingesperrt in Drexels Haus saß, und niemand von ihren Freunden ahnte etwas davon. Als sie spürte, dass ihr die Augen zufielen, sprang sie auf und lief im Kreis. Bis vier Uhr musste sie wenigstens wach bleiben und alles tun, das drohende Unglück abzuwenden. Und danach? Erschüttert gestand sie sich ein, sie durfte auf Hilfe nicht rechnen. Entmutigt sank Tonia auf einen alten Schlauch, der neben anderem Gerümpel in der Ecke lag, und zog die Knie unters Kinn.

42

Der verrückte Giorgio stand über den Stab gebeugt. Vor acht Stunden hatte er ihn in den Boden geschoben und eine feine Sonde tiefer und tiefer geführt. Ein Kabel lief von dem Gerät zum Seismographen; dort bewegte sich eine Nadel über den Papierstreifen und zeichnete eine Linie. Manchmal gerade, dann in Kurven, plötzlich zackte sie aus – Giorgio verfolgte die Linie, als könne er durch sie im Inneren der Erde lesen.

»Es ist eine unterirdische Quelle.«

Die Stimme des Kardinals ließ ihn aufhorchen. Reverricio stand vor seinem erleuchteten Bus.

»Eine Quelle, tausendmal größer, als wir es von überirdischen Reservoirs kennen. Es ist eine gigantische Wasserblase, dreitausend, vielleicht viertausend Meter unter der Erde. Wäre sie nicht so tief im Erdmantel eingeschlossen, hätte sie längst explodieren müssen, denn sie steht unter enormem Druck. In solcher Tiefe hat Wasser eine Temperatur von fünfhundert Grad. Reines Wasser, versteht ihr, das keinen Unterschied mehr zwischen flüssig oder gasförmig zeigt – es ist flüssiger Dampf, es ist Wassergas.«

Der Kardinal hatte die Mönche im Halbkreis um sich versammelt. Sie saßen im Sand, einige hatten die Trinkbecher in der Hand; trotz der nächtlichen Stunde sah keiner müde aus. Etwas Feierliches stand in ihren Gesichtern. Dies war der Moment, die letzte Besprechung, bevor sie in das unbekannte Wagnis zogen. Was Reverricio sagte, war keinem neu, und doch sogen sie seine Worte in sich auf wie ein Gebet, er gab ihrem Tun einen Sinn, der während der langen Vorbereitung manchmal in den Hintergrund geraten war.

»Unsere Quelle ist eine Druckkammer im Inneren der Erde«, fuhr der Kardinal fort. »Sie hat keine offene Verbindung zur Oberfläche, und obwohl sie groß wie ein Meer ist, kommt niemand an dieses Wasser heran.« Seine hellen Augen ruhten auf den Männern. »Außer, uns gelingt es, das zu ändern!« Er zeigte auf die Landkarte, wo die Südhälfte Italiens abgebildet war; sein Finger fuhr eine Linie entlang, die dem Hauptkamm des Apennin folgte, in unregelmäßigen Kurven nordwärts führte und nahe der Stadt Perugia endete.

»Wir haben Glück«, sagte er. »Unser Schatz liegt in dieser Region. Hier stoßen die Kontinente aufeinander. Seit Millionen von Jahren schieben sie sich gegeneinander: Es ist eine der Kollisionslinien der eurasischen und afrikanischen Kontinentalplatten. Dieses Gebiet ist unablässig in Bewegung, schwere und leichtere Beben haben es zu allen Zeiten erschüttert. Wir werden den Kräftekampf in der Tiefe zu unseren Gunsten nutzen!«

Er machte eine Pause. Die Mönche nickten, auf manchem sonst ernsten Gesicht war ein freudiger Ausdruck zu sehen.

»Wo liegt die Quelle genau?« Beatrice stand nahe dem Kardinal, sie trug eine Lederjacke gegen die Kälte. »Wann verraten Sie uns das?« Ihrer Stimme war brennende Neugier anzumerken.

Ein Blick genügte, ihr zu verdeutlichen, dass er mit seinen

Ausführungen noch nicht fertig war. Ein Zeichen zu Giorgio; der beugte sich über den Seismographen, zog den Papierstreifen heraus und brachte ihn dem Kardinal.

»Unsere Messungen zeigen, dass die unterirdische Tätigkeit wieder zunimmt. Seht euch das an.« Er deutete auf die unregelmäßigen Kurven. »Obwohl wir vom Zielgebiet noch weit entfernt sind, erreichen die Stöße bereits Stärke drei. Wenn die Skala *acht* anzeigt, wird der große Ausbruch stattfinden.«

Die Worte wirkten auf die Mönche wie ein Zauber. Sie hoben die Becher, als wollten sie auf das Ereignis anstoßen.

Giorgio wandte sich zu dem Fahrzeug, das Tag und Nacht bewacht wurde; auch jetzt patrouillierten zwei Mönche dort. In dem Wagen befanden sich die Behälter mit ihrem besonderen Inhalt. Unweit davon bot sich Giorgio ein eigenartiges Bild: Auf einem Fels stand Dula, seinen Blick in die Richtung gewandt, wo die Ortschaft lag.

Der junge Tuareg befand sich in einer seltsamen Stimmung – sein Verstand sagte ihm, Tonia nutze die Frist bis zur letzten Minute, um mit ihrer Familie beisammen zu sein. Sein Gefühl misstraute seinem Verstand. Bedeutete das dunkle Pochen, mit dem sein Herz ihn beschwerte, dass Tonia in Gefahr schwebte? Oder war es nur seine eigene Angst, dass sie nicht zurückkehren würde?

»Mabay wan tashila«, flüsterte er. In diesem Moment wünschte sich Dula, ein *Gris-gris* zu besitzen, ein Amulett, dessen Zauber ihm die richtige Antwort verraten würde. Seufzend sank er in die Hocke, sein Umhang schimmerte im Mondlicht.

Zwei Ritter der Wüste

43

Tonia saß in der hintersten Ecke, die Knie mit den Armen umschlungen, und weinte. Vor ihrem Fenster war ein zartrosa Schleier aufgetaucht. Normalerweise liebte sie diesen ersten Boten des Morgens, mit dem ein neuer Tag die Dunkelheit vertrieb. Heute hätte es für sie ewig Nacht bleiben können. Der Streifen besagte, dass die Frist abgelaufen war. Im Westen, hinter der Hügelkette, hatte der Kardinal inzwischen das Zeichen gegeben, die schweren Fahrzeuge hatten sich in Bewegung gesetzt; mit jeder Minute entfernten sie sich weiter von Tonia. Wegen mir bleibt die Karawane nicht stehen, dachte sie schluchzend.

Als der rosa Streifen dem durchsichtigen Blau des Morgens gewichen war, versiegten Tonias Tränen, sie verfiel in Hoffnungslosigkeit. Was ihr blieb, war die Aussicht, in Gohrbachs Gewalt zu geraten, verhört, vielleicht gequält zu werden – und dann? Wenn sie hinterher noch lebte, würde sie in die Alltäglichkeit dieses Dorfes entlassen werden, wo es keine andere Herausforderung gab, als den nächsten Tag zu erleben. Der Kardinal, die Mönche, Muganabe und Dula, alle waren in der Dämmerung davongezogen.

Tonia schenkte dem Geräusch keine Beachtung. Drexels Haus erwachte: In der Küche wurde rumort, Frauen huschten durch die Korridore, irgendwo spielte Radiomusik. Dies war also der Ort, wohin sich die Opfer der Wüste wandten, Frauen, die vom reichen Plantagenbesitzer aufgenommen und übel behandelt wurden.

Schon wieder dieses Geräusch, es kam gar nicht von drinnen, sondern von außerhalb des Gebäudes. Tonias Hoffnung erlosch gleich wieder – was nützte ihr jemand vor dem Fenster? Das feste Gitter machte jeden Gedanken an Flucht aussichtslos.

»Mädel, was machst?«, hörte sie eine vertraute Stimme und brauchte einen Moment, um zu begreifen, dass dort draußen der Klapperer stand. Aufgeregt sprang sie hoch, stürzte ans Gitter und stieg auf die Zehenspitzen.

»Hab schon geglaubt, du hörst uns nicht!« Wirklich, im fahlen Licht stand der Freund, die flache Nase zu ihr erhoben. Aber der Klapperer war nicht allein, neben ihm, mit einem Tuch verhüllt, befand sich Tonias Mutter.

»Mama?«, rief die Gefangene.

»Beeil dich, uns bleibt keine Zeit!«

»Beeilen, womit?«

»Willst du für immer da drinbleiben?«, lachte der Klapperer.

»Nein, aber …« Tonia rüttelte am Gitter, es rührte sich nicht.

Die Mutter trat näher. »In diesem Raum lagert der Doktor die Frühlingssaat. Ich habe gesehen, wie sie von draußen hineingeschüttet wird. Es muss eine Klappe geben, eine Öffnung – schau nach!« Ängstlich sah Laura sich um, ob man im Haus bereits aufmerksam wurde.

Tonia ging auf die Knie. »Eine Klappe?« Sie rutschte in alle Winkel und tastete. »Hier ist keine Klappe!«

»Es muss eine da sein!«

»Hier liegt bloß ein alter Schlauch und ein Seil und …« Sie

schob das Gerümpel beiseite – vor Überraschung lachte sie auf, denn darunter befand sich, eingelassen im Boden, ein gusseiserner Deckel. Mit Mühe ließ er sich öffnen und gab den Blick frei auf einen metallenen Tank. Sein Boden war im Zwielicht nicht zu erkennen.

»Ich hab ihn!«, rief Tonia zum Fenster hoch. »Gibt es draußen auch eine Öffnung?«

»Hier ist alles vom Sand verweht«, antwortete der Klapperer. »Aber wo ein Eingang ist, muss ein Ausgang sein.«

Sie setzte sich an den Rand, ließ sich mit aufgestützten Händen hinab, so tief es ging, aber immer noch konnten ihre Fußspitzen keinen Boden ertasten. Was, wenn ich springe und unten ist keine Klappe, dachte sie, oder wenn sie versperrt ist? Dann komme ich mit eigener Kraft aus dem Tank nicht mehr heraus.

»Beeil dich!«, rief die Mutter.

Was kann schlimmer sein als dieses Gefängnis, machte Tonia sich Mut, atmete durch und ließ sich fallen. Es war tief, ihr Sprung wurde zum Sturz, sie landete und spürte einen stechenden Schmerz im Gelenk. Mit zusammengebissenen Zähnen rieb sie den Knöchel. Gebrochen schien nichts zu sein, doch als sie auftrat, war der Schmerz wieder da. Tränen drängten hoch.

Bist du ein wehleidiges Mädchen oder ein Kämpfer der Wüste, beschimpfte Tonia sich selbst und schaute hinauf: Mehrere Meter über ihr schimmerte das helle Viereck. Mit vorgestreckten Armen ertastete sie die metallene Wand – und wirklich, auch hier war eine Klappe mit Riegel, der sich von innen öffnen ließ. Erleichtert schob sie ihn zurück, er knirschte vom Sand, die Öffnung mündete in eine Röhre. Tonia begriff, hier passte vielleicht ein Kind hindurch, nicht aber sie!

»Mama!« Sie erhielt keine Antwort.

In ihrer verzweifelten Lage fiel Tonia ein, wie Dula sie einmal mit einer *Flamme* verglichen hatte. Sie stellte sich vor, ein aufwärts züngelndes Flämmchen zu sein, hob die Arme und schlüpfte ins Rohr – schon an den Schultern ging es nicht weiter. Sie verrenkte sich, zog die Gelenke zusammen, ohne Erfolg. Schließlich kroch sie mit den Beinen voraus in das Loch. Ihre Hüften glitten hinein, auch der Brustkorb, sie machte sich lang, und tatsächlich, mit gestreckten Armen passten die Schultern hindurch! Nun musste sie die Steigung überwinden. Mit den Füßen krallte Tonia sich fest, Hände und Unterarme schoben den Körper, Stück für Stück kam sie voran. Nach ein paar Metern stieg der Schacht senkrecht nach oben, das Blut schoss ihr in den Kopf, ihre Kräfte versagten schon – da stieß ihr Fuß gegen ein Hindernis. Tonia trat und pochte, kopfüber rief sie nach dem Klapperer. Kurz bevor ihr schwarz vor Augen wurde, spürte sie ein Kratzen und Schaben über sich, im nächsten Moment wurde es Licht. Ein Deckel öffnete sich ins Freie und Tonia nahm das verdutzte Gesicht ihres Freundes wahr.

»Wie kommst du denn daher?« Er bückte sich und zog den erschöpften Flüchtling aus der Röhre.

Tonia kam auf die Füße, sah ihre Befreier an, schon lagen sie und ihre Mutter sich in den Armen. »Danke – danke, Mama!«, flüsterte sie.

Laura herzte ihr Kind – ein Blick zum Horizont sagte ihr, es war höchste Zeit; jeden Moment musste die Sonne erscheinen.

»Lauf«, sagte die Mutter, »fahr weg, so weit du kannst!« Gegen ihren Willen schob sie Tonia von sich.

»Und du? Wird Drexel dich nicht …?«

»Mir passiert nichts.« Laura schüttelte den Kopf und gab Tonia in die Obhut des Klapperers.

Der zeigte auf eine Düne, hinter der sein Laster stand. Tonia trennte sich schweren Herzens, sie rannten zum Wagen, wieder durchfuhr sie der Schmerz.

»Was ist?«

»Der Knöchel …« Sie stützte sich auf seinen Arm. Ein letzter Blick zu Laura, die ins Haus zurückkehrte.

Während der Klapperer mit röhrendem Motor anfuhr, während Tonia erklärte, dass sie ihre Freunde einholen musste und dem staunenden Freund von einem römischen Kardinal und zwei Wüstenkämpfern erzählte, ahnten die beiden nicht, dass ihnen vom obersten Zimmer des Hauses jemand nachsah.

»Halten Sie es für eine gute Idee, das Mädchen fahren zu lassen?«, fragte Drexel.

»Die beste«, antwortete Alois Gohrbach. Er presste den Feldstecher gegen die Augen und stellte ihn scharf. »Ohne Ihre Hilfe wäre das nicht möglich gewesen. Danke, Herr Doktor.«

»Man hilft, wo man kann.« Der Dicke beobachtete die Staubwolke, in der das Fahrzeug verschwand.

»Geben wir ihnen etwas Vorsprung«, lächelte Gohrbach, senkte das Fernglas und nahm die Teetasse entgegen, die Drexel ihm reichte.

44

Wir sind zu langsam!« Nach vorn gebeugt, als könnte sie das Tempo damit beschleunigen, hockte Tonia neben dem Klapperer. »Es geht bergab, wieso sind wir nicht schneller?«

»Wir schaffen's schon«, beruhigte er. In Wirklichkeit war der Klapperer ebenso besorgt wie Tonia. Wenn der Konvoi, den sie verfolgten, wirklich aus modernen Transportern bestand, wie sollte sein betagtes Vehikel ihn dann einholen? Die anderen hatten zwei Stunden Vorsprung, und auch wenn es nur diese Straße nach Süden gab, konnten sie nicht einen Nebenpfad eingeschlagen haben?

Um die Ungeduld seiner Freundin zu zügeln, ermunterte er sie, mehr von ihren Erlebnissen zu erzählen. Er hatte während der vergangenen Stunden so viel Unglaubliches gehört, dass ihm ganz wirr davon war. Vom Grenzübertritt in den Norden hatte sie erzählt, über die päpstliche Residenz und dass das Essen des Papstes zu schwach gesalzen war. Sie hatte Rom geschildert, den Angriff der Fliegenkinder und die Schätze der versunkenen Stadt. Über den Auftrag allerdings hatte sie kein Wort verloren. Weder, dass der Kardinal ihr das Wunder des Skorpions gezeigt hatte, noch den Raub der Bomben gab sie preis. Der Klapperer wollte von solchen Geheimnissen ohnehin nichts wissen; ihn interessierten die Wunder der unbekannten Natur.

»Sag doch, wie sieht das aus, ein *Wald*?«, fragte er. »So, wie wenn bei uns mehrere Palmen beisammenstehen?«

»Anders, ganz anders!« Ohne den Blick von der Piste zu wenden, berichtete sie. »Ein Wald, das ist, wenn dein Auge vor lauter Grün nicht weiß, wo es hinschauen soll.« Nein, Tonia spürte, so blieb der *Wald* für ihn unklar, sie musste ihn besser beschreiben. »Es ist keine Welt wie unsere, wo alles nebeneinandersteht, im Wald existieren die Dinge *durcheinander*. Die Wurzeln kriechen übereinander hin, als wären es Schlangen, dann kommen schwarze Stämme mit zerrissener Rinde. Die untersten Äste sind kahl und unbelebt, weil die Sonne nicht hinfällt.«

»Keine Sonne?«, unterbrach er. »Was hält sie denn ab?«

»Die Zweige, das Laub«, lachte Tonia, »darüber sind wieder Zweige und noch mehr Blätter und Lianen und Blüten und Früchte … und Farben wie im Traum!« Ratlos hielt sie inne, außerstande, etwas zu beschreiben, das man mit eigenen Augen gesehen haben musste. »Es gibt Wasser dort, so viel du willst. Sie essen jeden Tag frisches Gemüse!«

Ungläubig schüttelte er den Kopf. »Schwarze Erde, Blüten und Früchte?« Sein breites Gesicht nahm einen kindlichen Ausdruck an. »Wie gerne würde ich das eines Tages …«

»Da!«, rief Tonia, ihr Finger schnellte nach vorne.

Nun bemerkte auch der Klapperer die Spuren im Sand. Während der Wagen ausrollte, sprang Tonia ab und lief zu der Stelle. Nachdenklich folgte er ihr und sah, dass sich die Spuren der Räder teilten. Nun war es noch ungewisser, ob sie Tonias Freunde würden einholen können.

*

Gohrbach war in Hochstimmung. Die Aussicht auf Erfolg zauberte ein Schmunzeln auf sein Gesicht. Alles ging so einfach – er befehligte seine Fahrzeuge über Funk, sie fuhren durch die Wüste, auf direktem Weg nach Süden. Die Flüchtenden im Auge zu behalten war ein Kinderspiel; der Laster wirbelte eine Staubwolke hoch, die man von weitem sah. Diese Klapperkiste bringt mich ans Ziel meiner Wünsche, dachte er. Nicht Finsøkker würde das geheime Wasserreservoir entdecken – denn dass Tonia dorthin unterwegs war, darüber bestand für Gohrbach kein Zweifel –, *ihm* sollte die Anerkennung zufallen, der Ruhm und natürlich auch der Profit! Nie wieder würde er sich die Demütigung des Dänenführers gefallen lassen, nie mehr dessen Laufburschen spielen.

Der Fahrer stieg auf die Bremse.

»Was ist los?« Gohrbach schaute in die hitzeflirrende Landschaft.

»Sie haben gehalten.« Der Mann zeigte auf eine entfernte Stelle.

»Was gibt es in dieser Einöde zu sehen?« Gohrbach nahm

den Feldstecher, doch bevor er das Ziel scharfgestellt hatte, tauchte in der Ferne die Staubwolke auf, zum Zeichen, dass die Flüchtenden weiterfuhren.

»Gut so«, nickte der Trachtler. »Lasst euch nicht beirren, folgt eurem Weg bis ans Ziel.«

45

Der Tag war verronnen, die Sonne legte ihren schweren Glanz über Felsen und Dünen; jede Anhöhe wurde von ihr vergoldet. Das Schmunzeln war aus Gohrbachs Gesicht gewichen, seine Stimmung verflogen. Wohin fuhr das verdammte Mädchen bloß! Was sollte das Kreuz und Quer durch die Wüste, erst nach Süden, bei Viadana plötzlich nach Westen, um hinter den Bergen östlich weiterzufahren! Gohrbach argwöhnte, dass die Kleine die Spur verloren hatte. Nervös trommelte er die Fingerspitzen gegeneinander und erwog, den Laster anzuhalten und das Mädchen einer scharfen Befragung zu unterziehen. Bald wurde es dunkel; er verspürte nicht die geringste Lust, nachts planlos durch die Wüste zu irren.

»Da ist etwas«, sagte der Fahrer mit Blick in den Rückspiegel.

»Wo?« Gohrbach schnellte nach vorne.

»Dort, nicht weit vor Ihnen – eine Kolonne.«

»Das ist der Kardinal!«, lachte der Trachtler und folgte dem Fingerzeig des Fahrers. »Bleib zurück«, zischte er. »Nicht zu nahe heran!« Gohrbach hielt den Feldstecher vor die Augen. Kein Zweifel, was sich dort fortbewegte, war eine Fahrzeugkolonne; mehr ließ sich im staubigen Dunst nicht ausmachen. Deutlich jedoch erkannte er, dass der alte Laster den hintersten Wagen des Konvois erreichte.

»Endlich.« Er fuhr sich über die brennenden Augen.

Vor ihnen verlangsamte die Kolonne und hielt. Männer stiegen aus, bis auf einen trugen sie schwarze Kutten. Jener Einzelne war größer als die anderen, sein blauer Umhang wehte im Wind. Das Mädchen lief auf ihn zu.

*

Was gab es zu sagen, was zu erklären? Dula teilte das Glücksgefühl, das Tonia scheu zu Boden blicken ließ, während sich die Aufregung rundum legte.

Als sich der unbekannte Laster der Kolonne genähert hatte und nicht abzuschütteln gewesen war, hatten die Mönche ihre Gewehre auf den Fahrer gerichtet. Erst als sie an dessen Seite das Mädchen in Männerkleidern erkannten, hatten sie die Waffen gesenkt. Dem Klapperer war die Angst gehörig in die Knochen gefahren; nur zögernd vertraute er darauf, dass die finsteren Gestalten ihm nichts tun würden.

»Wie hast du uns gefunden?«, fragte Dula.

»Du hast mir beigebracht, Spuren zu lesen.« Plötzlich ging die Freude mit Tonia durch. »Ich *wusste*, dass ich dich finden würde!« Mit glücklichem Lächeln schaute sie die Reihe der Fahrzeuge entlang und bemerkte, dass ein Wagen fehlte.

»Wo ist der Kardinal?«

»Nicht hier«, antwortete der Tuareg. »Was ist mit deinem Fuß?« Er bemerkte ihren hinkenden Schritt.

»Ich werde *Shawuawe*-Öl darauf tun«, lächelte sie, »dann heilt es rasch.« Tonia brannte darauf zu erfahren, wieso der Kardinal mit neuem Ziel unterwegs war. »Ist Muganabe bei euch? Und Gretchen?«

»Steig ein. Reden können wir später.« Dula ging zum Wagen voraus, auf sein Zeichen kehrten auch die Mönche an die Fahrzeuge zurück.

Ratlos sah Tonia den Klapperer bei seinem Laster stehen;

ihr wurde beklommen zumute. Hatte sie nicht erst vor wenigen Stunden von ihrer Mutter Abschied genommen? Schon hieß es wieder Lebewohl sagen.

»Pass auf dich auf, Mädel«, knurrte er, um sich die Rührung nicht anmerken zu lassen.

»Eines Tages zeige ich dir einen Wald, das verspreche ich dir.« Tonia hielt ihn an beiden Händen, den guten lieben Freund, ohne den ihr Abenteuer schlecht ausgegangen wäre. Er stieg ein, wendete die Klapperkiste und fuhr zurück nach Norden.

Tonia riss sich aus ihrer Traurigkeit, lief zu Dula und kletterte in das Fahrzeug. Im Halbdunkel entdeckte sie eine vertraute Silhouette.

»Du bist wie ein Insekt, das man nicht abschütteln kann«, sagte Beatrice.

»Du bist auch da!«, rief Tonia erfreut.

Schon dröhnte der Motor, mit einem Ruck fuhren sie an. Sie setzte sich und war insgeheim froh, nicht die einzige Frau unter den Mönchen zu sein. Es tat gut, Beatrice in ihrer Nähe zu wissen.

46

Ein Teil der Nacht war verstrichen; die Aussicht, mit Dula zu sprechen, hatte sich in dem röhrenden, holpernden Fahrzeug als unmöglich herausgestellt. Tonia war seltsam ernüchtert – all ihre Not, die Angst und Anstrengungen der letzten Stunden hatte sie vor allem wegen Dula auf sich genommen, aus Hoffnung auf ein Wiedersehen. Nun saß sie ihm schweigend gegenüber, und es war, als sei seit ihrer Trennung nichts geschehen. Eine ungeahnte Wut stieg in Tonia auf –

fahren, immer nur *weiterfahren*; sie hatte genug davon! *Ankommen* wollte sie endlich, irgendwo bleiben, wo es ihr, wo es vielleicht auch Dula gefiel! War das bloß Spinnerei, ein unmöglicher Traum, spielten allmählich ihre Nerven verrückt? Sie sah ihn an; der Tuareg hatte sich in seinen Umhang gehüllt und die Augen gesenkt.

Endlich endete das Rütteln, die Motoren verstummten. Froh, der Enge zu entfliehen, sprang Tonia hinaus in eine perfekte Nacht. Der Himmel war so samtig und hoch, zugleich so beängstigend grenzenlos, dass sie den Blick auf das Feuer senkte, das ein Mönch gerade anfachte. Sie wusste nicht mehr, wohin mit all ihren Gefühlen. Geborgenheit wollte Tonia – bald, endlich! Das Vagabundieren wurde ihr zur Last, und trotz der Freundschaften, die sie auf der Reise geschlossen hatte, sehnte sie sich nach etwas Größerem, Unbekannten. Sie wollte die Liebe von jemand, der sie umfing und sagte: *Hier sind wir, du und ich, hier ist es gut.*

Tonia seufzte. Sie hatte Lust, sich ans Feuer zu setzen, gleichzeitig trieb es sie hinaus in die herrliche Wüstennacht. Ein Schritt folgte dem nächsten, das Rascheln des Sandes, die Kälte, das klare Gefühl; Tonia wollte gar nicht mehr stehen bleiben.

»Geh nicht zu weit«, sagte die Stimme, die sie von allen am liebsten hörte. Sie drehte sich nicht um, zum Reden fehlte ihr der Mut. Der Tuareg kam näher, bis er dicht hinter ihr stand.

»Ich wollte nicht glauben, dass du für immer fortgehst«, sagte er mit jenen kehligen Lauten, die ihr als Erstes an ihm aufgefallen waren, im Hof der Kirche; seine Größe, seine sanften Züge hatten ihr gleich gefallen.

»Wolltest du, dass ich wiederkomme?«

Er nickte.

»Wieso?«

»Weil ein Stück von mir fehlte, seit du fort warst.« Er berührte ihre Schulter und drehte sie sanft herum. »Du zitterst«, sagte er und schlang seinen Umhang um sie. »Besser so?«

Sie spürte die kleine Welt, die er unter seinem Mantel baute, die Höhle, in der ihre Körper sich nahe waren, so nahe, dass Tonia die Hand ausstreckte, seinen Arm, die Schulter, seine Brust berührte. Dula erwiderte das Spiel ihrer Hände, liebkoste sie mit den Fingern, gleichzeitig zog er sie an sich. Mit glücklichem Seufzer sank das Mädchen an seine Brust, umschlang ihn, presste sich an die geliebte Gestalt und schloss die Augen. Lange standen sie so, bis der Tuareg sanft ihren Kopf hob. So innig sah er sie an, dass Tonia alle Wunder, alle Wärme und alles Glück in sich zusammenlaufen spürte.

»Du hast immer noch kein *Gris-gris*«, flüsterte sie.

»Auch ohne *Gris-gris* habe ich dich gefunden.«

Er zitterte ebenfalls, und als er sich über sie beugte und sein Mund ihren berührte, spürte sie, auch für ihn war es der erste wirkliche Kuss. Seine Lippen verharrten einen Moment und gingen schließlich auf zärtliche Wanderschaft. Tonia glaubte sich in eine wunderbare Landschaft versetzt, die sie erschuf, während sie sie durchwanderte. Sie küssten und streichelten einander, bis er von ihr abließ und sie einander atemlos ansahen. In ihren Blicken lag das Glück des Augenblicks; nun, da sie sich seiner bewusst wurden, schwand es bereits und machte der Frage Platz, was als Nächstes geschehen würde, wie eine Zukunft aussah für zwei wie sie – ein Mädchen, noch nicht erwachsen, und einen Kämpfer, dessen größte Herausforderung nahte. Das zarte Gebilde, das zwischen ihnen erblühte, schien bedroht durch die *größere* Sache, zu deren Erfüllung sie hier standen, unter dem atemberaubenden Himmel. Und tatsächlich, schon drängte sich die Wirklichkeit in ihre Welt.

»Wir sind nicht allein«, sagte ein Mönch; die Dunkelheit hatte ihn ausgespuckt.

Dula ließ Tonia los. »Wo?« Er zog den Mantel zurück.

»In einem großen Kreis um uns.«

»Trachtler?«, fragte Dula. Der andere nickte.

Tonia erschrak bei dem Wort. Wie sollte Gohrbach sie so schnell gefunden haben? »Müsst ihr kämpfen?«, fragte sie.

»Das können wir nicht.« Er versuchte die Finsternis zu durchdringen. »Wir sind zu wenige.«

»Was?!« Sie lachte. »All die Mönche, die Truppe des Kardinals –« Sie zeigte zu den Feuern, wo sie die Kämpfer versammelt glaubte. Zwanzig Transporter hatten noch vor kurzem im Halbkreis gestanden, in jedem, nahm sie an, hatten etwa dreißig Mönche gesessen – wo waren sie geblieben? Ein kleiner Haufen hatte sich zur Rast versammelt, kaum mehr als zwei Dutzend. »Wo sind denn alle?«

»Sie sind dem Kardinal gefolgt. Wir nehmen einen anderen Weg als sie.«

»Warum?«

»Zur *Ablenkung.*« Dula zeigte in die Nacht. »Wie du siehst, hat sich die Vorsicht des Kardinals als richtig erwiesen.«

Schlagartig wurde es Tonia klar: Reverricio hatte sich heimlich auf den Weg zu seinem *wahren* Ziel gemacht.

»Aber …«, sie schluckte. »Wenn ihr nicht genug zum Kämpfen seid, was wollt ihr gegen die Trachtler tun?«

Wortlos führte der Tuareg das Mädchen zum Wagen und ging mit dem Mönch zu den anderen. Tonia stieg nicht ein, sondern beobachtete die Beratung am Feuer. Die Gesichter der Männer waren ernst, sie sprachen gedämpft.

»Das sieht nicht gut aus.« Hinter ihr tauchte Beatrice aus dem Wagen auf.

»Was sollen wir nur machen?«

Statt einer Antwort zeigte Beatrice auf Dula, der zurückkam.

»Wir fahren weiter. Vielleicht können wir ihnen mit den Transportern entkommen.«

Tonia erwartete einen Blick, ein Zeichen von ihm, das ihr sagte, zwischen ihnen hatte sich etwas verändert. Aber der Tuareg gab Befehle und forderte die Frauen auf einzusteigen. Tonia war im Begriff zu gehorchen, als ein gleißendes Licht auf sie fiel. Es erfasste den Wagen, die überraschten Mönche; es ließ sogar die Farbe des Feuers fahl erscheinen.

»Bleibt, wo ihr seid!«, sagte eine verzerrte Stimme.

»Hinein mit dir«, zischte Dula und wollte Tonia ins Innere schieben.

»Sie rührt sich nicht!«, befahl die Stimme.

Geblendet vom grellen Scheinwerfer, schauten sie den Männern entgegen, die auf sie zukamen. Sie hielten Gewehre im Anschlag. An den Silhouetten dahinter erkannte man, es waren noch viel mehr.

»Hab keine Angst«, flüsterte Dula. »Sie wollen nicht dich. Sie wollen das Wissen, das ich besitze.«

Inmitten der Gruppe näherte sich Alois Gohrbach. Seine Selbstsicherheit hätte nicht größer sein können, zugleich kochte er vor Wut. »Ihr haltet mich wohl für blind!«, sagte er schneidend. »Ich soll eine Kolonne verfolgen, die dem Kardinal untersteht – und der Wagen des Kardinals ist nicht dabei?!«

Dula antwortete nicht. Tonia bemerkte, wie seine Hand sich auf das Schwert senkte.

»Das würde ich nicht tun!« Auf Gohrbachs Zeichen hielten die Männer Dula in Schach und entwaffneten ihn.

»Ein schönes Stück.« Der Trachtler zog das Schwert aus der Scheide, die scharfe Klinge blitzte im Licht. »Wo ist der Kardinal?«, fragte er übergangslos.

Dula schwieg. Gohrbach bemerkte Beatrice. »Ach, die schöne Vertreterin der Presse! Wollen *Sie* mir vielleicht sagen, wo ich Seine Eminenz finde?«

»Ich weiß es nicht, wirklich nicht.« Beatrice war die Furcht anzusehen, zugleich spielte ein unerklärliches Lächeln auf ihrem Gesicht.

Gohrbach trat vor den Tuareg, der ihn um einen Kopf überragte. »Ich zweifle nicht, dass du imstande bist, mir die Wahrheit zu verschweigen. Aber ich glaube nicht, dass deine Freundin so viel Stärke besitzt.«

»Sie weiß nichts«, entgegnete Dula.

»Und wenn schon.« Gohrbachs Gesicht nahm einen gehässigen Ausdruck an. »*Du* wirst es mir sagen, oder ist es dir lieber, dass ich ihr die Hand abhacke?«

Während einer der Trachtler Tonia packte und aus Dulas Nähe riss, nahm Gohrbach das Schwert. »Streck den Arm aus«, fuhr er das Mädchen an.

Sie wand sich, aber der Griff des Mannes machte jede Gegenwehr sinnlos. In namenloser Angst sah sie mit an, wie der Trachtler ihren Arm hob und Gohrbach entgegenhielt. Tonia musste an die vatikanischen Gärten denken. Hatte Dula dort nicht vorausgesagt, dass es tollkühn war, ein Mädchen in den Kampf mitzunehmen?

»Bitte nicht«, hauchte sie, bezwang sich aber, vor Angst zu schreien.

»Ich glaube *tatsächlich* nicht, dass es so weit kommt«, sagte Gohrbach mit gespielter Freundlichkeit. »Oder doch?« Er fixierte Dula. Auch wenn der Tuareg ruhig erschien, raste in seinem Innern der Widerstreit. Er presste die Lippen aufeinander, seine Augen verfinsterten sich.

»Wo ist der Kardinal?!«, schrie Gohrbach und hob das Schwert.

»Auch wenn ich es dir sage, nützt es dir nichts.« Dulas Stimme war dunkel vor Sorge. »Ihr kommt zu spät.«

»Wie du willst!« Gohrbach gab seinem Mann ein Zeichen, der hielt Tonias Hand ausgestreckt und wandte den Kopf ab, um vom Blut nicht bespritzt zu werden.

Sie konnte nicht länger an sich halten – Tonia schrie! Es war ein Schrei aus einer unbekannten Tiefe, das Gebrüll eines Tieres. Gohrbach ließ sich davon nicht beirren. Er zielte, die schimmernde Klinge hob sich, das Schwert fuhr nach unten …

Im selben Moment tat der Tuareg einen Sprung. Aus dem Stand erhob er sich in die Luft, überwand die Distanz zu Tonia und ihrem Peiniger, rammte den Mann, der das Mädchen festhielt, und riss beide zur Seite. Gohrbach vermochte die sausende Klinge nicht abzubremsen, sie fuhr nicht in Tonias Arm, sondern erwischte den eigenen Mann am Ohr. Der Trachtler schrie und ließ Tonia los; sie taumelte in den Sand.

Das blutige Schwert in der Hand, stand Gohrbach dem unbewaffneten Tuareg gegenüber. Dem Trachtler war anzusehen, dass ihm bei diesem Gegner nicht wohl zumute war.

»Wo bleibt ihr!«, brüllte er.

Von allen Seiten tauchten sie auf und umringten die Gruppe. Tonia sprang hoch und wollte entfliehen – es waren zu viele; sie rannte ihnen direkt in die Arme.

Als Dula erkannte, dass er das Mädchen nicht mehr beschützen konnte, gab er auf.

»Ich sage dir, was du wissen willst, wenn ihr sie in Ruhe lasst.«

»Das darfst du nicht!«, schrie Tonia und wehrte sich umsonst gegen die Arme, die nicht losließen.

Gohrbachs Überlegenheit kehrte zurück. »Warum nicht gleich so?«

Auf sein Zeichen wurde der Tuareg in den Sand gestoßen, seine Arme auf den Rücken gezerrt, man fesselte ihn. Mit Tonia verfuhren sie genauso. Das Mädchen musste mitansehen, wie ihr Beschützer, ihr Liebster, sich willenlos zu Gohrbachs Wagen führen ließ. Ihr wurde heiß und kalt – *sie* war schuld, dass Dula aufgab und das große Geheimnis verriet.

Sie allein hatte das Unternehmen des Kardinals in Gefahr gebracht. Verzweifelt wollte sie dem Tuareg hinterher.

»Du nicht.« Der Trachtler mit dem blutenden Ohr hielt sie fest. Während Tonia zur Gruppe der gefangenen Mönche gebracht wurde, sah sie, wie Gohrbach vor Dula trat.

»Wo ist der Kardinal?«

Der Tuareg beugte sich vor, bis sein Mund fast Gohrbachs Ohr berührte. Fassungslos beobachtete Tonia, wie Dula dem Trachtler etwas sagte – es war nur ein einziges Wort.

Triumphierend richtete Gohrbach sich auf. »Wir fahren!«, rief er in die Runde.

Während Tonia in den erstbesten Wagen gestoßen wurde, bemerkte sie, dass noch jemand das Wort des Tuareg mit Interesse vernommen hatte. Beatrices Augen glänzten, um ihren Mund spielte ein feines Lächeln.

Nahe dem Abgrund

47

Die kleine Stadt L'Aquileia war in den Jahrhunderten ihres Bestehens nie sonderlich in Erscheinung getreten. Sie lag etwa hundert Kilometer östlich von Rom, auf 865 Metern Seehöhe, inmitten der Abruzzen. Früher hatte ein bescheidener Fluss L'Aquileia durchzogen, er war seit langem vertrocknet.

Was man auf den ersten Blick nicht sah, der Ort lag an der geologischen Scheidegrenze der Kontinente. Hier prallten die eurasische und die afrikanische Platte aufeinander. Auch wenn die Verschiebung Jahrmillionen dauerte, verrückte sich die Erdkruste bei L'Aquileia jedes Jahr um einige Zentimeter. Nach menschlicher Zeitmessung unendlich langsam schob sich der afrikanische Schild über den europäischen. Gigantische Gesteinsmassen wurden nach unten gedrückt, wo sie, tief im Erdinneren, mit flüssigem Magma verschmolzen. Wegen dieser unausgesetzten Bewegung suchten die Ortschaft häufig Erdbeben heim; manche so schwach, dass sie kaum das Wasser in einem Glas erzittern ließen, andere brachten die Lampen in den Häusern zum Schwingen und ließen sogar Dächer einstürzen.

Die Bevölkerung von L'Aquileia hatte sich an ihre besondere Lage gewöhnt; als sei es das Natürlichste von der Welt, gingen sie nach jedem Beben ans Aufräumen. Wie konnten sie ahnen, dass ihr Heimatort Schauplatz der größten Umwälzung werden sollte, dass L'Aquileia an ein und demselben Tag zweimal zerstört werden würde.

*

Zum wiederholten Mal beugte sich Giorgio über den Messstab; der Papierstreifen zeigte nicht an, was er hoffte. Missmutig riss er ihn ab, schob die Kapuze zurück und betrachtete die gezackte Linie in besserem Licht; das Ergebnis blieb dasselbe. Giorgio verließ die Messstelle und stieg den schwarzen Hügel hoch. Unter seinen Stiefeln zerbarst das quallige Gestein. Bevor er das Plateau erreichte, blieb er stehen: Vor ihm erhob sich ein ungewöhnlicher Felsen – der Wind hatte den Sockel ausgehöhlt, auf seiner Spitze lagen drei Steine, nicht von Menschenhand aufgetürmt. Nicht wegen der seltsamen Form blieb Giorgio stehen, sondern weil dort etwas in Bewegung geriet. Die Steine zitterten, der unterste begann sich zu drehen, die darüber schaukelten und wippten zur Seite, als ob der Fels mit ihnen jonglierte. Der Mönch erwartete, dass sie zu Boden kullern würden, doch sie fielen nicht. Die Stöße im Innern der Erde waren nicht einmal stark genug, dieses labile Gebilde zum Einsturz zu bringen; wie sollten sie etwas so Gewaltiges bewegen wie einen Berg! Kopfschüttelnd stieg er weiter. Von oben kam ihm ein Brocken entgegen, in seinem Ärger trat der Mönch mit dem Stiefel dagegen. Ein Schrei, er hatte sich den Zeh gestoßen. Giorgio erklomm die Anhöhe.

Es war Nacht geworden, doch überall brannten noch die weißen Lampen, die das Felsplateau in kaltes Licht tauchten. Er kam an dem knatternden Dieselmotor vorbei, der die Generatoren in Gang hielt. Der Boden schimmerte grau, als seien hier riesige Metallplatten zusammengefügt worden. In der Mitte brachen sie unvermittelt ab. Giorgio hob den Kopf –

quer durch die Anhöhe verlief ein Riss, an dieser Stelle war er gewiss zwanzig Meter breit. Die Spalte setzte sich zwischen den Anhöhen fort und verschwand im Dunst der frühen Dämmerung. Auf der gegenüberliegenden Seite tat sich eine völlig andere Landschaft auf, dort sah man roten Sand, unförmiges Geröll, eine hügelig gewellte Gegend. Es war, als habe jemand an diesem Ort zwei Teile eines Puzzles aneinandergelegt, die nicht zusammenpassten. Giorgio stand am Rand der Kontinente.

Das Plateau war so weitläufig, dass er noch Minuten ging, um den Abgrund selbst zu erreichen. Ein altes Blechschild hing an metallenem Pfosten und quietschte im Wind. *Willkommen auf dem Colle Marg*… – den Rest der Schrift hatte der Rost gefressen. Giorgio schaute hinunter. Der Blick in die Tiefe, in jenen Schlund, der zum Brunnen der Welt führte, war überwältigend. Noch schwieg der Mund der Erde, doch bald würde sein Getöse alles in Aufruhr versetzen. Wenn sich die *Geburt* vollzogen hatte, würde nichts mehr so sein, wie es war. Ergriffen hob Giorgio das silberne Kreuz von seiner Brust und küsste es.

»Pangaea«, flüsterte er. Im Metall des Kreuzes spiegelte sich die Morgenröte. Jetzt erst nahm sein Auge die Vorgänge wahr, die sich unter ihm abspielten. Man hatte ein Netz aus metallenen Treppen in die Tiefe gebaut. Auch wenn der Erdriss auf den ersten Blick bodenlos wirkte, befand sich hundert Meter zu Giorgios Füßen ein schmales Plateau; dort standen Maschinen, eine mächtige eiserne Spinne krallte sich an die Felswand. Aus ihrer Mitte drang ein Rohr rotierend in die Tiefe, immer weiter, bis das Auge es in der Dunkelheit verlor. Giorgio beobachtete die Mönche, die die Bohrung vorantrieben, auch jene, die sich, klein wie Ameisen, auf den Treppen bewegten.

Ein Rascheln in seiner Hand riss ihn aus der Betrachtung – der Papierstreifen. Kardinal Reverricio verlangte unangenehme Neuigkeiten unverzüglich zu erfahren; Giorgio drehte um und ging die letzten Schritte ins Lager. An den Feuern saßen die bärtigen Brüder, mancher nickte ihm zu. Sie kauten Pökelfleisch, die meisten schliefen.

Der Bus stand inmitten der Zelte, die Tür war offen, Giorgio stieg ein. Den Kardinal umringten vier Mönche. Als sie den verrückten Giorgio bemerkten, hielten sie mitten im Satz inne.

»Und?«, fragte Reverricio erwartungsvoll.

Wortlos, als getraue er sich die Wahrheit nicht auszusprechen, reichte der Mönch ihm das Papier.

»Fünf?« Reverricios Miene verdüsterte sich. »Gestern hat es schon sechs angezeigt – und jetzt wieder fünf?!«

»Die Stöße werden schwächer«, nickte Giorgio.

»Ich begreife das nicht!« Der Kardinal hielt den Übrigen den Streifen hin, als seien sie imstande, die Messung anders zu deuten.

»Der Lithosphärenmantel müsste sich längst bewegt haben«, sagte ein hagerer Mönch.

»Die kontinentale Drift ist nicht exakt *messbar*«, warf ein anderer ein.

»Hört auf mit dem Fachlatein«, rief der Kardinal. »Pangaea *müsste* sich bewegen, sagt ihr mir in einem fort – es *müsste*! Aber Pangaea bewegt sich nicht! Stärke acht habt ihr prognostiziert: Bei einem solchen Beben müssten die Zeltstangen einknicken und uns die Felsbrocken um die Ohren fliegen! Aber wir sitzen hier bei Stärke *fünf* – und die Zeit läuft uns davon!«

Alle wussten, was er meinte: Der Standort war nicht mehr lange geheim zu halten.

»Hast du den Schlitten?«, fragte der Kardinal den verrückten Giorgio.

Der Mönch nickte. »Ich habe die Bomben miteinander verbunden. Der Stahlmantel schützt sie vor vorzeitiger Erschütterung.«

»Wir sind hier, um das alte Gewand des Landes zu zerreißen.« Reverricio schlug die Faust gegen die Innenfläche der Hand. »Wir zerstören, um Neues zu schaffen – etwas Wunderbares!«

Zum ersten Mal hatte Giorgio den Eindruck, der Kardinal sagte die ermunternden Worte nicht ihnen, sondern sprach sich selbst Mut damit zu. Eben wollte der Mönch wieder aussteigen, als ihm jemand entgegenkam. Der Mann war so groß, dass er den Eingang des Busses verdunkelte.

»Hast du etwas von ihnen gehört?« Wachsam musterte der Kardinal den Tuareg.

Muganabe sprach einige Sätze in seiner Sprache; Reverricio nickte, die Sorge stand ihm ins Gesicht geschrieben.

»Und wie geht es dem Mädchen?«

Für einen Augenblick huschte ein freundlicher Glanz über Muganabes Gesicht. *»So dolah neve«*, antwortete er.

»Gretchen ist heiß. Sie will ein Bad nehmen!«, übersetzte der Kardinal. Die Männer lachten und vergaßen für einen Moment, was sie bedrückte.

48

Der Tuareg war an Händen und Füßen gefesselt, Rücken an Rücken mit ihm hatte man Tonia festgebunden. »Wir hängen dir dieses hübsche Gewicht ans Bein«, hatte Gohrbach gesagt, »damit du deine Zeit nicht mit Fluchtgedanken vergeudest.«

Tonia spürte die Hände des Liebsten; unter anderen Umständen wäre ihr die Dämmerung, die Nähe zu ihm willkommen gewesen. Mühevoll drehte sie sich herum und sah ihn an. »Dula?«

Abwesend starrte er an die Wagendecke, seine Lippen bewegten sich, ohne zu sprechen, er atmete stoßweise.

»So dolah neve«, hörte Tonia.

»Was?«, flüsterte sie. »Dula, was sagst du?« Sie stieß ihren Rücken gegen seinen.

»Sie will ein Bad nehmen.« Seine Stimme sprach es aus, der Mann selbst schien ganz woanders zu sein.

»Mit wem redest du?« Sie verrenkte den Hals, um ihn anzusehen.

Dula antwortete nicht. Etwas Außergewöhnliches war in Gang, bei dem sie nicht stören durfte. Tonia wandte sich ab und überließ den Tuareg seiner unverständlichen Zwiesprache.

Noch andere Stimmen waren zu vernehmen. Abgetrennt durch eine Blechwand hörte Tonia Beatrice. Mit aasigem Lächeln hatte Gohrbach sie zu sich gebeten, und Beatrice war eingestiegen. Tonia versuchte, ihrem Gespräch zu folgen, verstand aber bloß einzelne Worte, entmutigt sank sie in sich zusammen und gab sich ihren trüben Gedanken hin.

*

»Ich begreife nicht, weshalb eine Frau wie Sie auf der falschen Seite steht.« Gohrbach saß mit übergeschlagenen Beinen und rauchte. »Eine Frau mit Weitblick – eine, die die Welt außerhalb der Wüste kennt«, schmeichelte er.

»Wenn Sie wüssten, wie nahe ich der *richtigen* Seite bin«, konterte Beatrice.

Für einen Moment verschwand das Lächeln aus seinem Gesicht – hatte sie zu viel verraten? »Warum lassen Sie sich für die fragwürdigen Zwecke eines alternden Kirchenfürsten missbrauchen?« Er schüttelte selbstgefällig den Kopf. »Ist das vernünftig, ist es zukunftsorientiert?«

Gohrbach hatte die Trachtlerjacke abgelegt, das weiße Hemd stand offen.

»Bei manchen Männern spielt das Alter keine Rolle«, antwortete sie.

Er verstand die Andeutung so, wie er sie verstehen wollte, und fuhr sich geschmeichelt durchs Haar. »Ich könnte mehr für Sie tun als der Kardinal.« Er nahm einen tiefen Zug und blies den Rauch gegen die Wagendecke.

Beatrices Aufmerksamkeit galt dem schwarzen Kasten neben Gohrbachs Knie. Ein rotes Licht brannte dort, es gab Metallknöpfe und Skalen und ein abnehmbares Mikrofon. Der Kasten bot die einzige Möglichkeit, ihr Wissen an die richtige Stelle weiterzuleiten.

Warum bat sie Gohrbach nicht einfach um Hilfe? Sie wusste, dass er ein Gefolgsmann Finsøkkers war. Aber Beatrice kannte die Männer und ihr verrücktes Verhalten, wenn es um Macht ging. Gohrbach wollte anerkannt, wichtig genommen werden; es war unvorhersehbar, wie er reagierte, wenn er von ihrem Verhältnis zu Finsøkker erfuhr. Noradt war ein wirklicher Machtmensch, Gohrbach bloß ein Möchtegern.

»Sie könnten tatsächlich etwas für mich tun«, ging sie auf dessen Geplänkel ein. »Ich habe von den Mönchen bloß Hirsebrei zu essen bekommen. Ich bin am Verhungern.«

»Wenn es weiter nichts ist!«, lachte Gohrbach und öffnete entgegen Beatrices Erwartung ein Fach vor seinen Knien. Er nahm eine Schale mit Feigen heraus. »Bedienen Sie sich.«

Auch wenn ihr die frischen Früchte Appetit machten, spielte sie die Enttäuschte. »Ich hatte gehofft, bei Ihnen etwas Anständiges zu bekommen.«

»Jetzt?« Ihr Wunsch passte nicht in seine Pläne.

»Wenn wir das nächste Mal halten.«

Ein kurzes Zögern, dann grinste er. »Sie sollen sehen, was wahre Gastfreundschaft ist.«

Gohrbach gab dem Fahrer ein Zeichen stehen zu bleiben. Hinter ihnen stoppten die anderen.

»Der Chef serviert persönlich!« Der Trachtler stieg aus und lief nach hinten.

Mit einem Griff hatte Beatrice das Funkgerät auf *Senden* geschaltet, mit dem nächsten drehte sie die Scheibe, bis die Skala Finsøkkers Frequenz anzeigte. Sie löste das Mikrofon aus der Verankerung, hob es aber nicht an den Mund.

»Wie weit ist es bis L'Aquileia?«, fragte sie den Fahrer.

»Kommt auf den Zustand der Straßen an.«

»Gibt es keinen besseren Weg nach L'Aquileia?« Mit ihrer Jacke bedeckte sie das Mikrofon und schob es so nahe wie möglich zu ihm.

»Keinen, den ich kenne.« Verständnislos sah er die Rothaarige an, die solch seltsame Fragen stellte.

»Kommen wir an Rom vorbei?« Sie lächelte, als genieße sie das kleine Gespräch.

»Rom? Keine Spur. Wir müssen über die ehemalige Passstraße von La Forca, dann kommen wir nach Montereale, und von dort immer gerade nach Süden durch das alte Tal von …«

Er unterbrach sich, sein Blick wanderte zur Tür – hinter ihnen stand Gohrbach. Auf einem Teller balancierte er zwei gebratene Hühnerschenkel.

»So sieht also Ihr ›Hunger‹ aus«, sagte er eisig. Ein Klicken, das Licht am Funkgerät erlosch, er hatte abgeschaltet. Bevor Beatrice etwas erwidern konnte, zerrte der Trachtler sie aus dem Wagen. Das Tablett fiel zu Boden, die Hühner kippten in den Sand.

»Sie sind nicht so klug, wie ich dachte!«

»Hören Sie zu!« Beatrice wollte sich aus der Umklammerung befreien. »Sie wissen nicht, wem ich die Nachricht senden wollte!«

»Der Kardinal wird nichts mehr davon haben!«, schrie er.

Beatrice sah Gohrbachs Kerle herankommen. »Sie machen einen Fehler.« Zum zweiten Mal lag ihr Finsøkkers Name auf der Zunge, doch der Instinkt riet ihr, das Geheimnis so lange wie möglich zu wahren.

»Zu den andern!«, rief Gohrbach und stieg ein.

Unsanft wurde sie nach hinten gezerrt, eine Tür öffnete sich, man stieß sie zu den gefesselten Mönchen.

*

Mehrere hundert Kilometer entfernt starrte Noradt Finsøkker das Funkgerät an. Die Leitung war schlecht gewesen, das Gespräch bruchstückhaft, er hatte Beatrices Stimme nicht gleich erkannt. Ein Name aber war aus der Übertragung hängengeblieben und hatte sich seinem Gedächtnis eingebrannt.

»L'Aquileia?« Er schaute in die Wüste, die Sonne tat seinen Augen weh. »So weit südlich?« Nachdenklich zog er die Karte heran, sein Finger glitt nach unten, hielt inne. Plötzlich entrang sich dem Dänen ein Lachen. »L'Aquileia liegt am untersten Rand der Bruchlinie! Wir sind viel zu weit nördlich!«

Das ungewohnte Verhalten ihres Anführers ließ seine Männer aufblicken.

»Wir korrigieren den Kurs!«, rief er. »Welches ist der direkte Weg nach L'Aquileia?«

Der Offizier trat zu ihm. »Wir müssten den Salzsee umfahren.« Er zeigte auf den Kessel von Perugia.

»Umfahren?« Finsøkkers Hand zog einen geraden Strich von Nord nach Süd. »Wir fahren mitten durch!«

»Es gibt dort gefährliche Abbrüche«, erwiderte der andere. »Bei Sturm sind sie nicht zu erkennen.«

»Kein Sturm weit und breit«, sagte Finsøkker unternehmungslustig. »Wir werden den Salzsee bei bestem Wetter durchqueren.«

Der Offizier wollte etwas entgegnen, Finsøkkers Blick brachte ihn zum Schweigen. »Geben Sie den neuen Kurs durch. Wir brechen auf.«

49

Senkrecht stand die Sonne über dem Lager, das sich am Rand des Abgrunds entlangzog; die Sonne stand über Gretchens Zelt. Rexeisens Tochter hatte kein Bad nehmen können, denn Wasser gab es nur zum Trinken. Sie litt unter der Hitze, die, anders als im Norden, das Leben verdampfte, jede Flüssigkeit aus ihm heraussog. Kraftlos lag Gretchen unter der Plane und lauschte den eigenen Atemstößen, beobachtete den schweißigen Film an Hals und Handgelenken, sie fühlte sich vollkommen verloren.

Muganabe saß im Sand und trug die schwarze *Gandura* wie eine Haut um sich geschlungen. Er besaß nichts, was er dem Mädchen hinter der Zeltwand hätte schenken können, sprach nicht ihre Sprache, wurde von ihr nicht als Freund angesehen. Doch Muganabe war im Besitz einer außergewöhnlichen Kunst – er hatte Macht über die *Bilder.* Er *sah* und konnte andere an dem Gesehenen teilhaben lassen. Dazu brauchte er nichts als die Kraft hinter seinen geschlossenen Augen.

Der Tuareg ließ den Atem ausströmen und senkte die Lider. Er blickte tief in sich hinein, in das Gedächtnis seiner Seele – er sah eine Skulptur im Sand. Im Süden, wo er zu Hause war, wuchsen solche Gebilde gleich Labyrinthen empor, es waren Kunstwerke der Wüste. Muganabe ließ Gretchen einen Blick darauf werfen. Er hörte, wie sie sich im Zelt herumdrehte, ein heiteres Geräusch kam aus ihrem Mund, sie glaubte zu träumen.

Nun sah Gretchen Marmorblöcke im Staub; der Kobalt in ihrem Innern ließ sie blau erstrahlen, in Jahrtausende währender Arbeit hatte der Wind sie glattgeschliffen. Gretchen sah eine Wüstenstadt in der Abenddämmerung, sonst braun wie der Sand, nahm sie zu jener Stunde eine rosa Färbung an. In ihrer Mitte leuchtete die alte Lehmburg, als sei sie von hundert Feuern erhellt. Gretchen erblickte Dünen, hoch wie Gebirge, ihnen zu Füßen nahm sich die Karawane wie ein Zug von Ameisen aus. Sie sah die Heiterkeit einer Oase, wo Kakteen und Kilkha-Sträucher blühten und es genügend Wasser für alle gab. Der Wüstenfuchs und die Sporenschildkröte waren dort zu Hause. Muganabe zeigte der Träumenden Salzsteinhöhlen mit bizarren Ausblühungen; an den Wänden ließ er Zeichnungen in Rot und Ocker erstehen, die von Urzeiten zeugten, als frühe Menschen die Wüste zu ihrem Lebensraum machten. Er spürte, dass Gretchen ihren seltsamen Traum genoss und darüber vergaß, dass sie wie eine Gefangene gehalten wurde.

Während der Tuareg die Reise hinter seinen Augen fortsetzte, bemerkte er, dass jemand anderer nach ihm rief – er selbst war das Ziel einer Stimme. Muganabe begriff: Dula wollte zu ihm. Der junge Kämpfer, den er ausgebildet hatte, war in die Kunst eingeweiht, mit jemand zu sprechen, der weit entfernt war, manchmal sogar mit den Toten.

Muganabe lauschte der Nachricht Dulas, sah die Bilder der motorisierten Karawane, die sich auf den geheimen Ort zubewegte. Er sah auch, dass sein Freund in Fesseln war. Muganabe verstand, der junge Tuareg wollte keine Hilfe für sich, er sprach eine Warnung aus, die sofort weiterzugeben war. Muganabe öffnete die Augen, schlug seinen Umhang zurück und erhob sich aus dem Sand.

»Habe ich geschlafen?« Hinter der Zeltplane tauchte Gretchens freches Gesicht auf. »Ich glaube, ich habe geschlafen –

und herrlich geträumt.« Sie blinzelte in die Sonne. »Vielleicht ist die Wüste gar nicht so schlecht.«

Muganabe wandte sich zum Fahrzeug des Kardinals.

»Wann gibt es Essen?«, rief sie ihm nach. »Du brauchst es mir nicht zu bringen, ich hole es mir selbst«, versuchte sie das Verhältnis zu dem düsteren Riesen zu verbessern.

»Doh ladende nodah«, antwortete Muganabe.

»Ich erwarte also ein Dreigang-Menü!« Gretchen fand das ausgesprochen witzig und legte sich wieder ins Zelt.

Muganabe ging zu dem schwarzen Bus. Reverricio war allein, er saß in der Ecke und las in einem Buch.

»Kennst du diese Geschichte?«, fragte er, ohne aufzusehen. »Ich habe sie lange nicht mehr gelesen.« Schweigend wartete der Tuareg ab. »Es geht um einen Mann, der von Gott beauftragt wird, sein Volk in ein besseres Land zu führen, ein Land, das von Milch und Honig überfließt. Kannst du dir so ein Land vorstellen?« Der Kardinal betrachtete das Gesicht des Schwarzen; es trug viele Narben, strahlte Ernst und Weisheit aus.

»Dieser Mann in der Geschichte«, fuhr Reverricio fort, »sagt zu Gott: Wer bin ich, dass ich mein Volk in ein anderes Land führen soll? Und er bittet Gott um ein Zeichen. Da verwandelt Gott den Stab des Mannes in eine Schlange. Als sie sich fortschlängeln will, greift der Mann danach, und die Schlange verwandelt sich wieder in einen Stab.« Der Kardinal zuckte die Achseln. »Von so einem Zeichen hat der Mann natürlich nicht viel, denn wie soll er seinem Volk davon berichten? Soll er sagen: Seht mal, das ist mein Stab, er hat sich in eine Schlange verwandelt, dann aber wieder in einen Stab!« Seufzend schlug Reverricio das Buch zu. »So ist das mit allen Zeichen: Man kann sie auf mehrere Arten deuten.«

Er stand auf und trat in den Türausschnitt. »Als wir das Rätsel des Würfels entschlüsselt hatten, war ich sicher, ein Zeichen erhalten zu haben: den Auftrag, unser Land aus der Dürre zu führen, das Elend der Menschen zu beenden, ihnen einen neuen fruchtbaren Ort zum Leben zu schenken. Als wir nach Norden reisten, um die Bomben in unsere Gewalt zu bringen, war ich überzeugt, das Richtige zu tun. Ich hätte jedes Opfer dafür gebracht.« Er wandte sich zu Muganabe. »Nun sind wir hier und schauen hinab in den Riss des Planeten. Wir haben uns in seinen Schlund gegraben, um aus der Tiefe etwas nie Gesehenes erblühen zu lassen.« Nach einer Pause fuhr er fort. »Und nun frage ich mich, ist es tatsächlich mein Auftrag, die Erde zu bewegen, etwas in Gang zu setzen, dessen Folgen unabsehbar sind? Wer bin ich, diese Entscheidung zu fällen?« Mit einer Offenheit, die man nur jemand entgegenbringt, dem man vollkommen vertraut, sah Reverricio den Tuareg an. »Ich frage nach dem *Zeichen*.«

Muganabe legte den Kopf ein wenig schief. *»Sen diuwambe sin daulamhe.«*

Der Kardinal spürte, der ernste Gefährte hatte zum ersten Mal einen Scherz gemacht. »Du hast recht«, nickte er. »Was nützt mir ein Stab, der als Schlange davonkriecht?« Er zeigte ins Freie. »Das beste Zeichen wäre ein Erdbeben der Stärke acht. Da draußen steht die Sonne im Mittag. Wenn sie niedergeht, muss ich die Entscheidung fällen.«

»Nohba«, widersprach Muganabe.

»Früher?«, fragte der Kardinal überrascht. »Hast du etwas gehört?«

Der Tuareg nickte. Dann gab er Dulas Warnung genauso weiter, wie er sie vernommen hatte.

Reverricio ging zur Karte und musterte das Gebiet nordwestlich von ihnen. »Dann müssten sie in fünf Stunden hier sein.«

Er schaute über das hitzeflimmernde Plateau. »Wie geht es Antonio … ich meine *Tonia*? Ich kann mich an ihre Metamorphose immer noch nicht gewöhnen.«

Wieder brachte die Antwort des Tuareg den Kardinal zum Schmunzeln. »*Sie ist verliebt – das macht sie stark.* Und Dula?«, fragte er. »Was löst ihr Gefühl bei ihm aus?«

»*Senuasi legendhe.*« Muganabe ergriff ein Amulett an seinem Hals.

»Ich verstehe«, nickte Reverricio. »Er besitzt kein *Gris-gris*, das ihn vor der Zutraulichkeit der Frauen schützt.«

Der Kardinal schaute noch einmal auf die Karte. »Fünf Stunden. Dann ist die Entscheidung also gefallen.« Sein Gesicht bekam einen befreiten Ausdruck. »Wir sind den ganzen weiten Weg gegangen, von der Engelsburg über die Alpen und wieder zurück. Es bedarf keines Zeichens mehr.«

Er trat hinaus und winkte Giorgio, der bei den anderen saß. Als der Mönch eintrat, war Muganabe bereits gegangen.

Der Tuareg nahm den Weg zum Vorratszelt. Dort ließ er sich einen Teller mit Datteln geben, etwas Hirsebrei und Brot. Er füllte seine Trinkflasche und kehrte zu Gretchens Zelt zurück. Unterwegs beobachtete er das geschäftige Treiben der Mönche.

Liebevoll, als führe er ein Pferd aus dem Stall, rollte Giorgio ein metallenes Gefährt ins Freie; unter seiner Anweisung brachten die Mönche es an den Rand der Schlucht. Ein Fahrkorb wurde nach oben geholt und der metallene Schlitten darauf verzurrt. Giorgio wartete, bis der Kardinal die Stelle erreichte.

Reverricio stand am Abbruch und schaute hinunter. Er sah die Mönche an. Als Erster von ihnen sank er auf die Knie und nahm das Kreuz an seiner Brust in beide Hände. Die Mönche folgten dem Beispiel; gemeinsam beteten sie. Schließlich stand der Kardinal auf, gab das Zeichen, Giorgio setzte den Fahrkorb in Gang. Mit seiner Last schwebte er abwärts und verschwand in der Tiefe.

»Was zeigt der Seismograph?«, rief Reverricio einem Mönch zu.

Der beugte sich über den Messstab. »Sechs!«, antwortete er.

»*Pangaea*«, nickte der Kardinal. »Es bewegt sich wieder.«

Den Teller mit der Hand vor Fliegen schützend, erreichte Muganabe Gretchens Zelt.

Sie hatte seine Ankunft erwartet und schlüpfte heraus. »Was gibt's denn heute?« Sie spähte auf den Teller. »Oh!«, rief sie mit gespieltem Appetit. »Bei solchen Delikatessen kann man kaum widerstehen!«

Muganabe stellte den Teller vor sie auf den Fels. Sie hockte sich neben ihn, führte einen Klumpen Hirse an den Mund und kaute.

50

In Gefechtsformation saßen die Männer der CATS im Transporter, Finsøkker unter ihnen. Wie sie, trug auch er die sandfarbene Montur, leichte Stiefel, auf dem Helm klemmte das Nachtsichtgerät. Noradt mochte das Knarren der Stiefelsohlen auf Blech, den Geruch von Lederzeug und Maschinenöl, das leichte Brennen, das Staub und Wind in den Augen erzeugten. Er hielt ein Häufchen Sand in der Hand.

»Das Naturgesetz des ewigen Verfalls«, sagte er und ließ die Körner durch die Finger rieseln. »Das bisschen Quarz sind die Reste gewaltiger Gebirge.« Er lächelte. »Eigentlich beruhigend: Dieser Sand gibt einem die Gewissheit eigener Vergänglichkeit.«

Eine Bodenwelle erschütterte das Fahrzeug, die Besatzung wurde von den Sitzen gehoben. Vielleicht kam Finsøkkers gute Laune daher, dass er die großen Zusammenhänge für ein paar Stunden außer Acht lassen durfte. Im Norden, jenseits der Alpen, führten seine Vertreter mittlerweile Waffenstillstandsverhandlungen mit der demoralisierten MEUWU. Finsøkkers Sieg war so vollkommen, dass er jede Bedingung stellen konnte. Im Augenblick hatte er die Position des Anführers gegen den Rausch getauscht, mittendrin zu sein, das Geschehen hautnah zu erleben. Umgeben von seiner Eliteeinheit, leitete er persönlich diesen Einsatz: Der Kampf mit dem Kardinal stand bevor! Finsøkker schmunzelte. Er würde dem alten Haudegen die Bomben abjagen, bevor dieser seinen verrückten Plan verwirklichen konnte, das halbe Land in die Luft zu jagen, um eine obskure Wasserquelle anzuzapfen.

»Wo es Wasser gibt, bestimme ich«, murmelte der Däne.

Der Transporter hielt mit einem Ruck. Als Erster war Finsøkker an der Luke – vor ihm erstreckten sich sichelförmige Dünen bis an den Horizont.

Der Offizier der CATS beugte sich zu ihm. »Der Trasimenische See.« Er zeigte in die zerfließende Weite.

»Gut«, nickte der Däne. »Und warum halten wir?«

Der andere deutete auf die Schleier, die aus dem Hintergrund näher kamen. »Der Wind hebt den Sand. Sturm kommt auf.«

»Sind Ihre Fahrzeuge einem Sturm nicht gewachsen?«

»Ich sagte schon, da draußen gibt es unerwartete Verwerfungen, in die wir …«

Der Däne fixierte den kräftigen Kerl mit dem verlässlichen Gesicht. »Ich nehme Ihre Warnung zur Kenntnis. Mein Befehl lautet aber: Wir fahren hier durch.« Finsøkker wusste, dass er in diesem Moment das Gesetz der Kameradschaft brach, er stellte sich über sie. Es war die Macht der Gewohnheit; das Befehlen lag ihm im Blut.

Minuten später waren sie in der Hölle des Sturmes gefangen. Federwolken hatten die ersten Böen angekündigt, abgestorbene Büsche rollten an ihnen vorbei. Der immer schärfere

Wind sog gewaltige Staubmengen an und trieb sie als gelbbraune Masse vor sich her. Im Schritttempo schoben sich die Kampffahrzeuge in den Wüstensee; gegen diesen Feind waren sie machtlos. Wenn man überhaupt noch etwas sah, war es eine Landschaft, die zerfloss, alles zerstob unter der brüllenden Gewalt des Sturmes, der so ohrenbetäubend wurde, dass Finsøkker die Hände an den Helm presste. Der Himmel verdunkelte sich, der Boden schien zu versinken, und dann – fassungslos wischte der Däne den Staub vom Fenster –, dann rückte die Sandwalze heran!

Der gelbliche Dunst ähnelte einer Wolke, doch brachte er keine Feuchtigkeit, sondern erstickendes Chaos, in dem das Atmen zur einzigen, unmöglichen Aufgabe wurde. Auch wenn die Schotten des Fahrzeugs dicht schlossen, spürte der Däne, wie der Staub ins Innere drang, die Sicht nahm und das Luftholen zur Qual machte. Er, der sein ganzes Leben im tropischen Grün des Nordens verbracht hatte, sah sich umfangen von der tödlichen Macht der Wüste. Er bemerkte, dass die Männer um ihn Staubmasken aufsetzten; hektisch zerrte Finsøkker am Riemen, vermochte ihn nicht zu lösen und ließ sich von seinem Nebenmann helfen. Der Sturm gewann an solcher Kraft, dass er an den tonnenschweren Fahrzeugen riss, als seien sie Bündel aus Stroh. Alles schwankte, Finsøkker fürchtete, gleich würden sie umkippen. Erneut schaute er aus dem Fenster. Vor ihnen kroch das Fahrzeug des CATS-Offiziers. Der Elitesoldat führte den Befehl nur unter Vorbehalt aus; umso dankbarer war Finsøkker, wie sicher der Mann die Truppe durch den Sturm manövrierte.

In diesem Moment verschwand das Fahrzeug von der Bildfläche: Von einer Sekunde zur nächsten hatte es sich im Sturm aufgelöst.

»Halt!«, schrie der Däne.

Das Getöse der Staubwalze ließ seine Stimme kläglich klingen. Trotz des Schwankens stand er auf. »Halt! Sofort anhalten!«, schrie er nach vorne. »Bleiben Sie stehen, Mann!«

Ein Ruck, ein Knirschen, der Oberbefehlshaber wurde quer durch den Wagen geschleudert, in die Arme eines Soldaten.

»Ein Spähtrupp, sofort!«, sagte er, während er auf die Beine kam.

Zwei meldeten sich, mit Mundschutz und Staubbrillen traten sie an das Schott. Die Klappe ging auf, das Innere des Wagens füllte sich in Sekunden mit Staub; die Männer sprangen nach draußen. Vom Fenster versuchte Finsøkker auszumachen, wie sich die beiden vorarbeiteten. Die Wut des Sturmes nahm weiter zu. Der Mann am Funkgerät versuchte inzwischen, Kontakt zum Geleitfahrzeug aufzunehmen. Die Zeit wurde lang, Finsøkker schien es, als ob eine Stunde verging, bis einer der Späher zurückkam. Der Mann klopfte gegen die Blechwand und wurde eingelassen; erschöpft sank er zu Boden.

»Wo ist der andere?«

»Er hat es zu spät gesehen«, keuchte der Soldat.

»Was gesehen?«, fragte der Oberbefehlshaber.

»Wir stehen direkt an einem Riff.« Man nahm dem Soldaten den Helm ab, trotz Staubbrille waren seine Augen verkrustet.

»An einem *Riff*?« Finsøkker beobachtete, wie der Mann gierig aus der Flasche trank, die ihm an den Mund gehalten wurde.

»Ein Absturz, ein Fels … Man kann es nicht richtig sehen, es geht tief hinunter.«

»Und der Kommandowagen?«

»Ich sah die Spuren«, antwortete der Soldat. »Sie brachen einfach ab.«

Finsøkker kniete sich zu dem Mann. »Vielleicht sind sie nicht tief gefallen.«

Der andere sah ihn an. »Von dort kommt keiner mehr zurück.«

»Und dein Kamerad?«

»Er ging als Erster. Er sagte noch: Sei vorsichtig, dann ein kurzer Schrei … Die Wüste hat ihn verschluckt.«

Der Oberbefehlshaber stand auf. »Stellen Sie Kontakt zu den anderen Fahrzeugen her«, sagte er zum Fahrer. »Wir halten. Wir warten, bis der Sturm sich legt. Dann setzen wir die Suche fort.«

Der Befehl fiel ihm schwer. So wie er den Sand durch die Finger rieseln hatte lassen, so zerrann ihm die Zeit. Er musste – musste! – den verdammten See durchqueren, um rechtzeitig nach L'Aquileia zu kommen. Doch angesichts des Sturmes und der verunglückten Männer war die einzige Strategie abzuwarten. Missmutig setzte er sich auf seinen Platz. Das war die Kehrseite der Medaille, wenn sich der Anführer zur Truppe begab: Man entschied nicht mehr objektiv, man passte sich den Gegebenheiten an.

»Ich hasse die Wüste«, knurrte er und sehnte sich nach der dämmerigen Abgeschiedenheit seiner Kommandozentrale. Dort bedeuteten tausend kämpfende Männer bloß eine Markierung auf der Gefechtskarte.

Finsøkker fasste sich in den Kragen – überall Sand, wie das juckte und kratzte. Er hatte Durst, die Füße brannten in den Stiefeln.

»Ich hasse die Wüste.« Er starrte in den tosenden Irrsinn hinaus.

51

Seit Stunden spürte Tonia, dass der Wagen eine kurvenreiche Steigung hochfuhr. Es ging in die Berge, zu dem geheimen Ort, wohin Gohrbach und seine Bande niemals hätten gelangen dürfen. Sie litt unter der Vorstellung, dass der Rückzugsort des Kardinals durch *ihre* Schuld bekannt geworden war; um sie zu schützen, hatte der Tuareg das Geheimnis preisgegeben. Verzweifelt riss Tonia an den Fesseln; die schnitten nur schärfer ins Fleisch.

Zog sich diese Art von *Schuld* nicht durch alle Ereignisse, an denen Tonia teilgehabt hatte? War nicht durch ihren Leichtsinn der Vater unter der niederstürzenden Wand begraben worden? Hatte Tonia nicht durch ihr Eingreifen in Bozen die Trachtler erst gegen die Tuareg aufgebracht? War sie nicht *gegen* Dulas Wunsch auf die große Fahrt in den Norden mitgekommen, und hatte sie die Freunde seitdem nicht unausgesetzt in Gefahr gebracht? Ihre Entführung in Ulm, das unbedachte Abenteuer mit Gretchen und zuletzt – Tonia biss sich auf die Lippen, um vor Wut nicht loszuschreien –, zuletzt ihr schlimmster Fehler! Sie selbst hatte Gohrbach zu Dula geführt! Wie ein Unglücksengel kam sie sich vor: Was sie auch machte, brachte stets neues Unheil über die Menschen, die sie liebte.

Dula saß dicht an Tonia gefesselt. Warum verhielt er sich so seltsam? Noch war Zeit, sie konnten zusammen etwas ersinnen, um das Schlimmste abzuwenden. Man könnte sich von den Stricken befreien, würde den Wagen zum Stehen bringen, Dula musste Gohrbach überwältigen und seine Männer zum Aufgeben zwingen! So träumte das gefesselte Mädchen, während der Tuareg reglos in ihrem Rücken saß.

»Wir müssen kämpfen!«, flüsterte sie. »Sag doch, Dula,

meinst du nicht, dass wir kämpfen müssen?« Sie erhielt keine Antwort. »Wir könnten die Fesseln an der Kante dort aufwetzen. Und dann schlagen wir los, Dula – hörst du mich? Sag doch etwas!«

Tonia merkte nicht, dass sie den Tuareg anschrie. Nicht von ihm kam eine Reaktion, es war Gohrbach, der Tonias irrwitzige Anstrengung mitbekam. Die Zwischenwand öffnete sich, das Gesicht des Trachtlers tauchte auf.

»Was soll der Lärm? Vielleicht die Vorfreude, weil wir unser Ziel gleich erreicht haben?« Er zeigte auf die Landschaft; Tonia nahm eine karge Bergwelt wahr, im Hintergrund flirrten die Konturen einer Stadt in der Hitze.

»Jetzt wird sich zeigen, ob du die Wahrheit sagst«, wandte sich Gohrbach zu Dula. Der Tureg verharrte abwesend und stumm; mit halbgeschlossenen Lidern war sein Blick nach oben gerichtet. Als Gohrbach begriff, dass er von dem Gefangenen keine Antwort erhielt, schloss er die Trennwand mit einem Ruck.

»Dula, hörst du mich?«, flüsterte Tonia. »Warum lässt du mich in dieser Lage so schrecklich allein?« Tränen schossen ihr ins Gesicht, sie hatte die Hände nicht frei, sie abzuwischen; alles verschleierte sich. Das Mädchen sank zusammen und ließ dem Weinen freien Lauf.

Entfernt bekam sie mit, dass die Fahrt langsamer wurde. Sie hörte Geräusche von Funkgeräten, geschnarrte Befehle, das Ziel musste nun ganz nahe sein. Tonia begriff, alles war verloren. Sie zog die Nase hoch. Der Wagen hielt, Türen wurden geöffnet. Wie ging Gohrbachs Überfall vonstatten, würden Menschen getötet? Schreie jetzt, kurze hervorgestoßene Worte, das Klicken vom Entsichern der Waffen. Tonia richtete den Nacken auf, all ihre Sinne waren aufs Äußerste gespannt. Plötzlich Gebrüll, wütend, unberechenbar, Schritte, jemand sprang, ein Schuss, dann mehrere – danach beängstigendes

Schweigen. Eine Stille, kurz bevor etwas Grauenhaftes passiert, die Stille als Drohung! Tonia drängte sich an Dula.

Plötzlich Licht, die Klappe des Wagens wurde aufgerissen, Hitze, die rote Sonne stand tief und schien Tonia direkt ins Gesicht. Das ist das Ende, dachte sie, jetzt, jetzt fallen die Schüsse. Sie wollte die Augen schließen, doch die Todesangst ließ sie den Silhouetten, die da näher kamen, entgegenblicken.

»Willkommen auf dem Berg«, hörte sie eine bekannte Stimme.

Bevor sie wusste, wie ihr geschah, kletterte einer in den Wagen. Mit einem Schnitt wurden ihre Fesseln durchtrennt, sie sah eine Kapuze, vergnügte Augen, der verrückte Giorgio sprang wieder ins Freie. Neben ihm erkannte sie das Gesicht des Kardinals; seine Schultern waren von der Sonne golden beglänzt.

»Wie mir scheint, bist du unverletzt«, sagte er.

»Sie sind … Woher wussten Sie …? Wo ist Gohrbach?«

Als Tonia an der Hand des Kardinals ins Freie sprang, sah sie die Antwort mit eigenen Augen: Gohrbachs Leute standen zu einer Gruppe zusammengedrängt, Reverricios Mönche hielten sie in Schach. Die Trachtler hatten die Hände im Nacken und ihre Waffen, die schweren Flinten, lagen auf einem Haufen.

Gohrbach selbst stieg in diesem Moment aus; seine Miene war die eines Menschen, der gerade noch alles zu gewinnen hoffte und in der nächsten Sekunde alles verloren hatte. Das blonde Haar hing schlaff in die Stirn, sein Blick war verschleiert vor Zorn und Erniedrigung.

»Ich hätte Ihnen persönlich den Hals umdrehen sollen.« Seine Worte galten Beatrice, die gerade befreit wurde. »*Sie* haben den Kardinal gewarnt!«

Beatrice ließ sich die Überraschung über den Vorwurf nicht anmerken, ihr Gesicht blieb kühl und überlegen.

Im Auge des Kardinals glomm allerdings ein argwöhnischer Funke. »Du hast uns gewarnt?«, fragte er.

»Ich … habe es versucht«, antwortete sie. »Ist mein Funkspruch durchgekommen?« Sie versuchte der Frage einen arglosen Ton zu geben.

»Wir haben keinen Funkspruch bekommen.« Dicht vor ihr blieb Reverricio stehen.

»Dann habe ich wohl nicht die richtige Frequenz erwischt.« Sie zuckte die Achseln und zeigte in die Runde. »Wie es aussieht, konnten Sie die Lage auch ohne meine Hilfe meistern.«

Dula war ausgestiegen. Muganabe, sein Freund und Lehrer, stand ihm gegenüber. Die Männer sahen einander an, in ihren Augen vollkommene Harmonie. Nur dank ihrer Kraft, ihres geistigen Könnens hatten sie es vermocht, die Bedrohung vom Lager des Kardinals abzuwehren. Reverricio trat zwischen die Tuareg und legte seine Hände auf die ihren.

»Ihr werdet durstig sein«, sagte er nach einem bewegten Moment. Er wies ihnen den Weg ins Lager.

Während der Kardinal seinen Gästen voranging, während die Mönche Gohrbach und seine Leute in sichere Verwahrung brachten, lief einer in schwarzer Kutte zu Gohrbachs Wagen und schlüpfte hinein. Der verrückte Giorgio schaltete das Funkgerät ein; in grüner Leuchtschrift erschien die Frequenz, die zuletzt verwendet worden war. Giorgio prägte sich die Ziffernfolge ein, schaltete ab und verließ den Wagen. Er zog die Kapuze tief ins Gesicht.

Die Höhle

52

Sie saßen beisammen und aßen – der Kardinal, die Tuareg, Tonia und Beatrice, auch die Mönche des Kardinals. Bei aller Freude über die vereitelte Bedrohung war es keine unbeschwerte Mahlzeit; zu groß war die Anspannung vor dem Kommenden. Der Kardinal rührte kaum einen Bissen an, die Tuareg leerten schweigsam ihre Becher. Tonia hatte hundert Fragen auf den Lippen und spürte, es war nicht die richtige Zeit dafür.

»Haben die Menschen die Stadt verlassen?«, fragte Reverricio.

Ein Mönch berichtete, dass sich die meisten Einwohner L'Aquileias ruhig und diszipliniert in den fünfzig Kilometer entfernten Wüstenort Orsina hatten bringen lassen. Er war seit Jahren verlassen, in den noch bewohnbaren Häusern hatten die Mönche Unterkünfte eingerichtet.

»Mit den Alten ist es schwierig«, sagte der Mönch. »Sie jammern und meinen, es werde so schlimm nicht kommen. Sie klammern sich an ihr Hab und Gut oder stellen sich einfach taub. Wenn wir sie schließlich auf dem Transporter haben, springen sie auf der anderen Seite wieder ab und rennen zurück.«

»Es darf *kein einziger* Mensch, und wenn möglich auch kein

Tier in L'Aquileia zurückbleiben«, sagte der Kardinal. »Ihr habt nur noch zehn Stunden Zeit.«

Der Mönch versicherte, sämtliche Zufahrtsstraßen bis auf eine seien gesperrt; Fremde, die in den Ort wollten, würden ohne Angabe von Gründen abgewiesen.

»Morgen um diese Zeit …«, Reverricio unterbrach sich. »Niemand weiß, was morgen sein wird.«

»Donah bedh naladeh.« Muganabe umfasste die Amulette an seinem Hals.

Tonia sah Dula fragend an.

»Große Wut wird sich in unaussprechliche Freude verwandeln«, erklärte er ihr den Sinn. Er hielt das Brot an einem Stock über die Glut und gab es ihr, als es knusprig war.

Plötzlich fühlte sie seine warme Hand über ihre Schulter streichen, spürte seinen Atem; Dula rückte dicht an ihre Seite. Dass er ihr in Anwesenheit so vieler Männer ein Zeichen seiner Zuneigung gab, machte sie glücklich und scheu zugleich. Die Mönche blickten vom Essen hoch, der verrückte Giorgio schob die Kapuze ein wenig zurück

»Hattest du Angst während der Fahrt?«, fragte Dula.

»Angst? Ich konnte mir nur nicht erklären, *wo* du warst.«

Er musterte sie ernst. »Siehst du ein, dass du diesmal *draußen* bleiben musst?«

»Was meinst du?« Wozu fragte sie denn, kannte sie die Antwort nicht genau? Nach all dem Unheil, das sie angerichtet hatte, konnte Dula sie unmöglich noch einmal mitnehmen.

»Ich will, dass du in Sicherheit bist.«

»Bin ich das nicht vor allem bei dir?«

Dula lächelte. »Tu es für mich.«

»Wo soll ich also hin?«, nickte sie.

»Du bleibst bei Gretchen im Lager«, antwortete der Kardinal an Dulas Stelle.

»O nein!« Tonia kam auf die Knie hoch. »Nicht das …« Es

klang, als habe man ihr die schlimmste aller Aufgaben zugedacht.

»Jemand muss auf Gretchen schauen, und ich kann keinen der Männer entbehren.« Es war keine Bitte, sondern eine Aufforderung. Reverricio schaute zur tiefstehenden Sonne. »Es wird Zeit.«

Die Mönche standen auf, einige löschten die Feuer. Tonia beobachtete, wie die anderen die Zelte abbauten und auf die Wagen luden, als sei es das letzte Mal, dass sie hier beisammensaßen. Eine andere Gruppe machte sich nach L'Aquileia auf, um die Stadt nach versteckten Einwohnern zu durchstreifen. Tonia stand an Dulas Seite. Der Tuareg umfing sie, hielt sie fest im Arm. Mit einem Mal überkam sie das große Gefühl, dass selbst die schlimmste Gefahr ihrer Liebe nichts anhaben konnte.

»Was musst du jetzt tun?«, flüsterte sie.

»Wir bringen die Bomben an ihren Platz.« Er strich ihr übers Gesicht. »Bald ist es vorbei.« Er wandte sich zur Gruppe des Kardinals. Gemeinsam mit Muganabe und dem verrückten Giorgio schritten sie zu der Stelle, wo der Abgrund das Land teilte.

Tonia raffte das Tuch um die Schultern und ging zum letzten übriggebliebenen Zelt. Sie wurde von wildem Geschimpfe empfangen.

»Bin ich eine Ziege! Bin ich eine Kuh!«, schrie Gretchen Rexeisen.

Tonia konnte sich das Lachen nicht verbeißen. Man hatte die Kommandantentochter mit dem Fuß an einen Pflock gebunden; das Seil bot ihr nur wenig Platz, im Kreis zu laufen.

»Kriegst du den Knoten nicht auf?«

»Nein!«, giftete die Blonde zurück. »Der Riese hat einen Trick angewendet, dass man *diesen* Knoten nicht aufkriegt!«

Tonia begutachtete die einfache Schlaufe – jedes Kind hätte

sie öffnen können. Sie bückte sich, zog an einem Ende, versuchte das andere durchzuschieben, umsonst, Muganabes Zauber war nicht zu brechen.

»Ich leiste dir Gesellschaft«, versuchte sie Gretchen zu besänftigen.

»Steck dir deine Gesellschaft an den Hut! Was stellen diese Verrückten mit Papas Bomben an?!« Gretchen rannte los, als könnte sie irgendwohin; der Strick hielt sie zurück, sie fluchte und fegte im Kreis um den Pflock. »Sie brechen das Lager ab, ja? Sie lassen die K7 hochgehen! Weißt du eigentlich, was dann passieren wird? Haben dir das deine *Freunde* verraten?!«

»Große Wut wird sich in unaussprechliche Freude verwandeln«, antwortete Tonia.

»Quatsch!«, schrie die Blonde. »Die Bomben werden alles im Umkreis von hunderten Kilometern zerstören!« Sie blieb stehen. »Mach mich los, lass mich frei!«, bettelte sie glühend. »Wir müssen verhindern, dass sie ... Wir müssen einfach!«

»Sei still!«, fuhr Tonia ihr über den Mund. »Du hast keine Ahnung! Der Kardinal hat alle, die in Gefahr sind, fortbringen lassen.«

»Oh Gott, du verdammte Idiotin!« Erschöpft ließ Gretchen sich in den Sand fallen. »Scher dich zum Teufel, verschwinde, ich kann dein blödes Gesicht nicht mehr sehen!« Als Tonia nicht reagierte, schrie die Blonde: »Hau ab, ich renn schon nicht davon!« Sie riss am Seil. »Wie sollte ich denn!«

Zornig wandte Tonia ihr den Rücken, besann sich aber und nahm Gretchens leere Wasserflasche. »Ich hol dir was zu trinken.« Damit stapfte sie durch den Sand davon.

Die Sonne stand über dem Horizont. Tonia kannte sich im Lager nicht aus, wandte sich hierhin, dahin – überall Zeichen des Aufbruchs. Sie entdeckte die Wassertonne, war im Begriff, Gretchens Flasche hineinzutauchen, als sie dahinter die

Wagen der Trachtler bemerkte. Sie waren leer, bis auf Gohrbachs Fahrzeug. Die hintere Tür stand offen, Tonia sah ein schmales Frauenbein herausragen. Ihre Miene erheiterte sich; froh, jemand in der Nähe zu wissen, der sie nicht beschimpfen und fortschicken würde, lief sie hin.

Beatrice hatte sie noch nicht bemerkt. Sie schien nicht allein zu sein, denn sie sprach mit jemand. Tonia verlangsamte – mit wem unterhielt sich die Journalistin im Auto des Trachtlers? Langsam näherte sich das Mädchen dem Auto.

»Nehmt die Zufahrt über die Passstraße von Buonavicina«, sagte Beatrice.

Tonia erblickte das rote Haar; die Journalistin sprach in einen Gegenstand. Jetzt wandte sie den Kopf – Tonia erkannte, es war ein Mikrofon. Das Kabel führte zu einem Kasten, auf dem grüne Ziffern leuchteten – *sieben – drei –*

»Greift von Westen her an«, zischte Beatrice. »Der Abgrund verwehrt dort den Mönchen den Rückzug.«

Tonia stand wie erstarrt. Sie fühlte jedes Haar, jeden Schweißtropfen auf ihrem Körper, meinte, die einzelnen Sandkörner unter den Sohlen zu spüren. Sie wurde Zeugin eines *Verrates*! Aber nicht irgendjemand beging die verwerfliche Tat, sondern Beatrice, die Vertraute des Kardinals, die seine Zuneigung besaß, ihm das Rätsel des Würfels offenbart hatte! Beatrice, die heute Morgen noch in Gohrbachs Gewalt gewesen und vom Kardinal befreit worden war. Sie betrog und hinterging ihren Beschützer, indem sie die Position des Lagers verriet. Wohin schickte sie den Funkspruch, wer außer Gohrbach hatte Interesse an dem, was hier geschah? Wen gab es *noch*, der die Detonation der Bomben verhindern wollte?

Tonia stand in der rosa schimmernden abendlichen Wüste. Was sollte sie nun unternehmen? War dies nicht schon wieder eine Situation, in der sie alles falsch machen, die verkehrte Entscheidung treffen konnte?

»Die beste Angriffsmöglichkeit ist nachts«, hörte sie Beatrice sagen, dann zog Tonia sich Schritt für Schritt zurück, machte kehrt und rannte.

Sie bemerkte nicht, dass die Journalistin den Kopf hob, sich umwandte und das Mädchen davoneilen sah. Hastig beendete Beatrice ihre Meldung, schaltete ab und stieg aus. Sie hatte den Impuls, der Flüchtenden zu folgen, besann sich aber und überlegte.

53

Tonia rannte durch das langgestreckte Lager, vorbei an bepackten Lastern, gebündelten Zeltstangen, vorbei auch an Gretchens Zelt. Sie hatte die Generalstochter vollkommen vergessen.

»Hey!«, schrie diese ihr hinterher. »Wo willst du hin? Was ist mit meinem Wasser?!«

Als sie Tonia den Hügel hochlaufen sah, ahnte Gretchen deren Ziel. Verzweiflung packte sie, irgendetwas musste sie unternehmen, um die Katastrophe noch abzuwenden. Gretchen zerrte nicht länger am Strick, dessen Knoten sie nicht lösen konnte, sondern packte den Pflock. Er war tief in den Boden gerammt und regte sich nicht, doch der Boden war aus Sand. Wie tief Muganabe den Stock auch eingeschlagen hatte, nichts hielt im Sand dauerhaft. Gretchen riss und ruckte, sie schrie vor Wut und Anstrengung und nach einer Weile meinte sie, den Pflock ein klein wenig lockern zu können.

*

Tonia rannte. Es war nicht mehr weit, gleich hatte sie den Abgrund erreicht. Dort sah sie schon das Gestänge, das den Korb trug, mit dem ihre Freunde in die Tiefe gefahren waren. Woher stammte das Licht, war der Mond schon aufgegangen? Nein, es waren Lampen, riesige Scheinwerfer, die das Plateau erhellten. Zum ersten Mal sah Tonia das gigantische Ausmaß des Risses, der die Erde spaltete, und dort – mit pochendem Herzen senkte sie den Blick –, dort ging es hinab. Ihre Augen wanderten über die schroffen Wände, bis zu jener Plattform, wo die spinnenförmige Bohrvorrichtung stand. Sie war nicht in Betrieb. Tonia entdeckte auch die stählernen Treppen, die das Oben mit dem Unten verbanden. Sie konnte sich vorstellen, welch hektisches Treiben dort bis vor kurzem geherrscht hatte. Nun war die Treppe leer, das Dröhnen des Bohrers hatte einer unwirklichen Stille Platz gemacht.

Wie erwartet, stand der eiserne Korb nicht bereit, Tonia setzte den Fuß auf die oberste Stufe. Zögernd begann sie den Abstieg, sprang aber mit jedem Absatz flinker hinab. In scheinbar endlosem Zickzack führte die Treppe nach unten; Tonia begriff, hätte es die Lampen nicht gegeben, wäre man bald im Dunkeln gewesen. Laufend entdeckte sie die Halterungen, mit denen das eiserne Treppennetz im Fels eingelassen war.

Ein tiefer, anhaltender Ton, gleichzeitig zitterte die Erde. Tonia wurde auf das gerippte Raster geworfen, fühlte die Erschütterungen, sie folgten rasch aufeinander. Als ob sich ein gewaltiges Tier im Schlaf bewegt, ging ihr durch den Kopf. Sie versuchte sich festzukrallen, hatte Angst, das Beben würde die Treppe aus der Verankerung reißen und sie samt dem Stahl in die Tiefe schicken. In Erwartung des nächsten Stoßes bemerkte Tonia die biegsamen Scharniere an den Halteschellen, die sich den Zuckungen der Erdkruste anpassten. Das Mädchen suchte festeren Halt, da hörte es einen Schlag, noch einen, ein Felsbrocken stürzte nieder, zermalmte eines der Treppengeländer, sprang vom nächsten ab und fiel auf Tonia zu. Blitzschnell drehte sie sich zur Seite – dicht neben ihr prallte der Brocken auf. Tonia krallte die Finger in das Eisen und erwartete den nächsten Steinschlag. Doch die folgenden Stöße waren schwächer, wurden seltener und brachen schließlich ganz ab.

Vorsichtig richtete sie sich auf und warf einen Blick in die Höhe. War es nicht besser umzukehren, sicheren Grund zu erreichen, statt sich noch weiter in Gefahr zu begeben? Die Notwendigkeit, den Kardinal vor der Verräterin zu warnen, ließ Tonia ihre Ängste bezwingen, sie setzte den Abstieg fort.

Hätte sie nur aufmerksamer nach oben geschaut, dann wäre ihr die schmale Gestalt nicht entgangen, die das Ende der Erdstöße auf dem oberen Treppenabsatz abgewartet hatte. Nun stand auch Gretchen auf. Während des Bebens hatte sie einen Schuh verloren, konnte ihn aber nirgends entdecken. Sie bemerkte, dass Tonia weiterlief und nach unten verschwand. Mit nacktem Fuß folgte Gretchen ihr.

Tonia zählte die Treppenabsätze nicht mehr, mechanisch lief sie in die Tiefe. Der Punkt, an dem sie noch zurückgekonnt hätte, lag längst hinter ihr. Sie erreichte das unterirdische Plateau. Was von oben wie eine schlanke Maschine gewirkt hatte, entpuppte sich aus der Nähe als monströses Gerät. Dick wie ein Baum stak die Bohrspindel in der Röhre, die in einem scheinbar bodenlosen Schlund verschwand. Wozu hatten die Männer des Kardinals hier gebohrt? War der Riss in der Welt nicht schon ausreichend, spaltete sich die Erde hier nicht auf eine Weise, die einen schwindeln machte?

Das Plateau mündete auf einen schmalen Grat längs der Felswand, ein natürliches Band, das durch kein Geländer gesichert wurde. Daneben ging es hinab in den unvorstellbaren Abgrund. Nach wenigen Schritten verengte sich der Grat, bis er nur noch fußbreit war und Tonia sich mit dem Rücken zur

Wand fortbewegen musste. Der Fels fühlte sich kalt an, das Licht schwand, immer weniger Lampen erhellten den Weg. Tonia fragte sich, wie die Bomben über diese schmale Schneise transportiert worden waren, fürchtete schon, einen falschen Weg genommen zu haben – bis sie über sich eine Seilkonstruktion entdeckte. Eisenbalken trugen hinausragende Schienen; die Bomben waren schwebend befördert worden.

Das Felsband endete vor einer Wand, wo es nicht weitergegangen wäre, hätte nicht Menschenhand einen Tunnel ins Gestein getrieben. Erleichtert, der Nähe des Abgrunds zu entgehen, betrat Tonia die Öffnung. Der Durchbruch war nur einige Meter tief, danach erweiterte er sich zu einer natürlichen Höhle.

Dies schien der äußerste Punkt zu sein, bis hierher war der Kardinal vorgedrungen, an diesen Ort hatte er seine Fracht befördert. Tonia lief weiter, ihre Sandalen machten auf dem Untergrund ein helles Geräusch. Kuppeln und Kavernen entdeckte sie, glatte Wände, in denen es funkelte wie von schwarzen Diamanten, zerklüftete Hügel inmitten der unterirdischen Welt; alles schien ihr märchenhaft und bedrohlich zugleich.

Tonia hielt von einem Moment zum nächsten – dort standen sie alle beisammen, Dula und Muganabe, der Kardinal und der verrückte Giorgio, der sich über den Bombenschlitten beugte. Tonia erinnerte sich an die Engelsburg, wo sie einen Blick auf die Umwälzung des Planeten geworfen hatte. Hier also würde der Kardinal seine Vision in die Wirklichkeit umsetzen, hier sollte die Sprengung vollzogen werden. Wie tief mochten sie sein – hundert, drei- oder fünfhundert Meter? Was hatte der Eingriff für Folgen? War Gretchens Warnung berechtigt, gab es überhaupt etwas *Gutes,* das man mit Bomben anstellen konnte?

Sie wagte sich näher und beobachtete, wie Giorgio einen grauen Kasten auf den Wagen stellte. Etwas leuchtete darin;

er nahm eine Einstellung vor und trat zurück. Der Kardinal hielt vor den anderen einen Schlüssel hoch und steckte ihn in den Kasten.

»Pangaea«, sagte er leise. Die Männer wiederholten es wie ein Gebet, es vervielfältigte sich an den Höhlenwänden – *Pangaea – Pangaea – Pangaea …*

Reverricio drehte den Schlüssel herum, ein rotes Licht erglühte. Er versperrte den Kasten und versenkte ihn auf dem Bombenwagen. Überrascht beobachtete Tonia, wie sich das Gefährt in Bewegung setzte, der Schlitten fuhr abwärts! Noch ein Abgrund, dachte sie, ein weiteres Loch in der Erde – wohin, in welche Tiefe reichte es hinab?

Es dauerte lange, bis die Seilwinde abgespult war, schließlich hielt Giorgio den Motor an. Die Männer blieben um den Abbruch stehen, als sei nun alles getan und sie wüssten nicht, was als Nächstes geschehen sollte.

Tonia hielt es nicht länger hinter dem Felsvorsprung, sie kam hervor. Blitzschnell, als erwarteten sie einen Angriff, fuhren die Tuareg herum; in Dulas Hand blitzte das Schwert, erstaunt ließ er es sinken.

»Du?«

Reverricios Gesicht verfinsterte sich, zornig starrte er das Mädchen an.

»Ich muss euch warnen!«, kam sie seinen Vorwürfen zuvor.

»Wie bist du hierhergelangt?«

Wortlos deutete Tonia auf die Höhle, die sich im Dunkeln verlor.

»Ist dir jemand gefolgt?«

»Nein – natürlich nicht …«

»Was willst du?«

So deutlich Tonia die Antwort auf den Lippen lag, so seltsam kam sie sich in diesem Moment doch vor. Hier stand sie, tief im Innern der Erde – und *petzte*. Sie gab sich einen Ruck.

»Beatrice verrät Sie«, sagte sie zum Kardinal. »Sie hat jemand per Funk die Position des Lagers genannt. Sie will ihn hierherleiten.«

Wenn Tonia angenommen hatte, die Nachricht würde ihn erschüttern, täuschte sie sich.

»Weiter«, sagte er nach einer winzigen Pause.

Sie berichtete in allen Einzelheiten, wie sie Beatrice in Gohrbachs Wagen gesehen, was sie mitangehört hatte.

»Auf dem Funkgerät waren Zahlen«, sagte Reverricio. »Hast du dir die Ziffern gemerkt?«

Tonia sah das grüne Leuchten des Apparates vor sich, die Zahlen aber ... Wer hätte in einem solchen Moment an so etwas gedacht? »Die erste war eine Sieben, glaube ich, und danach ... eine drei?« Unsicher sah sie den Kardinal an.

Der wandte sich zu Giorgio; der Mönch nickte. »Es ist die gleiche Frequenz wie beim letzten Funkspruch. Eine Militärfrequenz.«

Grübelnd schaute der Kardinal in den Schacht, wo die Bomben verschwunden waren. »*Militär*? So tief im Süden gibt es keine Einheiten mehr. Woher kommen sie?« Er warf einen Blick in die Runde. »Ich war mir nie vollkommen sicher, ob ich Beatrice vertrauen kann.« Er lächelte traurig. »Darum habe ich ihr nie die ganze Wahrheit gesagt.« Er legte Tonia die Hand auf die Schulter. »Danke.« Seine Augen waren voll Wärme. Der Kardinal trat vom Schacht zurück. »Wir schließen die Höhle!«

Für Tonia war der Augenblick gekommen; mutig stellte sie sich vor den Mann mit dem grauen Haar. »Müssen Sie die Bomben wirklich sprengen? Das ganze Land wird zerstört!«

»Nein«, antwortete der Kardinal. »Es wird neu erschaffen. Dies ist der einzige Weg, um das unterirdische Meer an die Oberfläche zu holen.«

»Ein *Meer*?«

»Ein süßes Meer – reines Wasser, unvorstellbare Mengen davon. Erinnerst du dich an den Würfel mit dem Skorpion?« Tonia nickte. »Wir wissen nicht genau, woher er stammt. Doch wer ihn auch hergestellt hat, derjenige oder diejenigen wussten mehr über unseren Planeten als wir, von der Geburt unseres Sonnensystems bis heute. Sie wussten, wie verletzlich das Gleichgewicht ist, das wir zum Leben benötigen, Menschen, Pflanzen und Tiere – sie wussten, wenn der Mensch diesen Kreislauf stört, setzt er das irdische Leben aufs Spiel. Genauso ist es gekommen: Wie die Ratten flüchten die Menschen überall vor der Wut der Natur, die sie selbst herausgefordert haben. Nur ein einziges Element kann das Gleichgewicht wiederherstellen: Wasser. Wir brauchen Wasser, um die begangenen Fehler gutzumachen und unseren Heimatplaneten zu heilen. Durch die Botschaft des Skorpions haben wir gelernt, dass die Erde einen letzten Vorrat für uns bereithält und wie wir ihn emporholen können.« Er hielt inne, seine Stimme klang im Gewölbe nach.

»Wir verschließen jetzt die Höhle«, wiederholte Reverricio und ging voraus, hinter ihm Giorgio; an Dulas Seite folgte Tonia dem Kardinal. Nichts als der Klang ihrer Tritte war zu hören. Dort, wo die natürliche Öffnung in den Tunnel überging, bemerkte sie ein Tor, das ihr beim Eintreten nicht aufgefallen war. Muganabe löste die Flügel aus der Verankerung und zog die Metalltüren langsam zu. Der Tunnel schloss sich. Mit Giorgios Hilfe legte der Tuareg einen schweren Riegel davor.

»Die Zeit drängt.« Als Erster trat der Kardinal hinaus auf den Grat, der zum Plateau und schließlich wieder ans Tageslicht führte.

54

Gretchen zwang sich, ruhig und vernünftig zu handeln, nicht so, wie es ihrer Lage entsprach. Sie kauerte hinter einem verschlossenen Tor, in einer Höhle, hunderte Meter unter der Erdoberfläche. So wie Tonia hatte auch Gretchen das schmale Felsband gefunden, sich von der bodenlosen Tiefe nicht abschrecken lassen und war an der Kante entlangbalanciert. Sie hatte den Tunnel entdeckt und war vorsichtig eingedrungen, überzeugt, dass die Bomben hier ihrer endgültigen Bestimmung zugeführt werden sollten.

Bevor Gretchen die anderen aufgespürt hatte, waren plötzlich Geräusche näher gekommen; sie hatte sich in einen Seitenarm der Höhle geflüchtet und versteckt. Gleich darauf waren der Kardinal vorbeigegangen, die schwarzen Männer – und Tonia. Einen Moment lang hatte Gretchen triumphiert: Keiner wusste, dass sie hier war, unbemerkt konnte sie die Bomben aufspüren und dann … Was dann? In ihrem Versteck war sie zusammengefahren – musste man die Sache nicht anders sehen? Sie befand sich in unmittelbarer Nähe von drei Höllenmaschinen, hatte keine Ahnung, wann sie hochgehen sollten, und man ließ sie allein! Waren denn die Geräusche anders zu deuten? Die Gruppe entfernte sich Richtung Ausgang. Bevor Gretchen es sich versah, hörte sie eine Tür anschlagen, eine zweite, ein übles Geräusch, das Herz klopfte ihr bis zum Hals, sie rannte … nein, so war ihr Vorwärtskommen nicht zu bezeichnen. Halb barfuß tappte sie durch die unwegsame, spärlich beleuchtete Höhlenlandschaft, fiel über Felsnasen, stolperte in Abbrüche, und zu allem Überfluss schleppte sie noch den dummen Pflock mit, da sie das Seil um ihr Fußgelenk nicht lösen konnte.

Langsam, viel zu langsam durchquerte Gretchen die Höhle,

und als sie deren Ende erreichte, erstarrte sie in tödlicher Furcht. Ein mächtiges Tor verschloss den Eingang; nicht der kleinste Spalt war zu erkennen, der einen Durchschlupf geboten hätte, bloß in Augenhöhe befand sich ein viereckiges Loch, groß genug, um die Hand durchzustrecken.

Gretchen schrie, rief, schlug gegen das Eisen.

»Hallo! Hört ihr mich! Lasst mich hier nicht zurück! Tonia, hilf mir, helft …!« Zwischendurch lauschte sie, ob Schritte zu hören wären, irgendein Zeichen, dass jemand zurückkam.

»Bitte … ich kann doch nicht …«, bettelte das Mädchen und sank in die Hocke. Die Tränen kamen ungebeten und verschafften ihr ungewollt Erleichterung. All die Tage ihrer unfreiwilligen Reise, während sie in stickigen Transportern saß und sich herumkommandieren ließ, hatte sich Rexeisens Tochter zusammengerissen. Sie war das Kind eines Generals, Disziplin wurde bei ihnen großgeschrieben. Außerdem hatte sie sich eingeredet, solange sie dabei war, würde Papas Bomben nichts geschehen. Jetzt brach das Gebäude aus Anspannung und Hirngespinsten zusammen, und nichts blieb als die blanke Angst.

»Oh Gott, hilf mir –«, stöhnte das Mädchen. »Hilf mir, dass ich hier nicht zugrunde gehe.« In der Dunkelheit hörte sich ihr Gebet beängstigend an. Das Schlimmste war, tatenlos darauf zu warten, dass eine Detonation von unvorstellbarem Ausmaß ihrem Leben ein Ende setzte.

»Das wollen wir doch mal sehen!« Entschlossen stand Gretchen auf, schlang das Seil um den Arm, fasste den Pflock fester und trat den Weg ins Innere der Höhle an.

*

Die Nacht war eingefallen, kein Mond stand am Himmel; nur die großen Lampen erhellten die Schlucht. Die Männer und Tonia stiegen nicht zu Fuß an die Erdoberfläche, langsam trug sie der stählerne Korb nach oben. Während der Fahrt wurde kein Wort gesprochen.

In Gedanken versuchte Tonia sich einen unterirdischen Ort vorzustellen, der groß genug war, ein ganzes Meer aufzunehmen. Auch wenn sie wusste, dass die eingeschlossene Flut in völliger Finsternis lag, hatte sie ein blaues Bild vor Augen, Wasser, Wellen, Strömungen – ein Meer, wie es noch niemand gesehen hatte, Tonias Meer. Achselzuckend wandte sie den Kopf. Dicht neben ihr zog die metallene Treppe vorbei, die sie vor kurzem abwärtsgestürmt war, dort lag etwas auf dem Eisengitter. Der kleine Gegenstand wäre ihr nicht aufgefallen, hätte die Lampe ihn nicht so plastisch hervorgehoben. Einen Moment rätselte Tonia noch und erkannte schließlich, das war ein Schuh. Ein Schuh auf der Treppe?

Nicht irgendein Schuh, kein Stiefel, wie die Mönche sie trugen, nicht die Sandale eines Tuareg – Tonia hatte einen Turnschuh gesehen, rosa Stoff, Gummisohle, weiße Bändel. Es gab nur eine Person, die inmitten der Wüste solche Schuhe trug: das Mädchen im Zelt, das ein Seil daran hinderte, fortzulaufen. Wie kam Gretchens Schuh auf die Treppe? Hektisch trat Tonia ans Geländer, der Schuh war nicht mehr zu sehen. Hatte sie sich getäuscht? Wie sollte Gretchen Muganabes Fessel abgestreift haben? Ungeduldig wartete Tonia darauf, nach oben zu kommen, zu Gretchens Zelt zu eilen und dort die schimpfende Kommandantentochter an der Leine zu finden.

Das Felsplateau tauchte auf, das Gefährt hielt mit einem Ruck, Reverricio öffnete die Verriegelung.

»Habt ihr die Bomben scharf gemacht?«, fragte die rothaarige Frau am Rande des Abgrunds.

Der Kardinal zeigte kaum Überraschung, dass er erwartet wurde.

»Seit wann wussten Sie es?«, lächelte Beatrice. »Schon in

der Engelsburg? Haben Sie mich deshalb in das Geheimnis nicht eingeweiht?«

Die Offenheit, mit der sie ihre Schuld eingestand, irritierte ihn; wachsam schweifte sein Blick umher. »*Gewusst* habe ich es bis heute nicht«, antwortete er. »Es bestand die Möglichkeit, das genügte.«

»Weshalb vertrauten Sie mir nicht?«, fragte sie beinahe verletzt.

»Du warst monatelang im Norden. Du hast Gespräche mit Finsøkker geführt. Doch während die anderen Zeitungen sein Vorgehen verurteilten, hast du in deinen Artikeln nicht über den machtgierigen Eroberer berichtet, sondern über den Menschen. Das war für mich ein Warnsignal.« Wie ein besorgter Vater, der nicht weiß, was er mit dem missratenen Kind anfangen sollte, ging der Kardinal auf sie zu.

»Wundert es Sie nicht, dass ich nicht zu fliehen versuche?«

»Wohin solltest du? Nur mit uns kommst du in die Sicherheitszone.«

»Ich hätte Gohrbach und seine schießwütigen Kerle freilassen können.« Beatrice betrachtete das graue Haar, die alten Augen des Wolfes.

»Du bist imstande, mich zu verraten«, schüttelte er den Kopf, »aber nicht an diese Leute.«

Mit einem Mal verlor Beatrice den spöttischen Unterton. »Die Trachtler konnten Sie vielleicht aufhalten«, antwortete sie, *»ihn* werden Sie nicht überwinden.«

»Ist er unterwegs?« Reverricio vergewisserte sich, dass die Tuareg näher kamen.

»Als ob Sie das nicht wüssten.« Beatrice zeigte auf Tonia.

Dula trat neben die Journalistin.

»Selbst die *Wüstenritter* können nichts gegen ihn ausrichten«, sagte Beatrice.

Der Kardinal wandte sich ab, während Dula Beatrice zu dessen Wagen brachte. Auf diesen Augenblick hatte Tonia gewartet. Es brannte ihr auf der Seele, die Sache mit dem Schuh aufzuklären. Wie sehr hoffte sie sich zu täuschen! Dort erhob sich das letzte Zelt, kein Mensch stand davor – hätte Gretchens Neugier sie nicht ins Freie treiben müssen? Als Tonia näher lief, fuhr ihr der Schreck in die Glieder: Der Pflock war verschwunden! Der schwarze Pfahl, der die wütende Kommandantentochter festgehalten hatte, war herausgerissen worden. Ein Griff in den Sand, ein Blick ins Zelt, kein Zweifel, Gretchen hatte sich befreit. Der Schuh auf der Treppe war kein Hirngespinst gewesen. Was hatte das Mädchen zuletzt gesagt? *»Wir müssen verhindern, dass sie die Bomben zünden!«* Die Bomben, durchfuhr es Tonia. War Gretchen wirklich verrückt genug, dorthin zu laufen? Erschrocken legte Tonia die Hand auf den Mund. Wenn Gretchen ihr tatsächlich gefolgt war, dann saß sie jetzt dort unten, hinter den Toren des Tunnels, und zu ihren Füßen tickte es!

Ein Blick zum Kardinalsbus – Reverricio stieg gerade mit seiner Gefangenen ein, gefolgt von den Tuareg. Die meisten Mönche lagerten rund um die Transporter. Bevor Tonia ihren Verdacht irgendwem anvertraute, musste sie sich Sicherheit verschaffen. So unauffällig sie konnte, kehrte sie zur Treppe zurück und war im nächsten Moment von der Erdoberfläche verschwunden.

Schneller als beim ersten Mal erreichte sie die unterirdische Plattform und rannte, an der Bohrspinne vorbei, auf den Felsgrat. Sie lief, balancierte, schaute nicht nach unten, bis sie endlich auf den Tunnel stieß. Das Tor war wie erwartet verschlossen. Tonia stellte sich breitbeinig hin und trommelte mit den Fäusten gegen die Metallplatten. »Gretchen! Bist du da drin?!«, brüllte sie aus Leibeskräften. Und noch einmal: »Greeetchen!«

»Du brauchst nicht so zu schreien«, hörte sie eine Stimme in unmittelbarer Nähe.

Erleichtert ließ Tonia die Hände sinken. »Du bist… Gott sei Dank, da bist du!« Sie trat vor das viereckige Loch, dahinter zeigte sich das Mädchengesicht, verängstigt, mit wirrem Haar, aber unverletzt.

»Wieso bist du…?« Tonia streckte die Hand durch die Öffnung. »Was machst du hier unten?«

Gretchen vermochte ihre Furcht nicht zu verbergen; dankbar ergriff sie die Hand, die sich in ihr Gefängnis streckte. »Ich habe den Bombenschacht gefunden.«

»Dann weißt du also, dass sie nicht hier oben explodieren werden«, sagte Tonia und drückte die kalten Finger. »Sie sind in großer Tiefe, dort sollen sie…«

»Sie sind nicht mehr *in großer Tiefe*«, unterbrach das Mädchen.

»Was meinst du?«

»Ich habe sie hochgeholt«, antwortete Gretchen.

Tonia ließ los. »Du hast… was?!«

»Was hättest du an meiner Stelle getan?«, fauchte die Blonde. »Ich bin hier drin gefangen, jeden Moment kann alles in die Luft fliegen! Ich habe das Loch entdeckt und die Seilwinde.« Aus großen Augen sah sie Tonia an. »Da war dieser Schalter. Ich habe… draufgedrückt!«

»Und?«

»Die Winde hat sich in Gang gesetzt. Die Bomben kamen nach oben.«

»Ja, und?!«, drängte Tonia.

»Ich wollte sie ausschalten, irgendwie verhindern, dass es… passiert.« Kurze Stille. »Es ging nicht.«

»Was ging nicht?«

»Der Zündmechanismus ist verschlossen. Sie ticken und ticken.«

»Wie lange noch?«

»Das kann man von außen nicht sehen!« In diesem Moment

verlor Gretchen die Fassung. »Ich weiß es nicht … ich habe Angst!«

»Wir müssen sie wieder nach unten schaffen!«, rief Tonia. »Unvorstellbar, was sonst passiert!«

»Hilf mir!«, schrie das Mädchen. »Hilf mir hier heraus!« Sie presste das Gesicht an die Öffnung.

»Natürlich, keine Sorge, deshalb bin ich ja hier.« Tonia ergriff den stählernen Balken, der die Torflügel kreuzte, und wollte ihn anheben. Er bewegte sich keinen Millimeter. »Das muss doch – muss doch!« Sie stemmte sich mit vollem Körpergewicht dagegen, ohne Erfolg. Sie bückte sich, rammte die Schulter gegen das Eisen. Als sei der Riegel mit dem Tor verschweißt, blieb er unverrückbar.

»Ich schaffe es nicht!«, keuchte Tonia.

»Und jetzt?«

»Wir brauchen Hilfe.«

»Nein! Lass mich hier nicht allein!«

»Gretchen, ich kann dieses Tor nicht öffnen.« Tonia bemühte sich um einen ruhigen Ton. »In ein paar Minuten bin ich zurück, mit Dula und Muganabe. Wir befreien dich. Inzwischen musst du die Bomben …« Was verlangte sie da? Dass das Mädchen auf einem Schuh in die Höhle zurückkehrte und drei tickende Maschinen im Schlund der Erde versenkte? Tonia hob sich auf die Zehenspitzen und lächelte der Gefangenen zu.

»Bevor du bis drei zählst, bin ich wieder zurück.«

Sie machte kehrt und balancierte über das Felsband. Gretchen hörte die Schritte verklingen.

55

Erschöpft ließ der Kardinal sich auf seinen Stuhl sinken; die Tuareg hatten ihn allein gelassen. Einen Moment bedeckte Reverricio die Augen. »Ich verstehe nicht, warum du *ihm* mehr vertraut hast als mir.«

Die Journalistin saß reglos in der Ecke, das rote Haar fiel ihr in die Stirn. »Es ist keine Sache des Vertrauens«, antwortete sie nach einer Weile.

»Was dann?« Reverricio griff nach der Wasserflasche, sie war leer. »Du weißt, was der General aus Europa gemacht hat, weißt, wie skrupellos er ist.« Als sie nicht antwortete, fuhr er fort. »Finsøkker beherrscht das wasserreichste Gebiet des Nordens, er beliefert die Dürreregionen im Süden und Osten. Ohne sein Wasser wären diese Landstriche längst entvölkert. Und er lässt sich die Lieferungen teuer bezahlen. Begreifst du nicht, warum er um jeden Preis verhindern will, dass wir die Bomben zünden?«

Langsam, als strenge die kleine Bewegung sie an, hob Beatrice den Kopf. »Woher sind Sie so sicher, dass Sie die erhoffte Wirkung erzielen? Genauso gut könnten sie eine Verwüstung anrichten, die das Gleichgewicht des Planeten noch schlimmer zerstört.«

»Deine *Sorge* um den Planeten beantwortet nicht, warum du mich verraten hast.«

»Ich liebe ihn«, antwortete Beatrice.

»Dann allerdings …«, er stand auf, »… habe ich keine Fragen mehr. Die Bomben sind in Position. Selbst Finsøkker kann die Entwicklung jetzt nicht mehr aufhalten.«

Reverricio trat vor den Bus. Das Plateau war leer; die Mönche hatten sich vor dem Aufbruch in die Wagen zurückgezogen. Nur einer von ihnen eilte zur Messstelle, prüfte die

Sonde im Boden und riss den Papierstreifen ab. Der Kardinal wollte Giorgio eben zurufen und nach dem Ergebnis fragen, als er eine zweite Gestalt bemerkte – kleiner, in zerlumpten Kleidern, mit mädchenhaften Locken. Neugierig verfolgte der Kardinal Tonias Weg zu ihm; ihr Gesicht verhieß keine gute Nachricht.

»Wir müssen zurück in die Höhle!« Außer sich rannte das Mädchen die letzten Schritte und schaute keuchend auf. »Gretchen ist dort«, beantwortete sie seinen fragenden Blick.

Der Kardinal spürte, das war noch nicht alles.

»Sie hat die Bomben nach oben geholt!«

Als hätte ihn ein Schlag ins Gesicht getroffen, taumelte er zurück. »Ist sie wahnsinnig?«, flüsterte er, drehte sich um und warf einen Blick auf die Uhr. »Wir müssen sofort hinunter!«

»Für wann ist der Mechanismus eingestellt?«, fragte Beatrice. Verwirrt musterte Tonia die Verräterin in der Ecke.

»Alle her zu mir!« Reverricios Stimme drang über die felsige Fläche. Kurz darauf kamen die Männer heran, Dula und Muganabe erreichten den Kardinal mit den Übrigen.

»Ihr zieht sofort ab, wie geplant«, befahl er, »die Tuareg und ich bleiben hier. Wir treffen uns beim Kraftwerk von Orsina!«

Ehe der Kardinal den ersten Schritt in den Sand setzte, ehe die Mönche gehorchen konnten und Tonia protestierte, dass sie lieber bei Dula bleiben wollte, ließ die Detonation alles erbeben.

Feuergarben sprühten, Sand und Gestein flog in alle Richtungen. Getroffen sank einer zu Boden. Im ersten Schreck meinten viele, die Bomben seien zu früh explodiert, in der nächsten Sekunde war deutlich, sie wurden angegriffen. Schüsse peitschten – nicht das dumpfe Dröhnen der Trachtlerflinten, hell und sirrend kamen die Geschosse; ein Mönch fasste sich an die Brust, ein anderer sackte lautlos zusammen. Dula packte Tonia und sprang mit ihr in den Trichter, den die

Detonation in die Erde gerissen hatte. Von dort sahen sie, was geschah.

Der Kardinal rettete sich in den Wagen. Beatrice stürzte zu Boden – und schreckte zurück: Neben ihr lag Giorgio, die Kapuze war nach hinten gerutscht und entblößte das leblose Gesicht. Er hatte die Augen geöffnet; der Papierstreifen entglitt seiner Hand und wehte über die Anhöhe.

Wer beschreibt das Wesen des Todes, das Staunen, das den Sterbenden erfasst? Wer weiß von den letzten Momenten, bevor Bewusstlosigkeit den umhüllt, der nicht mehr erwachen wird? Wenn das Bild vom *Sensenmann* je Gültigkeit hatte, dann in jenen Sekunden, als die Mönche niederbrachen wie Halme, durch die eine Klinge fährt. Schneller als sie sich retten konnten, kam der Angriff über sie, mancher starb mit überraschtem Gesicht. Streng und nüchtern gingen die Angreifer vor. Die Männer des Dänenführers erschossen die Männer des Kardinals, um die zahlenmäßige Unterlegenheit auszugleichen. War der erste Schlag erfolgreich, gehörte Finsøkker der Tag. Nur das Ziel steuerte sein Denken, Gnade war in seiner Rechnung nicht vorgesehen. Der Tod regierte, viele Menschen starben auf dem Plateau von L'Aquileia. Der Tag aber gehörte dem Dänen noch nicht.

Denn während seine Männer auf jene feuerten, die unerbittlich den Wagen des Kardinals schützten, gelang dreien aus der Gruppe heimlich die Flucht. Im Schutz der Nacht erreichten Tonia und die Tuareg das äußere Felsplateau. Sie nutzten den blutigen Irrsinn, um den Befehl des Kardinals auszuführen. Während Muganabe die Treppe hinunterstürmte, sprang Dula in den Fahrkorb, Tonia folgte ihm. Die Fahrt in die Tiefe wurde für das Mädchen und den Tuareg die Frist, in der sie in Schmerz und Gehetztheit ihre Liebe begriffen, sich umschlangen und küssten, als sei es das letzte Mal. Mehrmals schaute Dula hoch, ob die Angreifer den Abstieg in die geheime Welt bereits entdeckt hatten und nachrückten; doch nur der blasser werdende Mond schaute auf sie herab.

Der Fahrkorb setzte auf, Dula und Tonia liefen auf den Felsgrat; Muganabe war noch über ihnen. Nebeneinander balancierten sie, Tonia war der Weg schon vertraut.

Sie erreichten das Tor. Auch mit Dulas Hilfe gelang es nicht, den Riegel zu heben. Erst Muganabe besaß die Kraft, ihn zu bewegen; das schwere Eisen fiel, der Tuareg drückte die Torflügel auf.

Ein Bild der Hilflosigkeit – Gretchen im hellen Kleid, zusammengekauert, die Arme schützend über den Kopf gezogen. Selbst als die Retter eintraten, stand sie nicht auf.

»Die Zahlen!«, wimmerte sie. »Sie laufen rückwärts, schnell, so schnell!«

»Hast du die Bomben nach unten geschickt?«, stieß Tonia hervor.

Das Mädchen auf dem Boden schüttelte den Kopf. »Die Zahlen …«, murmelte sie.

Dula warf einen Blick aus dem Tunnel ins Freie. »Sie werden bald hier sein.« Er wollte Gretchen beim Aufstehen helfen. »Hier kannst du nicht bleiben.«

»Nein! Ich geh nicht mehr da hinein!«, wehrte sie sich.

»Doh lebende.« Muganabe streckte ihr die Hand hin.

Mit ängstlichen Augen schaute sie zu ihm auf, griff zu und ließ sich vom Tuareg auf den Arm heben.

Sie liefen ins Innere der Höhle.

*

Als die Dänen das Fahrzeug des Kardinals eingenommen hatten, fanden sie darunter, halb vom Sand der Detonationen bedeckt, eine verängstigte Frau. Neben ihr lag ein erschossener Mönch. Noradt Finsøkker half Beatrice auf. Keine Miene verriet, dass er froh war, sie lebend wiederzusehen. Er umarmte sie nicht, sagte nichts zu ihrer Beruhigung, wischte ihr lediglich Sand von der Stirn. Einer der Männer zerschnitt ihre Fesseln. Seitdem war sie an Finsøkkers Seite.

Längst waren die Mönche zu wenige, aber sie hielten stand. Nachdem Finsøkkers Truppe die Stellung des Kardinals überrannt hatte, zog sich Reverricio mit den Überlebenden an die Kante des Abgrunds zurück, dort kämpften sie weiter. Sie versuchten die Träger des Fahrkorbs zum Einsturz zu bringen, um dem Dänen die Fahrt in die Tiefe zu verwehren. Doch zu dicht war das Feuer, zu unerbittlich ließ der Däne den zurückweichenden Haufen beschießen. Schließlich blieb den Männern des Kardinals nichts übrig, als vor den CATS auf die Treppe zu fliehen. Stufe um Stufe wurden sie abwärts gedrängt, während Finsøkker den eisernen Fahrkorb nach oben holte und einstieg. An seiner Seite waren zwei Soldaten – und Beatrice.

»Kennst du den Zeitpunkt der Sprengung?«, fragte der Oberbefehlshaber, während sie abwärtsfuhren.

Beatrice schüttelte den Kopf.

»Die Mönche waren alle im Lager, als wir kamen«, überlegte er, »es muss also noch genügend Zeit sein, in die Sicherheitszone zu gelangen. Wie weit ist Orsina entfernt?«

»Fünfzig Kilometer«, antwortete sie.

»Er will es bei Tag tun«, sagte Finsøkker. »Er will *sehen,* was geschieht.« Er beugte sich über den Rand des Korbes. »Warum geht das so langsam!«

*

Muganabe spürte das Zittern zuerst. Er setzte Gretchen zu Boden und betrachtete abwartend die Felswand. Sand und kleine Steine begannen zu springen, der Boden bebte. Die Erschütterung brachte Tonias Knie zum Zittern; sie suchte Dulas Nähe. Als der erste Brocken fiel, drängten die Tuareg die

Mädchen in den nächsten Riss im Gestein. Sie verharrten in der kleinen natürlichen Höhle, der Atem des einen am Ohr des anderen. Draußen im Gewölbe stürzten Felsen aus dunkler Höhe herab, zerbarsten oder rollten weiter, einer sprang auf Tonia zu und wurde erst von der Felswand aufgehalten. Minuten vergingen, doch das Beben wollte nicht schwächer werden. Muganabe ergriff sein Amulett mit beiden Händen und presste es an den Mund.

Im gleichen Moment fasste Noradt Finsøkker nach der eisernen Strebe, um sich festzuhalten. Das Gefährt, eben noch schwer und stabil, entpuppte sich als Spielball der Gewalten, die alles rundum ergriffen. Der Sicherheitsmechanismus hatte den Fahrkorb zum Stillstand gebracht; zwischen den Stahltrossen pendelte der Korb wild hin und her, prallte gegen die Felswand, schlug gegen den Halteträger. Es knirschte und dröhnte, als würden die armdicken Seile im nächsten Augenblick bersten und alle ins Bodenlose stürzen lassen.

Zum ersten Mal sah Beatrice Furcht in den Augen des Mannes, vor dem alle sich fürchteten, sah die Angst um Leib und Leben, seine Hilflosigkeit, nicht durch einen Befehl, eine Unterschrift Mächte in Gang setzen zu können, die seinem Willen folgten. Links und rechts stürzten Felsen in die Tiefe; die Gewalten, die sie umgaben, waren stärker, mitleidlos und steinern. Beatrice bemerkte, dass auch die Kämpfenden auf der Treppe das Gefecht eingestellt hatten und sich in Sicherheit brachten, so gut es ging.

»Wir müssen – müssen …«, stieß Finsøkker hervor. Ohne sich darüber im Klaren zu sein, ergriff er Beatrices Hand.

Hoch über ihnen gab ein Fels, sonst fest in der Wand verankert, dem Beben nach, ruckte erst, löste sich schließlich und fiel. Auf seinem Weg nach unten schlug er gegen Felsnasen, wurde abgelenkt und stürzte genau auf den Fahrkorb zu.

»Schau«, sagte Beatrice, als gebe es über ihnen etwas Interessantes zu betrachten.

Finsøkker hob den Kopf. Das Phänomen der *Ausweglosigkeit* hatte er noch nicht kennengelernt; bei entsprechender Überlegung gab es immer eine Möglichkeit, um die gewünschte Wirkung herbeizuführen. Wer aber löste die Aufgabe um den fallenden Fels, wer widerstand ihm, wem erstarrte nicht das Blut in den Adern, wenn er einen Brocken, groß wie ein Haus, auf sich zustürzen sah?

»Bitte nicht«, flüsterte der Oberbefehlshaber und sah zu den Männern. Ein Soldat riss den Dänen nach hinten, Noradt hielt immer noch Beatrices Hand.

Der Fels schlug auf der Kuppel des Korbes auf, zerdrückte sie aber nicht, wurde abgelenkt und zerschmetterte das Geländer, an das Beatrice sich lehnte. Gleich einem Strohhalm wurde die metallene Strebe fortgerissen. Nichts befand sich mehr zwischen Beatrice und dem Bodenlosen.

Wie man beim Tanzen einen fröhlichen Sprung tut, in der Gewissheit, sicher zu landen, so hüpfte sie hinaus, wo kein Grund mehr war, nur die Gewissheit des Endes. Nein, da war noch die Hand, die Beatrice immer am liebsten gehalten hatte, von der sie in diesem Moment Hilfe und Rettung erwartete. Noradt hielt die Frau, die nach unten sackte, dorthin, wo der Fels ihr vorausstürzte. Er hielt sie noch, doch er stand nicht auf sicherem Grund, abschüssig hing der Stahlkorb im Gestänge, Finsøkker rutschte, spürte, dass der Griff des Mannes, der ihn selbst festhielt, sich hektischer in die Jacke verkrallte. Dazu das Ächzen und Knarren, das Beben, das nicht nachließ – die Welt wollte einstürzen, und Finsøkker sollte die Frau beschützen, die mit irren Augen zu ihm hochstarrte.

»Noradt –«, hörte er sie sagen.

Weil er spürte, dass seine Hand nicht die Kraft hatte, das Instrument zu ihrer Rettung zu sein, weil er wusste, dass nur

Momente ihn davor trennten, das Nachgeben der klammen Finger zu spüren, die Lösung, das Rutschen und schließlich die Niederlage – darum wandte Finsøkker den Blick ab. Er wollte Beatrice nicht ansehen, wenn er sie fallen ließ, er wollte es nicht gewesen sein, dem sie den Tod verdankte. Noradt ließ los. Er öffnete die Finger, spürte das Gewicht unter sich verschwinden und schaute nicht hin. Was ihn mehr als die Unvermeidbarkeit ihres Todes erschütterte, war, dass Beatrice lautlos stürzte. Kein Schrei in Todesnot, kein verklingender Ton, in ihrem Schweigen lag der größte Vorwurf, den Finsøkker je erlebt hatte. Als Noradt die Augen aufschlug, war unter ihm alles dunkel. Der Mensch, den er nicht zu halten vermocht, die Frau, die um seinetwillen alles getan hatte, war verschluckt worden von der Finsternis.

*

Zu viert erreichten sie das Zentrum der Höhle. Dort stand der Schlitten mit seiner dreifachen Fracht; friedlich glomm das rote Licht auf dem Zündmechanismus, regelmäßig spulten sich Ziffern ab, eine fraß die andere auf.

»Schaltet es ab«, sagte Gretchen. »Warum schaltet ihr es nicht ab?«

»Nolah deh bende.« Muganabe nahm ihre Hand, die in der seinen winzig wirkte, und schaute ihr fest in die Augen. Im Schein der fahlen Beleuchtung sah Gretchen Freundlichkeit, Wissen und Stärke. Sie hatte keine Erklärung dafür, in ihr war nur ein tiefes Vertrauen, dass der riesenhafte Mensch das Rechte tat.

Dula trat an den Mechanismus und legte den Schalter um. Zum zweiten Mal setzte sich der Behälter in Bewegung, das rote Licht verschwand in der Tiefe.

Sie hörten die Geräusche, lange bevor deren Ursache sich ihnen näherte. Es war Kampfeslärm, Schüsse, eilige Schritte;

die Schlacht hatte die Höhle erreicht. Sie hörten, dass die anderen näher kamen.

Mit plötzlichem Entschluss schaltete Dula die Seilwinde ab.

»Was tust du?«, rief Tonia.

»Es nützt nichts, sie auf diese Weise nach unten zu schicken«, sagte er. »Es dauert zu lange.«

»Was meinst du damit?«

Statt einer Antwort drehte der Tuareg die Richtung der Spule um, der Motor holte Seil und Last wieder nach oben.

»Aber das ist verrückt!« Tonia sprang zu Dula, wagte aber nicht, ihm in den Arm zu fallen. Er wandte sich zu Muganabe.

»Nah de naleh«, sagte der jüngere zum älteren Tuareg.

Das Gesicht Muganabes verfinsterte sich, gleichwohl nickte er.

»Was wollt ihr tun?!«, schrie Tonia in höchster Sorge.

Dula schaute zur Winde, hinunter zum Korb. »Das Seil ausklinken«, sagte er mit ungewohnt harter Stimme.

»Ausklinken?« Tonia rang nach Luft. »Stürzen die Bomben dann nicht dreitausend Meter tief?! Kannst du vorhersagen, was passiert?!«

»Sie stürzen nicht«, antwortete Dula und warf seinen Umhang ab.

»Wieso?«

»Nicht, wenn jemand bremst.« Er zog sein Schwert aus der Scheide und hielt es Muganabe hin. Schweigend nahm es der Ältere entgegen.

»Was willst du damit …?« Tonias Blick streifte Gretchen, bemerkte den Ausdruck ungläubigen Staunens auf deren Gesicht.

»Wieso willst du das tun?«, fragte die Blonde den Tuareg.

»*Pangaea*«, antwortete Dula. »Es wird sich bewegen.«

Plötzlich musste Tonia an den Traum denken, den sie vor Monaten gehabt hatte. Dula und sie waren über jenes unterirdische Meer getrieben, er steuerte das Floß, ein rotes Leuchten drang zu ihnen hoch. Im Traum hatte er genau diese Worte gesprochen – *»Pangaea wird sich bewegen«*.

»Was hast du vor?«, fragte Tonia den Geliebten.

»An den Leitschienen sind Bremsen«, antwortete er, ohne sie anzusehen. »Man kann sie vom Korb aus bedienen.«

»Und wie kommst du dann wieder nach oben?«

Er antwortete nicht, umfasste ihre Schultern und sah das Mädchen liebevoll an. Ein Geräusch ließ ihn aufschauen; die Gegner waren um einiges näher gekommen.

»Leuchte mir«, sagte er zu Muganabe.

Der Gefährte nahm die Lampe und hielt sie über den Schacht. So weit das Licht reichte, liefen Schienen in die Tiefe.

»Nein!«, schrie Tonia in plötzlicher Erkenntnis. »Du kannst nicht mehr zurück! Dula, du darfst nicht!«

Muganabe hielt sie fest, während Dula sich auf den Rand des Schachtes schwang. Er ergriff das Seil und war im Begriff, sich nach unten gleiten zu lassen.

»Nein, Dula, nein!!«

Plötzlich legte Muganabe die Lampe beiseite. *»Nolah dah madeh.«* Ein trauriges Lächeln umspielte seinen Mund. Bevor Dula es sich versah, fasste der andere Tuareg ihn unter den Armen und riss ihn nach oben. Mühelos hob Muganabe den Freund aus dem Schacht und setzte ihn neben sich ab. Statt einer Erklärung gab er ihm sein Schwert zurück.

»Danah ma deh.« Ein Blick zwischen den Gefährten, eine Sekunde des Verstehens. Bevor Dula es sich anders überlegte, nahm Muganabe eines der Amulette ab und legte es Dula um den Hals. Dann warf er sich nach vorne und ergriff im Sprung das Seil. Mit wenigen Bewegungen erreichte Muganabe den Bombenschlitten und hockte sich darauf.

Tonia sah der Veränderung fassungslos zu, erkannte, was geschah, begriff noch nicht. »Nein«, flüsterte sie, »ihr könnt nicht … keiner von euch …«

»Muganabe tut, wozu nur ein Tuareg imstande ist«, sagte Dula und trat an die Winde. Zwei Hebel hielten den Mechanismus in der Verankerung; er löste den ersten, die Spannung lockerte sich, der Korb ruckte nach unten. Dula wollte den zweiten Riegel lösen – er klemmte. Sosehr der Tuareg auch daran zerrte, das Eisen gab nicht nach.

»Nodeh takuba«, hörten sie Muganabes Stimme aus der Tiefe.

Dula tat, worum der Freund ihn bat. Er packte sein Schwert mit beiden Händen, holte weit aus und ließ es auf das stählerne Seil niedersausen. Metallene Fasern spreizten sich ab; ein zweiter Schlag, ein dritter, jetzt ein heller Ton, das Seil riss und fiel wie eine klingende Schlange in die Schwärze. Langsam, mit schabendem Geräusch, setzte sich der Korb in Bewegung; Muganabe stand darauf und bediente die Bremsen. Er blickte hoch, mit den Augen sagte er den Menschen Lebewohl, deren Reise er so lange begleitet hatte. Muganabe fuhr in die Tiefe, ihm leuchtete das rote Licht der Zündmechanismen, die er an ihren Bestimmungsort brachte. Muganabe sah die drei vornübergebeugten Gesichter kleiner und kleiner werden, bis der Schacht sie verschluckte. Nun war er mit seiner Fracht allein. Immer rascher ließ er Metall an Metall gleiten, der Schlitten gewann an Fahrt. Muganabe schloss die Augen.

Tonia bemerkte nicht, dass die Geräusche näher kamen, dass der Kampf nicht mehr fern war. Sie versuchte zu verstehen. Konnte ein Auftrag, ein Ziel wichtiger sein als das eigene Leben? War das Leben nicht das größte Geschenk, durfte man bestimmen, wann man es fortgab? Konnte das Wasser, das dort unten verborgen lag, jenes Opfer rechtfertigen, das Muganabe brachte?

Kaum bemerkte Tonia, dass Dula sie und das andere Mädchen in Sicherheit brachte, kaum nahm sie die Lichter wahr, die sich aus dem äußeren Teil der Höhle näherten. Schon waren sie da, die Männer mit ihren furchteinflößenden Waffen, Helmen, auf denen Lampen glühten, Männer, die die Mönche in Schach hielten, unter ihnen den Kardinal.

Reverricio konnte sich kaum noch aufrecht halten, er blutete aus mehreren Wunden. Die Mönche, die mit ihm aus den vatikanischen Gärten aufgebrochen waren, hatten den Kampf verloren. Zwischen den Siegern trat jetzt einer hervor, der nicht wie ein Soldat aussah, auch wenn er die gleiche Uniform trug. Er war klein, hatte ein blasses Gesicht und flinke Augen. Dieser Mann blieb vor dem Kardinal stehen.

»Wie lange noch?«, fragte er.

»Lange genug, um euch in Sicherheit zu bringen«, antwortete Reverricio.

»Schalte sie ab«, sagte Noradt Finsøkker.

»Selbst wenn ich wollte, ich kann es nicht.«

»Du kannst und du wirst!«, fuhr der Blasse ihn an.

Wortlos deutete der Kardinal auf die stählerne Winde – sie stand still. Das abgehauene Seilende hing über dem Schacht.

Der Däne erstarrte. »Wer besitzt solche Kraft, DAS zu tun?« Sein Blick fiel auf den Tuareg.

»Willst *du* ihn zurückholen?«, fragte Dula.

Finsøkker schaute in den Schacht. »Dreitausend Meter«, murmelte er. »Bei der Hitze dort unten wird er bei lebendigem Leibe geschmort.«

»Wenn die Hitze ihn erfasst, wird er *woanders* sein.« Eine unerklärliche Ruhe ging von Dula aus, mit gesenktem Schwert stellte er sich dem Dänen entgegen.

»Dann sollt ihr alle mit ihm zur Hölle fahren«, sagte Finsøkker ebenso ruhig und gab seinen Männern ein Zeichen.

Sie drängten den Kardinal und die Mönche an den Rand des Schachtes.

»Dann muss es so sein.« Der Tuareg streckte die Hand nach der schmalen Gestalt aus, die nicht weit von ihm stand; Tonia lief zu ihm. Gemeinsam traten sie zu den anderen.

Der Ruck warf alle zu Boden – Soldaten und Mönche, die Männer und die Mädchen. Der Ruck fuhr durch das Rückgrat der Erde, dort, wo ihre Teile nicht zusammenpassten. Die Platten der Kontinente drückten gegeneinander, bewegten sich nur wenige Millimeter, doch die Wirkung war so verheerend, dass keiner im Innern der Höhle stehen blieb. Alle Lichter erloschen, nur die Funken auf den Helmen erhellten das Geschehen. Es regnete Steine, es bebte und schwankte, als sollte nichts, was den Menschen umgab, bestehen bleiben.

Beim ersten Zusammenfallen der Dinge hatte Dula sich über Tonia geworfen. Im nächsten Moment zog er sie hoch, bemerkte das Weichwerden ihrer Glieder, das der Bewusstlosigkeit vorausging; er spürte die warme Feuchtigkeit. Der Tuareg nahm sie auf den Arm und trat den ungangbaren Weg an, zurück ans Licht, an die Oberfläche. Um ihn war Chaos, Schüsse, die ihr Ziel verfehlten, Befehle, die keinen erreichten, und die Schreie der Angst. Dula wusste, hier war keiner zu retten, der sich nicht selbst in Sicherheit brachte. Er trug das Mädchen, das er liebte, er schwankte und stürzte, kam immer wieder auf die Beine und bahnte sich einen Weg durch die Höhle, die vielleicht keinen Ausgang mehr bot.

Das große Beben

56

Sie fuhren in zwei Kolonnen. Die meisten Wagen hatten sie zurückgelassen; sie waren nicht mehr viele. Wie jeden Morgen stand ein rosa Schimmer über der Stadt L'Aquileia, jene kurze Frist der Kühle, bevor die Sonne ihren Ritt über den Himmel antrat. Es war ein hübscher Ort, mit freundlichen Kirchen, einem ehrwürdigen Kloster, das seit langem als Getreidespeicher genützt wurde; rund um die Piazza gab es reiche Bürgerhäuser, ein Rathaus aus Beton, dahinter reihten sich Wohnblocks. Am Stadtrand, wo vor langer Zeit Gemüse angebaut worden war, hatte die Wüste sich breitgemacht; die Dünen wuchsen in das Leben der Menschen hinein.

Doch da war kein Leben mehr. Wie ausgehöhlt lag L'Aquileia da, seiner Stimmen und Gerüche beraubt, keine Bewegung gab es in der Stadt, außer dem Schwingen loser Fensterläden im Wind.

Während die Wagen durch die Hauptstraße fuhren, vergewisserten sich Reverricios Männer zum letzten Mal, dass ihre Arbeit verrichtet war. Sie saßen auf dem Dach des Transporters, drängten sich auf dem Kühler, selbst auf den Kotflügeln hockten welche und sahen sich um – ein kleiner Haufen Männer, die die meisten ihrer Kameraden verloren hatten.

Die Verwundeten lagen im Innern des Wagens, unter ihnen auch Gretchen und Kardinal Reverricio. Er war bei Bewusstsein, doch wegen der Schwere seiner Verletzungen hatte man ihm ein Schmerzmittel gegeben. Ein blutiges Laken bedeckte seinen zerschlagenen Körper. Die grauen Wolfsaugen schauten hinaus – L'Aquileia, die Stadt, die in Kürze nicht mehr existieren würde, war menschenleer.

In einer Ecke des Fahrzeugs kümmerte sich Dula um Tonias Wunden. Ein Schnitt zog sich von ihrer Schläfe zum Hinterkopf; er hätte genäht werden müssen, doch sie konnten nicht stehen bleiben, um die Operation durchzuführen. Der Wagen rumpelte über Bodenwellen, Tonia stöhnte – der Tuareg konnte nichts tun, als sie festzuhalten und ihr die ärgsten Stöße zu ersparen. Besorgt betrachtete er den offenen Beinbruch; er würde ihn einrenken, gleich, bald, wenn es vorbei war.

Tonia hatte Schmerzen, fröstelte und fieberte zugleich; sie wünschte, das Elend möge vorbei sein, doch alles ertrug sie gerne, weil sie in Dulas Armen lag. Während sie in jenem Dämmerzustand durch die Wüste gefahren wurde, hatte sie immer dasselbe Bild vor Augen – Muganabe im Schlund der Erde, er wiegte den Oberkörper und beschwor seine Amulette, während sich neben ihm das Uhrwerk fast aufgezehrt hatte. Für Tonia war es ein Bild ohne Schrecken, gleichzeitig von erbarmungsloser Endgültigkeit.

»Hörst du seine Stimme?«, murmelte sie.

»Ja, ich höre ihn«, antwortete Dula. »Er ist zu Hause. In seiner Oase geht die Sonne auf, der Wüstenfuchs verkriecht sich bis zur Dämmerung, die Kamele saufen an der Wasserstelle. Muganabe geht zwischen den blauen Kobaltblöcken umher, die Augen auf den Horizont gerichtet. Er ist glücklich.« Ein Blick auf die entspannte Hand des Mädchens zeigte, dass Tonia eingeschlafen war.

Sie verließen die Geisterstadt L'Aquileia und näherten sich den Bergen um Orsina.

In den Wagen dahinter saßen die Männer der CATS. Stillschweigend hatte sich ihr Offizier der Kolonne des Kardinals angeschlossen; es gab nur *eine* sinnvolle Strategie: davonzukommen. Der Offizier hatte keinen anderslautenden Befehl erhalten, denn sein Kommandant, der blasse Däne, saß gläsern auf seinem Platz, die Hände im Schoß gefaltet, den Kopf erhoben, als lausche er auf etwas, das niemand sonst zu hören vermochte. Finsøkker hatte keine äußeren Verletzungen, unbeschadet war er aus der Höhle ans Tageslicht gekommen; oben angelangt, hatte er sich wortlos auf einen Stein gesetzt und in die Morgenröte gestarrt. Der Offizier hatte den Dänen um dessen Befehle gebeten, aber statt einer Antwort war Finsøkker aufgestanden und am Rand des Plateaus entlangspaziert. Als die CATS den Aufbruch der Mönche bemerkten, hatte der Offizier angeordnet, sich ihnen anzuschließen. Ohne Widerstand hatte er seinen Kriegsherrn zum Wagen geführt.

Noradt Finsøkker träumte. Mit offenen Augen sah er die grünen Fjorde seiner Kindheit. Zu jener Zeit, als der glühende Stern die Erde bedrohte, gab es nirgends mehr Wolken außer im hohen Norden. Noradts Mutter war mit ihm auf eine Insel des Nordmeeres gereist, das vor langer Zeit von Eisschollen bedeckt gewesen war. Dorthin sehnte er sich jetzt zurück, auf die grün überwucherten Felsen, wo an manchen Tagen die Sonne hinter feuchten Gebilden verschwand, wo sanfter Regen fiel und ein bleicher Junge im Freien umherlaufen konnte. Finsøkker spürte weder die Hitze in dem Wüstenfahrzeug, noch das Aufkommen des Windes, der den unausweichlichen Sand gegen die Fenster schlug. Er fühlte Reinheit und Kühle, war in die Landschaft der Kindheit zurückgekehrt, die ihm für immer verschlossen erschienen war. Die besorgten Blicke seiner Männer kümmerten ihn so wenig wie die Frage, ob sie ihr Ziel rechtzeitig vor der Sprengung erreichten. Ein Kind, das über glitzernde Wiesen lief, hatte nichts zu befürchten; das Kind war dem Schrecken entronnen.

*

»Dampf«, antwortete der Kardinal.

Der Konvoi hatte vor einem klotzigen Gebäude gehalten, verfallene Schornsteine ragten in den Himmel. »Es ist ein verlassenes Kraftwerk«, sagte er. »Vor langer Zeit wurde hier Erdwärme in Elektrizität verwandelt.«

Dula stand daneben, in seinem Arm ruhte Tonia. Er hatte ein Stück Blech um ihr Bein gebunden, es hielt die eingerenkten Knochen fest. Sie fieberte, doch sie war bei Bewusstsein.

Man hob den Kardinal auf die Bahre, vorbei an dem düsteren Kraftwerk wurde er auf eine Anhöhe getragen. Dort stand ein Bunker, fensterlos und grau; davor setzten die Mönche die Trage ab. Rund um den Kardinal trafen die Übrigen ein; auch die Trachtler waren mit dem Konvoi mitgekommen. Finsøkkers Männer marschierten schweigend und ohne ihren Anführer den Hügel hoch; keiner fragte in diesem Moment, wo der Kriegsherr geblieben war. Die letzten Mönche erreichten den Gipfel – und mit ihnen Gretchen. Wortlos suchte sie die Nähe der verletzten Tonia, der sie ihr Leben verdankte. Gretchen war nicht imstande, das Erlebte ganz zu erfassen; zu gewaltig stürmten die Ereignisse auf sie ein. Unter normalen Umständen wäre es zum Lachen gewesen, dass sie den Pflock immer noch in der Hand trug, jenen Pfahl, an den Muganabe sie festgebunden hatte. Das lag nur wenige Stunden zurück, für Gretchen aber hatte sich dazwischen ein Abgrund an Zeit aufgetan, ein Schmerz, den sie ihr Lebtag nicht vergessen würde. Sie betrachtete das Seil um ihren Fuß; Muganabes magischer Knoten war nicht zu lösen. Sie sah Tonia an, blass und kraftlos hatte die Freundin den Kopf an Dulas Schulter gelegt. Sie und der Tuareg schauten übers Land.

Unter ihnen befand sich das sandverwehte Kraftwerk, dahinter die Hügelkette, die den Blick auf die nächsten Täler freigab; von hier aus vermochte man das gesamte Gebiet zu überblicken. Auf der entferntesten Anhöhe entdeckte Tonia L'Aquileia, nicht weit davon lief der Riss durch die Erde. Die Höhle, in der sie all das Grauen erlebt hatte, tat sich dort auf; eingestürzt und verwüstet zeigte sie doch den Weg zu jenem Gewölbe, wo der Abbruch in die Tiefe führte. Und dort, dort unten saß ein Mensch.

Neun Uhr morgens, auf die Minute genau. Reverricio richtete sich auf. Der Himmel war blau und rein wie an jedem Tag, weißgelb strahlte die Sonne auf das verwüstete Land.

»Jetzt«, sagte der Kardinal. Doch es geschah nichts.

»Sind wir auch weit genug entfernt?«, fragte einer der Mönche. Die Luft war morgendlich klar, in Kürze würde sie vor Hitze flimmern.

Es begann als Druckwelle im Osten. Die wütende Luft kam vom Horizont heran, und ehe einer die Hand hob, um hinzuzeigen, hatte die teuflische Luft die Anhöhe erreicht. Kein Orkan konnte mit solcher Gewalt über alles und jeden herfallen wie jene geballten Fäuste aus Luft.

»Wir sind viel zu nahe!«, schrie einer und versuchte den schützenden Bunker zu erreichen. Er und andere wurden zu Boden gerissen, als wären sie nicht aus Fleisch und Blut, sondern Papierfiguren. Manche schwirrten durch die Luft, andere wurden gegen die Felsen geschleudert. Die Bahre des Kardinals wirbelte herum; mit eisernem Willen klammerte er sich an den Streben fest.

In Dulas Arm wusste Tonia nicht, was oben war, was unten, sie überließ sich seinem Körper, der sie zu bedecken suchte. Zusammen prallten sie gegen einen Widerstand, Blech und

Stein, es musste das Vordach des Bunkers sein. Es gelang ihnen nicht, ins Innere zu gelangen, denn ein neuer Wirbel riss sie nach unten, schleifte sie über den Sand, schon wurden sie aufwärts gerollt, gegen eine Mauer geworfen, sekundenlang war die senkrechte Wand für sie der ebene Boden.

Neben Tonia schrie einer, sie kannte die trompetenhelle Stimme – Gohrbach hielt die Arme von sich gestreckt, um den Irrsinn abzuwehren. In diesem Moment wurde der Trachtler an sie herangeschleudert, so nahe, dass Tonia seine angstgeweiteten Augen erkannte, die Speichelfäden an seinem Mund, im nächsten Augenblick sog ihn die Gewalt aus Luft davon und über den Rand der Anhöhe hinaus; schreiend verschwand Gohrbach in der Tiefe.

Die Welle war über sie weggezogen. Auch wenn die entfesselte Luft in alle Himmelsrichtungen weiterraste und alles packte, was ihr in den Weg kam, ließ ihre Kraft auf der Anhöhe nach. Als Tonia die Augen das nächste Mal öffnete, sah sie vereinzelte Männer den Hügel hochklettern, manche krochen, ein Trachtler stützte einen verletzten Mönch. Der Kardinal lag im Schutz seiner Bahre; das Kreuz, das er stets an der Brust trug, hatte ihn an der Schläfe verletzt.

»In den Bunker, schnell!«, rief er mit schwacher Stimme.

Als kleines Mädchen hatte Tonia einmal die Gebäude ihres Heimatortes aus Sand nachgebaut – die Kirche, bekannte Häuser, den Getreidesilo, die Feuerwehr. Damals war sie von ihrem Vater gerügt worden, weil sie Wasser benutzte, um ihren Gebäuden Festigkeit zu geben. Simion hatte ihr beigebracht, dass Wasser niemals zum Spielen verwendet wurde. Tonia hatte ihre künstliche Stadt zurückgelassen. Bald darauf war ein Sturm über den Ort gekommen; vom Fenster aus hatte sie zugesehen, wie er über die Spielzeugstadt herfiel, zuerst nur an den Rändern leckte, schließlich aber mächtig darüber hereinbrach. Die kleinen Gebäude gaben nach, stürzten, sackten in sich zusammen, begruben einander; Steine und Hölzchen legten sich quer.

Daran musste Tonia nun denken, als die unterirdische Macht sie erreichte. Das ganze Land rundum wurde mit einem Mal biegsam und weich, als wäre nichts festgefügt, nichts seit Millionen Jahren gewachsen. Kein Bersten und Krachen, nichts Gewalttätiges tat sich ihr dar, es war, als ginge ein unsichtbares Meer über die Erde hin. Der Berg und der Himmel darüber fielen in sich zusammen, die Welt schien zu zerfließen. Was fest war, wurde zur biegsamen Masse, und alle Dinge von Menschenhand – Häuser und Straßen, Zäune, das alte steinerne Kraftwerk – wurden von jener schwimmenden Kraft angezogen. Es schien Tonia, als würde die Landschaft rund um sie eingerollt, ausradiert, um einem neuen Plan der Welt Platz zu machen. Gewaltiger Lärm musste das Ereignis begleiten, doch inmitten des fließenden Landes war ihr, als wäre es vollkommen still. Berg, Haus, Fels und Ebene wurden lautlos geschluckt, verdreht und wieder ausgespien, als rühre eine stille Hand im Kessel der Erde. Und gerade als das Wälzen und Biegen der Oberfläche ein vertrautes Bild zu werden begann, brach aus der Tiefe die weiße Hölle hervor.

Aus ihren Büchern kannte Tonia Darstellungen von Ungeheuern mit qualmenden Nüstern, feuerspeiende Drachen; als kleines Mädchen hatte sie sich vor jenen Bildern gegrault. Jetzt war die Erde der Drache geworden, aus deren Nüstern kreischend die weiße Fontäne schoss.

Nur wenige hundert Meter lagen zwischen ihnen und dem verlassenen Kraftwerk. Als sei es zu neuem Leben erwacht, sprühte Dampf aus dem Erdinneren zwischen den alten Mauern hervor; gleich darauf wurde der Klotz aus Stein und Beton in den Boden gesaugt. Wie aus dem Maul einer Echse, die sich überfressen hatte, ragte der spitze Schornstein hervor. Von dort kam der Dampf.

Ehe sie das nächste Mal Luft geholt hatte, war der Dampf um Tonia und drang in sie ein. Sie konnte nichts sehen, Hitze und Schmerz umhüllten sie ganz – keine Luft, kein Atem, kein Schrei. In dieser Minute wäre sie gestorben, hätte Dula sie nicht umfangen und nach hinten gezogen. Die dunklen Hände des Tuareg waren mit Tüchern umwickelt, um die Hitze abzuwehren; er hob Tonia abermals hoch und zerrte sie in den Bunker. Meterdicker Beton nahm die Flüchtenden auf, schützte sie vor der weißbrüllenden Hölle da draußen. Durch den heißen Schleier, der sie umgab, nahm Tonia die Umrisse der Bahre wahr, den abgewandten Rücken des Kardinals, der sich wie alle vor dem Dampf verkroch.

Nicht alle. Viele schafften die wenigen Meter in den Bunker nicht mehr. Tonia sah einen Mönch, der sich bis zu ihnen vorgekämpft hatte; plötzlich erfasste ihn das Schwimmen und Wanken des Grundes. Einen Fuß hatte er schon in den Bunker gesetzt, als die Erde nach ihm griff – der Mann erkannte, dass er nicht mehr zu den anderen gelangen würde; er schlug das Zeichen des Kreuzes, ließ los und verschwand.

Im Innern des Bunkers waren Dampf, Hitze und Schmerz. Wer konnte, drehte sich zur Wand und schützte Gesicht und Hände. Zur Erde geduckt, warteten alle das Kommende ab. Dula hatte seinen Körper über Tonia geworfen; sie spürte seine Gürtelschnalle im Rücken, sie war glühend heiß. Endlich gelang es mehreren Männern, die Tür aus Beton und Metall zu erreichen. Sie hatten die Hände mit Stoff umwickelt, schoben gemeinsam; einer von ihnen war der Offizier der CATS. Als die Tür beinahe geschlossen war, fasste er nach dem Riegel. So heiß war das Metall, dass seine Hände trotz des Schutzes verbrannten; er schrie, ließ aber nicht los, schob die Halterung Zentimeter für Zentimeter in die Öffnung, bis sie einrastete. Ohnmächtig vor Schmerz, stürzte der Offizier zu Boden. An seinen Händen war kein Blut, das Fleisch war verschmort.

Draußen raste der weiße Sturm, im Innern des Bunkers wurde es still.

Vorsichtig tauchte Tonia unter Dulas Umhang auf und sah sich um. Hinter den meterdicken Mauern kühlte der Dampf rasch ab, verwandelte sich in Wasser, das von der Decke tropfte, von den Wänden rann; kurz darauf waren sie knöcheltief davon umgeben. Unwirkliches Plätschern hallte von den Mauern wider. Als Kardinal Reverricio sich aufrichtete, erkannte Tonia, dass auch er jemand beschützt hatte; eine Gestalt, nicht größer als Tonia, tauchte unter dem Priesterrock auf – Gretchen. Durchnässt und verängstigt blickte sie sich um.

»Ist es vorbei?«, wimmerte sie. Triefend hing ihr Haar ins Gesicht, das Kleid war zerfetzt, sie hatte blutige Striemen an den Beinen.

»Wie geht es dir?«, rief Tonia quer durch den Bunker.

Gretchen hob die Hand und winkte.

Trotz aller Wunden und der erlittenen Schmerzen – Tonia konnte sehen, hören, sie spürte Dula neben sich. Sie hatte es überlebt.

Wie wenige sie geworden waren! Obwohl sich viele Menschen im Bunker drängten, begriff Tonia, viele andere waren *draußen* geblieben; dort, wo die Erde sie verschlang, der Dampf ihnen den Atem, das Leben nahm. Hier drinnen richteten sich da und dort Mönche auf, halfen den Umliegenden, untersuchten Verletzte; einer kümmerte sich um die verbrühten Hände des feindlichen Offiziers.

Was war geschehen? Die Erklärung, die Tonia erst später erhielt, bestätigte ihren Eindruck vom Weichwerden der Erde. In wenigen Minuten hatte eine geologische Veränderung von gigantischem Ausmaß stattgefunden. Die Wucht der Bomben hatte eine Verschiebung der Erdkruste bewirkt. Bei der Verwerfung der kontinentalen Kanten wurde in einer Tiefe von tausenden Metern ein riesiges Reservoir hydrothermalen Wassers aufgerissen. Wasser, so heiß, dass es weder flüssig noch gasförmig war. In Verbindung mit der atmosphärischen Luft entlud es sich als Wasserdampf explosionsartig nach oben. Bei der ungeheuren Menge, die frei wurde, hatten manche Gasfontänen einen Durchmesser von hundert Metern. Die Emission dauerte Stunden und Tage, an manchen Orten wochenlang an. In der Gegend von Orsina ließ das Getöse erst nach, als die Sonne sank.

57

Wo ist Finsøkker?« Der Offizier schlug die Augen auf; seine Hände waren dick verbunden.

Die Männer der CATS saßen in einer Ecke, hatten die Helme auf ihrem Schoß, die Köpfe gesenkt. Keiner antwortete.

»Wo ist der Oberkommandierende?«, fragte der Offizier noch einmal.

»Draußen geblieben«, kam es zurück.

Unter Schmerzen richtete der Offizier sich auf. »Wer bildet den ersten Spähtrupp?« Eine Wand aus Schweigen begegnete ihm.

»Wie soll er denn in dem Irrsinn …?«, sagte schließlich einer.

»Ich brauche Freiwillige für den Spähtrupp«, wiederholte der Offizier. Im Innern des wassertriefenden Bunkers, umgeben von Menschen, die gerade dem Tod entronnen waren, wirkte sein Kommandoton lächerlich.

Ein Soldat hob lauschend den Kopf. »Hören Sie das?« Er zeigte nach draußen. »Es hat noch nicht nachgelassen.«

Sie alle hörten das Brausen und Zischen vor den Mauern,

den nicht enden wollenden Strom von gasförmigem Wasser, der aus der Erde schoss.

»Wer jetzt noch da draußen ist …« Der Soldat schüttelte den Kopf. »Ich bin nicht lebensmüde.«

Tonia spürte die winzige Bewegung neben sich; erschrocken begriff sie, was Dula vorhatte. »Wo willst du hin?«

Auch Reverricio bemerkte, was vorging. »Bleib sitzen«, sagte er ungewohnt barsch.

Dula stand auf. Sein Mantel war zerfetzt, wild hing der Turban ihm um den Kopf. »Es ist schwächer geworden.«

»Warum willst du das tun?« Auf beide Hände gestützt, richtete der Kardinal sich auf. »Viele sind gestorben. Wieso willst du *ihn* retten?«

»Weil ich spüre, dass er lebt.« Bedächtig wickelte Dula das schwarze Tuch auf.

»Das kann er nicht überlebt haben«, mischte sich ein CATS-Soldat ein.

»Ich weiß es.« Dula befestigte das Tuch am Mantel, wickelte es den Hals empor und wandte sich zu Tonia.

»Von Muganabe?«, flüsterte sie.

Der Tuareg nickte kaum merklich.

»Lebt er denn?«

»Sein Körper hat sich aufgelöst und mit der Erde verbunden.« Dula lächelte. »Sein Geist aber lebt, so wie viele Geister zu anderem Leben erwachen.«

»Ist er jetzt bei dir?«

»Fast so, wie du es bist.« Er bückte sich und strich über die schmalen Schultern. »Ich brauche nur seiner Führung zu folgen, dann wird mir nichts geschehen.«

»Dula, nein!«, sagte Tonia, ihr Herz aber war einverstanden. Sie spürte Tränen hochdrängen, presste die Lippen zusammen. »Ich warte hier auf dich.«

»Bevor es dunkel wird, bin ich bei dir.« Er küsste sie, zog

das schwarze Tuch vor den Mund und verhüllte sich. Nur die funkelnden Augen waren zu sehen.

Tonia ließ ihn los, lehnte sich gegen die Wand und beobachtete, wie er am Kardinal vorbei die Tür erreichte, seine Hände mit Tüchern umwickelte und den Riegel berührte. Einen Moment zuckte er zurück, griff dann beherzt zu, öffnete die schwere Tür einen Spalt und schlüpfte hinaus. Zwei Mönche verriegelten den Bunker von innen. Tonia schloss die Augen. Als sie die Tränen nicht mehr zurückhalten konnte, bedeckte sie das Gesicht mit den Händen. Sie spürte eine sanfte Berührung, eine Hand, die ihre Wange streichelte. Tonia schaute in Gretchens ernstes Gesicht.

*

Blind erreichte Dula den Rand der Anhöhe. Dichter Nebel umgab ihn, es war unsagbar heiß, seine Glieder, die Füße brannten. Nichts um ihn war so geblieben, wie er es während des Anstiegs gesehen hatte, er begriff, dass er nur seiner inneren Stimme vertrauen konnte. Dula kletterte über einen Untergrund, der nicht mehr aus Sand und Fels zu bestehen schien; die Erde war durchgeknetet worden, hatte sich aufgeworfen, gespalten. Es gab harte Abbrüche, vor denen er sich hüten musste. Schlünde taten sich auf, an denen er entlangging, um eine günstige Stelle zu finden, sie zu überwinden. Er sah sich umgeben von trübem Grau, die Luft war vom Dampf so gesättigt, dass Dula nach kurzem keinen trockenen Faden mehr am Leib hatte. Für die Strecke, die auf dem Hinweg in Minuten zu bewältigen gewesen war, brauchte er die vielfache Zeit.

Endlich entdeckte er einen Orientierungspunkt – den Schornstein des verschwundenen Kraftwerks. Wie eine schräge Lanze stak er aus dem Grund hervor. Dula setzte sich, legte die Finger an die Stirn und lauschte. Nicht, dass Muganabe tatsächlich bei ihm war, er *hörte* oder *sah* ihn nicht; Dula spürte lediglich Kräfte, Linien, Farben, die ihm als Wegweiser dienten. Der Geist des toten Freundes durchdrang ihn; Dula spürte Liebe, ein entferntes Lachen, das beglückende Gefühl einer Stimme, die über den Tod hinaus zu ihm sprach. Nach einer Weile stand er auf, wandte sich zu einer Stelle, wo die Erde spiralförmig eingedreht worden war. Der Dampf ballte sich in dichten Schwaden, und doch ging Dula zielstrebig zu dem Punkt, an dem die Gewalten der Tiefe etwas fast gänzlich hinabgezogen hatten; nur das hintere Rad und verbogenes Blech standen hervor. Mit den Händen begann Dula zu graben. Die Brocken und Klumpen zwischen seinen Fingern waren feucht und schwer wie Lehm, als wäre der Wüstensand durch die Katastrophe zu neuer Materie umgeschweißt worden. Er kam langsam voran.

Nach einer Weile hatte er um die Hinterachse eine Kuhle gebuddelt, der untere Rand der Wagentür wurde sichtbar. Dula grub schneller, legte die Tür und das Fenster frei. Im Futteral des Sandes war das Glas ganz geblieben, und dahinter – Dula schob das Tuch beiseite, um besser zu sehen –, dahinter befand sich ein Menschengesicht, das ihn aufmerksam musterte. Kopfüber betrachtete ihn ein bleicher Mann. Er bat nicht um Hilfe, drückte keine Erleichterung aus, sah nur zu, wie Dula den Wagen Stück um Stück freilegte. Schließlich ein Ruck, und die Tür ließ sich öffnen.

»Ich hatte jemand anders erwartet«, sagte Noradt Finsøkker.

»Sind Sie verletzt?« Mit Mühe verkeilte Dula das Blech, damit der Mann herausklettern konnte.

»Meine Leute hatten wohl Schiss?« Der Däne nahm die dargebotene Hand und ließ sich emporziehen. »Wieso sind *Sie* gekommen?«

»Das spielt keine Rolle.« Dula wollte die Hand zurückziehen, Finsøkker hielt sie fest. Die schwarze, sandverschmierte Hand des Tuareg, die weißen, gepflegten Finger des Oberkommandierenden.

»Männer wie Sie kann ich gebrauchen«, sagte er gewinnend.

»Wir müssen in den Bunker.« Dula sprang an die Oberfläche und ließ den anderen allein hochklettern.

»Ich hatte wohl einen kleinen Sonnenstich.« Finsøkker rutschte mehrmals ab, bevor er der Grube entkam. »Ist bei dem Klima nicht verwunderlich.« Er richtete sich auf und betrachtete überrascht die verwandelte Umgebung.

»Hat der alte Wolf es also geschafft!« Alles lag in dichtem Nebel.

»Er hat das Wasser nach oben geholt«, nickte der Tuareg.

»Das macht Sie zufrieden?« Der Däne lächelte gefährlich. »Freuen Sie sich nicht zu früh: Nichts, was von Wert ist, wird vom Menschen *kampflos* in Besitz genommen. Ab heute gibt es mehr Wasser auf der Erde – na und?« Als sei er nicht gerade dem Tod entronnen, zog Finsøkker seine Uniform zurecht. »Um dieses Wasser wird es neue Kämpfe geben. Die Menschen werden Anspruch erheben, Regierungen, Interessenverbände, Grundstücksspekulanten, viele werden versuchen, das Wasser in ihren Besitz zu kriegen.«

»Und Sie?«, unterbrach Dula. »Werden *Sie* Anspruch auf dieses Wasser erheben?«

»Die verdammte Sonne ist endlich im Nebel verschwunden«, sagte Finsøkker statt einer Antwort. »So wie jetzt könnte mir die Gegend gefallen.« Er folgte dem Tuareg den Hügel hoch.

»Ihre Vormachtstellung ist gebrochen«, sagte Dula. »Der Süden braucht Ihre Wasserlieferungen nicht mehr.«

Finsøkker strauchelte und hielt sich am Mantel des anderen fest. »Sie haben recht«, lächelte er. »Ich habe gespielt und verloren. Aber jetzt beginnt das nächste Spiel.«

»Ein Spiel?« Dula entriss ihm den Mantelzipfel; bitter sah er den Bleichen an. »Ich hätte Sie dort unten lassen sollen.«

»Das entspricht nicht Ihrem Glauben«, antwortete Finsøkker. »Sie glauben, dass der Mensch gut ist. Ich kenne ihn besser.«

»Das Wasser aus der Tiefe wird Segen über die Menschen bringen«, sagte Dula voll Inbrunst.

Als ob eine höhere Macht seine Worte gehört hätte, begann es in diesem Moment zu regnen.

Sie erreichten die Anhöhe. Dula brauchte nicht an die Tür des Bunkers zu klopfen; sie öffnete sich von selbst. Die Menschen im Inneren hatten das ungewohnte Geräusch vernommen – zuerst ein leises Klatschen, dann ein Rauschen, schließlich das Trommeln aufs Dach, Laute, die man in diesem Teil der Welt seit einer Ewigkeit nicht mehr gehört hatte. Während sie müde, verwundet, zerfetzt aus dem Bunker kamen, bot sich ihnen ein unglaubliches Bild. Verschwunden war der ewig blaue Himmel Italiens, grau und verhangen wölbte sich das Firmament; und die Sonne, sonst ein unbarmherzig feuriger Ball, war an diesem Tag zum ersten Mal verschwunden. Das Getöse der Eruption hatte nachgelassen, die Schwaden setzten sich allmählich; nur dort, wo früher L'Aquileia gewesen war, stieg immer noch eine makellos weiße Säule in die Höhe, hunderte Meter hoch, als könnte sich der Atem aus dem Innern der Erde niemals verströmen.

Eine seltsame Dämmerung umgab die Staunenden, ein milchiger Nebel wogte über das Land; darüber hin fiel der Regen. Die Luft war gesättigt, der Nebel hatte sich zu Wolken verdichtet, die sich entluden. Überall tropfte es, Wasserperlen hingen an dem verbogenen Vordach des Bunkers, an den Stangen der Brüstung, in Bächen rann es die Hänge hinab; immer weiter öffnete der Himmel seine Schleusen und gab den erkalteten Dampf der Erde als Wasser zurück.

Manche standen, andere lagen oder stützten sich auf fremde Schultern. Das Mädchen mit dem wirren Haar und den zerfetzten Männerkleidern lag im Arm des Tuareg. Tonia war überglücklich, ihn gesund wiederzuhaben, er wischte Tropfen von ihrer Stirn und steckte den nassen Finger in ihren Mund. Sie leckte ihn ab, das Wasser schmeckte süß und rein. Mit strahlendem Lächeln blies sie einen Wassertropfen von Dulas Nase.

Neben ihnen musterte die Tochter des MEUWU-Kommandanten das verliebte Getue. Zum ersten Mal seit jenen Ereignissen, die mit Gretchens Entführung begonnen hatten, dachte sie an Heimkehr. Sie wollte ihren Vater, vertraute Menschen wiedersehen, wollte zurückkehren in die Welt, zu der sie gehörte. Gretchen musterte den Pflock in ihrer Hand – als Erstes würde sie den verdammten Strick von ihrem Bein schneiden!

Gestützt von zwei Mönchen, stand der Kardinal mitten unter ihnen. Sein Blick schweifte in die Runde, erschöpft und ungläubig zugleich: Das Land, wie er es sein Leben lang kannte, hatte sich verwandelt. Noch war es Wüste, kahl, ausgebrannt, dem Leben feindlich – aber es regnete in der Wüste! Wasser, seit Jahrzehnten entbehrt, fiel auf den verdorrten Grund. Es würde mehr als einen Regenguss brauchen, um das Leben wiedererstehen zu lassen, doch überall im bleichen Sand wartete, lauerte es darauf, sich hervorzuwagen. Keime und Einzeller, winzige Gewächse und Tiere, die die Dürre *überschlafen* hatten, würden als Erste die Feuchtigkeit spüren, ihre Fühler ausstrecken und sich an die Oberfläche wagen. Reptilien und Insekten würden folgen, die ersten Halme sprießen, hier und da eine Blüte. Bald wären andere Tiere da, um die Halme zu fressen, einzeln erst, dann in Herden, und schließlich würde der Mensch in den neugeschaffenen Garten einziehen. Nicht länger bloß Überlebender in einer feindlichen Umwelt, er wäre Hüter und Pfleger, Genießer der neuen Kostbarkeit – LEBEN.

Und vielleicht, wenn er dann auf einem begrünten Hügel stand und dem Weidevieh zusah, würde ihm in den Sinn kommen, wie es begonnen hatte. Er würde zurückdenken an die Zeit, als er alles aufs Spiel gesetzt hatte. Der Mensch, einer unter vielen Gästen auf diesem Planeten, hatte sich über die anderen Lebewesen erhoben und war dafür bestraft worden. Die Erde hatte ihm ihr feindliches Gesicht zugewandt, ihm gezeigt, dass es keiner großen Veränderung bedurfte, den Menschen abzuschütteln wie einen schädlichen Parasiten. Denn sie war stärker als er, sie würde noch in Zeiten bestehen, wenn vom Menschengeschlecht nichts als eine verblasste Legende übriggeblieben war. Vielleicht, dachte der Kardinal, würde diese Erinnerung an die *Möglichkeit* der eigenen Auslöschung den Menschen ein wenig klüger machen, nun, da die Hoffnung bestand, dass er seinen Garten aufs Neue bestellen durfte.

Dieser Gedanke machte den Kardinal derart froh und vergnügt, dass er den Kopf in den Nacken legte und aus vollem Hals zu lachen begann. Er lachte so heftig, so hemmungslos, dass die Mönche ihn zu Boden sinken ließen, wo er lachend sitzen blieb und in die Pfütze schlug, die sich rund um ihn bildete.

»Es regnet«, murmelte ein Mönch daneben, um sich das Unfassbare begreiflich machen. »Es regnet.«

»Das ist kein *Regen*«, antwortete der Kardinal. »Das ist die Sintflut!« Er schaute nach oben und ließ sich das Wasser ins Gesicht prasseln.

Das süße Meer

58

Fünf volle Monate lang regnete es ununterbrochen. Die Umwälzung aus der Tiefe der Erde hatte eine wahre Regenzeit ausgelöst. Der Sand verwandelte sich in Schlamm, der östlich und westlich des Apennin ausgeschwemmt wurde. Wasserläufe bildeten sich in den Furchen, wurden breite Ströme und flossen ins Meer. Der größte Teil des Regens jedoch wurde in der neuen Erdfalte aufgefangen, die durch das Beben entstanden war. Sie maß an der schmalsten Stelle nur wenige Meter, dort aber, wo sich die Kontinente am heftigsten bewegt hatten, war das neue Meer hunderte Kilometer breit. Auf seinem Grund lag die Stadt L'Aquileia, die an einem einzigen Tag durch das größte Beben seit Menschengedenken und gleich darauf durch die *Sintflut* zerstört worden war. Sanfte Wellen gingen über die Ruinen dahin; die Giebel der Dächer wurden von Algen bewuchert und von Süßwasserkrebsen bewohnt.

Der Trubel begann um die Mittagszeit. Die Delegationen trafen aus Norden und Süden ein. Von jenseits der Alpen kamen die Staats- und Regierungschefs der Nachbarnationen. Früher, zur Zeit der Dürre, hatte man Italien bloß als unbedeutendes Anhängsel der Sahara betrachtet; heute konnte man staunen, wer sich alles als »guter Nachbar« präsentierte.

Neben den Politikern waren die Militärchefs gekommen,

nur jene befreundeter Länder, versteht sich –, und doch stellten aufmerksame Beobachter fest, dass auch die Skandinavier Abordnungen entsendet hatten: Wirtschaftsdelegationen, Unterhändler, Friedensbotschafter. Der Grund lag auf der Hand: Wo Wasser war, gab es neuen Lebensraum. Wo Menschen sich niederließen, konnte man Handel treiben, Profite erzielen, Einfluss gewinnen.

Selbst Noradt Finsøkker hatte jemand beauftragt, Fäden zu knüpfen. Eine junge dänische Diplomatin war einige Tage vor dem Festakt zu ihm in sein Kommandofahrzeug gekommen und hatte Instruktionen entgegengenommen. Unauffällig und charmant bewegte sie sich zwischen den internationalen Gästen, die gerade das Eintreffen des Papstes beklatschten.

Julius der Vierte wurde im Rollstuhl auf die Fähre geschoben, die die Ehrengäste zum Festort brachte. Der Papst war so krank, dass er nur freundlich nicken und mit schwacher Hand segnen konnte. Aber er hatte es sich nicht nehmen lassen, den Erfolg seines Kardinals zu würdigen, indem er selbst der Taufe des Süßwassermeeres beiwohnte. Unter großen Sicherheitsvorkehrungen legte die Fähre ab und steuerte mit den bedeutenden Persönlichkeiten auf die schwimmende Plattform zu.

Von der anderen Seite näherte sich die Delegation aus Rom. Reverricio stand am Bug des Schiffes, weithin leuchtete das Rot seiner Robe; er trug dasselbe Kreuz an der Brust, das ihn während der Wochen des Kampfes begleitet hatte. Ihm zur Seite die Mönche, wie stets in Schwarz, heute allerdings unbewaffnet.

Ein junges Paar gehörte ebenfalls zur Abordnung des Kardinals. Der Mann war ein Tuareg, groß und schlank, für den Feiertag hatte er Blüten in seine Zöpfe geflochten; das Gewand unter dem blauen Umhang war strahlend weiß. An seiner Seite ein Mädchen, das gerade fünfzehn geworden war. Sie hatte schwarze Augen, lange dichte Locken und fühlte sich in ihrem Kleid nicht wohl. Der Kardinal hatte Tonia gebeten, sich *hübsch* zu machen, doch sie wäre lieber in Hosen gekommen. Der hellgrüne Fummel, die unbequemen Schuhe – insgeheim fand sie die ganze Veranstaltung aufgeblasen und pompös. Ihre größte Freude war, dass sie ihre Mutter hatte einladen dürfen. Laura saß hinten im Schiff; der Transport auf dem Wasser war ihr nicht geheuer, ängstlich hielt sie sich an der Reling fest. Sie hatte Dr. Drexel verlassen und begann vorsichtig, ihr Leben in eigene Hände zu nehmen.

Tonia beschirmte die Augen; die Festplattform war nicht mehr weit. Auf der Ehrentribüne nahm sie ein Heer von Leuten in dunklen Anzügen, weißen Hemden, dezenten Krawatten wahr. Tonia sehnte sich nach den bequemen, bunt zusammengewürfelten Kleidern der Wüste, deren einziger Zweck es war, vor der Sonne zu schützen. Natürlich begriff sie, der heutige Tag sollte die Belohnung für alles sein, was sie durchlitten hatten; er war auch dem Gedächtnis derer gewidmet, die aus dem Kampf nicht zurückgekehrt waren. Und doch wollte sich bei Tonia keine Feierstimmung einstellen, das Brimborium machte sie ängstlich und trotzig zugleich. Was hatten die fremden Menschen mit *ihrem* neuen Meer zu tun? Wussten sie überhaupt, weswegen sie die Sektgläser erhoben? Ahnten sie, welche inneren und äußeren Widerstände der Kardinal überwunden hatte, um den Weg zu gehen, an dessen Ende sie standen? Seltsamerweise empfand Tonia die Feierstunde nicht als Neubeginn, sondern als Abschluss einer Zeit, wie sie ihr Lebtag wohl nicht mehr wiederkommen würde. Als unwissendes Waisenkind war sie ausgezogen, um sich zum Tuareg ausbilden zu lassen; als junge Frau stand sie nun an Deck und sollte sich für vollbrachte Taten ehren lassen. Wäre Dula nicht hier gewesen, der Mann, um dessentwillen sie alles auf sich genommen hatte, Tonia hätte heulen mögen. Fühlte er sich nicht ebenso fremd unter all den »wichtigen« Personen, die dem Eintreffen des Kardinals freundlichen Applaus spendeten?

Dula schien unbeschwert, freundlich ergriff er Tonias Arm und verließ mit ihr das Schiff. Sie beschloss sich zusammenzureißen, in einigen Stunden war es vorüber; dann würde das neue Leben beginnen, der gemeinsame Weg mit Dula.

»Tonia!«, rief jemand.

Sie wandte den Kopf. Auf der Militärtribüne war eine junge Dame aufgesprungen – Tonia brauchte Sekunden, um Gretchen zu erkennen. Sie sah toll aus, blond und schön, sie passte perfekt zu den eleganten Menschen rundum. Neben ihr saß ein Offizier mit viel Gold auf der Brust; er fasste Gretchens Hand und zog sie auf ihren Platz zurück. Brigadegeneral Rexeisen wollte eine solche Zurschaustellung von Freundschaft nicht; die Erniedrigung, die ihm durch den Kardinal zugefügt worden war, hatte Rexeisen den Posten des MEUWU-Kommandanten gekostet. Auch wenn man zugeben musste, dass die gestohlenen Bomben segensreich eingesetzt worden waren, hielt Rexeisen die schrägen Vögel um den Kardinal für nichts Besseres als Diebe.

»Wir sehen uns später!«, rief Gretchen und setzte sich. Während Tonia dem Beispiel Reverricios folgte und vor dem Papst das Knie beugte, musste sie an das verängstigte Mädchen denken, das mit einem Strick ums Bein und einem Pflock in der Hand der unterirdischen Höhle nur knapp entkommen war. Jener Höhle, die jetzt tief unter dem Wasserspiegel lag.

Der Papst segnete die Mönche, sprach ein paar freundliche Worte und übergab die Zeremonie an den ersten Festredner. Hinter dem Kardinal nahm Tonia auf der Tribüne Platz.

Es folgten Stunden voll leerer Sprüche und wortreicher Schilderungen geleisteter Taten; Leute traten ans Rednerpult, die Tonia heute zum ersten Mal sah und die nicht das Geringste mit dem zu tun hatten, was geschehen war. Wieso maßten sie sich an, Reden darüber zu halten? Bei jedem Seitenblick wunderte sie sich über Dulas Gelassenheit; musste er nicht genauso fühlen? Der Tuareg wirkte heiter, zugleich seltsam abwesend, als würde er dem Geschehen vorauseilen, an einen für Tonia unzugänglichen Ort. Hatte es mit Muganabe zu tun, dessen an diesem Tag besonders gedacht wurde? Tonia nahm Dulas Arm und schmiegte sich an ihn.

Der Kardinal stand auf. Jedermann erwartete eine Rede, die seiner Leistung und seiner außergewöhnlichen Stellung entsprach. Reverricio tat nichts dergleichen. Lippenbekenntnisse würden die Konflikte nicht beilegen, die durch die Schaffung des Süßwassermeeres heraufzogen – Kämpfe um Vormachtstellung, um die Nutzung des Wassers und das Wiedererstarken des europäischen Südens. So vielfältig waren die Probleme, dass sich der Kardinal mit einer schlichten Zeremonie zufriedengab. Er sprach ein Gebet, segnete Brot und Wein, nahm den Kelch und die Hostie und legte sie auf eine Scheibe aus Ebenholz. Das Brett wurde aufs Wasser gesetzt, man ließ es treiben. Der Kardinal trat an den Rand der Plattform, hob den Arm und schlug ein Kreuzzeichen.

»Ich taufe dich, du Meer inmitten des Landes, auf den Namen *Mare Muganabe*!« Während hinter ihm Applaus einsetzte, schaute Reverricio hinaus, wo das schwere Holz langsam versank, Kelch und Brot gingen in den Fluten unter.

Als Tonia erfahren hatte, dass man das große Wasser nach Muganabe benannte, war sie glücklich gewesen. Nun, wo es in die Welt hinausposaunt wurde, fand sie die Bezeichnung ebenso schal wie die ganze Feier. Man würde Schilder aufstellen, Ortschaften und Gebäude nach Muganabe benennen, womöglich fertigte man sogar *Denkmäler* von ihm an! In tiefster Seele wusste Tonia, dies hatte nichts mit dem Wesen des riesigen Tuareg zu tun; es waren äußere Zeichen, klein im Vergleich mit dem Menschen, den sie zu ehren versuchten.

Der Kardinal schien nach dem Festakt befreit und erschöpft, lächelnd nahm er die Glückwünsche entgegen. Nur Tonia bemerkte, dass sein Rücken gebeugt war, er zog das Bein etwas nach; sie wusste, dass er nichts sehnlicher wünschte, als nach Rom heimzukehren, in seine Gärten, in die stille Kapelle inmitten der Vatikanstadt, die vom großen Beben nicht verschont geblieben war. In der Decke klaffte ein breiter Riss. Zum ersten Mal seit ihrem Bestehen strahlte helles Tageslicht auf das Gemälde des Jüngsten Gerichts.

Das Brett und der Kelch waren untergegangen. Während es rundum ans Feiern ging, schaute Tonia auf die glatte Flut. Von Osten kräuselte ein Windhauch das Wasser, darauf glänzten kleine Inseln aus Licht.

59

Sie erreichten die Stadt in der Dämmerung. Während der Fahrt war Dula einsilbig gewesen; auch für ihn schien das Ende des großen Auftrags eher ein trauriges als ein beglückendes Erlebnis zu sein. Tonia schwieg und versuchte sich ihre Bedrückung zu erklären, das Gefühl, dass etwas Dunkles bevorstand. Der heutige Tag stellte den uneingeschränkten Triumph des Kardinals und all derer dar, die ihm beigestanden hatten. Und doch blieb eine ungeklärte Frage – Tonia fürchtete sich vor der Antwort.

Bevor sie die Mauern der Vatikanstadt erreichten, bat Dula anzuhalten.

»Gehen wir ein paar Schritte?«, sagte er zu Tonia.

Überrascht sah sie sich um. »Hier ist nichts als Wüste. Warum gehen wir nicht in den Gärten spazieren?«

Statt einer Antwort neigte Dula vor dem Kardinal den Kopf.

Es war eine kleine Bewegung, aber sie drückte Bewunderung, Freundschaft und Abschied aus. Reverricio fasste den Tuareg bei den Schultern.

»Bleib nicht zu lange fort.« Die hellen Augen glitten über das Gesicht des jungen Mannes, als wollten sie es sich für lange Zeit einprägen.

»Sie haben mich gelehrt, weit zu schauen«, sagte Dula.

»Und von dir weiß ich, was die Kraft der Stille vermag«, antwortete der Kardinal.

»Ihr seht euch doch gleich beim Abendessen«, ging Tonia dazwischen und fragte sich, warum ihr das Lächeln so schwerfiel.

Reverricio ließ den Tuareg los. Dula stieg aus und erwartete Tonia am Rand einer Düne. Sie sprang zu ihm in den Sand. Die Sonne verlor an Kraft und überzog alles mit rotem Schimmer. Es war wie jeden Abend, nur für Tonia bedeutete diese Dämmerung etwas Besonderes.

Dula machte einige Schritte den Hügel hoch. »Bald wird das ganze Land hier wieder zu blühen beginnen.«

»Es dauert bestimmt noch einige Zeit.«

»Die Keime des Lebens warten darauf, wiedererweckt zu werden.« Er zeigte auf eine geschützte Stelle, wo sich zarte Schilfhalme aus dem Sand erhoben. Weder Sturm noch Hitze hinderten sie daran, sich emporzuschieben und immer höher zu werden; das Wasser gab ihnen dazu die Kraft.

»Dein Land wird bald ein Garten sein«, nickte Dula. »Ihr könnt es in etwas Wunderbares verwandeln.« Er kletterte die Düne hoch.

»Du sagst *dein* Land, und – *ihr* könnt es verwandeln.« Tonias Schritte wurden langsamer. »Ist es denn nicht *unser* Land?«

»Ich bin ein Tuareg.« Er drehte sich um.

Noch nie hatte Tonia solche Trauer in seinem Gesicht gesehen, zugleich diese Entschlossenheit.

»Ich bin ein Mann der Wüste. Meine Heimat sind die endlosen Meere aus Stein und Sand, wo *nichts* ist und wo nichts lebt. Ob ich will oder nicht, das ist mein Zuhause, dorthin muss ich zurück.«

Trotz des warmen Windes, der in ihr Kleid fuhr, erzitterte Tonia. Sie musste die Frage, die ihr Herz ausfüllte, aussprechen, obwohl sie die Antwort ahnte.

»Und ich? Was wird aus mir?« Jedes Wort war eine Brücke zu Dula; er brauchte nur darüberzugehen.

»Ich liebe dich«, sagte er leise. »Ich habe vor dir keine Frau *gekannt,* und ich liebe dich mit aller Kraft und allem Schmerz.« Er wollte auf sie zugehen, zwang sich aber stehen zu bleiben. »Hier ist deine Heimat«, fuhr er fort. »Du hast geholfen, ihr ein neues Antlitz zu geben. Jetzt sollst du dabei sein, wenn sie sich in etwas Wunderbares verwandelt.«

Auch wenn es die Wahrheit war, wollte Tonia diese Worte nicht hören. »Ganz ohne *Gris-gris* hast du zu mir gefunden«, sagte sie. »Bedeutet das jetzt gar nichts mehr?«

»Es gilt weiterhin«, antwortete er mit traurigem Lächeln.

»Du hast gesagt, dass ein Stück von dir fehlt, wenn ich nicht bei dir bin. Warum nimmst du mich nicht mit?«

Sie standen auf dem Hang der Düne, der Mann mit dem blauen Umhang, das Mädchen im ungewohnten Kleid – es hätte nur weniger Schritte bedurft, um zusammenzukommen.

»Ich möchte, dass du deine neue Heimat erst kennenlernst, bevor du entscheidest, wo du leben willst«, sagte er.

»Ich habe mich entschieden!«, rief sie mit ausgestreckten Armen. »Für dich!«

»Tonia, du bist vierzehn Jahre alt.«

»Fünfzehn!«

»Du hast Zeit, viel Zeit. Schenke uns beiden eine Frist, damit wir das Richtige tun.« Er streckte die Hand nach ihr aus.

Ohne zu überlegen, rannte sie hin und warf sich an seinen Hals. Nun sah Tonia, was sich hinter der Kuppe der Düne verbarg.

»Du hast dich bereits entschieden …«, flüsterte sie. »Du wusstest es, *bevor* wir an das neue Meer fuhren.«

»Ich wusste es«, nickte er.

Auf der windabgewandten Seite stand ein Kamel. Es hatte den Futtersack umgeschnallt und fraß; seine Satteltaschen waren gefüllt mit Dulas Habseligkeiten.

»Du nimmst deine Maschine mit?«, fragte sie, um das Unglück nicht übermächtig werden zu lassen. »Die, mit der man *Männerwasser* macht.«

»Dort, wo ich hingehe, ist sie von Nutzen.«

Tonia hätte gerne von Liebe geredet, von der Versicherung, man werde sich wiedersehen. Sie hätte nach der Frist fragen mögen, bis wann sie mit ihrer Entscheidung warten solle. Aber *entschied* sie denn wirklich etwas, hatte er ihr diesen Schritt nicht abgenommen, als er das Kamel sattelte und belud? Tonia wollte ihm böse sein, sagen, dass er feige war und nicht zu ihr stand, dass er sie auf eine gemeinsame Zukunft hatte hoffen lassen, an die er selbst nicht glaubte. Sie wollte ihm ihre Vorwürfe entgegenschreien – Tonia tat es nicht. Sie war erst fünfzehn Jahre alt und erkannte doch, es war nicht der Augenblick für kindlichen Trotz. Keine Abmachung wurde gebrochen, es gab nichts zu erzwingen. Da war ihre Liebe, und da war seine; ob sie in der Wirklichkeit zu leben war, würde sich zeigen. Tonia gab Dula nicht recht für seinen Entschluss, sie hasste ihn im Augenblick sogar dafür; aber der Entschluss gehörte zu seiner Liebe, und sie konnte nichts daran ändern.

»Du hast jetzt ein *Gris-gris*«, sagte sie und berührte Mugabes Amulett um Dulas Hals. »Es wird dich beschützen.«

Sie küsste ihn und begleitete ihn ohne ein weiteres Wort zu dem Reittier. Das Kamel knurrte, als ihm der Futtersack abgenommen wurde. Dula ließ es nicht auf die Knie gehen, sondern schwang sich mit einem Sprung darauf. Er beugte sich noch einmal zu Tonia.

»Mabay wan tashila«, flüsterte er zärtlich, »der Junge, der sich im Wasser verwandelt.«

Sie blickte in seine Augen, bis er wegschaute. Er nahm das Stöckchen und setzte das Kamel in Trab. Schleppend machte es die ersten Schritte, der Abhang zwang es, schneller zu werden; schon lief es nach Süden, wo Dulas Heimat lag, die große Wüste.

So wie sie war, hätte Tonia hinfallen mögen, sich verkriechen, im Sand untergehen, bis nichts mehr von ihr zu sehen war. An diesem Tag, als das neue Meer gesegnet wurde, musste sie den Menschen, für den sie gelebt und gestritten hatte, aufgeben. Sie schaute dem Tuareg hinterher; er erreichte die Ebene. Würde er in der Finsternis weiterreiten oder Rast machen, am Feuer sitzen und sein Essen wärmen?

Während sie schaute und spürte, dass sie zu weinen begonnen hatte, wandelte sich Tonias Stimmung. Es war nur das dumme Abendrot, das sie so rührselig machte, die Art, wie das Sonnenlicht die Welt in einen rosigen Schleier tauchte. Doch das war ein Schein, dem man nicht trauen durfte. Morgen würde das helle weiße Licht wiederkehren, das Licht der Wüste. Wenn dieses Licht niederstrahlte, wenn eine Nacht voll Angst und Trauer hinter ihr lag, würde Tonia nachdenken, was zu tun war. Sie war ein Mädchen der Wüste, wusste von brennendheißen Tagen und eiskalten Nächten. Sie wusste, dass Felsbrocken, die seit Jahrtausenden in den Bergen hockten, manchmal nachts durch den Wechsel von Hitze und Kälte zerbarsten und ins Tal stürzten. Man fand sie am nächsten Morgen wie aufgesprungene Rosenblüten in der Sonne.

Genauso würde Dulas Herz eines Tages aufspringen und offen sein für die Frau, die ihn liebte. An diesem Tag würde er zu ihr kommen, vom Kamel springen und sie umarmen. Vielleicht würde sie aber auch ausziehen und ihn suchen. Und eines wusste Tonia gewiss – kein Sandsturm, weder Hitze noch Durst würden sie dann aufhalten können.

»Mabay wan tashila«, sagte sie, während Kamel und Reiter in der Ferne verschmolzen, kleiner wurden und schließlich im Abenddunst verschwanden.

© Bettina Stöß

Michael Wallner wurde 1958 in Graz geboren. Er hat als Schauspieler und Regisseur an verschiedenen Theatern gearbeitet und lebt seit 1997 als Roman- und Drehbuchautor in Berlin, Italien und dem Schwarzwald. Sein Luchterhand-Bestseller »April in Paris« wurde in mehr als zwanzig Länder verkauft. »Die Zeit des Skorpions« ist sein erster Jugendroman.